Hanna Dietz
Das Geheimnis von Wickwood

Hanna Dietz,
geboren 1969 in Bonn, arbeitet als freie Journalistin
für Fernsehen, Hörfunk und verschiedene Zeitschriften.
Darüber hinaus veröffentlicht sie belletristische Romane und
Sachbücher, die regelmäßig auf der Spiegel-Bestsellerliste
zu finden sind. Mit der Thriller-Trilogie »Zu schön zum Sterben«
wurde sie auch beim jüngeren Publikum bekannt.
Hanna Dietz lebt mit ihrer Familie in Bonn.

Außerdem von Hanna Dietz im Arena Verlag erschienen:
Gefährliche Gedanken
Gefährliche Gefühle
Gefährliche Lügen

Hanna Dietz

Das Geheimnis von Wickwood

Arena

FSC
www.fsc.org
MIX
Papier aus verantwortungsvollen Quellen
FSC® C110508

1. Auflage 2015

Umschlaggestaltung: Frauke Schneider
Gesamtherstellung: Westermann Druck Zwickau GmbH
ISBN 978-3-401-60041-3

www.arena-verlag.de
Mitreden unter *forum.arena-verlag.de*

PROLOG

Wahrheit ist nichts wert, wenn sie niemand glaubt. Keinen Pfifferling ist sie wert, nicht den Dreck unter den Schuhen, nicht das Schwarze unter den Fingernägeln.

Ich hatte mal gedacht, die Wahrheit stünde über allem, wäre ein heiliges Gut, etwas, das sich zu bewahren lohnt und das sich am Ende durchsetzen wird.

Jetzt, nach all dem, was geschehen ist, weiß ich es besser.

Nicht die Wahrheit setzt sich durch, sondern das, woran die Menschen glauben wollen. Menschen wollen keine Wahrheit. Sie wollen ihre Überzeugungen bewahren. Denn die sind es, die ihre kleine Welt zusammenhalten. Die ihnen das Gefühl der Sicherheit geben und die sie nachts ruhig schlafen lassen.

Die Wahrheit ist für sie ein Angriff auf ihre Welt. Und um ihre Welt zu schützen, gehen einige Menschen sehr weit. Dafür sind sie bereit, andere als Lügner zu beschimpfen. Oder zu ermorden.

Dabei ist es nicht so, dass die Wahrheit für mich sehr angenehm ist. Im Gegenteil: Mir ist vielleicht das Schlimmste passiert, was einem Menschen passieren kann. Ich habe die Wahrheit über mich selbst herausgefunden. Ich weiß jetzt, wozu ich fähig bin.

Jacob sagt, es sei nicht meine Schuld. Es sei diese Tasche gewesen, diese verdammte Tasche, die mich verführt hat. Aber ich weiß es besser. Es war nicht die Schuld der Tasche, dass das Mädchen verunglückt ist. Es war meine Schuld. Ganz allein meine Schuld.

Nur ist das etwas, das ich niemandem erzählen kann. Denn sonst würde man mich für verrückt halten. In die Klapsmühle stecken. Oder ins Gefängnis. Die Wahrheit ist auch für mich gefährlich.

Ich habe etwas erlebt, das weit jenseits jeder Vorstellungskraft liegt.

Ich habe ein furchtbares Geheimnis entdeckt, aber niemand glaubt mir.

Ich habe etwas getan, aber ich darf es keinem verraten.

Wahrheit ist nichts wert, wenn sie niemand glaubt. Keinen Pfifferling ist sie wert, nicht den Dreck unter den Schuhen, nicht das Schwarze unter den Fingernägeln. Und dennoch wiegt sie schwerer als jede Lüge. Sie lastet auf mir wie ein gigantischer Felsbrocken.

Jacob sagt, ich solle alles aufschreiben. Dann würde es mir besser gehen. Doch ich weiß nicht, ob es mir jemals wieder besser gehen wird. Versuchen muss ich es. Sonst verliere ich den Verstand. Denn selbst ich, die ich all das erlebt habe, habe Schwierigkeiten, es zu glauben.

Nur das Papier, auf das ich meine Geschichte schreibe, wird geduldig sein und keine Zweifel äußern. Und das ist der erste tröstliche Gedanke seit langer Zeit.

KAPITEL 1

MITTWOCH, 1. OKTOBER 1997

Die Schule lief bereits seit über zwei Wochen und die Sommerferien waren nur noch eine Erinnerung, die wie das Grün der Bäume langsam verblasste. Ich versuchte immer noch, mir einzureden, dass ich mich daran gewöhnen würde. Dass bald alles besser würde. Es fiel mir allerdings von Tag zu Tag schwerer. Mein Leben hatte einen Zustand der Ödnis erreicht, der kaum noch zu übertreffen war. Meine beste Freundin war nach Texas gezogen, Tausende Meilen von hier entfernt. Mein Vater, mit dem es jedenfalls hin und wieder was zu lachen gab, arbeitete, seit die Filiale von Stocklen Industries in Crowsville geschlossen worden war, in der Zentrale in Chicago und fuhr nur am Wochenende die 382 Meilen runter zu uns nach Wickwood.

Ich war also unter der Woche allein mit meiner Mutter, und ich musste feststellen, dass das Zusammenleben mit einer Person, die einem fremd war, noch viel einsamer machte als das Alleinsein. Vor allem, wenn sie einem ständig auf die Pelle rückte, mit ihrem Putzlappen wedelte und Belehrungen und Zurechtweisungen wie Staubflocken aufwirbelte, die sich in meinem Kopf zu dem einen Gedanken zusammenfügten: Du kannst es ihr sowieso nicht recht machen.

Alles an meiner Mutter war pragmatisch: die kurzen braunen Haare, die floral gemusterten Blusen mit den umgekrempelten Ärmeln, die kurzen Fingernägel, das automatische Lächeln. In der Küche trug sie natürlich eine

Schürze, als ob Flecken auf ihren aschgrauen Tweedröcken auffallen würden. Wobei es überhaupt fraglich war, ob sie jemals Flecken produzierte. Denn in unserer ganzen Wohnung blitzte und blinkte es und vermutlich hätte man sogar Operationen auf dem Küchentisch durchführen können ohne nennenswertes Risiko einer Bakterieninfektion.

Ich fragte mich öfter, für wen sie eigentlich diese Hausfrauennummer abzog. Schließlich war nur ich hier und ich gab mir redlich Mühe, keinerlei Begeisterung für ihren Putzfimmel zu zeigen, um sie nicht auch noch darin zu bestärken. Natürlich war meine Rebellion gegen die Diktatur der Hygiene rein theoretischer Natur. Wie so viele Eltern verfügte meine Mutter nur über eine äußerst niedrige Toleranzgrenze gegenüber Widersprüchen aller Art. Immerhin hatte ich durchgesetzt, dass sie nur einmal in der Woche den Sauberkeitsstandard meines Zimmers kontrollierte. Dazu hatte ich eine ausgeklügelte Taktik, jeden Freitag mein Zimmer in einen vorzeigbaren Zustand zu versetzen: eine saubere Tarnfassade und dahinter das Chaos.

An diesem Mittwochmorgen setzte ich mich im Bett auf, ließ die Beine herunterbaumeln und versuchte, mir Gründe einfallen zu lassen, warum das heute auch ohne meine beste Freundin Melanie ein guter Tag werden würde.

Auch heute fiel mir nur einer ein. Und das war natürlich Tom. Tom Porter. Tom war Senior auf der Harold-Brockman-Highschool. Auf anderen Highschools mochten die Quarterbacks der Footballmannschaften die begehrtesten Jungs sein, bei uns war es Tom. Er war Gitarrist und Sänger der Schulband mit dem unbescheidenen Namen Hall of Fame und jedem war klar, dass er irgendwann genau dort landen würde. Genau wie sein großes Idol Eric Clapton, den Tom sehr verehrte und den er bei jedem Auftritt erwähnte. Toms Schönheit war zwar nicht perfekt, die blauen Augen vielleicht etwas zu nah beieinander, die Nase nicht ganz gerade, aber das störte kein bisschen. Denn er hatte dieses Leuchten. Wie ein Fernseher, der ständig lief und den man anstarren musste, auch wenn man gar nicht hingucken wollte. Obwohl er mit seinen blonden kurzen Haaren eher der nordische Typ war, hatte seine Haut auch im Winter den bronzenen Ton des Sommers und seine Lippen waren immer so rot, als hätte er gerade Himbeersirup getrunken oder ein Mädchen geküsst. So wie er durch die Gänge schlenderte, mit lässigem Schritt und siegessicherem Blick, der einen mitten ins Herz traf, war sofort klar, dass dieser Typ auf die Bühne gehörte.

Ja, Tom Porter war definitiv ein guter Grund, aufzustehen und in die Schule zu gehen.

Aus der Küche strömte der Duft nach Vanille. Es war Mittwoch: Waffeltag. Meine Mutter huschte emsig zum Herd und legte eine frische Waffel auf meinen Teller. Dann reichte sie ihn mir mit einem wie aus dem Klischee-Lehrbuch für Begrüßungen geträllerten »Guten Morgen, Stella«.

»Danke, Mom«, sagte ich und mir schnürte sich die Kehle zu. Frühstücken war absolut nicht mein Ding. Um sieben Uhr in der Früh war mein Magen generell nicht auf Nahrungsaufnahme eingestellt. Aber meine Mutter hatte eine genaue Vorstellung von einer geregelten Nahrungsaufnahme, und das Frühstück auszulassen, war in ihrem Konzept nicht vorgesehen.

Ich setzte mich an den Tisch und nahm einen Schluck Orangensaft.

»Iss«, sagte sie und kippte, noch ehe ich protestieren konnte, Ahornsirup auf meine Waffel. Ihr Biorhythmus und meiner waren definitiv nicht synchron. Dazu besaß meine Mutter ein Talent, das sie zur Vollkommenheit getrieben hatte. Das Tadeln. Darin war sie ungekrönte Meisterin, und zwar in allen drei von ihr selbst erschaffenen Kategorien: dem gegenwärtigen Tadeln (»Wie sehen denn deine Haare aus! Hast du das Kämmen verlernt?«), dem vorausschauenden Tadeln (»Du wirst doch sicher nicht schon wieder vergessen, nachher mit Grandpa seinen Rundgang zu machen?«) und, als besondere Spezialität, dem Nachkarten. Sie tadelte nämlich bevorzugt für Dinge, die so weit in der Vergangenheit lagen, dass sie nach den Internationalen Statuten für harmonisches Zusammenleben überhaupt nicht mehr erwähnt werden durften. Leider hatte meine Mutter von den Internationalen Statuten für harmonisches Zusammenleben noch nie was gehört.

»Jetzt, wo Melanie endlich weg ist, solltest du wirklich wieder mehr Wert auf dein Erscheinungsbild legen«, sagte meine Mutter, wobei sie pikiert den Mund verzog.

»Was soll das denn bitte schön heißen?«, fragte ich verblüfft. Meinen dunkelblau-weiß gestreiften Pullover und die dunkelblaue Jeans, aus der ich gerade die Bügelfalte rausgeknetet hatte, die meine Mutter trotz meiner Proteste immer wieder reinbügelte, meinte sie doch wohl nicht.

»Also, bitte. In Bell's Bar & Grill seid ihr beide rumgelaufen wie zwei von dieser Prostituiertenband.«

Ich starrte sie an. »Meinst du etwa ... die Spice Girls?«

»Ja, so nennen die sich wohl.« Sie rümpfte die Nase.

»Erstens sind die Spice Girls keine Prostituiertenband. Und zweitens ... wer hat dir das eigentlich erzählt?«

»Kristin hat's Susan erzählt und Susan hat es mir erzählt. Leider zu spät. Sonst hättest du was erleben können, Fräulein.« Sie fing an, mit einem Microfasertuch das Waffeleisen zu reinigen.

»Aber ich hatte ganz normale Klamotten an«, gab ich, jedes Wort einzeln betonend, zurück.

Melanie hatte mir eine von ihren coolen Löcher-Jeans geliehen. Dazu hatte ich meine Bluse vorne auf Bauchnabelhöhe zugeknotet, anstatt sie langweilig in den Hosenbund zu stecken. Es war unser letzter gemeinsamer Abend gewesen und den hatten wir gebührend feiern wollen. Was aber nicht wirklich geklappt hatte, schließlich war der Anlass ein zu trauriger gewesen. Melanie würde nach Texas ziehen, ihre Eltern hatten irgendwo in der Wüste eine kleine Farm gekauft, wo sich keiner über den Lärm aus ihrer Steinhauerei beschweren und sie ihren künstlerischen Drang ungestört ausleben konnten. Melanie erzählte, dass sie noch nicht mal Telefon dort hätten. Sie versprach zu schreiben, wenn sie denn mal zu einem Postamt kommen würde, dabei grinste sie so fröhlich, als ob sie sich auf das große Abenteuer freute. Mir war die ganze Zeit eigentlich zum Heulen gewesen, denn ich befürchtete, dass wir nie wieder was voneinander hören würden. Von »gebührend feiern« also keine Spur.

»Normal? Nennst du das etwa normal, wenn eine Jeans zerlöchert ist?«, keifte meine Mutter jetzt richtig los.

»Das nennt man *Mode!* Das ist total angesagt«, rief ich.

»Um Gottes willen! Und was kommt als Nächstes? Schneidet ihr euch Löcher in die Pullis? Oder in die Unterwäsche?« Ihre Stimme hatte diesen Schrillton erreicht, der mir bedeutete: Ich musste hier raus. So schnell wie möglich.

»So läufst du mir nicht mehr rum, ist das klar, Fräulein?«, zeterte meine Mutter weiter. Ich stürzte das Glas Saft hinunter, packte mir ein paar Waffeln in die Lunchbox und lief schon hinaus. Im Gehen schnappte ich mir meine Jacke und den Schulrucksack. Jetzt fehlte nur noch eines, dachte ich gerade, und da kam es auch schon: »Sonst endest du noch irgendwann wie Gloria Barnett!«

Natürlich. Mit diesem Satz pflegte meine Mutter ihre Moralpredigten zu garnieren, um mir die schrecklichen Folgen von Lasterhaftigkeiten jeder Art vor Augen zu führen. Gloria Barnett war irgendeine gelangweilte Hausfrau gewesen, die sich in den Sechzigerjahren hier in Wickwood zu Tode gesoffen hatte. Sie war das einzige Schreckgespenst in dieser kleinen ruhigen Stadt. »Wickwood – Hier wohnt der Frieden« – so hieß es vollmundig unter dem Stadtwappen mit dem Raben am Ortseingang. Der Tod dieser Gloria Barnett war schon so eine Ewigkeit her, dass er heute nun wirklich niemanden mehr interessierte. Jedenfalls mich nicht.

»Und vergiss ja nicht, heute Nachmittag die Medizin für Grandpa abzuholen!«, schaffte meine Mutter mir noch zu befehlen, bevor die Tür hinter mir ins Schloss fiel.

Ich wünschte mir nur eins: dass endlich irgendetwas passieren würde, damit sich mein Leben änderte.

Ich war ja so dumm gewesen. Unfassbar dumm.

Draußen atmete ich erst einmal auf. Wobei das mit dem Aufatmen in Wickwood relativ ist. Wie fast jeden Morgen herrschte dichter Nebel. Schon in der Grundschule hatten wir gelernt, dass dies ein meteorologisches Phänomen war, das sich aus der geografischen Lage von Wickwood erklärte: Die Stadt lag in einem Talkessel auf einem Höhenzug und das verführte die Wolken dazu, genau über

Wickwood eine Rast einzulegen, zu Boden zu sinken und es sich bequem zu machen, bis Sonnenstrahlen sie erst um die Mittagszeit aufgelöst hätten. Im Herbst und Winter dauerte das auch gerne schon mal länger und man musste schon ein besonders sonniges Gemüt sein, um bei dem trüben Licht nicht depressiv zu werden.

Im Anbau neben unserer Garage brannte Licht. Dort wohnte Großvater, seit Granny gestorben war. Die Garage war vollgestopft mit verstaubten Kisten, in denen Unterlagen aus seiner ehemaligen Arztpraxis und anderer Kram lagerten, für den in seinem kleinen Appartement kein Platz war. Meine Mutter drängte ihn immer wieder, das Zeug wegzuwerfen. »Ich verliere Stück für Stück meine Erinnerungen, da werde ich doch nicht meine Sachen wegschmeißen!«, hatte er an einem seiner besseren Tage gesagt und damit war das Thema vom Tisch gewesen.

Ich glaube, Mutter wartete nur auf den Tag, an dem ihm mit seiner Erinnerung an die Kisten auch die Argumente für das Aufheben abhandengekommen sein würden.

Ich schob mein Rad aus der Garage und runter bis zur Straße. Wir wohnten in einem weiß getünchten Holzhaus ganz am Ende der Walnut Street. Am Gartenzaun blühten Stockrosen in Gelb und Rosa, daneben eine Reihe violetter Astern. Hinter unserem Haus fing direkt der dichte Wald an, der ganz Wickwood umschloss und sich rings um die Stadt die Hänge hinaufzog. Die Kronen der Bäume waren wie so oft in Nebel getaucht, aber die dicken Zweige der Bitternuss schienen nach dem Dach unseres Hauses zu greifen. Die Blätter waren schon nicht mehr so saftig grün wie noch vor ein paar Wochen und die Schalen der ungenießbaren Nüsse würden bald aufplatzen und in die Dachrinne fallen.

Eine seltsame Stille umgab das Haus am Morgen. Die nächsten Nachbarn waren weit entfernt und aus dem Wald drang kein Laut, als ob der Nebel den Vögeln jede Lust am Gesang verdorben oder sie gleich ganz verjagt hätte. Nur das Rauschen der Blätter war zu hören, wenn doch ein Windstoß aus dem Westen herüberwehte. Früher dachte ich, Hexen klapperten hinter der Wand aus Nebel mit den Besen und Geister rasselten zwischen den Baumstämmen mit ihren toten Gebeinen. Im Garten hatte ich nie gerne gespielt. Als Dad eine Schaukel an einen Ast der Ulme gehängt hatte, hatte ich sie immer nur dann benutzt, wenn er auch im Garten war. Heute hatte ich natürlich nicht mehr solche Angst, aber ein mulmiges Gefühl beim Blick in die Schatten zwischen den Bäumen war geblieben.

Ich stieg auf das Rad, als plötzlich neben mir ein klagender Schrei ertönte. »Diese verdammten Viecher!«, keuchte ich erschrocken. Der Vogel, der Wickwoods Stadtwappen zierte, hatte sich in letzter Zeit rasant vermehrt. Überall hockten Raben und Krähen, diese hässlichen Vögel mit ihrem widerlichen Gekrächze. Ich warf einen Blick auf die Aaskrähe, die auf einer Birke hockte und ihre schaurigen Laute von sich gab. Es klang, als wollte sie ihre gefiederten Kollegen zum Angriff herbeirufen.

Die zwei Meilen zur Harold Brockmann Highschool führten mich an der Kirche vorbei, rechts runter die Kobler Street entlang, der Hauptstraße von Wickwood, die von Geschäften und Restaurants gesäumt war. Viele der Häuser im kleinen Stadtzentrum waren aus rotem Backstein, manche mit Holzerkern im ersten Stock, viele mit Markisen in Grün und Gelb. Den Bürgersteig hatten die Geschäftsleute mit großen Pflanzenkübeln geschmückt und vor vielen Schaufenstern standen gusseiserne Bänke. Der Rathausplatz mit dem Brunnen und den hübschen Fassaden der alten Häuser bot eine idyllische Kulisse und war auf den meisten Postkarten von Wickwood abgebildet. Eigentlich hatte es mir hier immer gefallen. Erst seit Melanie weg war, wirkte die Stadt plötzlich so langweilig und spießig und vor allem so kolossal ereignisarm. Zumindest, wenn man sich nicht gerade für das bevorstehende Stadtfest mit Tombola, Tanz und Handwerkermarkt begeisterte.

Ich rollte die Kobler Street hinunter, an Bell's Bar & Grill, der Apotheke und der Arztpraxis vorbei, wo jetzt Dr. Weiss tätig war. Ein Stückchen weiter runter blinkte die silberne Fassade der neuesten Touristenattraktion von Wickwood: das See Sea. Ich weiß nicht, wer auf die Idee gekommen war, Tausende Meilen vom nächsten Meer entfernt ein Aquarium zu eröffnen, aber irgendwie schienen alle Bürger, aber vor allem die Bürgermeisterin von der Idee überzeugt. Das See Sea sollte die ausbleibenden Touristen anlocken.

»Nebel lässt sich nun mal nicht gut vermarkten«, hatte Brenda Stark gesagt, als es um den Beschluss des Neubaus ging. »Aber mit dem Aquarium haben wir endlich etwas, das Wickwood unter den Städten in der Gegend besonders macht.« Beworben wurde das See Sea mit dem Slogan »Deep Ocean Love«. Es war seit Anfang August geöffnet und heute würde ich es tatsächlich das erste Mal von innen sehen.

Vom Aquarium war es nur noch eine halbe Meile bis zum Schulzentrum von Wickwood. Ich stellte mein Fahrrad ab und ließ mir beim Abschließen so viel Zeit wie möglich.

Hinter mir zogen schwatzend und lärmend Schülergrüppchen vorbei. Ich richtete mich auf, atmete tief ein und machte mich auf den Weg zum Eingang.

Eigentlich sollte das »in die Schule gehen« für Schüler etwas ganz Natürliches sein, etwas, das ihnen so leicht fiel wie atmen und lachen. Aber ohne Melanie musste ich mich jeden Morgen überwinden, meinen Fuß in das Schulgebäude zu setzen. Meine anderen Freundschaften, die mit Shari und Monica beispielsweise, die ich noch aus der Middle School kannte, waren eher Zweckgemeinschaften, um sich gegenseitig mal bei den Hausaufgaben oder anderen organisatorischen Dingen auszuhelfen. Aber es waren keine Freundschaften, die ich einer Belastungsprobe hätte aussetzen wollen. Melanie dagegen hatte mich mit ihrer Schlagfertigkeit vor Feindseligkeiten aller Art geschützt und nun, da ich mehr oder weniger auf mich gestellt war, kam mir jeder Gang in die Schule vor wie die Reise in ein Krisengebiet, in dem man nie wusste, ob heute nicht ein Krieg ausbrechen würde.

Mein Blick fiel auf die Buchstaben über dem Haupteingang, die die Schule als »Home of the Black Ravens« auswies, als Heimat der schwarzen Raben. Wie oft hatten Melanie und ich darüber gelacht, dass unsere Baseballmannschaft die »Black Ravens« hieß, als ob die Natur für Raben auch noch andere Farben als Schwarz vorgesehen hätte. Wir hatten ständig Wörter mit offensichtlichen Adjektiven geschmückt und uns über streberhafte Streber, weiße Schneemänner, dämliche Cheerleader und dergleichen amüsiert.

Kaum war ich durch die Tür in die Eingangshalle getreten, wurde das Gedränge im Schulflur undurchdringlich wie eine Reise durch den Dschungel. Ich kämpfte mich durch bis zum Gang mit den Schließfächern, der in der Mitte mal wieder blockiert wurde durch die Clique von Rosanna Stevens, einer blasshäutigen Schönheit mit vogelspinnenbrauner Mähne und stark geschminkten Katzenaugen, die ständig mit abschätzigem Blick nach etwas suchten, das sich entweder zu besitzen, zu unterwerfen oder zu bestrafen lohnte. Sie befehligte eine Herde Schnepfen, deren Erleichterung darüber, auf der Seite der Macht zu stehen, sie zu allerlei Schandtaten verleitete. Rosanna und ihre Hofdamen namens Tess, Emily und Jasmin pickten sich dabei mit raubtierhafter Treffsicherheit die schwächsten Mitglieder der schulischen Gesellschaft heraus. Tess und Rosanna waren sogar Cousinen und gehörten der mächtigsten Familie der Stadt an: Sie waren beide Nichten der Bürgermeisterin. Kein Wunder also, dass sie sich für was Besseres hielten. Ich setzte daher normalerweise auf die Taktik des Nichtauffallens, um nur ja nicht in ihren Fokus zu geraten. Ich wartete also geduldig, bis Rosanna ihre Rollerskates im Fach verstaut hatte, die sie ständig mit sich herumschleppte, um nur jeden daran zu erinnern, dass sie im Rollkunstlauf so was wie eine lokale Berühmtheit war.

Dann endlich zogen sie von dannen, die Menge teilte sich vor ihnen, denn Rosanna war keine, die anderen aus dem Weg ging. Auch ich presste mich an die Seite, dann konnte ich endlich an mein Schließfach, in das ich schnell die Bücher legte, die ich erst später brauchen würde. Ich knallte die Metalltür zu, musste das aber noch zweimal wiederholen, bis dieses verdammte Ding richtig schloss, und dann beeilte ich mich, um nicht zu spät zu Amerikanische Literatur zu kommen. Am Schwarzen Brett sah ich aus den Augenwinkeln das neue Plakat von Hall of Fame, das ein Konzert in Crowsville ankündigte.

Bis zur Lunchpause musste ich dann auch noch Algebra,

Physik und Geschichte überstehen und mir von Mr Mittelstaedt anhören, dass ich mich doch unbedingt mehr beteiligen müsste, um Punkte zu sammeln für eine Collegeempfehlung. Er erinnerte mich daran, wie wichtig der Collegeaufnahmetest war, der in ein paar Wochen für alle Schüler im vorletzten Jahr der Highschool anstand. Ich versprach ihm, für den Test zu lernen und mich zukünftig auch mehr im Unterricht zu melden. Ich unterließ jeden Hinweis darauf, dass sein Geschichtsunterricht so einschläfernd war, dass er mein Wachbleiben allein schon als Zeichen von Teilnahme werten sollte.

Der Unterricht wurde in Unerträglichkeit noch übertroffen von der halbstündigen Lunchpause. Ohne Melanie gab es keinen Grund, in die Cafeteria zu gehen. Erstens war das Essen mies und zweitens wusste ich einfach nicht, wohin ich mich hätte setzen sollen. Shari und Monica pflegten sich in der Pause nur über den Unterricht zu unterhalten oder über Lehrer zu lästern, und das war mir auf Dauer echt zu langweilig. Um zu vermeiden, jedem mein neues Einzelgängertum auf die Nase zu binden, beschloss ich, mich mit meinem Notizbuch und meiner Lunchbox auf die Mauer am Parkplatz zu setzen und die Zeit zu nutzen, an meinem Theaterstück zu schreiben. Wenn ich Glück hatte, drangen zu der Uhrzeit die ersten Sonnenstrahlen durch den Nebel.

Und wenn ich noch mehr Glück hatte, sah ich ihn. Tom Porter schien auch eine Abneigung gegen die Cafeteria zu haben und hing in der Pause lieber mit seiner Band auf dem Parkplatz rum und hörte Musik. Er hatte von seinen Großeltern im letzten Jahr zum siebzehnten Geburtstag einen nachtblauen BMW geschenkt bekommen und offensichtlich einiges Geld in eine Stereoanlage gesteckt.

Ich stopfte mir gerade eine kalte Waffel in den Mund und fröstelte ein wenig auf den kühlen Steinen, da schlenderte er aus der Tür und mir wurde ganz plötzlich warm. Er trug wie so oft ein schwarzes Jackett, darunter blitzte ein orangefarbenes T-Shirt hervor, dazu verwaschene Jeans und eine Wollmütze. Seit den Sommerferien trug Tom eine schwarze Hornbrille im James-Dean-Style, die ihm etwas Verletzliches verlieh, aber zugleich seine Coolness unterstrich und mich erst recht in seinen Bann zog.

Ich bemühte mich, mein Starren mit dem Notizbuch zu tarnen, das ich vor mich hielt. Aber er beachtete mich auch heute nicht. Hatte er noch nie getan. Leider. Das war aber auch nicht wirklich verwunderlich. Ich gehörte eher zu der Spezies Mauerblümchen. Langweiliges braunes Haar, Augenfarbe unentschlossen zwischen Braun und Grün, nicht dünn, nicht dick. Die besten Eigenschaften meiner Kleidung waren Strapazierfähigkeit und Kirchentauglichkeit, die einzigen, die meine Mutter bereit war, finanziell zu unterstützen. Aber selbst die paar Mal, an denen ich von Melanie coole und kurze Kleider geliehen hatte, hatte mich Tom nicht beachtet. Richtig wohlgefühlt hatte ich mich allerdings auch nicht darin.

Melanie hatte immer behauptet, ob man auffallen würde oder nicht, läge nur an den Klamotten und an der Körperhaltung. Aber ich war davon überzeugt, dass mehr dahintersteckte. Und ich glaube, Furchtlosigkeit war der entscheidende Knackpunkt dafür, ob man im Mittelpunkt stand oder nicht. Man durfte einfach keine Angst haben, aufzufallen, anzuecken, jemandem auf die Füße zu treten. Dann erst hatte man die Freiheit, sich so zu geben, wie man wirklich wollte, wie man wirklich war.

Aber so blieb mir nichts anderes übrig als ein Logenplatz im Publikum, während das Leben auf der Bühne tobte. Abenteuer erlebte ich nur in meiner Fantasie. Und in meiner Fantasie kam Tom auf mich zu und legte mir seine Hand an die Wange und flüsterte mit seiner atemberaubend rauen Stimme: »Hey, lass uns in meinen Wagen steigen und fahren, bis die Sonne über dem Meer aufgeht.«

Gerade brachen die Sonnenstrahlen durch den Nebel und ließen seine blonden Haare leuchten. Und in dem Augenblick passierte es: Er schaute zu mir herüber. Und er lächelte mich an. *Tom Porter lächelte mich an!*

Ohne dass ich es verhindern konnte, hob sich meine Hand und ich winkte ihm zu. Er nickte zurück, aber dann sprach ihn sein Kumpel Brent an und der Moment war vorbei. Aber für mich dauerte er an. Ich glühte förmlich!

Und gleich in Biologie würde sich vielleicht sogar eine Gelegenheit geben, mit ihm zu sprechen. Biologie II und die Drama-AG waren die einzigen Kurse, die wir zusammen hatten, meine Highlights des Tages. Im Biologieraum saß ich schräg hinter ihm, sodass ich ihn unauffällig beobachten konnte. Was das Träumen noch besser machte, war die erstaunliche Tatsache, dass Tom keine Freundin hatte.

Heute machten wir in Bio einen Ausflug ins Aquarium. Und da würde sich sicher eine Gelegenheit ergeben, unauffällig neben ihm zu gehen und ein Gespräch anzufangen. Total euphorisch machte ich mich auf den Weg ins Schulgebäude.

Im Foyer der Schule wartete unser Biologielehrer schon auf uns. Jeff Maxwell war keiner, dem Darwin in der freien Wildbahn eine Chance eingeräumt hätte. Da nützten ihm auch seine Country-Outfits nichts, karierte Sakkos aus grober Schurwolle, Steppwesten und Wachsjacken mit Schulterklappen. Er war klein, schnell erregbar und fahrig. Sein Gesicht erinnerte mit der gebogenen Nase und den stechenden Augen unter den mit Gel zurückgekämmten Haaren an einen Habicht. Es war allgemein bekannt, dass Mr Maxwell ziemlich eingeschnappt reagierte, wenn man keine Begeisterung für sein Fach zeigte. Und da meine Aufmerksamkeit in Biologie durch Toms Anwesenheit zum großen Teil absorbiert wurde, bemühte ich mich trotz des Aufruhrs in meinem Herzen um eine interessierte Miene, als er uns heute von den spektakulären Einblicken in das Leben der Tiefsee vorschwärmte, die uns erwarteten. Ich versuchte, Tom nicht zu unverhohlen zu beobachten, der auf der anderen Seite des Halbkreises stand. Später würde ich ihn hoffentlich endlich mal alleine erwischen. Schließlich waren seine Bandkumpels, die sonst immer um ihn rum waren, nicht im Kurs.

Mr Maxwell ermahnte uns, besonders die Nesseltiere genau zu studieren, die im Unterricht auch molekularbiologisch relevant würden. »Nesseltiere kenn ich«, rief Emily dazwischen, »die werden doch von Nestlé hergestellt.«

Emily Garrison war eine von Rosannas Freundinnen. Melanie und ich hatten schon öfter darüber spekuliert, ob das Wasserstoffperoxid, mit dem sie ihre Haare blondierte, wohl auch schon die eine oder andere Hirnzelle erwischt hätte. Aber vermutlich war sie einfach naturblöd. Jedenfalls posaunte sie alles raus, was ihr Spatzenhirn so ausbrütete. Wäre sie nicht so niedlich gewesen mit ihrem arglosen Lächeln, dem putzigen Augenaufschlag und dem geblümten Kleidchen, die Nachsichtigkeit des Lehrkörpers ihr gegenüber wäre sicher nicht so generös ausgefallen. Gar nicht blöd allerdings war sie, wenn es darum ging, bei Mitschülern Schwachstellen zu identifizieren. Sie war nicht so fies wie Tess Fisher, aber auch Emily Garrison war mit Vorsicht zu genießen.

Jeff Maxwell lächelte süffisant. »Na klar, Emily, Nestlé hat eine weltweite Produktion von Nesseltieren. Und Banana Republic verkauft nur Obst.«

Dann gingen wir los. Rosanna und Emily blieben neben Mr Maxwell und plauderten auf ihn ein, um so was wie mündliche Unterrichtsbeteiligung vorzutäuschen. Nach wenigen Gehminuten waren wir am Eingang des Aquariums angekommen.

»Eigentlich hat das Aquarium um diese Uhrzeit noch geschlossen, aber Mr und Mrs Abernathy haben freundlicherweise die Erlaubnis erteilt, für uns zu öffnen«, rief Mr Maxwell. Natürlich waren es nicht die reichen Besitzer persönlich, die die Tür für uns aufmachten, sondern ihr Angestellter, William Stringer.

Ich hatte schon davon gehört, dass er dort als Wärter arbeitete. William Stringer war so was wie eine gescheiterte Existenz, und immer wenn meine Mutter von ihm sprach, seufzte sie, dass sie und ihr christlicher Frauenkreis ja schon öfter versucht hatten, ihm zu helfen, aber das nicht so einfach sei, teuflischer Alkohol. Er war nur ein paar Jahre älter als meine Mutter, wirkte aber wie ein Fossil. Aufgrund einer Beinprothese hinkte er, weswegen er von einigen Kindern der Stadt an guten Tagen »Hinkebein« gerufen wurde. An schlechten Tagen nannten sie ihn »Hinkebein, Stinkebein«. Denn ihn umgab ständig ein süßlich fauliger Geruch, wenn er über die Kobler Street schlurfte. Die Ausdünstungen seiner schummerigen Stammkneipe Fog Lights war längst in seine Kleider gesickert. Immer mal wieder wurde er von seiner Schwester Kristin Bell, der Besitzerin von Bell's Bar & Grill, in eine Entzugsklinik geschickt, danach sah man ihn eine Zeit lang nur Kaffee trinken, aber das hielt nie lange an. Vor einigen Monaten hatte ich ihn das letzte Mal gesehen, aufgeschwemmt, staksig, bleich, mit wirren Haaren, doch als er uns jetzt öffnete, war ich regelrecht überrascht, wie gut William Stringer aussah. Sein Haar akkurat geschnitten, der Blick klar und in der schmal geschnittenen marineblauen Uniform sah er aus wie ein Kapitän. Zwar nicht unbedingt wie einer, dem man ein Kreuzfahrtschiff anvertrauen wollte, aber er war in deutlich besserer Form als sonst.

William Stringer führte uns in die Eingangshalle, erläuterte kurz das Konzept der verschiedenen Themenräume und übergab dann das Wort unserem Biologielehrer, der es sich natürlich nicht nehmen ließ, selbst die Führung zu übernehmen.

Der Rundgang begann an einem Gezeitentümpelbecken, um das sich alle drängten, um im flachen Wasser Krebse, Gespensterkrabben, Meeresschnecken, Seesterne und Seeigel zu sehen. Mein Hauptaugenmerk lag jedoch nicht auf dem glitschigen Getier, sondern auf Tom. Aber irgendwie schaffte ich es nicht, neben ihn gespült zu werden. Dauernd drängte sich jemand dazwischen oder er ging weg, gerade wenn ich in seine Nähe kam. Bei den Aquarien mit den Seeanemonen gelang es mir endlich. Eine Weile stand ich neben ihm vor dem Becken mit diesen seltsamen Tieren, die wie harmlose Unterwasserblumen aussahen, aber Fische und Krebse fraßen.

»Unglaublich, dass das Tiere sind«, sagte ich zu Tom, leider wenig originell.

»Aber echt«, antwortete er und allein, dass er überhaupt mit mir sprach, ließ mein Herz hüpfen. Ich überlegte gerade, wie ich das Gespräch in Gang halten könnte, da rief Mr Maxwell, dass wir weitergehen sollten. Mir gelang es, noch drei Schritte neben Tom zu bleiben, dann wurde ich abgedrängt. Als Nächstes gingen wir in einen Tunnel aus dickem Plexiglas, der uns unter Wasser führte, während über uns Haie und Rochen durch das Wasser glitten. Tom alberte mit Ray Bowman und Rosanna herum und ich hätte mich schon ziemlich aufdrängen müssen, um erneut an ihn heranzukommen.

Dann bogen wir ab in den letzten Raum, den Tiefseeraum. Um die Lebensbedingungen möglichst echt darzustellen, war es hier drin stockdunkel. Das einzige Licht kam von den Leuchtstreifen am Boden und den fluoreszierenden Tieren, die majestätisch durch das schwarze Wasser schwebten: Quallen. Manche hatten die Form von Ufos, andere die von Pilzen, einige waren komplett durchsichtig, andere schimmerten orange oder grün, violett oder blau. Sie zogen ihre Tentakel hinter sich her, lange, feine Haare, mit tödlichem Gift bestückt. Die Dunkelheit wirkte auf uns Schüler wie ein Katalysator für Schabernack aller Art. Es wurde gekichert und getuschelt und rumgealbert. Mr Maxwell referierte im Duo mit unserem Bio-Ass Roya Huffman über die Nesseln, die bei Berührung Gift abfeuerten, und über das Nervensystem der Quallen, das ohne Gehirn auskam.

»Wie du, Ray«, rief Tom und alle lachten.

»Trotzdem sind sie überaus leistungsfähig«, sagte Mr Maxwell, den Einwurf ignorierend. »Mit ihren Sinnesorganen können sie auch im Dunkeln Beute jagen, Feinde und Geschlechtspartner erkennen.«

»Wie du, Tom«, rief Ray und wieder lachten alle.

Nur nicht Mr Maxwell. »Da ihr den Quallen ja so ähnlich seid«, sagte er mit schneidender Stimme, »erstellt ihr beide ein Referat zu diesem Thema, zehn Seiten, Vortrag nächste Woche.«

»Aber ...«, nölte Ray. »Das ist voll unfair.«

»Willst du wirklich mit mir darüber diskutieren, Ray?« Doch der war schlau genug, darauf keine Antwort zu geben. »Ich werde mich jedenfalls bemühen, einige Quallen für das Sezieren im Unterricht aufzutreiben«, rief Mr Maxwell jetzt wieder so begeistert, als erwartete er Applaus. »So, und nun weiter ...« Er drehte sich ab und ging los, die anderen Schüler folgten ihm.

Ich blieb scheinbar fasziniert hinter einem Becken stehen, in dem rosa leuchtende Quallen mit einem kleeblattförmigen Innenleben bedächtig auf und ab stiegen, und beobachtete an ihnen vorbei Tom, der sich ebenfalls noch die Tiere anschaute. Die anderen verließen einer nach dem anderen den Raum. Dann waren Tom und ich alleine im Dunkeln. Das war meine Chance! Mein Herz klopfte, als ich meinen Posten verließ, er hatte mich noch nicht bemerkt. Ich hatte auch schon einen Eröffnungssatz parat, der sich natürlich auf das Referat bezog, und ich war mir sicher, dass es klappen würde und ... da kam plötzlich jemand aus der Gruppe zurück, schnellen Schrittes. Es war Rosanna, ich erkannte sie auch im Dunkeln an ihrem stolzierenden Gang und den Umrissen ihre Haare.

Wortlos ging sie auf Tom zu und sie stoppte gar nicht, wo man normalerweise hätte stoppen müssen, um einen normalen Abstand einzuhalten, nein, sie ging ganz nah an ihn heran. Mir stockte der Atem.

»Hey«, sagte auch Tom verblüfft. »Was ...« Aber weiter kam er nicht, denn schon nahm sie seinen Hinterkopf in beide Hände, zog ihn zu sich heran und küsste ihn.

Schnell huschte ich wieder hinter das Becken. Mein Herz bummerte und in meinem Kopf herrschte eine eigentümliche Stille. Ich nahm nur die schmatzenden Geräusche wahr, unterdrücktes Stöhnen und das dumpfe Blubbern des Wassers in den Becken.

»Ich habe beschlossen, dass heute der Tag ist, an dem Tom Porter geküsst wird«, verkündete Rosanna, nachdem sie sich voneinander gelöst hatten.

»Na, dann bin ich aber froh, dass ich von dir geküsst worden bin. Und nicht von Ray Bowman«, sagte Tom grinsend, ich konnte seine weißen Zähne aufblitzen sehen. »Oder gar von Mr Maxwell.«

Rosanna kicherte. »Ich bin auch froh«, erwiderte sie kokett. »Sollen wir das vielleicht von jetzt an öfter machen?«

»Klar«, sagte er und seine Stimme klang ganz rau. Dann zog er sie noch mal zu sich heran und die beiden knutschten – eine gefühlte Ewigkeit. Dann ließ sich Tom von Rosanna Richtung Ausgang ziehen.

Zurück blieb ich. Irgendwie eingefroren. Verdammt, verdammt, verdammt. Wie hatte das passieren können? Ich hätte mich ja damit zufriedengegeben, Tom weiterhin nur aus der Entfernung anzuhimmeln. Aber dass Rosanna ihn mir nicht nur vor meiner Nase weggeschnappt, sondern damit auch all meine Fantasien zerstört hatte, das konnte ich auf gar keinen Fall akzeptieren. Ich lehnte mich gegen das kühle Aquarienglas, hörte, wie die schwere Metalltür zuschlug, und wollte noch ein bisschen Abstand lassen, damit ich nicht direkt hinter ihnen herauskam und sie merken würden, dass ich sie gesehen hatte. Doch gerade, als ich mich aus meiner Erstarrung lösen und losgehen wollte, erlosch plötzlich der Leuchtstreifen am Boden, die Tür wurde von außen abgeschlossen und dann stand ich alleine in der Dunkelheit.

Das einzige Licht kam von den unheimlichen fluoreszierenden Meeresbewohnern, die gleichmütig durch das Wasser zogen. Still leuchteten sie vor sich hin auf dem Weg durch das ewig schwarze Wasser. Die Finsternis machte ihnen nichts aus, die Einsamkeit machte ihnen nichts aus. Wenn ich es mir recht überlegte, war die Sache mit der Gehirnlosigkeit durchaus verlockend. Quallen fühlten sich bestimmt nie schlecht. Ich kam mir vor, als wäre ich von meiner Raumkapsel weggesprengt worden und jetzt alleine und verloren im Weltraum. Ich keuchte auf und musste all meine Konzentration aufbringen, um nicht durchzudrehen. Ich wartete darauf, dass sich meine Augen an die Dunkelheit gewöhnten. Aber nichts. Ich konnte meine Hand nicht sehen, selbst wenn ich sie direkt vor meine Nase hielt.

Die Dunkelheit und ich waren nicht die besten Freunde. Zu viele Schrecken lauerten in den Schatten. Monster, Zombies, Mörder jagte meine Fantasie hinter mir her und ich konnte schon als Kind bei jedem Gang in den Keller ihre Klauen spüren, die nach meinen Beinen griffen. So tröstlich eine überaktive Vorstellungskraft sein konnte, wenn man sie mit attraktiven Jungs bevölkerte, so grauenerregend konnte sie sein, wenn sie einen auf einen Horrortrip schickte. Beruhig dich, redete ich mir ein, gleich werden sie merken, dass ich fehle, und mich suchen.

Ich rief zaghaft: »Hallo!« Meine Stimme klang laut und dröhnend in meinen Ohren.

Ich meinte, ein Wispern hinter mir zu hören, und blieb erstarrt stehen, bis ich mich einigermaßen beruhigt hatte. Ich streckte eine Hand nach rechts zur Scheibe des Aquariums und streckte die andere vor mich, damit ich nicht irgendwo gegenlief. So tastete ich mich durch den finsteren Raum, bis ich nach einer gefühlten Stunde die kalte Eisentür erreichte. Ein dumpfes metallisches Geräusch erklang, als ich dagegenklopfte. Ich wartete einen Moment. Mir lief kalter Schweiß über den Rücken bei der Vorstellung, dass die Gruppe schon längst weitergegangen war, dass niemand mein Klopfen hören würde. Ich lauschte. Nichts. Oh Gott. Was, wenn mich niemand vermissen würde und ich bis morgen hierbleiben müsste? Ich ließ mich vor der Tür auf den Boden nieder und legte den Kopf auf die Knie. Ich hatte einen fetten Kloß im Hals, noch nie hatte ich mich so verlassen und einsam gefühlt wie in diesem Moment. So hilflos und ohnmächtig. Das verdammte Leben fand einfach ohne mich statt. Weil ich es nicht auf die Reihe kriegte, mir auch ein Stück davon zu nehmen. Und ich wusste nicht, wie ich das ändern konnte. Warum war ich nicht wie die anderen? Warum war ich nicht wie Rosanna? Ein bisschen jedenfalls. Dann wäre ich jetzt diejenige, die Tom Porter geküsst hatte.

Ich wusste nicht, wie lange ich dort gesessen hatte in meinem Elend, als plötzlich die Leuchtstreifen wieder aufflackerten und ich das Klirren eines Schlüssels auf der anderen Seite hörte. Erleichtert sprang ich auf, schluckte den Kloß hinunter, dann wurde die Tür geöffnet und ich blinzelte in das grelle Licht des Foyers.

»Da bist du«, schimpfte Mr Maxwell, der hinter William Stringer stand. »Stella, also wirklich. Das wird Folgen haben, dass du dich unerlaubt von der Gruppe entfernt hast.« Damit drehte er sich um und stapfte auf den Ausgang zu.

Mit hochrotem Kopf lief ich Mr Maxwell hinterher. »Entschuldigung«, stammelte ich. »Die Quallen waren so interessant, da habe ich ... na ja, nicht aufgepasst.«

William Stringer warf mir einen aufmunternden Blick zu, aber das konnte mich auch nicht trösten.

»Stella, wo kommst du denn her?«, fragte Mr Weller erstaunt, als ich viel zu spät in den Drama-Raum platzte. Alle starrten mich an.

»Stella war abgetaucht«, kicherte Tess. Jasmin, Emily und Rosanna, die einträchtig neben Tom saß, grinsten. Ich musste für meinen zukünftigen Stundenplan unbedingt daran denken, nicht so viele Kurse mit dieser ätzenden Clique zu belegen.

»Bei ihren Freundinnen, den Quallen«, ergänzte Jasmin. Jasmin war eine dieser Blondinen mit so ebenmäßigen Gesichtszügen und perfekter Figur, dass es nicht ausgeschlossen schien, wenn sie in einer Barbiefabrik das Licht der Welt erblickt hätte. Ihre Schönheit war allerdings rein äußerlich.

»Würdest du mich mal aufklären, Stella?«, bat Mr Weller und ich musste vor dem ganzen Kurs zugeben, dass ich eingeschlossen worden war.

»Na ja«, sagte Mr Weller. »Gut, dann setz dich, wir sprechen gerade eines der möglichen Stücke durch, die wir in diesem Jahr auf die Bühne bringen könnten.«

Mein Kopf fühlte sich an wie eine Leuchtbombe. Die anderen grinsten mich an. Ich wagte nicht, in die Richtung von Rosanna und Tom zu schauen, und hockte mich auf den nächstfreien Platz. Es war der neben Emily.

»Mach dir nichts draus«, murmelte sie mir tröstend zu. Ich sah verwundert auf, da schob sie hinterher: »Hier hat dich sowieso keiner vermisst.«

Ich wollte etwas sagen, aber mir fiel absolut nichts ein.

»Ich meine, warum bist du überhaupt in diesem Kurs?«, zischte sie weiter. »Schauspielern kannst du doch sowieso nicht.«

Ich musste schlucken. Natürlich hatte sie damit recht. Im letzten Semester hatte ich für eine Rolle vorgesprochen, aber meine Stimme hatte die ganze Zeit gezittert, weil ich so aufgeregt gewesen war.

»Du musst mehr aus dir rausgehen, Stella«, hatte Mr Weller gesagt. Aber ich konnte einfach nicht aus meiner Haut. Doch auch wenn es nicht mein Ding war, auf der Bühne zu stehen, hatte ich in dem Kurs viel Spaß gehabt. Ich wurde Wellers Regieassistentin, arbeitete mit ihm am Stück und so hatte ich auch die Idee bekommen, ein eigenes Theaterstück zu schreiben. Ich hatte Mr Weller am Ende des Schuljahres davon erzählt und er war ganz begeistert gewesen. Er hatte versprochen, es sich genau anzuschauen und, wenn es gut genug wäre, für eine Aufführung vorzuschlagen. Das würde mir eine besondere Collegeempfehlung einbringen, hatte er gesagt. Und die konnte ich gut gebrauchen, wenn ich kreatives Schreiben studieren wollte.

Nach der Stunde kam Mr Weller zu mir. »Na, wie geht es mit deinem Stück voran?«

»Ganz gut«, gab ich zurück, dabei hatte ich in den letzten zwei Wochen Schwierigkeiten gehabt. Irgendwie steckte meine Hauptfigur fest, die ganze Story war ziemlich verfahren.

»Denk dran«, sagte Mr Weller, »die Figuren müssen über sich hinauswachsen.«

»Ich weiß.« Dann schob ich dämlicherweise hinterher: »Und ich bin auch bald fertig.«

»Das solltest du auch, wenn das Stück noch für dieses Jahr infrage kommen soll«, sagte er lächelnd. »Spätestens Ende nächster Woche muss es vorliegen, sonst kann ich es leider nicht mehr berücksichtigen.«

Ich nickte und nahm mir vor, heute daran weiterzuschreiben. Beim Rausgehen sah ich Tom mit Rosanna flirten. Wie er sie ansah, während sie vollkommen affektiert eine Haarsträne um ihren Finger wickelte ... das gab mir einen Stich. Ich hatte in dem Stück extra eine Rolle für Tom geschrieben, die er einfach spielen musste. Er würde genial sein, ich wusste es einfach.

Auf dem Rückweg von der Schule hielt ich bei der Apotheke an, um die Medikamente für Grandpa abzuholen. Ich mochte die Apotheke mit den dunklen Eichenschränken, in denen bauchige braune Flaschen standen. Hier schien die Zeit stehen geblieben zu sein – was auch an Mr Anderson lag, der für jeden Kunden ein paar nette Worte auf Lager hatte und nie in Eile zu sein schien. Viele kamen eben nicht nur, um Arzneien zu kaufen, sondern auch, um ein Schwätzchen mit ihm zu halten, währenddessen er sich geduldig alles von gesundheitlichen Beschwerden bis zu familiären Problemen anhörte. Peter Anderson war mit seinem stets verschmitzten Lächeln, dem weißen Schnauzbart und den tadellosen Anzügen mit Weste und Fliege der Inbegriff des grundanständigen Mannes.

»War ob'n bei mein'm Stand am Eagle Rock Canyon, hab auf den Kojoten gewartet. Hat bei Witwe Summers schon wieder 'n Schaf gerissen«, erzählte Joe Streibig gerade. Er hatte die Schiebermütze in den Nacken geschoben, was die weißen Stoppeln auf seinem Kopf freilegte. Sein Gesicht war faltig und mein Vater sagte immer, Joe sei wie ein zäher alter Lederlappen: unkaputtbar und ausdauernd. Joes Augenlider sackten zwar Jahr für Jahr weiter nach unten, aber seine Augen waren immer noch wachsam, wie es sich für einen Jäger gehört, der bereits seit Jahrzehnten durch die Wälder um Wickwood streifte.

»Den Kojoten hab ich nich' erwischt, aber 'n Blutgesichtspecht hab ich gesehn. Zum erst'n Mal in mein'm Leb'n. Gib's sons' hier nich', die Viecher«, brabbelte Joe Streibig weiter.

»Da hat er sich wohl verirrt«, sagte Mr Anderson freundlich und wandte sich an mich. »Ah, da ist ja unsere Schriftstellerin!« So begrüßte er mich immer, seit ich den zweiten Platz im Kurzgeschichtenwettbewerb der Crowsville Daily gewonnen hatte, mit einer mysteriösen Geschichte über einen Mann und seine Tochter, die auf einem Spaziergang einen verwunschenen Waldsee entdecken. Reporterin Carol Anderson, die Tochter des Apothekers, hatte mich danach für den Lokalteil von Wickwood interviewt und die Bürgermeisterin Brenda Stark hatte mir persönlich gratuliert. Nicht, dass ich besonders viel für so viel Lärm um mich übrig gehabt hätte – es war trotzdem schön zu hören, dass ich beim Schreiben nicht ganz danebenlag.

»Guten Tag, Mr Anderson«, sagte ich.

»Du willst bestimmt die Medikamente für Arthur holen, nicht wahr?«

Ich nickte. Mr Anderson und mein Grandpa waren schon Freunde gewesen, seit mein Großvater nebenan die Arztpraxis eröffnet hatte. Er war der Einzige, der meinen Grandpa regelmäßig besuchte, seit der sich selbst nicht mehr oft vor die Tür traute. Mr Anderson wollte schon nach hinten gehen, um die Medikamente zu holen, da redete Joe mit seiner knarrenden Stimme weiter. »Jetz' fängt ja auch die Pilzzeit an. Hab ja 'n schönen Platz, wo die Steinpilze nur so wuchern.«

»Ach ja?«, mischte sich nun Andy Martin ein, der gerade zur Tür hereingekommen und der Förster von Wickwood war. »Wo ist der denn?«

Joe grinste und entblößte seine bereits deutlich gelichteten Zahnreihen. »Verrat ich dir doch nich', machst mir sonst alle kaputt mit dein' Klumpfüßen, so tramp'lig, wie du bist!«

Andy Martin lachte und schlug Joe kameradschaftlich auf die Schulter. »Soll dein Geheimnis bleiben, mein Freund. Solange du es nicht machst wie der verrückte Ed«, fügte Andy hinzu.

»Nee!« Joe kratzte sich am unrasierten Kinn. »Brauch keine Pilzvergiftung. Bin doch nich' lebnsmüde!«

Andy seufzte. »Tja, hoffentlich hält Ed sich dieses Jahr dran und geht nicht wieder im Tollwutsperrbezirk auf Pilzsuche.«

»Dass man da nich' sucht, weiß doch jedes Kind in Wickwood«, sagte Joe, tippte sich an die Mütze und verabschiedete sich.

Inzwischen war Mr Anderson mit Grandpas Medikamenten wieder da, gab sie mir und rief seiner Frau, die an der Kasse saß, den Preis zu. »Ich weiß doch wohl noch, wie viel die Medikamente für Dr. Brandt kosten, so senil bin ich ja nun nicht!«, rief Ingrid Anderson fröhlich, dabei klimperten die Glasperlen, die sie stets in mehreren bunten Ketten um den Hals trug.

»Das sagt sie jetzt«, sagte Mr Anderson laut zu Andy Martin und mir, »aber wenn ich sie bitte, mir Köttbullar nach dem Rezept meiner Oma zu kochen, dann vergisst sie das immer.«

»Köttbullar! Ich kann das Zeug nicht mehr sehen«, stöhnte Mrs Anderson und zwinkerte mir zu. »Aber der Walnusskuchen von deiner Mutter war köstlich, Stella! Deine Mutter und ihre Rezepte, die bringen mich noch mal ins Grab.« Ihre Leidenschaft für süßes Gebäck sah man ihrer Figur an, aber Mrs Anderson war trotzdem – oder vielleicht auch gerade deswegen – eine hübsche ältere Dame mit schlohweißem langem Haar, das sie in der Mitte scheitelte. Sie trug gerne türkisfarbene Kleider und schon allein deshalb war sie ein echter Lichtblick in Wickwood mit seiner kollektiven Vorliebe für gedeckte Kleidung. Auf der Straße, wenn sie ihre beiden Pudel ausführte, begegnete man ihr selten ohne Hut, der auch gerne mit Blumen geschmückt war. Sie war eine sehr gute Freundin von Großmutter gewesen und ich mochte ihre ansteckende Fröhlichkeit richtig gern.

»Hier, Kind, nimm«, sagte sie und griff in das Glas mit den Lollis, das neben der Kasse stand, seit ich denken konnte.

»Ingrid, das Kind ist sechzehn«, mahnte ihr Mann.

»Na und? Du bist sechsundsechzig und ich habe dir immer noch nicht das Naschen abgewöhnt!«, neckte sie ihn über die Ladentheke hinweg.

»Hast du auch wieder recht«, seufzte er. »Tja, wie immer.«

Mrs Anderson gab mir einen Lutscher und musterte mich über den Rand ihrer Lesebrille. »Wie geht es dir denn, jetzt, wo Melanie weg ist?«, fragte sie. »Ihr wart doch so gut befreundet.«

»Na ja«, sagte ich und zuckte mit den Schultern. »Geht so.«

Sie seufzte, aber dann sagte sie: »Das wird schon wieder, Stella. Du weißt doch, wenn Gott ein Fenster zuschlägt, öffnet er dir eine Tür.«

Andy Martin, der jetzt auch zur Kasse kam, mischte sich ein: »Wundert mich nicht, dass die Kaminskis fortgegangen sind. So richtig haben die mit ihren seltsamen Skulpturen und dem ganzen Kunstkram nicht hierhergepasst.«

»Ja, das waren ganz schöne Paradiesvögel«, sagte Mrs Anderson. »Dabei sind wir doch hier alles eher Spatzen.« Sie lachte über ihren eigenen Scherz.

Nachdem ich das Geld hingelegt hatte, wandte ich mich

zum Gehen. »Auf Wiedersehen! Und sagen Sie Carol einen schönen Gruß. Ich melde mich bald bei ihr wegen des Praktikums!« Die Tochter der Andersons hatte mir nach dem Kurzgeschichtenwettbewerb angeboten, in den Ferien ein Praktikum als Reporterin bei der Wickwood Daily zu machen. Was mich meinem Traumberuf, dem Schreiben, einen ganz großen Schritt näher bringen würde.

»Und du richte Arthur bitte aus, dass ich bald wieder vorbeikomme«, rief Mr Anderson. »Und schreib mal wieder eine schöne Geschichte.«

Ich winkte ihm und wäre im Hinausgehen beinahe mit Brian Lee zusammengestoßen. Brian war Deputy Sheriff in Wickwood, ein netter Kerl von Ende zwanzig, dem der runde Kavallerie-Hut immer noch eine Nummer zu groß zu sein schien. »Oh, hallo Stella«, sagte er. »Genau dich habe ich gesucht.« Er blieb vor mir stehen und ich konnte schon an seinem verlegenen Lächeln erkennen, dass er was auf dem Herzen hatte.

»Grandpa?«, rief ich, als ich die Tür zu seinem Appartement öffnete. Musik drang aus dem Wohnzimmer, eine seiner alten Jazzplatten. Er saß an der Staffelei, die Melanies Mutter ihm zum Abschied geschenkt hatte, weil sie nicht mehr in ihr Auto gepasst hatte. Erstaunlicherweise benutzte er sie. Mein Vater hatte ihm in Chicago einen Haufen Leinwände und Acrylfarben gekauft und mein Großvater hatte einfach losgelegt.

»Hey, was malst du denn da?«

»Das Meer«, sagte er, ohne den Blick von seiner Arbeit abzuwenden. Er hatte dichtes, gewelltes hellgraues Haar, das er seit dem Tod von Granny nicht mehr regelmäßig schneiden ließ und ihm mittlerweile über den Kragen seines Malkittels fiel. Mit dem weißen Bart, mit dem er eine Narbe aus dem Koreakrieg überdeckte, sah er sogar aus wie ein richtiger Maler. Ich schaute ihm über die Schulter und sah nur Blau in verschiedenen Schattierungen.

»Vielleicht ist es auch der Himmel.« Er grinste spitzbübisch. »Muss noch ein bisschen was lernen, glaube ich.«

»Aber das hier sieht doch schon wirklich aus wie eine Welle«, sagte ich und zeigte auf eine dunklere blaue Linie, die sich durch das Bild kräuselte.

»Wie kannst du das denn wissen«, stichelte er und zog eine Augenbraue hoch. »Du warst doch noch nie dort.«

»Aber was meinst du, wohin ich in meiner Fantasie schon gereist bin!«, gab ich zurück, erleichtert, dass er heute so gut drauf war. Ich ließ mich in den Ledersessel plumpsen, ein monströses Ding mit hoher Lehne und geschmeidigen Polstern, weich gesessen von den vielen Stunden, die mein Großvater darin verbracht hatte. Gedankenverloren strich ich über die Lehne, was mir immer tadelnde Blicke von meiner Großmutter eingebracht hatte. »Weißt du noch, dass deine Oma Linda immer Angst vor klebrigen Fingern hatte?«, fragte Grandpa da, als hätte er meine Gedanken gelesen. Er lachte. »Sie war schon eine Nummer«, sagte er dann und seufzte plötzlich schmerzerfüllt.

»Und so hübsch«, sagte ich und schaute auf die Wand mit den Schwarz-Weiß-Fotos, auf denen Grandpa und Granny so unfassbar jung und schön waren.

»Darin seid ihr euch ähnlich«, behauptete mein Großvater. Ich ging nicht darauf ein, sonst hätte ich ihm widersprechen müssen. Mein Lieblingsbild war eines, auf dem sie Arm in Arm vor einem schicken Cabriolet in der Sonne standen und sich verliebt anschauten.

»Welche Farbe hatte das Auto?«, fragte ich.

»Ferrarirot war es und was war das für ein Schlitten! Schade, dass es nicht uns gehörte. Aber in unseren Träumen brausten wir damit durch das Land.«

»Warum habt ihr das nicht in echt gemacht?«

»Warum? Wir hatten kein Geld. Ich hatte zu der Zeit immer noch einen Kredit abzubezahlen, den ich für die Praxis aufgenommen hatte. Und als Arzt in einer kleinen Stadt wird man leider nicht reich.«

»Schade«, sagte ich.

»Aber ich habe mich immer reich gefühlt«, sagte er. »Ich hatte Linda, wir hatten deine Mom. Und das hat mir gereicht.«

Ich stand auf und stellte ihm seine Medizin hin. »Vergiss nicht, die nachher zu nehmen.«

»Aye, aye, Sir«, erwiderte er und langte hinüber zu seinem Schallplattenspieler, um die Scheibe umzudrehen.

In unserem Haus winkte ich meiner Mutter kurz zu, die im Wohnzimmer telefonierte und sich eifrig irgendwas wegen des Stadtfestes notierte, dessen Organisation zum großen Teil in ihren Händen lag. Dann ging ich in mein Zimmer. Kurz spielte ich mit dem Gedanken, das Poster von Hall of Fame, das ich nach ihrem Konzert vor den Sommerferien gekauft hatte, von der Wand zu reißen und in Stücke zu fetzen. Aber ich brachte es dann doch nicht übers Herz.

Ich setzte meinen Kopfhörer auf und bedröhnte mich eine Weile mit Alanis Morissette, hörte ein paar Mal »You oughta know«, bis ich mich an meinem Selbstmitleid sattgegessen hatte. Dann setzte ich mich an den Schreibtisch und versuchte, mein Theaterstück weiterzuschreiben. Es spielte in einer kleinen Stadt. Eine neue Familie war hergezogen, die sehr reich war. Alle schleimten bei den Neuankömmlingen rum, bis der Reporter der Schülerzeitung (John alias Tom Porter) herausfand, dass die Familie eine landesweit gesuchte Verbrecherbande war und er plötzlich selbst in Gefahr schwebte. Am Ende wurde er von einem Mädchen, das er bisher noch nie beachtet hatte, gerettet (würde ich ja gerne spielen und vielleicht würde das mit dem richtigen Text doch noch was werden).

Die Story war super, fand ich. Nur leider steckte ich mitten im zweiten Akt fest und kam nicht vor und zurück. Die Figuren kamen mir hölzern vor und die Dialoge langweilig. Sie sollten aus sich herauswachsen, hatte Mr Weller gesagt. Aber wie machte man das? Ich hatte keinen Schimmer. Und überhaupt: Ich fühlte mich einfach nur mies. Was für ein fürchterlicher Tag! Ich schob ärgerlich das Notizbuch beiseite und schmiss mich aufs Bett. Wenn ich nur daran dachte, am nächsten Tag in die Schule gehen zu müssen, wurde mir schlecht.

Schade, dass ich nicht fortgehen konnte. Einfach so. Weg von allem. Raus aus Wickwood! Weg von der Schule. Weg von meiner nörgelnden Mutter. Dorthin, wo ich neu anfangen könnte. Wo ich jeden Tag Inspiration bekäme. Wo das Leben tobte! Dass ich später nach New York ziehen wollte, um dort kreatives Schreiben zu studieren, war schon lange mein Plan. Aber noch fast zwei Jahre Highschool in Wickwood lagen vor mir. Wenn ich wenigstens wie Dad einen Großteil meiner Zeit in einer großen Stadt wie Chicago verbringen könnte …!

Da erinnerte ich mich an den Gefallen, um den Brian mich gebeten hatte. Es war ein bisschen wie in einem schnulzigen Film: Ich sollte ihm bei einem Liebesbrief helfen, den er an Emilys ältere Schwester Kiki schreiben wollte, die er schon lange anhimmelte. Er hatte sich bisher noch nicht getraut, ihr seine Liebe zu gestehen. Aber da jetzt ein anderer Kerl sie umwerben würde, müsste er was unternehmen. Und weil er Angst hatte, Unsinn zu reden, wenn er mit ihr sprach, wollte er ihr einen Brief schreiben. Dabei sollte ich ihm helfen. Und da ich mich sowohl mit dem tragischen Hinauszögern von Gefühlsgeständnissen als auch mit Schüchternheit bestens auskannte, hatte ich ihm versprochen, es zu versuchen. Ich nahm mir die Notizen, die ich mir nach Brians Erzählung gemacht hatte, und nachdem ich die Anrede zu Papier gebracht hatte, stellte ich mir einfach vor, ich würde an Tom schreiben.

»Liebe Kiki,

heute Morgen lächeltest du mich an und ich trug das Lächeln den ganzen Tag in meinem Herzen ...«

KAPITEL 2

DONNERSTAG, 2. OKTOBER 1997

Es ist schon ganz schön blöd ohne Melanie«, maulte ich beim Frühstück und unternahm einen Versuch, mit meiner Mutter endlich mal wie ein normaler Mensch zu sprechen. Und nicht wie zwei verfeindete WG-Mitbewohner. »Die Schule gefällt mir überhaupt nicht mehr.«

Meine Mutter schaute gar nicht erst von der Kochzeitschrift auf. »Dann such dir eine andere Freundin«, sagte sie und murmelte: »Kardamom und Piment, ach so.«

»Das ist gar nicht leicht. Die Mädchen auf meiner Highschool sind so ... ganz anders als ich.«

Meine Mutter las weiter in ihrem Rezept. »Ach was. Man muss sich nur etwas anpassen, dann siehst du, dass du genauso bist wie die anderen.«

Ich drehte den inzwischen erkalteten Toast auf meinem Teller und beschloss, dieser zweifelhaften Logik nicht zu widersprechen. Sonst würde ich geradewegs in ein Gefecht gegen dämliche Argumentationslinien verwickelt werden.

»Ich glaube nicht, dass ich eine Freundin finde ... jedenfalls nicht in Wickwood.« Ich seufzte und schaute zu meiner Mutter hinüber, um einschätzen zu können, wie sie diese Information aufnahm.

Sie schlug entschlossen die Zeitschrift zu, schaute zu mir und sagte: »Jeder, der will, findet Freunde. Gerade hier in Wickwood, wo sich alle kennen.« Sie sprang auf und fing an, den Tisch abzuräumen.

Ich versuchte, mit den trockenen Toastbrocken meine

plötzlich aufsteigende Wut runterzuwürgen. »Also denkst du, es ist *meine* Schuld, dass ich keine echte Freundin habe?«, fragte ich heiser und trank schnell einen Schluck heißen Tee, wobei ich mir die Zunge verbrannte.

Und meine Mutter? – Man könnte sie megapragmatisch wie immer nennen. Kalt und herzlos wäre aber auch zutreffend. »Erstens hast du dir ausgerechnet Melanie ausgesucht, dabei war doch klar, dass die mit ihrer Vagabunden-Familie irgendwann verschwindet. Und zweitens hast du dich einfach noch nicht genug bemüht.«

Ein düsteres Grollen rumpelte durch meinen Kopf wie eine herannahende Gewitterfront. Mutter schien meinen Ärger zu bemerken, denn sie fügte etwas versöhnlicher hinzu: »Melanie ist ja noch nicht lange weg. Und so ein nettes, anständiges Mädchen wie du findet schon eine Freundin. Diese zwei aus der Middle School, wie hießen sie noch?«

»Shari und Monica ... die sind langweilig.«

»Und was ist denn mit Joana?«

»Joana Hutchinson?«, brummte ich. »Die würde mich höchstens bemerken, wenn meine Hobbys Sekundärliteratur und Mnemotechnik wären. Aber selbst dann wäre noch nicht gesagt, dass sie ...«

»Schon gut«, winkte meine Mutter ab. »Und Tess Fisher? Die ist doch nun wirklich nett. Komm doch mal mit, wenn ich mich mit Doris treffe.«

Ich sog heftig die Luft ein. »Wenn sich Mütter gut verstehen, heißt das noch lange nicht, dass sich automatisch auch ihre Töchter gut verstehen«, murmelte ich.

Meine Mutter seufzte. »Du bist aber wirklich sehr wählerisch. Ob das mit dieser Einstellung klappt ...« Sie ließ den Rest des Satzes in der Luft hängen und schnalzte mit der Zunge.

»Ach«, sagte ich mit knisternder Stimme und versuchte, die elektrische Starkstromspannung in meinem Tonfall als Traurigkeit zu tarnen. »Schade, dass Dad erst am Wochenende wieder da ist. Ich vermisse ihn ganz schön.«

»Hab ich dir das noch nicht gesagt?«, antwortete meine Mutter kühl. »Dieses Wochenende kommt er nicht wegen der großen Firmenfeier.«

Der Nebel kroch vielfingrig über den Berghang, sog die Baumwipfel in sich hinein und sackte zu Boden. Als ich an der Bushaltestelle vorbeikam, an der dreimal am Tag ein Bus nach Crowsville fuhr, dachte ich daran, wie es wäre, einfach einzusteigen und zu verschwinden. Abzuhauen. Zu Dad zu fahren. Ja, dachte ich, das könnte ich tun. Prickelnde Nadelstiche spürte ich bei dieser Vorstellung in meinem Bauch!

Aber natürlich tat ich es nicht.

Wenn ich wirklich den Mut besessen hätte, einfach in den Bus zu steigen, der die Backsteinhäuser, das Ortsschild und die Wälder von Wickwood hinter sich ließ und über die Route 423 nach Crowsville knatterte, wo ich einen Überlandbus nach Chicago nehmen könnte, dann hätte ich vielleicht auch sonst keine Probleme. Dann hätte ich nämlich nur die haushaltsübliche Menge Angst in der handlichen kleinen Singlepackung in mir. Nicht die große Familienportion, die für fünf Geschwister und einen Hund auch noch ausgereicht hätte. Für die brauchte man eine mindestens ebenso große Menge an Mut, um sie in Schach zu halten. Seit Melanie weg war, fühlte ich mich so allein und der Kleinstadt-Engstirnigkeit hier so dermaßen ausgeliefert. Meine Unsicherheit hatte sich zu einer richtigen Krankheit entwickelt. Ich hatte Angst vor den Lehrern, die mir ihre Unzufriedenheit an meiner Leistung nicht vorenthielten, Angst vor der Einsamkeit in der Pause, Angst vor der Begegnung mit Tom und Rosanna, Angst vor dem öden Wochenende. Aber vor allem hatte ich Angst davor, dass dies ab jetzt für immer so bleiben würde.

Ich konnte ja nicht ahnen, dass sich schon an diesem Tag alles ändern und nichts mehr so sein würde, wie es mal war.

»Schreiben ist wie ein Kampf, ein Schlachtfeld, auf dem nur die Stärksten überleben.« Betty Dvorak strich sich eine Fluse von ihrer dunkelgrünen Tunika mit den Fledermausärmeln und funkelte uns mit ihren rauchschwarz geschminkten Augen an. War schon klar, wen sie damit meinte. Auf jeden Fall nicht allein Francis Scott Fitzgerald, den Autor von »Der große Gatsby«. Sie hatte nämlich selbst schon ein Buch veröffentlicht und wurde nicht müde, ihre eigene Großartigkeit zu preisen.

»Kurzgeschichten sind dabei nur kleine Scharmützel«, sagte sie und schaute geflissentlich nicht in meine Richtung. »Romane sind es, die einen wirklich herausfordern. Wer Romane schreiben möchte, der muss sich auf harte Zeiten einstellen!«, deklamierte sie theatralisch. Sie war eine in allen Körpermaßen großzügig dimensionierte Frau und erinnerte in ihrem grünen Flatterhemd an eine fette Fichte.

Tess Fisher meldete sich. Tess, mit der mich meine Mutter am liebsten verkuppelt hätte. Sie hatte rostrote lange Haare, und wenn sie lächelte, zeigten sich Grübchen, die sie verspielt wirken ließen wie ein Welpe, der einem beim Streicheln aber von einem Moment auf den anderen seine spitzen Zähne in die Hand schlagen würde, wenn ihm danach war.

»Ist es Ihnen tatsächlich so schwergefallen, Ihren Roman zu schreiben?«, fragte Tess interessiert. »Ich meine, man merkt dem Buch gar nicht an, dass dafür so viel Hirnschmalz draufgegangen sein soll.« Sie lächelte maliziös und klimperte dabei unschuldig mit den Wimpern. Ein paar kicherten.

Miss Dvorak fixierte Tess und beschloss dann, dass ihre Wortmeldung nur als Kompliment gemeint sein konnte. Sie hob theatralisch ihre Arme. Ihre Fledermausärmel bauschten sich bei der großen Geste auf, die sie ihrer erstaunlichen Kreativität angemessen hielt, und verkündete: »Ich bin nun mal ein Liebling der Musen.«

Leises Gelächter erklang im Raum, doch es blieb unterschwellig wie Magma kurz vor einem Vulkanausbruch. Dann wandte sich Miss Dvorak urplötzlich an mich. »Und Stella, wie sieht es bei dir aus? Du hast dich ja auch schon mal an einer Kurzgeschichte versucht.« Ihr bowlingkugelrunder Kopf wackelte. »Schreibst du gerade an irgendwas?«

Da. Ich hatte den Ball zugespielt bekommen und er kullerte vor mich wie eine Handgranate.

»Ich ... äh ...« Ich überlegte fieberhaft, was ich Schlagfertiges sagen könnte, um nicht dazustehen wie ein Trottel. Ich schrieb an einem Theaterstück, aber ich steckte fest, es wäre schwierig, genau wie Miss Dvorak gesagt hätte, ich hätte eine Schreibblockade, Denkblockade, Lebensblockade ...

»Blubb«, machte Rosanna hinter mir und für alle bestens vernehmbar.

Ich wurde rot.

»Blubb, blubb«, machte Bobby Pepelnjak.

Miss Dvoraks Gesicht bekam einen triumphierenden Ausdruck. »Nun«, stellte sie sachlich fest, »mir scheint, du wirst nicht von der Muse geküsst.«

»Und auch von sonst niemandem«, warf Rosanna ein, und dann brach er aus, der Gelächter-Vulkan, eine Eruption der Schadenfreude und alles, alles ergoss sich über mich und drohte, mich zu ersticken. Ich hätte nichts dagegen gehabt, hätte mich eine Welle echter Lava erfasst und endlich von hier fortgerissen.

In der Pause lernte ich Liv kennen.

Ich grübelte gerade darüber nach, warum um alles in der Welt ich dieser blöden Dvorak keine Knaller-Antwort gegeben hatte. Warum nur hatte ich rumgestammelt wie ein verdammter Idiot? Ich marterte mich mit Vorwürfen, die Scham glühte noch heiß in meinem Magen, da entdeckte ich sie.

Auf meinem Platz auf der Mauer neben dem Parkplatz. Sie hatte langes schwarzes Haar, in dem eine rote Sonnenbrille steckte, trug eine kurze Kunstpelzjacke über einem schwarz-weißen Minikleid zu weißen Strumpfhosen und knallroten hohen Lackstiefeln. Sie rauchte.

Ich hatte sie noch nie gesehen. Sie wäre mir aufgefallen, definitiv. Ein Paradiesvogel, dachte ich und blieb stehen, unschlüssig, was ich tun sollte. Mich neben sie setzen? Riskieren, dass ich eine Abfuhr bekam? Aber dann sah sie mich und blies den Rauch in Kringeln in meine Richtung. Als ob sie mich anlocken wollte. Ich beschloss, zu ihr rüberzugehen. »Hi«, sagte ich.

Sie schnippte die Asche neben ihre Füße, dann sah sie mich an. »Du hast also auch eine Allergie«, stellte sie fest. Ich runzelte die Stirn.

»Na, gegen Idioten. Dadrinnen wimmelt es doch von denen.« Sie deutete mit ihrer Zigarette auf das Schulgebäude.

Ich musste lachen. »Allerdings. Das ist schlimmer als der Pollenflug im Frühjahr.« Ich setzte mich neben sie. Sie warf den Zigarettenstummel auf den Boden, streckte ihr schlankes Bein vor und trat ihn mit ihrem roten Lackstiefel aus. Es knirschte.

»Ich bin übrigens Liv.«

»Stella.«

»So, Stella, dann sag mir doch mal eines: Warum ist so ein nettes Mädchen wie du nicht in der angesagten Cheerleader-Gang?« Sie folgte mit den Augen Rosanna, Jasmin, Tess und Emily, die gerade aus der Tür stolziert kamen und zu Toms Auto starrten. Er war aber nicht da.

»Das liegt daran, dass ich nicht nur gegen Idioten, sondern auch gegen Zicken extrem allergisch bin«, antwortete ich.

»Oha«, machte Liv. »Da haben wir ja schon zwei Sachen gemeinsam.«

»Sind aber gar keine Cheerleader. Sind Rollerskate-Babes. Zumindest die Anführerin, Rosanna.«

»Was auch immer«, sagte Liv. »Jedenfalls tun sie so, als wären sie das Zentrum der Macht.«

Ich schnaubte. »Allerdings.«

»Dabei wissen sie gar nicht, dass sie es nicht selbst sind, die ihnen die Macht verleihen. Es sind all die, die zulassen, dass solche Tussis auf ihnen rumhacken.«

»Stimmt«, seufzte ich. »Aber es ist trotzdem schwer, sich zu wehren. Vor allem, wenn man alleine ist.«

Rosanna und ihre Clique verzogen sich wieder nach drinnen.

»Du bist nicht allein«, sagte Liv und ich warf ihr einen überraschten Seitenblick zu, aber sie schaute geradeaus.

Eine Weile saßen wir einfach so nebeneinander auf der Mauer und ich wunderte mich, wie vertraut sich das anfühlte. Vertraut und gut.

»Ich hab dich hier noch nie gesehen«, sagte ich. »Bist du neu?«

»Fühlt sich für mich jedenfalls so an«, erwiderte sie und verdrehte genervt die Augen. »Und zwar jeden Tag.«

»Ich weiß, was du meinst«, sagte ich. »Geht mir auch so. Seit meine beste Freundin weggezogen ist, habe ich das Gefühl, ich gehöre einfach nicht hierher.«

»Kenn ich«, sagte Liv. »Und deswegen werde ich bald weggehen.«

Natürlich, dachte ich. Bei meinem Glück sind bald alle netten Leute weg. »Wohin?«

»Du wirst jetzt lachen«, warnte sie mich. »Klischee-Alarm!« Liv sprang auf und schrie plötzlich los, mit voller Stimme und ausgebreiteten Armen: »Ich gehe nach Hollywood und werde eine berühmte Schauspielerin! Hörst du, Wickwood? Ich gehe nach HOLLYWOOD!«

Ich prustete los über ihren Ausbruch.

»Siehst du«, sagte sie zufrieden und setzte sich wieder. »Ich wusste, dass du lachen würdest.«

Ich musterte sie verstohlen von der Seite. Ihre Augen waren dunkelblau, fast violett, die Augenbrauen von entschlossener Gradlinigkeit. Die Nase war schmal, mit einem schwungvollen Bogen an der Wurzel und einer etwas eckigen Spitze, ihre Lippen knallrote Daunenkissen, die Wimpern so dicht und lang, dass ich von ihrer Echtheit nicht überzeugt war, was aber ihren Reiz nicht schmälerte. Liv war keine gefällige Schönheit wie Jasmin Crawford mit ihren puppenhaften Zügen, sie hatte kein zuckersüßes Kleinmädchengesicht wie Emily Garrison. Aber sie hatte definitiv das Zeug zum Filmstar.

»Ich würde dir sofort eine Rolle geben«, meinte ich.

»Danke«, sagte Liv. »Das macht dieser Produzent hoffentlich auch, den ich nächste Woche in Chicago aufsuche. Da wird nämlich gerade ein großer Film gedreht und ich habe gedacht, ich stelle mich da mal vor. Vielleicht nimmt er mich direkt mit nach Hollywood.«

Sie kicherte leise vor sich hin, als ob ihre Karriere jetzt schon begonnen hätte. »Und was sind deine Pläne fürs Leben, Stella?«

»Ich will auch weg von hier«, sagte ich stockend und fügte grinsend hinzu: »Und jetzt wirst *du* lachen. Achtung, Klischee-Alarm!«

»Los, raus damit!«, forderte sie neugierig.

»Ich gehe nach New York und werde eine berühmte Schriftstellerin.«

»Das ist gut«, befand Liv und nickte anerkennend. »Das ist sogar sehr gut!«

»Am liebsten würde ich sofort abhauen«, sagte ich. »Aber das geht leider nicht.«

Liv räusperte sich und sagte mit verstellter Stimme: »Darauf läuft doch alles bei diesem Geschäft hinaus, Lady: das Falsche zu machen, aber im richtigen Augenblick.«

Ich lachte. »Das ist ein Motto, das mir mal richtig gefällt. Sehr cool.«

»Natürlich. Ist ja auch aus ›Cincinnati Kid‹ mit dem genialen Steve McQueen.«

»Den Film sollte meine Mutter vielleicht mal sehen. Weißt du, was für einen Spruch sie mir heute Morgen reingedrückt hat? ›Pass dich an, dann merkst du, dass du bist wie die anderen.‹«

»Das hat sie wirklich gesagt?«, wunderte sich Liv. »Hat sie nicht mehr alle Tassen im Schrank?«

Als sie das sagte, kam es mir vor, als hätte mir jemand eine Last von den Schultern genommen. Ich merkte, wie ich mich entspannte. Gleichzeitig war ich regelrecht euphorisiert, weil ich sie getroffen hatte. Weil ich endlich wieder jemanden zum Reden hatte, jemanden, bei dem ich mich nicht anpassen musste, jemanden, der mich offensichtlich verstand. In dem Moment kam Tom raus und ging zu seinem Auto. Liv pfiff leise durch die Zähne. Dann murmelte sie, eine Lautsprecherdurchsage imitierend: »Achtung, Achtung. Gesucht wird die Sahneschnitte der Schule. Sie ist im Gewühl verloren gegangen. Die Sahneschnitte soll sich bitte umgehend bei Liv melden.«

»Stell dich hinten an«, kicherte ich. »Der gehört mir.«

»Ach ja?«, fragte Liv, denn in dem Moment kam Rosanna aus dem Schulgebäude gelaufen, rannte zu Tom und küsste ihn stürmisch.

»Und da bist du dir ganz sicher?«

»Aber sicher bin ich sicher«, gab ich zurück. »Das da ist nicht das, wonach es aussieht.« Ich deutete auf das knutschende Pärchen.

»Nur eine Fata Morgana?«

»Nur eine Frage der Zeit«, korrigierte ich und hörte mich dann noch hinzufügen: »Irgendwann gehört er mir!«

Sie lachte. Ein kehliges Lachen, wohlwollend und leidenschaftlich. »So ist es recht, Stella. Nimm dir, was dir gehört!«

Sie war lustig, sie war cool und sie mochte mich. Ich konnte es nicht fassen! Warum war sie mir bisher nie aufgefallen? Na ja. Wenn man nicht dieselben Kurse hatte und sich immer in verschiedenen Gebäudeteilen aufhielt und wie ich möglichst immer mit dem Blick am Boden klebte, konnte das schon passieren. Außerdem war ich bisher immer mit Melanie zusammen gewesen und hatte mich nie um andere gekümmert.

Nach der Lunchpause trennten sich unsere Wege auch schon wieder, ich musste zu Biologie, Liv ins Sekretariat. Ich wünschte ihr viel Glück, denn das konnte man gebrauchen, wenn man zu Donna Yugovich, der gefürchtetsten Sekretärin in ganz Missouri, musste. Liv sagte, Glück alleine würde nicht helfen. Nur Haare auf den Zähnen. Dann lachte sie und ging davon.

Der Rest des Tages kam mir schon nicht mehr so schlimm vor. Das Gefühl, mich unsichtbar machen zu wollen, war nicht mehr so stark, die Begegnung mit Liv hatte es regelrecht geschrumpft. Ich fühlte mich wieder ein bisschen mehr wie ich selbst und stolz genug, das auch zu zeigen. Deswegen machte es mir auch nicht mehr so viel aus, dass Mr Maxwell natürlich noch mal auf den gestrigen Tag anspielen musste und bei der Begrüßung der Klasse fragte: »Sind alle da?« Dann tat er so, als müsste er noch mal genau gucken: »Stella Miller auch?«

»Ja, natürlich«, sagte ich.

»Ja, natürlich«, wiederholte Rosanna hinter mir und sie und Tess und Emily kicherten.

»Von ›natürlich‹ würde ich nicht reden«, meinte Mr Maxwell grinsend, ging dann aber zum Glück dazu über, so enthusiastisch über die DNA der Nesseltiere zu referieren, dass auch die Sticheleien aus der Bank hinter mir aufhörten.

Nach Schulende hielt ich eine Zeit lang Ausschau nach Liv, sah sie aber nicht und fuhr schließlich nach Hause. Der Nebel hatte sich aufgelöst, die Sonne schien und der Himmel kam mir an diesem Tag blauer vor als sonst. Ich machte einen Abstecher zum Büro des Sheriffs, um Brian Lee den Brief zu geben. Das Büro von Sheriff Todd Fisher lag direkt neben der Town Hall am zentralen Platz von Wickwood. Ich stellte mein Fahrrad vor der Tür ab. Brian sah mich schon durch das große, getönte Fenster und kam raus. Immer wenn ich ihn sah, fragte ich mich, wie so ein sanfter Typ eigentlich in den Polizeidienst gekommen war. Brian hatte weiche Gesichtszüge und wirkte so friedfertig, dass man sich gar nicht vorstellen mochte, wie er mit Kapitalverbrechen fertigwerden würde. Aber davon gab es in Wickwood zum Glück ja keine.

Als er meinen Brief fertig gelesen hatte, sah ich, dass er feuchte Augen hatte. »Das ist richtig gut«, sagte er. »Das ist sogar perfekt, Stella.« Er zückte seine Brieftasche. »Was kann ich dir geben?«

»Nichts. Schon gut.«

»Sicher?«

Ich nickte.

»Firma dankt«, sagte er und tippte sich an den Hut. »Dafür hast du bei mir einen gut.«

Ich schwang mich aufs Rad. »Ich drück dir die Daumen.«

Als ich nach Hause kam, parkte Susan Martins Auto in unserer Einfahrt. Sie war die Frau des Försters und eine der besten Freundinnen meiner Mutter. Die Tür von Grandpas Appartement stand offen, was bedeutete, dass auch Ingrid Anderson da war, die ihre Pudel zu meinem Großvater brachte, weil meine Mutter etwas gegen Tiere im Haus hatte. Es war also mal wieder Tag des Organisationskomitees. Meine Mutter engagierte sich beim christlichen Frauenverein von Wickwood und hatte das ganze Jahr über alle Hände voll zu tun. Denn der Frauenverein richtete nicht nur das Stadtfest aus, das jedes erste Wochenende im November stattfand. Er bot auch Näh-, Bastel- und Kochkurse an, sammelte Hausrat und Kleider für bedürftige Familien und half Senioren, die nicht mehr alleine zurechtkamen.

Besonders seit King & Cox, der örtliche Bürobedarfshersteller und ehemals größte Arbeitgeber, dichtgemacht hatte und über hundert Leute ihren Job verloren hatten, hatte der Frauenverein vielen Familien geholfen und Mut gemacht. Und auch wenn mir meine Mutter oft auf die Nerven ging, fand ich gut, was sie und ihre Freundinnen taten. Die Bürgermeisterin betonte immer wieder in ihren Ansprachen, wie wichtig die ehrenamtliche Arbeit des Frauenvereins für die Stadt war und dass Wickwood sich glücklich schätzen konnte, den Verein zu haben.

Die Treffen des Frauenvereins waren meist eine Mischung aus Kaffeeklatsch und Vereinssitzung. Als ich mir im Flur die Schuhe auszog, hörte ich Susan Martin sagen: »Brenda hat mir gesagt, dass sie wegen der Gedenktafel noch mal mit Tiffany O'Melly reden wird.«

»Ich weiß überhaupt nicht, was Tiffany dagegen haben kann«, ereiferte sich meine Mutter. »Wilma Fisher, Gott hab sie selig, war doch nun wirklich eine der bedeutendsten Frauen von Wickwood.«

»Wenn nicht sogar die bedeutendste!«, bekräftigte Ingrid Anderson. »Und wenn Tiffany O'Melly jemals so viel arbeiten würde, wie Wilma das in ihrem Leben getan hat, dann wüsste sie das auch.«

»Ich frage mich wirklich, wie die in den Stadtrat gekommen ist«, bemerkte Susan Martin spitz.

»Tja, Gott weiß, wie das gekommen ist«, sagte meine Mutter bedeutungsvoll. »Aber wenn sie sich weiterhin sträubt, für die Gründerin des Frauenvereins eine Gedenktafel aufstellen zu lassen, dann wird sie mit Sicherheit beim nächsten Mal nicht mehr gewählt werden.«

»Das denke ich auch«, bekräftigte Susan Martin. »Also, die Liste der Aussteller für den Handwerkermarkt. Ist die schon vollständig?«

»Hallo zusammen«, grüßte ich in die Runde. Meine Mutter nickte mir zu. Susan Martin, eine dürre Frau mit weit auseinanderliegenden Augen und dem langen, knorpeligen Hals eines Fischreihers, winkte knapp und raschelte geschäftig mit ihren Listen. Die mollige Ingrid Anderson, heute in einer himmelblauen Bluse, strahlte mich an und reichte mir die Schale mit den Walnuss-Plätzchen. »Greif zu, Kind. Deine Mutter hat sich mal wieder selbst übertroffen.« Ich nahm mir einen Keks. »Und wie war es in der Schule?«, fragte sie. »Lernen die Kinder von Wickwood wenigstens ordentlich?«

»War ganz okay heute«, sagte ich, aber bevor ich weitere Ausführungen machen konnte, schickte mich meine Mutter aus dem Zimmer. »Bring Grandpa auch ein paar Kekse«, kommandierte sie. »Und nimm auch die frischen Handtücher mit.«

KAPITEL 3

FREITAG, 3. OKTOBER 1997

Am Freitag freute ich mich tatsächlich ein bisschen auf die Schule. Jedenfalls musste ich morgens nicht lange überlegen, welche Gründe es dafür gab, dass heute ein guter Tag werden würde. Liv und ich hatten uns für die Pause verabredet. Mit diesem Lichtblick vor mir, brachte ich von Amerikanische Literatur über Algebra und Geschichte bis zu Physik alle Unterrichtsstunden ohne größere Probleme hinter mich. Dafür hatten heute die verträumte Molly Boyle, die zwanghaft ihre Haare zwirbelte, und Dave Parks, ein schwabbeliger Schlauberger, eine harte Zeit. Einige der breitschultrigen und im gleichen Ausmaß hohlbirnigen Sportskanonen der Brockman High gaben heute alles, um die beiden bloßzustellen.

Rosanna und ihre Freundinnen verfolgten dagegen einen eigenen Opferplan, auf dem heute Deborah Wentworth stand, deren Taktik darin bestand, alle Beleidigungen ausdauernd widerstandslos aufzusaugen, bis den anderen die Lust verging. So ging es weiter, das Drama an der Harold Brockmann High, die Endlos-Novela der Gewinner und Verlierer mit wechselnden Hauptrollen, bei der niemand gefragt wurde, ob er Lust hatte mitzumachen oder nicht. Man musste eine Maske aufsetzen und sich eine Rolle aussuchen. Wessen Selbstgefälligkeit und Skrupellosigkeit ausreichte, suchte sich eine Rolle auf der Gewinnerseite aus und stellte sich auf die Seite der herrschenden Klasse. Andere flüchteten sich in die Außenseiterrollen und hofften, dass den Gewinnern heute nicht allzu langweilig würde, sodass sie vielleicht verschont blieben. Ein paar verschanzten sich hinter Büchern und Lernerfolgen, um wenigstens bei den Lehrern beliebt zu sein. Andere nahmen den Part des meinungslosen Dieners an, um im Windschatten der Alphatiere auf der Erfolgswelle zu segeln.

Ich war froh, dass ich an diesem Tag davonkam. Bedeutungslosigkeit ist der größte Vorteil des Mittelmaßes. Unauffälligkeit war meine Strategie, sie ließ mich unter dem Radar der notorischen Unruhestifter fliegen. So lief ich unbehelligt zu meinem Schließfach, schnappte meine Lunchbox und dann nix wie raus.

Liv war schon da. Sie hatte wieder eine ziemlich coole Klamottenkombination an. Wildleckerjacke mit Fellkragen, violetter Minirock und schwarze Overknee-Stiefel. Die Haare waren heute zu einem hohen Pferdeschwanz gebunden, der an ihrem Hinterkopf wippte. Sie las ein kleines Büchlein mit Gedichten von Emily Dickinson, das sie zuklappte und in ihre Ledertasche steckte, als sie mich sah.

»Wo hast du nur die tollen Sachen her?«, fragte ich mit Blick auf ihre Stiefel.

»Tja«, sagte sie würdevoll »Entweder man hat Stil oder eben nicht.«

»Ich wünschte, ich hätte auch so einen besonderen Kleidungsstil«, seufzte ich.

»Wer hindert dich daran?«

»Meine Mutter«, sagte ich, und weil sich das so anhörte, als wäre ich ein kleines Kind, fügte ich schnell hinzu: »Unter anderem. Mein Geldbeutel. Und die Geschäfte hier in Wickwood sind ja wohl auch nicht gerade berühmt für ausgefallene Sachen.«

»In Amandas Boutique kann man doch ab und zu richtig schickes Zeug bekommen«, widersprach Liv. »Aber ansonsten gebe ich dir recht. Für eine schöne Shoppingtour muss man nach Crowsville.«

Ich nestelte an meiner Jeans rum. »Außerdem steht mir so was einfach nicht. Für ausgefallene Klamotten bin ich einfach zu normal.«

»Wie bitte?«, empörte sich Liv. »Du siehst doch sehr hübsch aus mit deinem zimtfarbenen Haar und den moosgrünen Augen.«

»Zimt … und Moos? «, stutzte ich, dann lachte ich. »Das ist wirklich eine hübsche Beschreibung für langweilig Braun und nicht richtig Grün oder Braun.«

»Stella, Stella, Stella«, tadelte Liv. »Du solltest netter zu dir sein. Du hast es verdient.« Sie schnalzte mit der Zunge und fügte hinzu: »Wenn du nicht nett zu dir selbst bist, warum sollten andere es sein?«

Ich lächelte. Es klang so einfach. Aus Livs Mund klang alles so klar und einfach! »Zum Glück bin ich gestern nicht in den Bus gestiegen«, plapperte ich. »Ich hatte echt schon überlegt, einfach in den Bus zu steigen und zu meinem Dad nach Chicago zu fahren.«

Sie zog fragend die Nase kraus.

»Er arbeitet da und kommt nur am Wochenende«, erklärte ich. »Und in dieser Kleinstadt hier gehe ich einfach ein.«

»Mein Vater ist auch den ganzen Tag unterwegs. Arbeitet superwichtig in Crowsville und kommt erst spätabends wieder.«

»Blöd. Und deine Mutter? Wie ist die so drauf?«

Aber Liv kam nicht mehr zum Antworten, denn ihr Blick wanderte zur Tür, aus der jetzt Hall of Fame kam, alle vier, angeführt von Tom, der heute unter seinem Jackett ein giftgrünes T-Shirt mit einem Totenkopf anhatte und ultracool aussah. Er lachte und packte Randy, den Bassisten, am Nacken und drückte ihn runter, woraufhin Randy Tom ein Bein stellte und die beiden wie zwei kleine Jungs rauften. Scott Young, der Schlagzeuger, lachte und versuchte, Randy zu treten. Nur Brent Compton stand ruhig daneben und verzog keine Miene.

»Warst du schon mal bei einem ihrer Konzerte?«, fragte ich.

»Wer nicht?«, antwortete Liv. »Ah, da ist sie ja.«

Rosanna tauchte auf, mit ihren Dienerinnen im Schlepptau. Sie kicherten aufgekratzt, Rosanna holte eine Kamera aus ihrer Handtasche, knipste die Jungs und ließ sich von Tess Arm in Arm mit Tom ablichten, ganz die glamouröse Bandleader-Freundin.

»Stella, du solltest aktiv werden«, meinte Liv. »Je tiefer die ihre Klauen in ihn hineinschlägt, desto schwieriger wird es, sie wieder zu entfernen.«

»Ja«, sagte ich widerstrebend. Ich hatte zwar gestern im Überschwang der Gefühle gesagt, Tom würde bald mir gehören, aber die Wahrheit war, dass ich keine Ahnung hatte, wie ich das anstellen sollte. »Aber ich weiß nicht ... es sind immer so viele Leute um ihn herum. Wenn Tom mal alleine wäre, dann ginge es vielleicht, aber so ...« Ich hob die Hände in die Luft und ließ sie kraftlos wieder sinken.

»Wovor hast du Angst, Stella? Dass dich einer von diesen Idioten nicht mögen könnte? Dass die Zicken sauer werden?«

»Ja«, sagte ich widerstrebend. »Irgendwie schon.« Ich kam mir richtig blöd vor, als ich das zugab.

Aber Liv lachte nur. »Stella, das ist doch wohl so was von egal. Lass dir von Idioten nicht den Weg zum Glück versperren. Du kannst es sowieso nie allen recht machen! Es gibt immer jemanden, der dich nicht mag.« Sie senkte das Kinn und die Stimme und deklamierte: »Mögen sie mich hassen, wenn sie mich nur fürchten!«

»Aus welchem Film ist das denn?«

»Kein Film. Das hat Kaiser Caligula gesagt.«

»Und nachher ist er ermordet worden.«

»Tja«, sagte Liv leichthin. »Kann passieren.«

Ich schaute sie erschrocken an.

»Im alten Rom, meine Liebe. Im alten Rom!« Dann sprang sie auf. »Pass auf«, rief sie. »Ich hab die Idee! Morgen schmeißen wir uns richtig in Schale und gehen aus!«

»Du meinst, ins Bell's Bar & Grill?«, fragte ich. »Da ist Tom meistens.«

»Eben.« Liv nickte.

»Super Idee!«, rief ich. Wir verabredeten uns für morgen Nachmittag vor Amandas Boutique, dann verabschiedete ich mich von ihr und eilte auf den letzten Drücker zum Biologieraum.

Zum Glück kam ich nicht zu spät (Zuspätkommen war der Ruin der Unauffälligkeit, genauso wie im Quallenraum eingeschlossen zu werden). Vor der Tür standen Rosanna und Mr Maxwell. »Das ist nicht erlaubt«, beharrte Mr Maxwell und deutete auf Rosannas Handtasche, die sie unter den Arm geklemmt hatte. »Persönliche Gegenstände müssen im Schließfach bleiben.«

»Wenn Sie mir ein Schließfach besorgen, das seinen Namen verdient und wirklich abschließbar ist, dann lasse ich meine Handtasche dort«, konterte Rosanna. »Aber diese Schließfächer sind mit einem Schraubenzieher in einer Sekunde zu öffnen. Da lege ich doch nicht meine Handtasche hinein! Da ist ein Fotoapparat drin.«

Mr Maxwell verdrehte die Augen und Rosanna zuckte mit den Schultern. »Klären Sie das mit dem Direktor«, keifte Rosanna weiter. »Die Schülervertretung hat schon letztes Jahr gefordert, dass die Schließfächer erneuert werden müssen. Solange das nicht passiert, nehme ich meine Wertsachen mit.« Und ohne weiter auf unseren Lehrer zu achten, ging sie in den Klassenraum.

Mr Maxwell seufzte, ließ mich auch noch hindurch und folgte mir dann. Nur noch drei Stunden, dann fing das Wochenende an. Ein Wochenende mit Liv!

KAPITEL 4

SAMSTAG, 4. OKTOBER 1997

Mutter stand auf der Leiter, die Gardine in der Hand. Normalerweise war Freitag Gardinenwaschtag, aber vermutlich hatte sie es gestern wegen der heißen Phase vor dem Stadtfest nicht geschafft. Sie schaute gebannt aus dem Fenster.

»Verdammte Krähen«, murmelte sie. »Siehst du das, Stella?«

Sie deutete auf unser Garagendach. Da hockte eine Krähe und pickte mit ihrem Schnabel immer wieder auf eine Stelle ein.

»Die macht das Dach kaputt. Doris hat mir schon erzählt, dass bei ihnen in der Nachbarschaft eine Krähe eine Fensterdichtung zerstört hat.« Meine Mutter drückte mir von ihrem hohen Posten aus die Gardine in die Hand und machte sich daran, auch noch die anthrazitfarbene Obergardine abzuhängen.

»Geh mal nach draußen und wirf einen Stein nach ihr«, keuchte meine Mutter, als sie sich langmachte, um an die Ecke der Gardine zu kommen.

»Einen Stein?«

»Natürlich. Wir haben ja kein Gewehr.«

Ich runzelte die Stirn. »Ist das nicht etwas übertrieben?«

»Überhaupt nicht. Einige Leute fangen an, diese Biester abzuschießen. Die Bürgermeisterin hat zwar daran erinnert, dass man dafür eine Jagderlaubnis haben muss, aber Doris hat mir gesagt, dass der Sheriff äußerst nachsichtig ist mit Leuten, die ihr Eigentum vor Krähen schützen.«

Ich blieb unschlüssig stehen. »Können wir die nicht irgendwie anders verscheuchen?«

»Du kannst es gerne versuchen«, sagte meine Mutter und reckte sich weiter, um auch die letzte Öse von der Gardinenstange zu ziehen. Dazu stieg sie auf die oberste Sprosse, die Leiter quietschte und wackelte verdächtig.

»Pass auf«, sagte ich und hielt eine Hand an die alte Holzleiter. »Dieses Ding bricht bald zusammen. Du solltest eine neue kaufen.«

»Ach was«, murmelte meine Mutter. »Die hält noch hundert Jahre.«

Die Krähe saß auf der schwarzen Dachpappe und hackte manisch darauf ein. Dann schien sie mich zu bemerken, hielt inne, drehte den Kopf und starrte mich an mit ihren seltsamen Augen, schwarz und glatt, wie ausgestanzt.

»Hau ab«, rief ich. »Husch.«

Sie musterte mich noch eine Weile, dann setzte sie ungerührt ihr Werk fort, hack, hack, hack. Ich fand ein paar Bitternüsse und schmiss sie nach dem Vogel, er flatterte hoch, schrie anklagend und zog sich auf den Ast einer Esche zurück.

»Na also«, murmelte ich, aber schon als ich die Tür zu Grandpas Appartement öffnete, drang das spitze Klopfen wieder zu mir.

»Hey Grandpa«, rief ich. Keine Antwort. Im Wohnzimmer war er nicht. Ich seufzte. Dann war es wohl einer seiner weißen Tage. So nannte ich sie, weil er dann einfach nur im Bett lag und an die weiße Zimmerdecke starrte. Ich klopfte, aber es kam keine Antwort. Ich steckte den Kopf ins Zimmer. »Kann ich dir was bringen?«

Er antwortete nicht. »Guck mal, ich habe dir ein schönes Bild mitgebracht. Habe ich aus einer Zeitschrift.«

Es war ein Traumstrand mit azurblauem Meer und Palmen, die gezackte Schatten auf den weißen Sand warfen. Ich legte das Foto auf seinen Nachttisch, holte ihm ein Glas frisches Wasser. Bevor ich rausging, schaltete ich im Wohnzimmer noch seinen Plattenspieler an. Vielleicht würde ihn die Musik von dort abholen, wo er gerade war.

Dann half ich meiner Mutter, die Gardine zum Trocknen auf die Wäscheleine zu hängen, aber bevor sie mich zu weiteren stupiden Tätigkeiten verdonnern konnte, verabschiedete ich mich schnell. »Wo willst du denn hin?«, rief sie verwundert.

»Treffe mich mit einer Freundin«, sagte ich.

»Na siehst du, geht doch. Hab ich es dir nicht ...«

Den Rest ihrer Worte verschluckte die Tür, als sie ins Schloss fiel. Ich war früh dran und beschloss, bei diesem schönen Wetter zu Fuß zu gehen. Bis zu Amandas Boutique war es nicht weit. Sie lag am Wickwooder Rathausplatz. Das Schaufenster umfasste die ganze Hausbreite und war hübsch dekoriert mit klassischer Eleganz: Etuikleider und Satinblusen, aber auch Lederjacketts und engen Hosen im Metallic-Look. Leider hing an der Tür ein Schild, dass heute wegen Krankheit geschlossen war. Es würde also nichts werden mit Klamottenkaufen. Na ja. Viel hätte ich mir sowieso nicht leisten können. Meine gesamten Ersparnisse beliefen sich auf sechsundfünfzig Dollar.

Ich setzte mich auf eine Bank am Veteranendenkmal in der Mitte des Platzes, baumelte mit den Beinen und wartete auf Liv, die es mit der Pünktlichkeit nicht so genau zu nehmen schien.

Da entdeckte ich Carol Anderson, die von einem Termin kam und jetzt ihren Bericht für die Zeitung schreiben würde. Die Wickwood Daily hatte ihr Büro ebenfalls am zentralen Platz im Ort.

»Hey Stella«, rief Carol und begrüßte mich mit Handschlag. Ihre blonden kurzen Haare standen nach allen Seiten ab, die silbernen Creolen wackelten hin und her. Carol war berühmt für ihre gute Laune und nicht nur großzügig mit ihrem ansteckenden Lachen, sondern auch in Sachen Dekolleté.

»Wie geht es dir? Was macht die Schreiberei?«, fragte sie und schaute mich aufrichtig interessiert an, sodass ich beschloss, ehrlich zu antworten.

»Mir geht es gut. Der Schreiberei nicht«, erwiderte ich. »Ich komme nicht so richtig voran mit meinem Theaterstück«, seufzte ich. »Ich hänge im zweiten Akt fest und ich habe das Gefühl, ich komme nicht mehr vor und zurück.«

»Mmmhh«, machte sie. »Hast du es schon mal mit Karteikarten probiert?«

Ich runzelte die Stirn.

»Schreib auf Karteikarten, was noch passieren soll, dann kannst du die einzelnen Handlungsschritte besser ordnen. Und auch wieder umsortieren, wenn es nicht passt.«

»Gute Idee«, sagte ich.

»Es ist nämlich viel einfacher zu schreiben, wenn man weiß, was man schreiben will«, meinte sie augenzwinkernd.

»Ich probiere es mal aus.« Auch wenn ich noch nicht so richtig wusste, wie das funktionieren sollte. Aber auf einen Versuch kam es an.

»Sag mir, wenn du Hilfe brauchst«, sagte sie und schaute auf ihre goldene Uhr. »Oh, ich muss. Abgabetermin!« Sie eilte auf ihren beigefarbenen Pumps davon, löste im Gehen den Gürtel ihres Trenchcoats, winkte fröhlich und verschwand dann in ihrem Büro.

Es war schon zwanzig nach zwölf, als Liv endlich kam. Mit rotem Minikleid und schwarzen Stiefeln schritt sie auf mich zu, die Jacke lässig über die Schulter geworfen.

»Hi«, sagte ich. »Der Laden hat zu.«

»Oh«, machte sie mit ihren knallrot geschminkten Lippen. Dann grinste sie breit. »Egal, wir gehen zu mir nach Hause! Da gibt es mehr als genug schicke Klamotten.«

Wir spazierten den kleinen Fußweg zwischen Hotel und Touristeninformation entlang, der zum Kobler Park führte. Den angrenzenden Skaterplatz, sonst Rosannas Revier, hatten heute ein paar Jungs besetzt, die mit ihren Skateboards über die Rampen heizten. Ich überlegte, ob Rosanna wohl gerade mit Tom zusammen war. Allein die Vorstellung gab mir einen Stich. Aber dann schaute ich zur Seite, wo Liv sich gerade über die modische Spießigkeit der Einwohner von Wickwood ereiferte, von denen ja kaum einer wüsste, was »hip« bedeuten würde.

»Ich bin doch auch nicht hip«, wandte ich zerknirscht ein.

»Ja, aber nur weil du es bisher nicht konntest. Und nicht weil du nicht wolltest«, stellte Liv fest. »Das ist ein himmelweiter Unterschied! Und abgesehen davon«, fügte sie hinzu, »werden wir das ja heute ändern.«

Wir schlenderten weiter am Pothook's Creek entlang, dem kleinen Fluss, der durch Wickwood führte. Er war vielleicht sieben Meter breit, aber ziemlich flach, mit vielen Steinen, um die sich gurgelnd das Wasser schlängelte. Eine Fußbrücke führte am Ende vom Kobler Park hinüber auf die andere Seite, wo der Picknickplatz Fool's Gold lag, der nach der Begebenheit benannt worden war, die im Jahr 1856 zur Gründung von Wickwood geführt hatte. Ein deutscher Auswanderer namens John C. Kobler hatte geglaubt, dort im Fluss Gold gefunden zu haben, was sich dann aber als Pyrit entpuppte, Katzengold. Kobler nahm es dennoch als Zeichen Gottes, auf dieser Lichtung mitten im Wald ein Haus und eine Kirche zu bauen. Ein Gedenkstein erinnerte noch heute an den gottesfürchtigen und geologisch wenig bewanderten Begründer Wickwoods.

Liv führte mich am Pfad an den drei Ferienpensionen vorbei, die den Blick auf den Fluss vermarkteten. Es war angenehm im Schatten der Bäume, wir hatten es nicht eilig, denn das ganze Wochenende lag vor uns, mit all den Möglichkeiten, die sich boten, wenn man mit einer Freundin zusammen war. »Wo wohnt ihr denn?«, fragte ich verwundert, als wir auf die Brücke zum Tennisplatz einbogen, der am anderen Ufer des Pothook's Creek lag.

»Ja, das frage ich mich allerdings auch manchmal.« Sie zuckte mit den Schultern. »Meine Eltern mögen halt die Abgeschiedenheit des Waldes.«

Wir ließen den Tennisclub links liegen und stiegen über eine schmale Straße den Berg hinauf. Hier war ich noch nie gewesen. Mit meinem Vater war ich immer in die andere Richtung in den Wald gegangen. »Ist da oben nicht der Tollwutsperrbezirk?«, fragte ich ein wenig mulmig.

»Nee, der ist dahinten«, sagte Liv und machte eine vage Handbewegung nach rechts. Der Weg schlängelte sich in Serpentinen den Berg hinauf und ich fing an zu schwitzen.

Schließlich erreichten wir eine Stelle, wo die Straße eben war. Links von uns lag ein dicker, merkwürdig geformter Stein, der aussah wie ein knubbeliger Troll.

»Das ist Sven«, sagte Liv. »Er bewacht hier den Wald.«

»Guten Tag, Sven«, begrüßte ich den Stein.

Ein paar Schritte weiter führte ein Kiesweg zwischen zwei mächtigen Eichen hindurch nach rechts. Nach wenigen Metern erreichten wir ein hohes Eisentor mit lanzenartigen Spitzen. Es war unverschlossen.

»Willkommen bei mir zu Hause«, sagte Liv und machte eine Verbeugung.

»Wahnsinn!«, entfuhr es mir, als ich die prächtige Villa sah. Sie war aus weißem Stein, doppelgeschossig mit mächtigen Säulen vor dem Eingang und riesigen Fenstern. Die Haustür war so groß wie unser Garagentor, aus dunkelgrünem Holz mit einem silbernen Türklopfer in Form eines Löwen. Liv schloss auf und warf ihre Jacke achtlos auf einen Stuhl in der Diele, die eher eine Art Empfangshalle war. Der Boden war schwarz-weiß gekachelt, es war kühl.

»Wo sind deine Eltern?«

»Mein Vater verdient Geld und meine Stiefmutter gibt es aus«, sagte Liv. »Die ganze Villa gehört uns! Los, komm!«

Wir liefen an einem gigantischen Kamin vorbei nach rechts in den Salon, wie Liv es nannte. Große Palmen, schwere dunkle Ledersofas, ein Bücherregal über die ganze Wand mit goldgeprägten Einbänden.

»Hier könnte man ja glatt eine Fernsehserie drehen«, staunte ich. »›Reich und schön‹.«

»Bei uns würde die aber eher ›Reich und ganz schön durchgedreht‹ heißen!«, gab Liv gut gelaunt zurück. Sie ging zu einem Vitrinenschrank aus dunkel glänzendem Holz und öffnete eine Tür. »Kirschlikör?«, fragte sie und hielt eine schwarze Flasche mit rot-weißem Etikett hoch.

Ich zögerte. »Morlaccos Blut!«, pries sie den Likör mit vibrierender Stimme an. »Süß und gefährlich. Wie wir.« Sie zog eine Grimasse und ich musste lachen.

»Okay«, sagte ich kribbelig, denn am helllichten Tag im

Wohnzimmer der Eltern einer Freundin Likör zu trinken, fühlte sich absolut verboten an. Und wahnsinnig aufregend.

Sie nahm zwei kleine Gläser aus dem Schrank, geschwungene Kelche aus hauchdünnem Kristall, in die Glockenblumen eingraviert waren. Ich fasste meines vorsichtig am Stiel an. »Bist du dir sicher, dass wir diese nehmen sollten?«

Liv zuckte mit den Schultern. »Wer sollte uns das verbieten?«

»Meine Mutter würde mir das jedenfalls nie erlauben. Bei uns gibt es massenhaft Geschirr, das viel zu wertvoll ist, um es zu benutzen.«

»Und was macht man dann damit?«, fragte Liv und schenkte uns randvoll ein.

»Nichts«, sagte ich. »Man hat es einfach.«

Liv seufzte. »Erwachsene ...! Sagen immer, sie wüssten alles besser, dabei sind sie auch nur Leute mit Problemen.« Sie tauchte den Finger in den dunklen Likör und fuhr langsam über den Rand ihres Glases. »Weißt du, was das größte Problem meiner Stiefmutter ist?«

Ein leises Fiepen erhob sich und schwoll an zu einem schaurigen Klagelied, Liv nahm den Finger vom Glasrand und in den verhallenden Ton sagte sie: »Ich!« Es klang richtiggehend, als ob sie stolz darauf war. Dann stießen wir die Gläser ganz vorsichtig aneinander und tranken. Dickflüssig und süß wie Sirup mit dem Geschmack von Cocktailkirschen, die meine Mutter manchmal zum Backen verwendete, aber dann wurde es scharf und brannte, bis auf der Zunge ein köstlicher Kirschgeschmack zurückblieb.

»Wow«, sagte ich und der Likör kitzelte meinen Gaumen, meine Kehle und meinen Bauch.

»Klasse, was?« Liv schlenderte, das Glas lässig in der

Hand wie der Gast einer mondänen Party, zum Plattenspieler und schaltete ihn an. Das nostalgisches Kratzen, ein Synthesizer, Drums, dann die Textzeile »When a man loves a woman ...«, im Duett, ein Mann, eine Frau – und die war Liv, die plötzlich auf das Sofa gesprungen war und lauthals mitsang.

»... can't keep his mind on nothin' else
He'll trade the world for the good thing he's found
If she is bad, he can't see it, she can do no wrong
Turn his back on his best friend if he puts her down ...«

Sie schmetterte alles mit, kippte sich den Rest Likör in den Mund und verbeugte sich. Ich stellte schnell mein leeres Glas auf den großen Tisch und klatschte.

»Noch einen?«, fragte Liv. Wir nippten einen zweiten Likör und der Nachmittag begann, sich zu dehnen, die Zeit schlug Blasen. Liv tanzte zu einem weiteren Song, schlängelte die Arme vor sich wie eine Medusa und schwenkte dabei lasziv ihr langes Haar. Es war bizarr, dieses abgedrehte Mädchen in dieser spießigen Umgebung, in der man eher den Auftritt von Lord und Lady Sowieso erwartete.

»Du erinnerst mich ein bisschen an Mia Wallace«, sagte ich.

»An wen?«, fragte sie.

»Mia Wallace. Uma Thurman. In ›Pulp Fiction‹.«

Liv formte ein Dach über ihrem Kopf, in dem sie die Handflächen aneinanderlegte, und wackelte mit dem Kopf seitlich hin und her wie eine orientalische Tänzerin. Ich lief durch den großen Raum, ließ die Fingerspitzen über die dicken ledernen Buchrücken im Regal streifen und blieb am Fenster stehen. Der Garten war eher ein kleiner Park, auf der Terrasse standen schmiedeeiserne Liegestühle neben einem Pool, dessen blaue Kacheln verführerisch in der Sonne glitzerten. »Hey«, rief ich übermütig. »Los, wir gehen eine Runde schwimmen.«

Liv hörte abrupt auf zu tanzen. Ihr Gesicht wurde ganz starr und irgendwie zerfurcht, wie eine Nussschale. »Niemals! Was für eine völlig idiotische Idee«, fuhr sie mich an.

»Entschuldigung«, keuchte ich erschrocken, »ich dachte, na ja ...« Ich machte eine hilflose Handbewegung, aber Liv hatte schon wieder angefangen, sich im Takt der Musik zu wiegen. Mit halb geschlossenen Augen sagte sie: »Ist sowieso kein Wasser drin.«

Dann war das Lied zu Ende und sie schaltete den Plattenspieler aus. »Komm, wir gehen in mein Zimmer.«

Livs Zimmer lag im ersten Stock. Aus dem Fenster sah man über die Baumkrone einer Kastanie in den Garten. Von hier oben konnte ich erkennen, dass der Pool tatsächlich leer war. Ein paar Blätter hatten sich unten auf dem Boden gesammelt, braunrote Sprenkler auf den blauen Kacheln.

Das Zimmer hatte wenig Jugendliches, auch hier herrschte eine blaublütige Atmosphäre. Der Glanz des Eichenparketts hieß den Besucher zu schreiten und nicht etwa profan darüberzulaufen. Die Wände waren mit dicker Tapete beklebt, rosa-goldene Blumen rankten sich dort nach oben. Sogar einen marmornen Kamin gab es, mit einem Stapel aufgeschichteten Holzes auf dem Rost, fertig zum Anzünden. Links und rechts vor der Kamineinfassung standen zwei weibliche römische Statuen in wallenden Gewändern. Sie trugen Lorbeerkränze und schauten stoisch in den Raum, obwohl sie mit ihren Händen die Last des steinernen Daches des Kaminsimses trugen. Liv bemerkte meinen Blick und lachte: »Na, wie findest du meine Geheimnisbewahrerinnen?«

»Wieso Geheimnisbewahrerinnen?«

»Warum wohl? Sie sehen alles, würden aber nie ein Sterbenswörtchen verraten. Ihre Lippen sind sozusagen versiegelt.«

Liv ließ sich auf einen Ledersessel gleiten, legte die Beine seitlich über die Lehne und schlenkerte mit den Füßen, die immer noch in ihren schwarzen Stiefeln steckten. Der Rock war etwas hochgerutscht und legte ihre Oberschenkel zur Hälfte frei. Durch die Nylonstrumpfhose schimmerten sie genauso milchfarben wie der Rest ihrer Haut. Sie nestelte mit der rechten Hand eine Zigarette aus einem silbernen Etui, das auf dem Couchtisch lag, zündete sie mit dem Zippo an, ratsch, klack, zog einmal tief, dann bog sie ihren langen schlanken Hals nach hinten und blies den Rauch langsam aus. Die Ketten ihrer goldenen Ohrringe klimperten gegen das Leder des Clubsessels, sie spreizte die Hand mit der Zigarette seitlich ab, ihre Fingernägel waren genauso tiefrot wie ihre Lippen. Sie starrte weiter an die Decke, dem wabernden Rauch hinterher, der sich in Schnörkeln über ihrem Kopf kräuselte und dann langsam verblasste. Ihr schwarzes Haar floss über ihre Schultern und schimmerte im Sonnenlicht, das durch die Sprossenfenster in ihr Zimmer schien.

Ich weiß nicht, ob es an dem Likör lag oder an ihr, aber sie kam mir vor wie das faszinierendste Wesen der Welt. Sie sah aus wie eine ägyptische Königin und ich hätte ihr stundenlang zuschauen können. Alles, was sie tat, tat sie mit einer eigenartigen trägen Lässigkeit, dennoch war jede ihrer Bewegungen von einer Selbstverständlichkeit, wie ich es noch nie gesehen hatte. Jeder Handgriff, jede Geste von Liv schien bedeutsam zu sein, eine Choreografie, Ausdrucksform einer speziellen Kunst. Der Kunst der Verführung, dachte ich. Die Jungs mussten ihr in Scharen nachlaufen. Obwohl sie auch nur ein amerikanisches Mädchen war, wirkte sie auf mich fremdartig und betörend, wie eine dieser fluoreszierenden Seeanemonen, die ihre filigranen Tentakel in der sanften Strömung des Meerwassers wiegten wie Gräser im Wind und deren Geheimnis es war, wie harmlose Blumen auszusehen und dennoch giftige Tiere zu sein.

Liv steckte die Zigarette zwischen ihre tiefrot geschminkten Lippen und inhalierte den Rauch. Dann sagte sie mit einer entspannten Mattigkeit: »Die Menschen sind nicht alle nur gut oder nur schlecht. In jedem Menschen steckt beides.« Während sie redete, blies sie den Rauch aus und er stieg in dünnen Schwaden auf, schwebte eine Weile über ihr, eine arabeske Botschaft aus bläulichem Rauch, die ich nicht entziffern konnte. »Und in den allermeisten Leuten verbergen sich richtig tiefe Abgründe«, sagte Liv und dann schwang sie plötzlich die Beine von der Lehne, stellte ihre Stiefel auf dem Boden ab, beugte sich vor und sagte: »Auch in dir, Stella.«

Sie senkte das Kinn und schaute mich an, ihre Augen leuchteten dunkelblau, fast violett und mir lief ein Schauder über den Nacken.

Dann lachte sie plötzlich los. »Du solltest dein Gesicht sehen!«, prustete sie. »Stella, das ist göttlich! Du hast gerade wirklich nach deiner bösen Seite geforscht, oder?« Sie kriegte sich kaum ein. Und mit ihrem herzhaften Lachen verschwand das klamme Gefühl, das mich für einen Moment überkommen hatte, und ich lachte auch los. Und noch ehe ich dazu etwas erwidern konnte, sprang sie auf. »Komm«, rief sie. »Jetzt schauen wir mal, was wir für dich an Klamotten finden.«

Sie lief aber an ihrem Kleiderschrank vorbei, einem massiven Möbel aus dunklem Holz, und hinaus aus der Tür.

»Hast du noch woanders Klamotten?«, rief ich.

»Nein«, rief Liv zurück. »Aber meine Stiefmutter. Die hat die schönsten Sachen.«

»Aber das können wir doch nicht machen!« Ich blieb erschrocken stehen, als Stella das Schlafzimmer ihrer Stiefmutter und ihres Vaters öffnete.

»Natürlich können wir das«, sagte sie. »Komm!« Sie ging an dem breiten, mit silbern glänzender Wäsche bezogenen Bett vorbei, und steuerte auf eine mit Tapete verkleidete Tür zu. Den einen Nachttisch schmückte ein antikes Telefon mit Wählscheibe und Stoffbezug, den anderen eine feine Dose aus ziseliertem Silber, die Taschentücher enthielt. Rechts vor dem Fenster stand ein kleiner Schreibtisch mit Briefpapier und Füllfederhalter, auf einem Kleiderständer hing ein dunkelblauer Anzug in stattlicher Größe mit zwei Reihen goldener Knöpfe. Alles wirkte exquisit, aber altmodisch und ein bisschen spießig, eben wie in einer Fernsehserie mit Figuren von gutherzigem Adelsgeschlecht.

Stella verschwand hinter der Tapetentür. »Das musst du dir angucken«, lockte sie. »Das ist ihr begehbarer Kleiderschrank!«

Sie fing an, ein Lied zu summen, und ich stand immer noch im Eingang und kam mir vor wie ein Einbrecher.

»Ah! Das wäre doch was für dich!«, klang es dumpf von hinten. Ein violettes Paillettenkleid erschien im Türrahmen, es schillerte richtig, als Liv es an dem Kleiderbügel hin und herschwenkte.

»Ich will doch nicht aussehen wie eine Discokugel«, widersprach ich und setzte einen Fuß in das Zimmer. Der Teppich war dick und verschluckte jeden Schritt. Mit klopfendem Herzen drang ich in die Privatsphäre der Eltern meiner neuen Freundin ein und durchquerte das Schlafzimmer.

»Und deine Stiefmutter hat wirklich nichts dagegen, dass wir ihre Kleider durchgucken?«, fragte ich, als ich in dem gigantischen Ankleidezimmer stand. Es war fast so groß wie Amandas Boutique und angefüllt mit Tausenden Kleidern, Blusen, Hosen, Schuhen, Mänteln, Jacken, Hüten und Taschen.

»Ach was«, sagte Liv, während sie die Kleiderbügel durchforstete. »Erstens hat sie das alles mit dem Geld von meinem Dad gekauft. Zweitens hat sie mir in einem Anfall von Anbiederei gesagt, ich dürfte mich an ihrem Kleiderschrank bedienen. Was sie aber sowieso nur deswegen gesagt hat, damit sie sich selbst noch mehr Neues kaufen kann. Von dem Geld meines Vaters.« Und dann fügte sie fröhlich hinzu: »Und drittens ist es mir sowieso total egal, wie meine Stiefmutter das findet.« Schon rief sie triumphierend: »Ah ja, das ist es doch!«

Es war ein ärmelloses pinkes Kleid mit grünen Blockstreifen und großen grünen Knöpfen. »Das könntest du in der Schule anziehen.«

»Damit würde ich aber doch richtig auffallen!«, widersprach ich. »Das ist total retro.«

»Ist es schick oder ist es schick?«

»Es ist schick«, musste ich zugeben. »Aber das hier gefällt mir besser.« Ich griff zu dem Kleid, das danebenhing: schwarz mit großen weißen Punkten.

»Zieh es an«, sagte Liv und wühlte weiter durch die unendlichen Reihen von Kleidern.

»Aber damit eines klar ist«, sagte ich. »Ich probiere es nur an. Ich nehme nichts davon mit.«

Anderthalb Stunden später hatte ich gefühlte hundert Outfits angehabt, inklusive hinreißender Petticoats, einer karierten Ballonmütze, weiten Marlenehosen, bunt gemusterten Minikleidern, weißen und roten und gelben Sonnenbrillen, Pumps, Plateauschuhen, Stiefeln und einem Pelzmantel, der so weich war, dass er sich anfühlte wie Schneeflocken im Sommer. Wir verkleideten uns als Zwillinge und lachten, bis uns die Bäuche wehtaten. Zwischendurch lästerten wir über Rosanna und unkten darüber, wie gering ihre Chance gegen mich wäre, wenn ich erst im Dress eines Hollywoodstars in der Schule auftauchen würde.

»Tom wird sich auf dich stürzen wie ein Löwe auf eine verwundete Gazelle«, prophezeite Liv, als ich mich in einem weit schwingenden weißen Rock vor ihr drehte.

»Das hast du aber wieder mal sehr schön ausgedrückt«, sagte ich kichernd und begann eine Reihe von Hutschachteln zu öffnen.

»Was denn?«, gab Liv zurück. »Meine Mutter hat immer gesagt: Männer sind Raubtiere. Und Frauen sind Schlangen.«

Ich wollte gerade etwas erwidern, da entdeckte ich sie, in einem unscheinbaren Karton, der zwischen den extravaganten Hutschachteln gestanden hatte. Eingeschlagen in Seidenpapier lag sie dort. Die Tasche. Sie schimmerte durch das knisternde Papier wie ein verwunschener See mitten im Urwald, dessen Wasser von der Morgensonne zum Leuchten gebracht wurde.

»Was ist das denn?«, fragte ich ehrfürchtig und holte sie aus dem Karton. Sie war mehr grün als blau und bestand aus weichem Satin, in das große Rauten gesteppt waren. Sie war flach und etwa halb so groß wie ein Schulheft und hing an einer silbernen Kette aus verschlungenen Metallösen. Ein mit Brillanten verzierter Skarabäus, dessen Hinterbeine in eine Metallschnalle geklackt wurden, diente als Verschluss.

»Die ist ja der Wahnsinn«, hauchte ich und hängte mir die Tasche über die Schulter. »So eine schöne Tasche habe ich ja noch nie gesehen.«

»Sie passt perfekt zu deinem zimtfarbenen Haar und deinen moosgrünen Augen!«, sagte Liv zufrieden. Ich drehte mich vor dem Spiegel und da – ob es an dem Likör lag oder an Livs Schmeichelei, wusste ich nicht – erkannte ich, was Liv gemeint hatte: Meine Haare waren wirklich gar nicht so langweilig braun. Sie schimmerten im Licht wie mit Goldpuder überzogen und meine Augen blitzten grün und verführerisch. Und auch wenn ich mir fest vorgenommen hatte, nichts aus dem Kleiderschrank von Livs Stiefmutter zu nehmen, überkam mich plötzlich ein heftiges Verlangen. Diese Tasche wollte ich haben! Ich *musste* sie haben!

»Meinst du vielleicht ...«, fing ich an. Meine Stimme bebte.

»Ob du sie mitnehmen kannst?«, fiel mir Liv lachend ins Wort. »Aber klar doch!«

»Hat deine Stiefmutter wirklich nichts dagegen?«

Liv schüttelte den Kopf. »Hat sie nicht.«

»Aber ... sie sieht so kostbar aus, so wertvoll. Diese Steine ... sind das Diamanten?«

»Ach was«, winkte Liv ab. »Das sind nur Glaskristalle, billiger Strass.«

Aber für mich waren sie so schön und wertvoll wie echte Brillanten. Ich betrachtete noch einmal staunend die Tasche, ungläubig darüber, dass so etwas Schönes überhaupt existierte und es nicht wie ein Augapfel von seiner Besitzerin gehütet wurde. Ich jedenfalls würde sie freiwillig niemals hergeben!

»Aber du musst sie fragen, versprochen?«, sagte ich noch einmal eindringlich.

»Mach ich, mach ich«, sagte Liv und klatschte begeistert in die Hände. »Ach, was siehst du hübsch aus!«

Es war der schönste Nachmittag seit Langem. Wenn ich mit Liv zusammen war, vermisste ich sogar Melanie nicht mehr so sehr. Mit ihr war es zwar auch schön gewesen, aber mit Liv fühlte ich mich mit einem Mal lebendiger als je zuvor. So als könnte ich es endlich wieder mit der Welt aufnehmen, nur weil ich eine Freundin hatte. Liv war die Königin der Paradiesvögel. Sie begutachtete meine Frisur, dann befahl sie mir, mich zu setzen, und flocht eine Strähne vom Pony und steckte den schmalen Zopf seitlich hinter meinem Ohr fest und schmückte die Klammer mit einer weißen Hibiskusblüte. Erst wollte ich gegen den auffälligen Haarschmuck protestieren, aber dann musste ich feststellen, dass sie recht damit gehabt hatte. Es sah gut aus!

»Wirklich viel weniger graue Maus und viel mehr Diva!«, befand ich, als ich das Ergebnis im Spiegel begutachtete.

Liv nickte zufrieden. »Langsam kapierst du, wie die Sache läuft. Die Diva steckt in dir, trau dich, sie rauszulassen.«

Es war schon fast dunkel, als wir den Berg hinunter Richtung Wickwood liefen. Ich hatte der Versuchung widerstanden, doch noch Kleidung aus dem Schrank von Livs Stiefmutter mitzunehmen, und trug meine Stella-Klamotten. Auf Anraten von Liv hatte ich mir aber den Pulli um die Schultern gelegt und vorne zugeknotet. Mit dem weißen T-Shirt und der Jeans war ich zwar nicht auffällig gekleidet, aber die Accessoires machten das wett. Denn diese Tasche ... jetzt konnte ich verstehen, warum manche Frauen so ein Aufheben um Mode machten. Es war geradezu berauschend, so ein wunderschönes Stück sein Eigen nennen zu können. Ich war regelrecht verliebt in diese Tasche. Plötzlich hatte ich das verrückte Gefühl, alles wäre möglich. Sogar, dass ich in Wickwood glücklich werden könnte.

Der Duft nach Brathähnchen zog durch den vorderen Teil von Bell's Bar & Grill. Es war die Spezialität des Hauses und manchmal kamen sogar Leute aus Crowsville, nur um bei Kristin Bell Brathähnchen zu essen. Das jedenfalls erzählte Kristin gerne. Sie war ein paar Jahre älter als meine Mutter, aber an ihr haftete nichts Altbackenes. Im Gegenteil. Kristin Bell war eine clevere Geschäftsfrau, die aus dem ehemaligen Grocery Store ihrer Eltern, den sie nach der Eröffnung von Walmart hatten aufgeben müssen, ein gut laufendes Restaurant gemacht hatte. Für die Jugendlichen hatte sie nicht nur den Skaterpark gestiftet, der hinter dem Gebäude lag, sondern auch in ihrem Restaurant einen halb abgetrennten Raum eingerichtet, der wie ein 1950er-Jahre-Diner eingerichtet war. Hier trafen sich die jungen Leute aus Wickwood, zumindest die, die Geld für einen Shake und einen Burger hatten.

Und sie waren schon da. Tom, Rosanna und die anderen. Ich sah sie bereits durch die große Glasscheibe von außen und atmete vor lauter Spannung tief ein.

»Fertig?«, fragte Liv.

Ich nickte.

»Kopf hoch, Brust raus, lächeln«, kommandierte sie. »Es ist alles eine Frage des Auftretens.«

Sie zog die Tür auf und ließ mich hindurch. Wir nickten Kristin Bell zu, die wie immer an ihrem Platz im Eingang lehnte, um Gäste zu begrüßen und zu ihrem Tisch zu begleiten. »Hi Stella«, rief sie. »An der Bar ist noch was frei!«

Noch bevor ich die Gelegenheit bekam, ihr Liv vorzustellen, wandte sie sich ab, denn Brenda Stark, die Bürgermeisterin, war gerade mit ihrem Mann hereingekommen. Die drei begrüßten sich mit Küsschen auf die Wange, dann geleitete Kristin die Bürgermeisterin zum besten Platz im Hauptsaal des Restaurants. Wir bogen nach links ab in die Juniorbar mit den knallroten Lederbezügen und dem schwarz-weiß karierten Boden.

Tom und Rosanna saßen mit Brent, Scott und Randy an einem Tisch und lachten über den Unsinn, den Randy mit der Ketchupflasche veranstaltete. An einem zweiten Tisch waren Emily, Tess und Jasmin und plauderten mit Eric, einem der Kellner, die in Bell's Bar & Grill traditionell gut aussahen. »Da sind sie«, murmelte ich zu Liv, als wir hineingingen. Die Tische waren alle besetzt, aber wie Kristin gesagt hatte, waren am Tresen noch einige Barhocker frei.

Dazu mussten wir durch das ganze Lokal gehen. An Rosannas Tisch vorbei. Genau als ich Rosannas Tisch erreichte, hob Tom den Kopf und unsere Blicke trafen sich. Und etwas Merkwürdiges passierte: Plötzlich hörte ich nicht mehr die Musik, sah niemand anderen mehr. Für einen Moment lang waren nur wir beide in diesem Raum, er und ich, und ich schwöre, dass er sich etwas aufrichtete, ein Ausdruck des Erstaunens in seinen blauen Augen und in dieser minimalen Kopfbewegung zur Seite, als versuchte er vergeblich, die Illusion abzuschütteln. Er runzelte die Stirn und sein Mund öffnete sich ein kleines Stück, als wollte er etwas fragen.

Ja, Tom, dachte ich. Ich bin's. Ich erwiderte seinen Blick und weder lächelte ich, noch lächelte ich nicht, ich war einfach ich, Stella, mit der Blume im Haar und der petrolfarbenen Tasche unter dem Arm.

Dann war ich an ihm vorbei und er drehte den Kopf, um meinen Weg zu meinem Platz weiterzuverfolgen. Aus dem Augenwinkel sah ich, dass Rosanna bemerkte, wie Tom mir nachguckte. Plötzlich lachte sie schrill und zog ihn am Arm. Mit bummerndem Herzen setzte ich mich auf den Barhocker am Rand, beugte mich zu Liv und funkelte sie aufgeregt an. »Hast du das gesehen?«, fragte ich. »Hast du *das* gesehen?«

Sie nickte. »War ja nicht zu übersehen«, murmelte sie und ich lachte übermütig. Dann fing ich mich wieder. »Was soll ich denn jetzt tun?«

»Nichts. Spiel die Geheimnisvolle«, sagte Liv. »Da stehen Männer drauf.«

»Aber meinst du nicht, ich sollte ...«

»Nein«, sagte Liv bestimmt. »Wie meine Mutter immer sagte: Mach ihm Appetit, aber lass ihn nicht zu schnell ran.«

Ich blinzelte nur ab und zu verstohlen zu Toms Tisch. Wir bestellten uns bei dem Barmann einen Milchshake und auch er grinste mich breit an, schüttete einen ganzen Haufen Erdnüsse in eine Schale und stellte sie vor mich. Und als er mir meinen Shake reichte, thronte nicht nur eine Kirsche oben auf der Sahne, er hatte den Shake auch mit Krokant und einem glitzerbunten Schirmchen verziert. Als ich mich bedankte, zwinkerte er mir zu. So was hatte ich noch nie erlebt.

»Was ist nur los?«, fragte ich Liv. »Kann das denn wirklich sein, dass ich plötzlich so anders aussehe?«

»Na ja«, antwortete sie träge und verfolgte dabei den Barmann mit den Augen. »Du hast dich eben verpuppt.«

»Wie verpuppt?«, stichelte ich. »Ich dachte, ich wäre eine Gazelle.«

»Du kannst sein, was immer du sein willst«, sagte Liv. »Und in meinen Augen bist du ein Schmetterling.«

Ich fischte eine Erdnuss aus der Schale und überlegte noch, wie sie das meinte, da redete sie schon weiter: »Eine Raupe wird eines Tages ein Schmetterling. Und dann breitet er seine Flügel aus und fliegt davon und kehrt nie mehr in seinen Kokon zurück.«

Ich betrachtete sie staunend, während sie gedankenverloren mit dem Finger über das Kondenswasser fuhr, das sich am Glas gebildet hatte. Sie sagte einen Haufen kluger Sachen, als wäre es gar nichts, und ich konnte mir jetzt schon nicht mehr vorstellen, wie mein Leben vorher gewesen war. Und wollte auch gar nicht daran denken, was passieren würde, wenn sie tatsächlich aus Wickwood weggehen würde.

»Die Kellner sind aber auch nicht von schlechten Eltern«, stellte Liv jetzt fest, als Eric ein Tablett voller Colas und Burger zu Rosannas Tisch balancierte. Tom nutzte die Gelegenheit, um mir noch mal einen Blick zuzuwerfen. Ich sah es aus dem Augenwinkel und widerstand der Versuchung, ihn anzuhimmeln, lächelte stattdessen geheimnisvoll vor mich hin.

»Handverlesen von der Chefin«, sagte ich und sah, dass an Toms Tisch jemand aufstand. Rosanna ging mit Jasmin auf die Toilette. Tom sah zu mir und einen Moment lang sah es so aus, als ob er zu mir rüberkommen wollte, aber Tess und Emily hielten ihn mit irgendeiner Bemerkung auf. Er sagte kurz was, stand dann aber tatsächlich auf und ging in meine Richtung, aber in dem Moment kam Rosanna von der Toilette. Sie versperrte Tom schnell den Weg zu mir und hakte ihn unter. Er tat so, als ob er nur eine Serviette hatte holen wollen, und warf mir noch einen flüchtigen Blick zu, während Rosanna mich mit ihren grauen Katzenaugen musterte und dabei demonstrativ den Arm um Tom legte und ihm was ins Ohr flüsterte.

Dann legte Tom Geld auf den Tisch und die beiden gingen Richtung Ausgang. Aber Tom drehte sich noch einmal zu mir um, bevor er an ihrer Hand aus der Bar gezerrt wurde. In meinem Magen flatterten Hunderte Fledermäuse auf und flogen in einem wilden Schwarm umher.

»Jetzt sind sie weg«, sagte ich in einem Anfall von stechender Eifersucht.

»Ich glaube, ich muss auch nach Hause«, sagte Liv plötzlich. Sie sah irgendwie blass aus.

»Was ist los?«, fragte ich. »Geht es dir nicht gut?«

»Weiß nicht«, meinte sie. »Vielleicht werde ich krank.« Sie befühlte ihre Stirn. Ihren Shake hatte sie nicht angerührt.

»Na, komm, lass uns gehen«, sagte ich. Ich bezahlte unsere Milchshakes, dann gingen wir raus. Die Herbstnacht hing schwer über Wickwood. Der Nebel machte sich wieder breit, und wo das Licht der Straßenlaternen in die Dunkelheit sickerte, erhellte es nicht viel mehr als den Dunst und reichte dabei kaum bis auf den Boden.

»Willst du dir nicht ein Taxi rufen?«, fragte ich. »Der Weg den Berg hoch ist ganz schön weit.«

»Nein, nein, das schaffe ich schon.«

»Aber da sind doch noch nicht mal Laternen!«

Sie lächelte matt.

»Und dann der Wald, das ist doch unheimlich!«

Jetzt lachte Liv rau. »Und wie! All diese brutalen Bäume und angriffslustigen Sträucher!«

»Im Ernst!«, rief ich.

Liv zuckte mit den Schultern. »Mach's gut!«

»Wir sehen uns am Montag«, sagte ich, obwohl ich eigentlich sagen wollte, bleib besser hier, bleib bei mir. Lass uns zusammen gehen, übernachte bei mir zu Hause, geh nicht alleine durch den Wald. Aber sie drehte sich schon um und marschierte los.

»Und danke für den tollen Tag!«, rief ich ihr nach. »Und für die Tasche!« Sie stapfte weiter auf ihren schwarzen Stiefeln, der Saum ihres roten Kleides wippte unter der Wildlederjacke im Takt ihrer Schritte. Sie hob die Hand zum Abschied, ohne sich umzudrehen.

»Wir sehen uns am Montag«, wiederholte ich leise. Ich schaute ihr nach, bis ihre Schritte verhallten und die nebeltrübe Dunkelheit sie verschluckt hatte. Dann überquerte ich langsam die Kobler Street und ging den sicheren Weg an der Kirche vorbei durch die hereinbrechende Nacht nach Hause.

Noch vor ein paar Tagen hatte ich nichts mehr gewollt, als abzuhauen aus dieser Stadt, die mir so wenig zu bieten hatte. Und jetzt lag plötzlich mein Leben wieder vor mir, ein Leben voller Möglichkeiten, ein Leben mit Tom. Ein Leben mit Liv!

Ich habe nicht ahnen können, dass ich sie niemals mehr wiedersehen würde.

KAPITEL 5

SONNTAG, 5. OKTOBER 1997

Die Tasche lag neben meinem Bett. Trotz des dämmerigen Morgenlichts in meinem Zimmer schimmerten die Brillanten auf dem Rücken des Skarabäus. Ein Glücksgefühl durchströmte mich. Ich hatte es nicht geträumt! Diese wunderschöne Tasche gehörte wirklich mir. Und Tom hatte mich angesehen, er hatte mit seinen blauen Augen in mein Herz gesehen und dort ein Bild von sich gefunden. Und wenn man sein Bild im Herzen eines anderen gesehen hatte, dann war man mit demjenigen unwiderruflich verbunden.

Ich streckte die Hand aus und streichelte ehrfürchtig mit dem Zeigefinger über die Flügel des geheimnisvollen Käfers. Er schien unter meiner Berührung fast zu vibrieren. Ich schaltete meine Nachttischlampe an und setzte mich im Bett auf. Nahm die Tasche und untersuchte sie noch einmal ausgiebig. Dieser weiche, aber dennoch feste Stoff mit den rautenförmigen Steppnähten, der silberne Trageriemen mit den ineinander verschlungenen Metallösen, aber vor allem die glitzernden Steine auf dem Skarabäus, die im Schein der Lampe in verschiedenen Schattierungen von Grün bis Blau auflebten. Wenn man die Tasche unter dem Licht hin und her bewegte, schien der Käfer fast mit den Flügeln zu schlagen.

Vorsichtig klickte ich die Hinterbeine des Skarabäus aus dem Haken und öffnete die Tasche. Ihr Futter war aus Seide, dunkelrot wie Blut. Es gab zwei Hauptfächer, dazwischen eines mit einem Reißverschluss und zwei weitere Fächer an der hinteren Innenseite. Die Tasche war viel geräumiger, als sie von außen aussah. Ich fuhr mit den Fingern durch die Fächer, das kühle, weiche Futter schmeichelte meiner Haut. Im vorderen Fach stieß ich auf etwas Hartes. Es war ein silberner Kugelschreiber. Er sah elegant aus, schlank und glatt poliert, wie neu. Na ja, dachte ich. Wenn Livs Stiefmutter die Tasche nicht vermisste, würde sie den Stift auch nicht vermissen. Ich klickte ein paar Mal auf die Verschlusskappe und fuhr die Mine ein und aus und dachte an Liv, wie sie gestern im Dunkeln verschwunden war. Schade, ich konnte sie noch nicht mal anrufen, um zu fragen, ob sie gut nach Hause gekommen war, weil ich ganz vergessen hatte, sie nach ihrer Telefonnummer zu fragen. Aber ich würde sie ja morgen in der Schule wiedersehen.

Ich betrachtete noch mal den Stift, der eigentümlich warm in meiner Hand lag, und dann – urplötzlich – formte sich in meinem Kopf eine Idee, wie es mit meinem Theaterstück weitergehen könnte. Ich legte die Tasche auf meinen Nachttisch, neben die Hibiskusblüte, die ich gestern im Haar getragen hatte und die über Nacht verwelkt war, sprang aus dem Bett und zog die Vorhänge zur Seite. Der Morgen hing farblos über unserem Garten, aber heute haderte ich nicht mit dem ewigen Nebel, denn in meinem Kopf hatte ein Feuerwerk gezündet.

»Stella, Frühstück!«, schallte es von unten hoch. Ich nahm es kaum wahr.

»Gleich«, murmelte ich. »Muss nur noch …« Der Stift flog nur so über die Seiten. Endlich wusste ich, was das

Problem bei meiner Story gewesen war. Die konnte gar nicht funktionieren. Deswegen schmiss ich alles weg und legte noch mal ganz neu los. Mein Leben war wieder in Schwung gekommen und damit war auch meine Schreibblockade verschwunden. Wie elektrisiert schrieb ich Seite um Seite. Ich sah alles vor mir, die Figuren, die Handlung, Tom in seiner Paraderolle. Ich hörte ihn sprechen und musste es nur noch hinschreiben. Es war lustig, es war ergreifend, ich lachte beim Schreiben und zwischendurch weinte ich und die Tränen tropften auf mein Notizbuch und durchweichten die Seite. Plötzlich klopfte es und gleichzeitig machte meine Mutter die Tür auf. »Stella!«, rief sie entsetzt. »Du bist ja noch nicht mal angezogen! Jetzt beeil dich, sonst kommen wir zu spät zum Gottesdienst!«

Ich hielt inne. Die Messe! Die hatte ich ganz vergessen. Ich starrte meine Mutter an. Dann sagte ich: »Mom, ich kann heute nicht mitkommen.«

Die Kinnlade meiner Mutter klappte runter, ihr Blick verfinsterte sich, aber noch bevor sie was sagen konnte, versuchte ich, es ihr zu erklären. »Ich habe gerade echt ein paar super Ideen für mein Theaterstück und ich muss sie aufschreiben, bevor ich sie wieder vergesse.«

»Das Theaterstück?«, fragte sie skeptisch. »Ich dachte, das wäre nur so eine ... na, egal. Das kann auf jeden Fall warten.« Sie klatschte in die Hände. »So, jetzt hopp, hopp. Anziehen und los geht's.«

Fast wäre ich automatisch aufgestanden, um ihren Anweisungen Folge zu leisten. Aber in mir widerstrebte alles. Der Tag gestern hatte mir gezeigt, dass ich mehr erreichen und vor allem mehr Spaß haben konnte. Und in dem Moment ging mir ein Licht auf. Ich wollte einfach nicht mehr so weitermachen wie bisher, wollte nicht mehr die brave unscheinbare Stella sein, die immer nur zu anderen nett war, aber nie zu sich selbst. Ich meine, wenn ich nicht nett zu mir war, wer sollte es dann sein? Meine Mutter jedenfalls hatte mich noch nie gefragt, was ich eigentlich wollte. Und heute war es nun mal so, dass ich nicht in die Kirche gehen wollte. Ich wollte, nein, ich *musste* hierbleiben und meine Gedanken zu Papier bringen, bevor sie sich verflüchtigten. Und zu meiner großen Überraschung dachte ich das alles nicht nur, sondern setzte es endlich auch mal in die Tat um.

»Nein, ich kann nicht«, sagte ich entschlossen. »Ich muss das jetzt aufschreiben!« Dann musste ich schlucken, so aufgeregt war ich darüber, dass ich meiner Mutter die Stirn geboten hatte.

Die Stimme meiner Mutter erreichte prompt den Schrillton von Alarmstufe 2. »Dein Vater ist schon nicht hier, also musst wenigstens du mit. Was sollen denn sonst die Leute denken?«

Dass du eine nervige Kuh bist, mit der niemand was zu tun haben will, schoss es mir in einem Anfall von Gereiztheit durch den Kopf. Ich atmete tief durch und versuchte es mit vernünftigen Argumenten: »Mom, das Theaterstück ist superwichtig für mich. Damit bekomme ich endlich Anerkennung in der Schule, weißt du?« Und weil ich ahnte, dass das kein entscheidendes Argument für sie war, fügte ich noch die Bedeutung für meine Collegebewerbung hinzu. Aber auch das reichte nicht.

»Aber dieses Geschreibsel kannst du doch nachher auch noch machen! Nach dem Gottesdienst!« Vor lauter Wut bekam sie rote Flecken am Hals. Ich dagegen wurde innerlich ganz ruhig. »Stella ...« Dann starrte sie plötzlich auf den Nachttisch. »Was ist das da?« Sie zeigte auf meine Tasche.

»Hat mir eine Freundin geschenkt«, sagte ich stolz. Sie ging einen Schritt auf die Tasche zu, drehte sich dann abrupt um und wedelte ärgerlich mit der Hand, als wollte sie eine Fliege vertreiben. »Die gibst du zurück.«

Die Panik traf mich mit einem Fausthieb in den Magen. Meine Tasche! Ich würde doch nicht meine Tasche zurückgeben, nur weil sie meiner Mutter nicht gefiel! »Was? Nein! Tu ich nicht!«

»Die sieht aus wie von einem Flittchen und du gibst sie zurück!«

»Sie ist schick und elegant«, sagte ich bebend. »Aber von so was hast du ja keine Ahnung!«

Meine Mutter starrte mich an. »So sprichst du nicht mit mir, Fräulein, ist das klar? Wenn du nicht mit zur Messe kommt, hast du eben Hausarrest!«

Hausarrest war heute die beste Sache, die mir passieren konnte. »Okay«, sagte ich und zuckte mit den Schultern.

Meine Mutter schnaubte. »Du enttäuschst mich, Stella. Du enttäuschst mich maßlos. Und deinen Vater auch. Und Gott.« Damit knallte sie die Tür zu.

»Halleluja«, murmelte ich und atmete einmal tief durch. Aber entgegen meiner üblichen Angewohnheit, ein schlechtes Gewissen zu haben, war ich Augenblicke später schon wieder tief in die Geschehnisse rund um den Schülerzeitungsreporter John verstrickt.

Nachdem ich geschrieben hatte, bis ich das Gefühl hatte, mein Arm würde abfallen, beschäftigte ich mich mit meinem Kleiderschrank. Melanie hatte mir vor ihrer Abreise eine Tasche mit Klamotten gegeben, die ihr zu klein geworden waren – und da sie einen halben Kopf größer war als ich, bestand die gute Chance, dass mir das eine oder andere Teil davon passen würde. Und tatsächlich. Ich fand einen tollen roten Rollkragenpullover, zwei ausgewaschene Jeans, eine schicke schwarze Stoffhose, eine Bluse mit großen gelben Hibiskusblüten drauf, einen sehr süßen türkisfarbenen Cardigan aus Kaschmir, zwei Paar Stiefel und noch ein paar Röcke und Kleider, die weder die Eigenschaften »strapazierfähig« noch »kirchentauglich« erfüllten und mir ausnehmend gut gefielen. Und sie passten auch zu meiner neuen Tasche.

KAPITEL 6
MONTAG, 6. OKTOBER 1997

Nach dem gestrigen Zusammenprall mit meiner Mutter wollte ich es heute nicht übertreiben mit der Änderung meines Looks, was sie unweigerlich als Provokation auffassen würde. Ich zog Melanies Rollkragenpullover an. Er war zwar ungewohnt knallig, aber an einem Rollkragenpullover würde meine Mutter ja wohl nichts auszusetzen haben.

»Guten Morgen«, sagte ich. Sie stellte mir einen Teller mit Toast hin, serviert mit missbilligenden Blick auf den Pulli, wohl wegen der Signalfarbe, und einem ordentlichen Guss Tadel: »Du hast was verpasst gestern. Pfarrer Kramer hat über Demut gesprochen. Das hätte dir sehr gutgetan.«

Meine Mutter konnte es einen über Tage spüren lassen, wenn man ihren Anforderungen nicht genügt hatte. Deswegen hatte ich bisher jegliche Auseinandersetzungen vermieden. Dank der notorischen Nörgelei meiner Mutter trat ich nämlich von vornherein als Verliererin an, und wenn ich bisher mit meiner Mutter Streit gehabt hatte, dann brachte sie mich mit ihrem unablässigen Kritisieren doch noch so weit, dass ich mich bei ihr entschuldigte. Aber vorgestern war etwas passiert. Da war etwas in Gang gekommen, das sich nicht mehr aufhalten ließ. Tom hatte eine andere Stella gesehen. Nicht die unscheinbare, stille Stella. Er hatte die Stella gesehen, die ich sein wollte. Nicht die graue Maus, die es allen recht machte, sondern die strahlende Stella, die bekommt, was sie will. Und wenn er mich so sehen konnte, konnte ich das doch auch. Es war nur ein kleiner Schritt hinüber auf die schöne Seite des Lebens. Ein kleiner Schritt über einen schmalen, aber tiefen Spalt. Und den musste ich entschlossen gehen, sonst würde ich abrutschen. Auf die schöne Seite des Lebens. Ich war kein Kind mehr. Ich war sechzehn Jahre alt. Es wurde Zeit, dass ich mich auch so benahm.

»Was regt dich eigentlich so daran auf, dass ich ein Mal nicht mitgegangen bin?«

Meine Mutter schnappte nach Luft. »Alleine diese Frage zeigt, dass du gar nichts begriffen hast.«

Ich schaute sie ruhig an. »Dann erklär's mir doch.«

Sie lehnte sich an die Arbeitsplatte, wischte die sauberen Hände an ihrer sauberen Schürze ab und sagte: »Erstens ist es eine Selbstverständlichkeit, jede Woche in die Kirche zu gehen ...«

»Für dich vielleicht«, unterbrach ich sie.

»... und zweitens«, ihre Stimme wurde deutlich schriller, »sind wir hier eine Kirchengemeinde und eine Gemeinschaft und da hat nun mal jeder seinen Anteil beizusteuern.«

»Aber ich bin nicht du«, sagte ich ruhig. »Ich muss doch wohl alleine entscheiden, was ich beisteuern will und was nicht.« Ich zuckte mit den Achseln und stand auf. »Bis später.«

Die Vorstellung, meine Tasche zu Hause lassen zu müssen, gefiel mir nicht. Ich wollte sie einfach immer bei mir haben. Außerdem kam mir für einen Moment der verrückte Gedanke, meine Mutter könnte sie mir heimlich wegnehmen, auch wenn sie normalerweise meine Privatsphäre respektierte. Nach der Auseinandersetzung gestern war ich mir da nicht mehr so sicher.

Es gab einfach zu viele gute Gründe dafür, die Tasche mitzunehmen. Ein paar andere Mädchen hatten auch immer Handtaschen dabei, für ihre Portemonnaies und andere wertvolle Sachen. Ich wäre also nicht die einzige. Ich war erleichtert, dass die Entscheidung so logisch und überzeugend war. Damit meine Mutter nichts zu meckern hätte, steckte ich die Tasche, in der ich Geld, Schlüssel, mein Notizbuch und den silbernen Stift hatte, zur Tarnung in meinen Sportbeutel.

Aber als ich in der Schule war und meine Sachen im Schließfach deponierte, zog ich sie raus und hängte sie mir über die Schulter. Ich glaube, es lag an meiner Körperhaltung, die sich mit der Tasche über der Schulter sofort straffte, dass es mir vorkam, als würde ich um ein paar Zentimeter wachsen. Meine Finger suchten den Skarabäus. Das Gefühl, wie die Kristalle meine Fingerkuppen kitzelten, war unbeschreiblich. Prickelnd. Pulsierend. Intensiv. Wie winzige elektrische Stromstöße.

Der Skarabäus schaute mich mit seinen blauen Augen an, zwei dunkle Perlen, die zwischen den silbernen Fühlern hervortraten und mich zu mustern schienen, sodass man sich fast einbilden konnte, dass er lebendig war. Es war so faszinierend, dass ich kaum den Blick abwenden konnte, weswegen es zu dem Zusammenstoß kam. Mich rempelte jemand an, Bücher knallten auf den Boden, aber nicht meine. Sondern ... Rosannas. Sie war es, die mit ihrer Clique den Gang entlanggekommen und natürlich nicht zur Seite gegangen war. Erschrocken schaute ich sie an.

»Pass doch auf«, fauchte sie, während Tess und Emily

sich eilig bückten, um ihre Bücher aufzuheben. »Und entschuldige dich gefälligst.«

Ich merkte, wie ich rot wurde, und mein Mund öffnete sich schon, um die Entschuldigung vorzubringen, doch dann spürte ich plötzlich den Skarabäus, die harten Kristalle, die meine Fingerkuppe zum Pochen brachten, und es war, als ob das Leuchten der Kristalle durch meine Blutbahn hinauf in mein Hirn jagte. Und als ich sprach, hörte ich mich folgende Worte sagen: »Wofür sollte ich mich entschuldigen? Dafür, dass du mich angerempelt hast?«

Tess sog zischend die Luft ein, Emily starrte mich erstaunt an, Jasmin ließ die Kinnlade runterklappen und auch Rosanna war sichtlich verblüfft, denn sie glotzte mich einfach nur an. Ich nutzte die Verwirrung, die mir der Überraschungsangriff eingebracht hatte, und noch bevor jemand was sagen konnte, drehte ich mich um und stapfte davon. Hinter der nächsten Ecke musste ich mich an die Wand lehnen und verschnaufen. Vor lauter Aufregung und Anspannung fing ich an zu zittern. Was war nur in mich gefahren, wunderte ich mich verblüfft. Was war nur aus meiner Taktik namens »möglichst nicht auffallen, möglichst bei niemandem anecken« geworden? Ich hatte ausgerechnet Rosanna angerempelt und mich kein bisschen entschuldigt. Und damit die gemeinste Person in meinem Jahrgang gegen mich aufgebracht.

Nach einer Minute hatte sich mein Herz wieder beruhigt und plötzlich breitete sich ein breites Grinsen auf meinem Gesicht aus. Ich musste feststellen, dass ich mich hervorragend fühlte. Als wäre ich aus meinem eigenen Schatten hervorgetreten. Was es auch war: Mein neues Ich gefiel mir.

Dennoch war mir klar, dass so eine Aktion nicht unbeantwortet bleiben würde. Rosanna wäre nicht Rosanna, wenn sie so was auf sich sitzen lassen würde. Deswegen saß ich zwar im Klassenzimmer scheinbar entspannt auf meinem Stuhl, aber innerlich wappnete ich mich. Was könnten sie und ihre Freundinnen anstellen? Sie waren nicht zimperlich, so viel wusste ich, wusste *jeder.* Sie hatten einmal Molly Boyle, der Haardreherin, einen Kaugummi in die Haare geflitscht, der rausgeschnitten werden musste. Sie hatten die nahe am Wasser gebaute Rebecca Mazza bloßgestellt, indem sie ständig wie die Wölfe heulten, sobald sie auftauchte. Und sie hatten Spülmittel in Dave Parks Limo geschüttet, dem Seifenblasen aus dem Mund gestiegen waren, als er einen großen Schluck davon genommen hatte. Sie waren kreativ und hinterhältig. Eine gefährliche Mischung.

Mein Puls beschleunigte sich, als die Clique hereinkam. Rosanna vorneweg, scheinbar gelangweilt. Aber die Art, mit der sie mich *nicht* beachtete, gefiel mir nicht. Ich versuchte, die vier aus dem Augenwinkel im Blick zu halten, während ich so tat, als ob ich »Der große Gatsby« las. Rosanna setzte sich auf ihren Stuhl, aber Jasmin ging an ihrem Platz daneben vorbei und trat hinter mich, während Emily auf einmal seitlich von mir stehen blieb und Tess vor mich trat und dabei etwas aus ihrer weichen Leinentasche holte. Es sah aus wie ein Luftballon, wie ein schwerer Luftballon, der keine Luft enthielt, sondern etwas Flüssiges, na klar, er war prall gefüllt mit schwabbelndem Wasser, das gegen die dünne Gummihaut drückte, die jeden Moment zu platzen drohte. Ich ahnte schon, über wen er seine Ladung ergießen würde, und schon holte Tess aus, da ertönte die durchdringende Befehlsstimme von Miss Dvorak: »Guten Morgen allerseits, setzen! Tess, was ist das da in deiner Hand?«

Tess drehte sich blitzschnell zur Lehrerin und hielt die

Wasserbombe hinter ihren Rücken. Dabei war sie nur einen Meter von mir entfernt und verdeckte mich dabei, sodass Miss Dvorak mich nicht sehen konnte. Und ich weiß nicht, wieso, aber ich griff automatisch in meine Tasche, die ich immer noch über meiner linken Schulter trug, und fuhr mit dem Finger durch das vordere Fach, und in einer Stofffalte ertastete ich etwas Schmales, Hartes. Ich holte es raus und hatte plötzlich eine dünne, spitze Haarklammer in der Hand. Und noch bevor ich weiter drüber nachgedacht hatte, beugte ich mich über mein Pult und pikste in den Luftballon. Es ploppte dumpf und ein Schwall Wasser ergoss sich über Tess' Bluse und ihre Hose. Sie schrie auf, das Wasser rann ihre Beine herab und bildete unter ihr eine Pfütze.

Das Gelächter war atemberaubend. Nur Rosanna, Emily und Jasmin lachten nicht. Und Tess natürlich. Die drehte sich zu mir um und funkelte mich boshaft an. Ich hatte mich blitzschnell wieder hingesetzt und die Klammer in meiner Hand verschwinden lassen.

»Das war Stella«, schrie Jasmin, die hinter mir stand.

»Stimmt doch gar nicht«, rief ich.

»Doch, du hast den Ballon zum Platzen gebracht.«

»Nun, Jasmin«, sagte Miss Dvorak kalt. »Wenn du so genau Bescheid weißt und auch so gerne Auskunft über deine Mitschülerinnen gibst, dann kannst du mir vielleicht auch erklären, warum Tess einen mit Wasser gefüllten Luftballon in der Hand hatte.«

Ich sah, wie Rosanna Jasmin mit den Augen ein Zeichen gab, und sie verstummte.

»Ja, das habe ich mir gedacht«, sagte Miss Dvorak naserümpfend. »Tess und Jasmin, ihr bekommt jetzt eine Lektion in Putzen. Holt euch Lappen und wischt das auf.« Dann ging sie ungerührt zum Unterricht über, während

Tess und Jasmin die Lache vom Boden wischten und dabei zorngetränkte Blicke in meine Richtung warfen.

Eins zu null für mich.

In Algebra traute sich Rosanna nichts zu unternehmen. Kein Wunder. Denn Miss Atkins war sehr empfindlich, was Störungen ihres Unterrichts anging. Während sie mit ihrem Lineal penetrant gegen die Tafel schlug, um uns die binomischen Formeln einzubläuen, dachte ich nach über das, was geschehen war. Und über das, was noch geschehen würde.

Es war seltsam, dass ich so entschlossen war. Natürlich war ich auch aufgeregt und nervös, weil ich es nicht gewohnt war zu kämpfen. Und weil ich es mit besonders fiesen Gegnern zu tun hatte. Aber mein Entschluss stand fest: Ich wollte keine Angst mehr haben. Vor nichts und niemandem. Und ich würde nicht zulassen, dass sie weiter auf mir herumhackten.

Nach dem Unterricht war ich noch immer ganz in Gedanken versunken, da näherten sich Monica Campbell und Shari Shackelford. Was meine beiden alten Freundinnen aus der großen Abteilung Mittelmaß abhob, war, dass sie so völlig unterschiedlich aussahen: Shari war klein und knubbelig, ein Energiebündel mit schwarzem krausem Haar. Monica war lang und dünn, mit margarinefarbenen Haaren, fast weißen Augenbrauen und schmalen Lippen. Beide schauten mich mit großen Augen an. »Das war ja total ... irre«, sagte Shari und schüttelte ungläubig den Kopf. Ihre Locken wippten dabei.

»Tess hat geglotzt wie ein Auto«, amüsierte sich Monica.

»Das war wirklich der beste Schultag seit Langem«, befand Shari.

Später schenkte mir Dave Parks einen Schokoriegel, einfach so, ohne viele Worte. Und auch Rebecca Mazza lächelte mir zu. Ich war richtiggehend überwältigt! Das war nichts weniger als der Beginn einer Revolution! Wenn wir zusammenhalten würden, dann könnten wir Rosanna wirklich von ihrem Thron stoßen. Nur dann könnten wir den Kampf gewinnen und die Machtverhältnisse in der Schule ein für alle Mal verschieben.

Aber das schien auf einmal möglich. Ich zog die Haarklammer aus meiner Hosentasche, flocht mir einen Zopf und steckte ihn mit der Klammer seitlich hinter dem Ohr fest, so wie Liv das für mich gemacht hatte. Liv! Ich freute mich so darauf, sie in der Pause zu treffen. Ich musste ihr doch von dem aufregenden Tag erzählen!

Irgendwie war ich richtig aufgekratzt und meine gute Laune führte sogar dazu, dass ich Mr Mittelstaedt überraschte, indem ich mich in Geschichte mehrfach meldete. Mr Mittelstaedt war ziemlich erstaunt, dass ich mich so viel meldete, und nach dem Unterricht lobte er mich auch ausgiebig für meine Mitarbeit.

»Gewöhnen Sie sich dran«, sagte ich kess und er lachte und legte mir dabei die Hand auf den Arm, eine vertrauliche Geste, die ich noch nie von ihm gesehen hatte, und als ich seine Hand skeptisch musterte, hörte er abrupt auf zu lachen und zog sie, offensichtlich erschrocken über sich selbst, sofort wieder zurück.

»Weiter so«, murmelte er und wandte sich schnell ab.

Mr Nesbit, unser Physiklehrer, entließ uns in der darauf folgenden Unterrichtsstunde ein paar Minuten früher in die Pause, sodass der Flur noch leer und damit auch sicher vor Attacken von Rosannas Clique war. Ich atmete auf, als auch der Gang zu den Schließfächern frei war. Doch dann bog jemand um die Ecke und kam mir entgegen: Tom. Mein Herz machte einen Hüpfer. Ich tastete automatisch mit der Hand nach dem Skarabäus. Tom schlenderte, den Rucksack lässig über der Schulter, den Flur entlang, und als er mich sah, fing er an zu lächeln. Er lächelte mich an! Ich lächelte zurück, sagte aber nichts, blieb geheimnisvoll und lief weiter zu meinem Fach, äußerlich scheinbar uninteressiert, aber innerlich waren doch all meine Sinne auf ihn fokussiert, mit dem mich etwas verband, auch wenn wir noch kaum ein Wort miteinander geredet hatten. Da hörte ich ein Quietschen von Gummisohlen auf dem Linoleum, mit dem Tom sich umdrehte und mir nachlief. »Hey Stella«, sagte er.

»Hi«, antwortete ich und öffnete mein Schließfach.

»Was geht ab?«

»Na ja«, sagte ich. »Außer dass ich beschlossen habe, die Weltherrschaft zu übernehmen, nichts Besonderes.«

Er lachte und lehnte sich lässig an das Schließfach neben meinem und schaute mir zu, wie ich meine Sachen verstaute.

»Wenn du die Weltherrschaft übernommen hast, vergiss nicht, dass ich immer nett zu dir war.«

»Ach«, sagte ich und schaute ihm direkt in die Augen, wobei meine Knie weich wurden. »Warst du das?«

Er nickte. »Und wie.«

»Was hast du denn zum Beispiel an Nettigkeiten für mich getan?«

Er überlegte. Dann sagte er: »Ich habe dich zum Beispiel zu unserer exklusiven Bandprobe eingeladen.«

»Zur ... Bandprobe?«, hauchte ich überrascht und so wenig cool, dass meine Tarnung als »die Geheimnisvolle« für einen Moment aufflog.

Tom lachte. »Ich hoffe, so etwas Profanes gefällt der zukünftigen Weltherrscherin.«

Ich sagte gespielt gelangweilt: »Ja, könnte durchaus sein, dass mir das gefällt.«

»Da dürfen immer nur eine Handvoll Leute zuschauen«, sprach Tom weiter. »Und wenn du möchtest, kannst du heute vorbeikommen. Wir proben in dem kleinen Gemeinderaum neben dem Rathaus.« Er streckte seine Hand aus, als ob er mich berühren wollte, und mein Herz flatterte in die Höhe, aber dann griff er an mir vorbei und fuhr mit dem Finger über die Innenseite meiner Schließfachtür, auf die mein Vorgänger einen Smiley gemalt hatte. »Du kannst uns natürlich auch erst bei unserem Konzert in Crowsville bewundern.«

»Wer sagt denn, dass ich euch *bewundern* werde«, flachste ich. »Aber ich werde gerne sehen, ob ich eine Bandprobe in meine Revolution einschieben kann.«

»Das wäre toll«, sagte er. Er drückte sich von den Schließfächern ab und ging ganz nah an mir vorbei, sodass wir uns fast berührten. Er duftete nach Seife und Holz. »Bis später dann.«

»Bis dann«, sagte ich und bemühte mich weiterhin um Gelassenheit. Dabei wäre ich vor Glück beinahe geplatzt und in die Luft gesprungen – denn das war ja wohl mal das Beste überhaupt gewesen! Und wie cool ich geblieben war! Das musste ich unbedingt Liv erzählen. Ich wusste gar nicht, wo sie ihren Schrank hatte. Aber egal. Sie war sicher draußen auf unserer Mauer.

Die anderen Schüler strömten aus den Klassenräumen und verstopften in Windeseile den Flur und ich wich ihnen im Zickzack aus, um so schnell wie möglich nach draußen zu kommen.

Als ich durch die Tür kam, sah ich mit großer Enttäuschung, dass der Platz auf der Mauer leer war. In dieser Pause wartete ich vergeblich auf Liv. Vermutlich war sie wirklich krank geworden.

Am Nachmittag öffnete ich die schwere Tür des Gemeindehauses und ging die Treppe hinunter in den Probenraum. Schon auf dem Weg hinunter hörte ich die monotonen Töne des Gitarrestimmens. Ich schaute prüfend an mir herunter: Ich trug den Jeansrock von Melanie, dazu ein eng anliegendes schwarzes Top, rote Strumpfhosen und schwarze Stiefel. In unserem Vorgarten hatte mich eine hübsche rote Blüte so angelacht, dass ich sie mir in die Haare gesteckt hatte.

In der offenen Tür blieb ich stehen. Tom saß auf einem Barhocker hinter einem Mikrofon und stimmte seine Gitarre, die auf seinem Oberschenkel ruhte. Ein Bein stand auf dem Boden, den anderen Fuß hatte er auf eine Strebe des Barhockers gestemmt. Er sah klasse aus: verwaschene Jeans, weißes T-Shirt, schwarze Anzugweste. Die Sehnsucht nach einem Kuss von ihm überwältigte mich fast. Dann fing er an, eine Melodie zu spielen und zu singen. Er schaute vom Mikrofon hoch, sah mich und lächelte, sang weiter, sang nur für mich. Als die Strophe geendet hatte, wollte ich auf ihn zugehen, aber da ertönte ein Klatschen. Ich ging einen Schritt in den Probenraum rein und sah sie. Rosanna. Sie thronte auf einem Barhocker am anderen Ende des Raumes, mikrokurzer Rock, Mörderheels. Sie applaudierte, schwang ihre Beine von dem Hocker und stöckelte auf Tom zu und küsste ihn.

Während sie ihre Lippen auf seine presste, sah er unentwegt mich an. Rosanna löste sich von ihm, dann bemerkte sie, dass er an ihr vorbeischaute. Sie drehte sich um. Ihre Augen verengten sich, als sie mich entdeckte. Ich schwöre, wenn negative Energie sich materialisieren könnte, hätte sich die Erde zwischen uns aufgetan oder wäre aus dem Nichts ein Feuer aufgelodert. Aber dann kamen die anderen aus der Band die Treppe runtergepoltert, sofort gab es ein großes Hallo, Schultergeklopfe und blöde Sprüche zwischen den Jungs. Mit zwei Jungs, die ich nicht kannte, wurde auch Jasmin hereingespült. Rosanna zog sie sofort zur Seite und fing an, mit ihr zu tuscheln.

Ich hatte mich an die Wand neben der Tür gelehnt, einer der Jungs bot mir ein Bier an, aber ich lehnte dankend ab. Meine Hand ruhte wie immer auf dem Skarabäus, der eine immens beruhigende Wirkung auf mich hatte. Ich wusste, dass Rosanna keine Ruhe geben würde, weil ich hier aufgekreuzt war. Während die Band wegen eines Akkords diskutierte und sich vom Publikum abwandte, kamen sie und Jasmin auf mich zu. Rosanna stellte sich dicht vor mich. »Du gehst jetzt«, befahl sie knapp.

»Ich gehe nicht«, sagte ich. »Ich wurde eingeladen.«

»Ach ja?«, fragte Rosanna. »Von wem?«

»Von Tom«, antwortete ich seelenruhig.

Rosannas Augenlider flackerten einen Moment. Sie wechselte einen Blick mit Jasmin und schaute auf die Blume in meinem Haar.

»Was ist das eigentlich für ein alberner Versuch, hier einen auf Hawaii zu machen?«

»Tja«, antwortete ich ruhig. »Geschmack und Stil sind halt nicht jedermann gegeben.«

Rosannas Augen blitzten mich an, dann schnellte plötzlich ihre Hand hervor und riss mir die Blume aus dem Haar. Dabei erwischte sie auch eine Strähne, mein Kopf ruckte nach vorne, als sie mir einige Haare ausriss. Es tat höllisch weh, aber ich schaffte es, nicht loszuschreien, auch weil meine Finger über die Flügel des Skarabäus rieben und seine hellen Steine in meinem Kopf zu leuchten begannen. Ich sah Blitze, meine Hand klappte die Tasche auf und wanderte hinein.

»Hey Ladys, Probleme?«, fragte in dem Moment Randy, der Bassist, der sich mit einem Bier versorgt hatte. »Kann ich helfen?«

»Stella wollte gerade gehen«, behauptete Rosanna, ließ die Blüte fallen und zertrat sie mit ihrem Schuh.

»Wie schade«, flötete Randy und betrachtete mich mit unverhohlenem Interesse. Mit den Fingerspitzen ertastete ich etwas Weiches, Samtiges in meiner Tasche und holte es hervor. Es war eine zweite Blüte, die ich offensichtlich eben in Gedanken gepflückt hatte. »Ach«, sagte ich und drehte die Blüte zwischen meinen Fingern. »Ich habe doch noch ein paar Minuten Zeit.«

»Randy, dein Einsatz«, rief Tom.

»Bis später, Stella!«, sagte Randy und nickte Rosanna kurz zu. »Ladys.« Er schlenderte zu seinem Platz zurück.

Rosanna drehte sich wieder mir zu. »Tom gehört mir«, fauchte sie.

»Wer sagt das: du oder er?«, fragte ich. Ich wusste selbst nicht, woher ich meine Gelassenheit nahm. Aber genau so war es ja: Tom hatte mich eingeladen – also blieb ich.

Rosanna trat einen Schritt auf mich zu und pikte mit ihrem Zeigefinger gegen mein Brustbein. »Leg dich nicht mit mir an«, zischte sie. »Du wirst es bereuen.«

»Das werden wir ja sehen, wer hier was bereut«, gab ich zurück und steckte die neue Blüte in meinem Haar fest. Die Schlacht um Tom hatte offiziell begonnen.

KAPITEL 7
DIENSTAG, 7. OKTOBER 1997

Die Attacke kam in Physik. Mich traf etwas von hinten. Es tat erst nicht weh, doch dann spürte ich die Stiche in meinen Rücken und irgendwas juckte mich. Ich drehte mich um. Jasmin grinste mich an. Tess neben ihr schaute zu Mr Nesbit, der vorne an der Tafel ein Modell der Raum-Zeit-Dimension aufgezeichnet hatte. Ich funkelte sie böse an, dann drehte ich mich wieder nach vorn. Zack, da traf mich wieder etwas, diesmal in den Haaren.

Jasmin kicherte. Ich fasste an meinen Hinterkopf – dort war eine Klette, die sich in meinem Haar verfangen hatte. Da traf mich ein weiteres Geschoss. Es klebte in dem zarten Kaschmirgewebe meines türkisfarbenen Cardigans und pikste mich durch den Stoff in die Haut. Verdammt, es juckte höllisch! Aber leider hatte ich nur ein ärmelloses Top drunter, deswegen konnte ich die Jacke nicht einfach ausziehen.

Die Kletten mit ihren Widerhaken würden die ganze Strickjacke kaputt machen! Nachdem ich entdeckt hatte, was sie taten, schmiss Jasmin die nächste.

»Jetzt hör endlich auf damit«, zischte ich. Da bemerkte ich: Das Gemurmel von Mr Nesbit hatte aufgehört. Er zeigte mit einem kreidebeschmierten Finger auf mich. »Nun, Stella, wenn du Zeit hast, hier den Unterricht zu stören, dann kannst du uns sicher sagen, wer als Erster darauf gekommen ist, dass die drei Dimensionen des Raums und die Dimension Zeit untrennbar miteinander verbunden sind.« Natürlich hatte ich keinen Schimmer, wovon er eigentlich redete.

»Also«, fing ich an und meine Finger griffen automatisch in meine Tasche, die unter meinem Pult lag, und ertasteten einen Zettel. Ich zog ihn raus und linste verstohlen darauf. In dicken schwarzen Buchstaben stand ein Name darauf. Ich räusperte mich. Dann sagte ich: »Hermann Minkowski, der Lehrer von Albert Einstein.«

»Sehr gut, Stella«, sagte Mr Nesbit erstaunt. »Die meisten denken, es wäre Albert Einstein selbst gewesen.«

Ich war nicht minder überrascht. Wenn er mich gefragt hätte, wie ich auf die Lösung gekommen wäre, wäre ich komplett aufgeschmissen gewesen. Leider deutete Mr Nesbit meine außergewöhnlichen Kenntnisse als besonderes Interesse am Thema und nahm diese zum Anlass, mir ein Referat aufs Auge zu drücken.

An dem Tag, an dem ich die Lösung für eine Aufgabe im Physikunterricht in meiner Tasche gefunden hatte, kam mir das erste Mal der Gedanke, dass irgendwas nicht mit rechten Dingen zuging. Bei allem anderen, bei dem Stift, der Haarklammer, selbst bei der Blüte, hatte ich noch logische Erklärungen finden können, warum sie in der Tasche gewesen waren. Aber für diesen Zettel gab es keine vernünftige Begründung. Doch ich wollte mir auch nicht zu sehr den Kopf zerbrechen. Ich meine, wenn einem einmal etwas Gutes passierte, war das kein Grund, das lang und breit zu hinterfragen. Oder sich gar schlecht zu fühlen.

Liv war leider immer noch nicht wieder aufgetaucht, aber ich hatte meine Tasche. Sie war so was wie mein Schutzschild, meine Freundin. Nie hätte ich geglaubt, dass genau diese Freundin mir bald darauf zum Verhängnis werden würde. Mir und so vielen anderen.

Shari und Monica halfen mir, die Kletten abzufummeln, was leider nicht ohne einige Faserverklumpungen und Haareinbußen zu bewerkstelligen war. »Was willst du jetzt unternehmen?«, fragten sie. »Wie willst du es ihnen heimzahlen?«

»Was würdet ihr denn machen?«, fragte ich. Die beiden zuckten mit den Schultern. Tja, alleine eine Revolution zum Erfolg zu führen, war schwerer als gedacht. Aber ich hatte schon eine Idee, welches Kriegsutensil mir morgen vielleicht helfen könnte, um Rosanna und Co. ein Schnippchen zu schlagen. Grimmig biss ich die Zähne aufeinander und fühlte nach dem Skarabäus unter meinen Fingern. Die würden sich wundern!

In der nächsten Stunde, Drama, beratschlagten wir immer noch, welches Stück wir am Ende des Schuljahres aufführen sollten. Zum Glück, denn so konnte auch meins noch in die Auswahl kommen.

Im Anschluss an die AG ging ich daher zu Mr Weller. »Es ist erstaunlich«, plapperte ich. »Die Figuren, die Handlung, es passieren wirklich viele unerwartete Wendungen, ich habe noch mal alles geändert und das wird wirklich unglaublich klasse und …«

Mr Weller nickte. »Worum geht es denn jetzt?«

»Das verrate ich noch nicht«, sagte ich und lächelte siegessicher, »umso größer ist die Überraschung. Aber eines kann ich schon mal versichern: Es wird brillant!«

Ja, das sagte ich wirklich. Es wird brillant. Ohne zu zögern und mit voller Überzeugungskraft, da konnte Mr Weller die Stirn runzeln, wie er wollte. Seine Irritation würde schon verschwinden, wenn er das Stück erst las.

»Ich habe davon aber noch niemandem erzählt …« Ich dämpfte die Stimme ein wenig. »Und es wäre gut, wenn Sie das auch nicht täten, weil …«

Eine Bewegung aus dem Augenwinkel lenkte mich ab. Es war Emily, die am anderen Ende des Raumes noch umständlich ihre Tasche zusammenpackte. Hatte sie was gehört?

»Es muss diese Woche fertig werden, wenn es noch in die Auswahl kommen soll«, sagte Mr Weller. »Dann kann ich es am Wochenende durchsehen und gucken, ob es … den Ansprüchen genügt.«

»Das wird es. Das wird es auf jeden Fall«, ereiferte ich mich. »Sie werden begeistert sein!«

KAPITEL 8
MITTWOCH, 8. OKTOBER 1997

Im Nachhinein mache ich mir Vorwürfe, dass ich es damals nicht auf sich beruhen ließ. Dass ich immer weitermachte. Ich hätte doch auch die weiße Fahne der Kapitulation schwenken können. Aber das kam mir damals einfach nicht in den Sinn. Ich dachte ganz einfach, wieso sollte ich damit aufhören, wenn sie doch angefangen hatten und ganz offensichtlich kein bisschen an einer Versöhnung interessiert waren?

Die Chance zum erneuten Gegenschlag bekam ich dann endlich in der Lunchpause. Ich hatte nach einer plötzlichen Eingebung gestern den tragbaren Kassettenrekorder aus dem Keller geholt, den wir schon lange wegschmeißen wollten, weil er die Kassettenbänder fraß und dann schrecklich anfing zu leiern, was sich sehr gruselig anhörte. Dazu hatte ich eine alte Kinderkassette in meinen Schulrucksack gesteckt mit dem Titel »Geisterbahn«.

Durch die Glasscheibe sah ich Rosanna, wie sie fröhlich plaudernd mit Tom in der Schlange in der Cafeteria um Essen anstand. Bestimmt erzählte sie ihm, dass der Castingdirektor der Artistic Skating Revue am Montag kommen würde, um Rosanna live zu sehen. Das hatte sie nämlich heute schon überall in der Schule verkündet.

Die beiden zusammen zu sehen, fühlte sich an, als wenn sich die Spitze eines Pfeils in mein Herz bohrte und es in Flammen setzte. Meine Hand tastete in meine Tasche. Und dort fand ich diesmal ein Skalpell. Ein richtiges, echtes Skalpell, mit kurzer, aber ungeheuer scharfer

Klinge, so scharf, dass Chirurgen damit Menschenhaut aufschnitten, mit leichter Hand, fein säuberlich, ein kleiner Schnitt nur, durch den sie krankes Gewebe aus dem Körper zogen. Ein diabolisches Grinsen setzte sich in meinem Gesicht fest. Rosanna balancierte, begleitet von Tom, ihr Tablett mit Salat und einem Pappbecher voll Milchshake zu einem Tisch und setzte sich ihm gegenüber. Sie schüttelte ihre Haare und legte ihre Hand auf Toms Arm. Ihre Clique saß am Nachbartisch.

Meine Fingerkuppe rieb über den buckligen Rücken des Skarabäus und es war, als wenn mich eine Idee wie ein Blitzschlag traf. Ich drückte mich hinter eine Reihe von Plastikpflanzen an der Wand und deponierte unauffällig den Kassettenrekorder hinter einen Blumenkübel. Ich schaltete ihn an und stellte auf volle Lautstärke. Ich wusste, dass mein altes Kinderhörspiel erst nach etwa einer halben Minute anfing. Genug Zeit für mich, um meine Position zu beziehen. Ich schlenderte zu Rosannas und Toms Tisch und übersah dabei Rosannas giftige Blicke.

»Hi Stella«, rief Tom. Seine Augen sausten an mir hoch und runter, dann lächelte er. Er rückte einen freien Stuhl vom Tisch weg, als ob er mich einladen wollte, mich zu ihnen zu setzen. Aber der eisige Blick von Rosanna schien ihn dann doch davon abzuhalten.

»Das war echt eine tolle Bandprobe am Montag«, sagte ich.

»Es freut mich, dass du Zeit hattest für uns«, antwortete Tom, »zwischen deinen anderen ... wichtigen Aktivitäten.« Er zwinkerte mir zu. »Und, schon Erfolg gehabt?«

»Ich arbeite dran«, erwiderte ich kokett. »Aber als kleine Abwechslung zwischendurch ist ein Auftritt von Hall of Fame ideal. Der Soundtrack der Revolution, sozusagen.«

Tom lachte.

»Was sind denn deine sonstigen Aktivitäten?«, ätzte Rosanna dazwischen. Zum Glück ging ihre Bemerkung in dem schauerlichen Geheul unter, was plötzlich erklang. Ich hatte schon befürchtet, der Rekorder hätte die Kassette komplett gefressen, bevor sie überhaupt angefangen hatte. Das Geistergejaule erklang, das mir als Kind gehörigen Schrecken eingejagt hatte. Alle Köpfe drehten sich zu den seltsamen Geräuschen um, ich griff das Skalpell, ein irres Lachen stieg in meiner Kehle auf, das aber auch ein Donnergrollen hätte sein können, Blitze mit Stroboskopeffekt zuckten durch mein Hirn, in dem sich ein weißes Rauschen ausbreitete, und ich spürte entfernt, wie ich das Skalpell in etwas hineinstieß, einen Schnitt machte, es rauszog und in die Tasche steckte. Das Rauschen in meinem Kopf hörte auf.

Was genau hatte ich eigentlich getan?, fragte ich mich plötzlich. Ich versuchte mit panischen Blicken, die Wunde zu entdecken. Rosanna aber blieb ruhig. Nirgendwo floss Blut, stellte ich erleichtert fest.

»Tschüss, Tom«, sagte ich. »Bis bald.«

»Willst du nicht am Montag wieder zur Bandprobe kommen?«, fragte er und schien selbst überrascht.

Rosanna schnappte nach Luft.

»Immer gerne«, sagte ich und lächelte ihn an, zwinkerte Rosanna zu und dann ging ich. Langsam. Erhobenen Kopfes. Ihren Schrei hörte ich nach ungefähr zwei Schritten. Ich drehte mich um. Der Pappbecher war an der Seite aufgeklappt, es klaffte eine große Lücke zwischen beiden Hälften, die untere hing herunter wie der lachende Mund eines Clowns, der rosafarbenen Schleim auf Rosanna spuckte.

Okay, dachte ich. Da hatte ich wohl den Pappbecher eingeritzt. Wirklich clever, lobte ich mich zufrieden.

Rosanna glotzte auf das Desaster, ihr besudeltes Outfit,

ihre mit Erdbeermilch durchtränkten Klamotten. Als ich mich gerade wieder abwenden wollte, warf sie mir einen todbringenden Blick zu, den ich mit einem weiteren Lächeln quittierte.

Nach der Schule schlenderte ich am Skaterpark vorbei. Rosanna war auch dort, zog auf dem Betonplatz ihre Runden. Sie hatte sich in ein sexy Skateroutfit gezwängt, trug ultrakurze Shorts und ein enges Trikot. Mit weit ausholenden Gesten nahm sie den Platz in Beschlag. Sie drehte sich, sprang, wirbelte umher, immer mit einem Lächeln auf ihren stark geschminkten Lippen. Emily und Jasmin bewachten einen Gettoblaster, aus dem Musik dröhnte, die den Takt für Rosannas Kür vorgaben. Tess hielt das Ganze mit der Kamera fest. Am Rand des Platzes hatte sich ein bewunderndes Publikum eingefunden. Die Jugend von Wickwood vibrierte fast vor Aufregung, weil am Montag der Castingdirektor der Skating Revue kommen würde, um Rosanna persönlich zu begutachten.

Die Vorstellung, dass die perfekte Rosanna bald schon berühmt sein würde und zusammen mit dem ebenso berühmten Tom das Traumpaar von Wickwood abgeben würde, brachte die Wut in mir zum Schäumen. Und die Eifersucht.

Gerade setzte Rosanna zu einem komplizierten Sprung an, da schoss mir der Gedanke in den Kopf, wie schön es wäre, wenn sie sich jetzt auf ihren Hintern setzen und ihre Bewunderer zum Lachen bringen würde. Rosanna drehte sich, die Arme eng an den Körper gepresst, die Beine verschränkt, das Publikum hielt den Atem an, als sie landete, da – ein kurzer Holperer, aber dann stand sie sicher, breitete die Arme aus und zog in großen Schwüngen ihre Bahnen, die Zuschauer applaudierten.

Voller Groll ging ich nach Hause. Ich würde auch bald ein Star sein, dachte ich grimmig. Eine Starautorin! Die nach Hause eilte, um die letzten Seiten ihres Theaterstücks zu Papier zu bringen. Und es war so gut und so wundervoll! Das würde der Hit werden, da war ich mir sicher. Nicht nur an unserer Schule – sicher würde es bald landesweit an den Highschools gespielt und ich würde mir jedes College aussuchen können, um dort zu studieren. Jawohl! Nach zwei Stunden war ich fertig, kritzelte *Ende* unter den letzten Dialog, seufzte erleichtert. Das Stück war einfach fantastisch geworden!

Jetzt musste ich es nur noch ins Reine schreiben. Zum Glück brauchte meine Mutter heute den Computer nicht, sodass ich in Ruhe alles von meinem Notizbuch abschreiben konnte, was dringend nötig war, denn ich hatte so schnell geschrieben, dass ich meine eigene Handschrift kaum noch entziffern konnte. Es dauerte bis spät in den Abend hinein, bis ich alles fertig hatte. Als ich es ausdruckte und die Seiten sortierte, wo es schwarz auf weiß stand, alles, was mir aus der Hand geflossen war, meine eigenen Gedanken, da überkam mich ein unglaublicher Stolz. Mein erstes selbst geschriebenes Theaterstück. Es hieß »Der Reporter«. Ach, Tom, dachte ich. Du wirst es lieben. Und dann wirst du dich *in mich* verlieben.

Vor Aufregung konnte ich kaum ein Auge zutun, ich lief im Zimmer auf und ab, die Tasche über der Schulter, den Skarabäus streichelnd. Ich weiß noch, wie ich mir einredete, ich sei ein bisschen modebesessen geworden, dass ich sie sogar zu Hause mit mir herumtrug … Gluckernd kicherte ich bei dem Gedanken, ein Fashion

Victim geworden zu sein, wo ich doch vor Kurzem noch so eine Spießerin gewesen war. Das Interessante am Verrücktwerden ist tatsächlich, dass es einem selbst kein bisschen seltsam vorkommt.

KAPITEL 9
DONNERSTAG, 9. OKTOBER 1997

Voller Vorfreude fuhr ich in die Schule. Rosanna und Co. waren mir heute egal, denn ich hatte eindeutig bewiesen, dass ich mit ihnen mithalten konnte. Ein ebenbürtiger Gegner war. Ich legte den orangefarbenen Schnellhefter, in den ich mein Stück geheftet hatte, extra nicht ins klapprige Schließfach, denn das war mir zu unsicher. Man konnte einfach nicht vorsichtig genug sein, wenn man sich mächtige Feinde gemacht hatte.

So trug ich an diesem Tag meinen Rucksack mit dem Theaterstück immer bei mir, stellte ihn zwischen meine Beine unters Pult und konnte an nichts anderes denken als daran, es gleich Mr Weller zu geben. Ich hörte bereits die Begeisterung, mit der er morgen von dem Stück sprechen würde, hörte, wie er mir sagte, er hätte die ganze Nacht durchgelesen, bebend vor Leidenschaft, weil er das Ende nicht hatte abwarten können, und welche glorreiche Zukunft vor mir läge, wo ich doch mit diesem außerordentlichen Talent gesegnet sei, die Welt würde mir zu Füßen liegen, von hier bis nach New York und Hollywood. Ich war so gefangen in dieser Vision meiner eigenen überwältigenden Großartigkeit, dass ich einen Moment abgelenkt war. Ich saß an meinem Tisch, Rucksack auf dem Boden, meine geliebte Tasche auf dem Schoß, als sich Jasmin vor mir aufbaute und mich aus meinen Träumereien riss: »Na, Stella, wie geht's?«

Noch bevor ich antworten konnte, holte sie plötzlich ein Feuerzeug hervor, die Flamme schoss hoch und Jasmin stieß sie mir so nah vor die Nase, dass ich im Reflex zurückwich. Diesen Moment nutzte Emily, um mir meine Tasche vom Schoß zu klauen. Sie hatte mir meine Tasche weggenommen! Ich schrie auf, als hätte mir jemand ein Messer in den Bauch gerammt, sprang hoch, hinter Emily und Jasmin her, die damit auf den Flur rannten. »Gebt die Tasche sofort her«, schrie ich zornig.

»Erst mal wollen wir doch sehen, was da so Wertvolles drin ist, dass du die immer mit dir rumschleppst«, sagte Jasmin und riss ungeduldig am Skarabäus-Verschluss. Doch dann schrie sie: »Aua! Verdammt!« Sie steckte den Zeigefinger in den Mund. Er blutete.

»Das verdammte Mistding hat mich geschnitten«, motzte sie und ließ die Tasche achtlos auf den Boden fallen. Schnell hob ich sie auf, kontrollierte mit zitternden Fingern, ob noch alles dran war, wischte zärtlich ein paar Staubflusen ab und spürte die unglaubliche Erleichterung darüber, sie wieder in den Händen zu halten. Meine Tasche! Ich hatte sie wieder! Ein Glücksgefühl durchströmte mich wie in einem warmen Bad. Und sie hatte sogar eine Angreiferin abgewehrt. Braves Mädchen, murmelte ich und strich über den Stoff, bis meine Finger den Skarabäus fanden und über seine pockigen Flügel streichelten.

»Mr Weller, Mr Weller«, rief ich aufgeregt. »Ich hab's fertig!«

Ich hatte nicht bis zum Ende der AG warten können, sondern musste die Übergabe noch vor der Stunde machen. »Hier ist es«, sagte ich mit vor Stolz geschwollener Stimme und öffnete den Rucksack. »Fix und ...«

Ich griff in das hintere Fach, wo ich das Stück reingetan hatte, aber er war nicht da. »Aber…« Verzweifelt wühlte ich in meinen Schulsachen, schaute zwischen alle Bücher und Blätter, aber der leuchtend orangefarbene Schnellhefter tauchte nicht auf.

»Ich weiß genau, ich hatte ihn doch …« Hektisch zerrte ich meine Schulsachen raus, alle Bücher und Hefte und Blätter, sie flogen durcheinander auf den Boden, aber er war nicht da, er blieb verschwunden, einfach weg.

Ich durchwühlte noch einmal alle anderen Sachen, und je länger ich ihn suchte, ihn aber nicht fand, desto nervöser wurde ich vor Anspannung und … Angst. Ja, da war sie plötzlich wieder. Meine Angst. Wie eine Stalkerin, der ich eine Zeit entkommen war und die erneut meine Spur aufgenommen hatte.

»Stella«, fing Mr Weller an. Ich schaute ihn verzweifelt an. Er guckte zurück und da sah ich es in seinen Augen. Mitleid. Mr Weller schaute mich an, als wäre ich irgendeine bedauernswerte Person, die ihr Leben nicht im Griff hatte.

»Ich hatte es. Ich habe es gestern fertig geschrieben. Das glauben Sie mir doch, oder, Mr Weller?«

Er nickte langsam, aber es sah nicht besonders überzeugt aus.

»Ich glaube dir auf jeden Fall«, hörte ich auf einmal eine Stimme hinter mir sagen. Tom. Ich hatte gar nicht bemerkt, dass die anderen reingekommen waren. »Ich meine, warum sollte sie Quatsch erzählen?«

Vor Dankbarkeit hätte ich ihn am liebsten geküsst. Mr Weller sah aus, als ob ihn Toms Aussage milde stimmen würde. Doch in dem Moment wandte Emily ein: »Na ja. Ich würde dir ja auch glauben, wenn …«

»Wenn was?«, fauchte ich. Eine Haarsträhne hing mir

vor den Augen, ich blies sie weg, aber sie fiel wieder herunter.

»Wenn die Geschichte von deinem Vater gestimmt hätte«, vollendete Emily den Satz.

»Welche Geschichte?«, fragte ich verblüfft.

»Die, die du eine Zeit lang dauernd erzählt hast. Dass er ein Astronaut wäre und so.«

»Wovon – bitte schön – redest du?«

»Na, deine ganzen tollen Geschichten.«

»Wisst ihr noch«, mischte sich jetzt Rosanna ein, »wie sie dauernd von dem Superfotoapparat geredet hatte, mit dem sie ein preisgekröntes Foto gemacht haben wollte. Das haben wir auch nie zu Gesicht bekommen.«

»Aber ich hab doch nicht ...« Mir blieb der Mund offen stehen. Das war so eine ungeheure Verleumdung, dass mir nichts mehr einfiel. Ich sah Emily an, die grinste. Jasmin feixte. Rosanna tat unschuldig, zog aber triumphierend die Augenbrauen hoch. In dem Moment fiel der Groschen.

Sie hatten mir mein Theaterstück geklaut. Als sie mich mit der Tasche abgelenkt hatten, hatten sie es aus dem Rucksack gestohlen.

Plötzlich wurde ich wieder ganz ruhig. Strich mir die Haare aus der Stirn, richtete mich auf und verkündete: »Ich fahre nach Hause und drucke es einfach noch mal aus. Dann werdet ihr sehen, dass ich recht habe.«

»Das geht nicht«, fing Mr Weller an. »Du kannst nicht einfach den Unterricht verlassen. Bring es morgen mit.« Leise fügte er hinzu: »Wenn du es findest.«

»Nein«, sagte ich. »Das mache ich jetzt. Bin gleich wieder da.« Ich sammelte meine Sachen ein, schnappte meine Jacke und war schon aus der Tür. Dabei fiel mir auf, dass ich eine bestimmte Person gar nicht gesehen hatte. Eine dunkle Vorahnung überkam mich.

Die wurde bestärkt, als ich bei meinem Fahrrad ankam. Der hintere Reifen war platt. Verdammt! So schnell ich konnte, rannte ich nach Hause. Spurtete grimmig an Ingrid Anderson vorbei, die mir mit ihren zwei Pudeln entgegenkam, einen roten Hut auf dem Kopf, auf dem seidene Mohnblüten leuchteten.

Ich würdigte Ed Elvers keines Blickes, der auf seiner Terrasse in seinem quietschenden Schaukelstuhl saß und die Straße beobachtete.

Ich beachtete auch die Krähen nicht, die sich mittlerweile zu dritt auf unserer Garage zusammengerottet hatten. Denn ich hatte es eilig. Obwohl mir eigentlich schon den ganzen Weg über klar war, dass ich nicht schnell genug sein würde.

Das Gelächter kam mir bereits im Flur entgegen. Mit einem Kloß im Hals und Aufruhr im Magen tapste ich zum Arbeitszimmer, aus dem die Stimmen drangen. Da waren sie. Mutter, ihre Freundin Doris Fisher, die Frau des Sheriffs und Schwester der Bürgermeisterin. Und da war noch ihre Tochter Tess.

»Sieh mal, Stella, wer hier ist«, rief meine Mutter begeistert.

»Tess«, sagte ich und meine Stimme zerbröselte.

»Stella«, gab sie zuckersüß zurück.

»Was machst du denn da am Computer?« Meine Wangen pochten, meine Hände waren schweißnass.

»Tess hat sich extra vom Unterricht befreien lassen, um gemeinnützige Arbeit im Dienst der Stadt zu machen. Sie hilft uns, den Flyer für das Stadtfest zu erstellen«, lobte meine Mutter überschwänglich.

»Wie nett«, sagte ich mit festgefrorenem Grinsen, dabei hätte ich Tess am liebsten an ihren zänkisch roten Haaren aus dem Haus geschleift.

»Tess, jetzt hast du uns aber genug geholfen«, sagte Doris. »Du kannst ruhig mit deiner Freundin ... abhängen ... oder wie ihr das nennt.«

»Gut«, sagte Tess. »Danke, Mom.« Dann schleimspurfreundlich: »Komm, Stella.«

Wir gingen auf den Flur. Ihr gespieltes Grinsen erstarb. Sie beugte sich näher zu mir und hauchte nur diesen einen Satz: »Wir haben dich gewarnt.« Dann drehte sie sich um und stapfte zur Tür. Ich starrte ihr stumm hinterher, unfähig, mich zu bewegen.

Mutter und Doris wechselten ins Wohnzimmer für einen weiteren Kaffee. Dann stakste ich auf steifen Beinen an den Computer.

Es war, wie ich vermutet hatte: Die Datei mit dem Theaterstück war weg, kein Kilobyte mehr da. Meine Arbeit war mir gestohlen worden. Und meine Zukunft. Die Collegebewerbung, Tom – alles hatte an diesem Theaterstück gehangen, aber jetzt war es fort, weil Rosanna und ihre fiesen Freundinnen es mir weggenommen hatten.

Vor Wut konnte ich kaum atmen, Rachegelüste stiegen in mir auf, Visionen, wie ich Tess ihr arrogantes Grinsen aus dem Gesicht wischte, wie ich die ganze Clique demütigte und wie ich mit Tom vor Rosannas Nase rumknutschte und sie sich vor Eifersucht selbst das Gesicht zerkratzte. Ich ging in mein Zimmer, legte mich aufs Bett, die Tasche im Arm, und starrte an die Decke. Es musste einen Ausweg geben, eine Lösung. Das durfte nicht sein, eine Niederlage war nicht in meinem Plan vorgesehen. Für eine Niederlage war die neue Stella nicht geschaffen. Genausowenig wie fürs Aufgeben.

KAPITEL 10
FREITAG, 10. OKTOBER 1997

Auch wenn Rosanna und Co. mich als Lügnerin verleumdet hatten, würde ich die Sache aufklären. Leider war ich auf mich allein gestellt. Liv hatte ich jetzt schon fast eine Woche nicht mehr gesehen. Bei der ganzen Aufregung war die Zeit richtig gerast, sodass ich das erst jetzt richtig bemerkte. Sicher war sie ernsthaft krank geworden, die Arme. Oder war sie vielleicht nach Chicago zu diesem Produzenten gefahren? Am Nachmittag würde ich sie besuchen, nahm ich mir vor.

Aber auch wenn mir Liv fehlte: Ich hatte die Tasche. Selbst wenn sie mir im Moment keine praktische Hilfe leistete. So oft ich auch hineingriff, fand ich nichts in ihrem Inneren. Aber wenn ich sie um die Schulter hängte und den Skarabäus unter den Fingerspitzen spürte, fühlte ich mich sicher. Sie würde mir allein mit ihrer Anwesenheit helfen, wenn ich Mr Weller alles in Ruhe erklärte. Dann würde ich so überzeugend sein, dass er einsehen musste, dass ich die Wahrheit sagte.

Rosanna und die anderen hatten mittlerweile überall rumerzählt, dass ich ausgerastet sei und dass ich eine Lügnerin wäre. Selbst Shari und Monica mieden mich. Keiner wollte mit der Loserin und Lügnerin was zu tun haben.

Endlich kam die Drama-AG.

»Ah, Stella, hast du es dabei?«, fragte Mr Weller und blätterte abgelenkt in einem Buch.

»Nein, Mr Weller, habe ich nicht«, sagte ich mit fester Stimme. »Denn es ist so ...« Meine Finger rieben über den

Skarabäus, seine Kristalle massierten meine Fingerkuppen. »Das Theaterstück ist mir gestohlen worden.«

Mr Weller atmete tief ein, dann schaute er mich an. »Ach ja?« Seine Stimme wurde plötzlich in die Höhe gezogen wie eine Fahne an der Stange. Da machte sich meine Hand selbstständig, hob sich und zeigte mit dem Finger auf Tess. »Und zwar von ihr!«

Mr Weller glotzte erst zu Tess und dann zu mir. Seine Augenbrauen schienen Fragezeichen zu formen. Ja, dachte ich. Das ist die Wahrheit.

»Tess hat mir gestern in der Schule den Ausdruck aus meinem Rucksack gestohlen und dann bei uns zu Hause die Datei aus dem Computer gelöscht«, erklärte ich ganz sachlich und mit dem Wissen, dass die Wahrheit auf meiner Seite war. Die Wahrheit und meine Tasche. »Als ich gestern aus Ihrem Unterricht nach Hause kam, war sie schon da. Sie hatte also genug Zeit gehabt, meine Arbeit zu zerstören.«

Mr Weller atmete erneut tief ein, als wäre er gerade von einem beschwerlichen Tauchgang in die Abgründe der Menschheit aufgetaucht. Er rieb sich die Nasenwurzel und brauchte offensichtlich eine Weile, um das Gesagte zu begreifen. »Du willst also behaupten«, fragte er dann, »dass Tess, die Nichte der Bürgermeisterin und die Tochter des Sheriffs, dir das Theaterstück, das du ganz alleine geschrieben hast, aus der Tasche gestohlen hat. Dann soll sie während ihrer Ehrenamtsarbeit bei dir zu Hause eingedrungen sein, um auch noch die Computerdatei zu löschen?«

Endlich hatte er es kapiert. Ich straffte meine Haltung und sagte fest: »Ich behaupte es nicht, das war genau so!«

Mr Weller wandte sich an Tess. »Tess, was sagst du dazu?« Er klang irgendwie erschöpft.

»Absoluter Blödsinn«, antwortete Tess gespielt entrüstet.

»Was sollte ich mit ihrem Theaterstück anfangen? Es nach Hollywood verkaufen?«

Die anderen Kursteilnehmer, von denen mitterweile fast alle in den Raum gekommen waren, lachten.

»Wahrscheinlich ist Stella nur neidisch«, mischte sich Jasmin ein. »Weil sie als Schauspielerin so schlecht ist, wollte sie sich hier wichtigmachen.«

Und da war es schlagartig vorbei mit meiner Ruhe. Der angestaute Groll in mir explodierte mit einem Mal und eine eine gewaltige Wolke Wut presste nach draußen. »Ich habe es geschrieben!«, brüllte ich, beinahe hätte ich meine eigene Stimme nicht wiedererkannt. »Ich habe Ihnen doch gesagt, dass ich es schreibe!«

»Ja, erzählen kann sie immer viel«, murmelte Tess.

»Mr Weller«, flehte ich.

»Ja«, sagte Mr Weller und zuckte lasch mit den Schultern, »du hast davon erzählt. Aber zu Gesicht bekommen habe ich nie etwas!«

»Aber ich habe Ihnen doch gesagt, worum es ging.«

»Du bist immer sehr vage geblieben, Stella. Ich weiß nur, dass es an einer Highschool spielen sollte, mehr nicht.«

Ich starrte ihn an. Das war die Lösung! Ich würde ihm haargenau sagen, was ich geschrieben hatte. Wie die Geschichte ablief, die einzelnen Handlungsstränge. So eine komplexe Story konnte man sich nicht mal eben schnell ausdenken. Dann würde er mir glauben!

»Es ging um …«, fing ich voller Siegesgewissheit an und schaute verächtlich in die Gesichter um mich herum, auf denen unterschiedliche Stadien des Triumphes und Mitleids abzulesen waren.

»Ja, Stella«, ermunterte Mr Weller mich. »Erzähl uns doch mal, worum es ging. Dann kannst du es vielleicht einfach noch mal aufschreiben.« Er wirkte erleichtert.

»Also«, setzte ich erneut an, dann stockte ich. Ich sah in meinem Kopf die Buchstaben, die Sätze, die ich geschrieben hatte, die aus meiner Hand auf die Seiten geflossen waren wie Perlen an einer Schnur, wunderschön und glänzend, aber ich konnte sie plötzlich nicht mehr entziffern. Ich hörte die Dialoge, die meine Figuren gesprochen hatten, aber ich konnte sie nicht mehr verstehen, es war wie in einem Albtraum, mein Mund öffnete sich, aber nichts kam heraus. Ich konnte mich an keine einzige Zeile erinnern! Aber ... aber ich wusste doch wohl, was ich geschrieben hatte, es war doch so lustig gewesen, so rührend, so grandios!

Mein Blick fiel auf Tom und da fiel es mir wieder ein. »Also, Tom«, sagte ich. »Nein, John, im Theaterstück heißt er John, er hat ...«, stammelte ich und meine Fingerkuppen schmerzten vom verkrampften Reiben über den Skarabäus, aber in meinem Hirn war nur ein weißes Rauschen, mein Gedächtnis war genauso gelöscht wie die Computerdatei.

Mit offenem Mund stand ich da und überlegte fieberhaft, wie ich Mr Weller und die anderen davon überzeugen konnte, dass ich das Theaterstück wirklich geschrieben hatte, dass ich keinen Unsinn erzählte. Da fiel mir mein Notizbuch ein, mit zitternden Fingern holte ich es hervor, blätterte es fahrig durch und zeigte es ihm, aber er starrte nur darauf und sagte ärgerlich: »Das ist doch nur Gekrakel!« Und das stimmte sogar. Ich konnte es selbst nicht mehr lesen.

»Wenn du das Stück fertig hast, Stella, dann gib es mir einfach, okay«, sagte Mr Weller und seufzte.

»Ich hatte es fertig«, kreischte ich. »Sie hat es mir geklaut!« Ich stieß den Finger wieder in Tess' Richtung.

Die verzog spöttisch den Mund.

»So Leute, lest noch mal den Anfang von ›Die Katze auf

dem heißen Blechdach‹, ich komme gleich.« Dann machte Mr Weller einen Schritt auf mich zu, fasste mich am Arm und zog mich vor die Tür. Dort sagte er, mit einer Stimme sanft wie Watte: »Stella, du weißt, dass wir hier eine hervorragende psychologische Beratung haben, wenn du irgendwie Hilfe brauchst ...«

»Wieso sollte ich Hilfe brauchen?«, fauchte ich. »Mein Theaterstück wurde geklaut, da kann mir so eine Psychotante auch nicht helfen.«

Ich drehte mich um und rannte hinaus, Tränen in den Augen. Ich rannte aus der Schule, auf die Straße, ich rannte bis nach Hause, tränenblind, als wäre der Nebel heute gar nicht aus Wickwood gewichen, als hätte sich der Nebel in meinem Kopf festgesetzt. Erschöpft kam ich dort an, stürmte in mein Zimmer, knallte die Tür zu und schmiss mich aufs Bett. Ich nahm die Tasche in den Arm und versuchte, meine kreisenden Gedanken zum Anhalten zu bewegen. Warum nur hatte ich alles vergessen? »Was stimmt nicht mit mir?«, fragte ich den Skarabäus, der mich anfunkelte mit seinen dunkelblauen Perlenaugen, die undurchdringlich und tief waren wie das Universum und diesen hypnotischen Schimmer hatten, der bewies, dass da mehr war, als man auf den ersten Blick zu erkennen glaubte. Dass er ein Geheimnis barg. Irgendein dunkles Geheimnis. Und der Skarabäus beruhigte mich. Mit mir sei alles in Ordnung. Es seien die anderen. Die anderen seien schuld.

KAPITEL 11
SAMSTAG, 11. OKTOBER,
UND SONNTAG, 12. OKTOBER 1997

Das Wochenende verbrachte ich in meinem Zimmer. Ich wollte einen Moment Ruhe haben vor der Welt da draußen, vor all diesen Angriffen. Den Besuch bei Liv gestern hatte ich vor lauter Ärger über das gestohlene Theaterstück total vergessen. Und auch heute hatte ich dafür keine Zeit und vor allem keine Energie, mich den Berg hinaufzuschleppen. Denn es machte mich wahnsinnig, dass ich nicht wusste, warum ich mich nicht an mein Theaterstück erinnern konnte. Ich grübelte darüber nach, bis ich endlich eine logische Erklärung fand, die mich ein wenig beruhigte: Emotionale Belastungen können die Gehirnleistung erheblich schwächen und die Merkfähigkeit vermindern, hatte Dr. Weiss uns vor ein paar Tagen erklärt, als er bei Großvater gewesen war. Denn bei ihm lag keine messbare organische Störung oder Krankheit wie Alzheimer vor, die seine Vergesslichkeit erklären konnte. Deswegen vermutete Dr. Weiss eher, dass Grandpa an einer Depression litt, die sich in Demenz äußerte. Also, dachte ich mir, konnte es sein, dass dieser wahnsinnige Stress und die Gemeinheiten von Rosannas Clique bei mir zu einem vorübergehenden Gedächtnisverlust geführt hatten. Ja, je länger ich darüber nachdachte, desto logischer erschien es mir.

Es war also Rosannas, Tess', Jasmins und Emilys Schuld, dass ich mich nicht erinnern konnte. Denen würde ich es noch zeigen, meine Rache würde fürchterlich werden! Davon war ich so überzeugt, dass die aufsteigende Wut über das Wochenende verdampfte. Zurück blieb eine glänzende Kugel aus Groll, hart wie ein Diamant, der auch nichts anderes ist als Kohlenstoff, unter enormem Druck zu einem glitzernden kostbaren Edelstein verdichtet. Die Vorstellung gefiel mir. Der Nebel in meinem Hirn lichtete sich. Ich sah so klar, dass ich sogar beschloss, einfach ein neues Theaterstück zu schreiben. Ein besseres Theaterstück! Das wäre die Überraschung, wenn ich am Montag ein Drama präsentieren konnte!

Doch ich scheiterte. Mir fiel rein gar nichts ein. Der silberne Stift aus der Tasche funktionierte leider auch nicht mehr, die Mine war alle und die Spitze kratzte nur noch über das Papier. Meine Gedanken kamen ebenso wenig in Gang, also schmiss ich mein Notizbuch zur Seite und ließ es bleiben. Auch das war Rosannas Schuld, dachte ich grimmig.

Mein Vater war an diesem Wochenende endlich wieder zu Hause. Doch als er zwischendurch fragte, ob ich mit ihm einen Spaziergang machen wollte, hatte ich keine Lust. Die Welt sollte mich in Ruhe lassen! Ich hatte im Moment genug mit mir zu tun. Und ich hatte die Tasche, das reichte mir. Als hätte sie gemerkt, dass ich Beistand brauchen konnte, fand ich zuerst meinen Lieblings-Schokoriegel darin, dann eine Packung mit einem Entspannungsbadeschaum, den ich großzügig in die Wanne spritzte und in dem ich mich für eine Stunde entspannte.

Irgendwann am Nachmittag überkam mich der Hunger und ich ging runter. In der Küche war meine Mutter mit Ingrid Anderson zugange, um neue Walnussrezepte auszuprobieren. Mrs Anderson steckte gerade den Finger in den Teig und naschte, was bei meiner Mutter normalerweise unter Höchststrafe stand. Doch Ingrid Anderson servierte meiner Mutter gerade eine neue Klatschgeschichte, bei der es um irgendeine Ehe ging, die vermutlich auf ihr Ende zusteuerte. Ich merkte auf einmal, wie mir das alles auf die Nerven ging, dieses ganze Kleinstadtgetue! Dieses Beäugen von anderen, das kleinliche Beobachten von vermeintlichen Verfehlungen, als ob es in Wickwood nur Heilige geben müsste. An Rosanna sah man doch sehr gut, dass es in Wickwood zickige Biester offenbar leicht hatten, ihren Willen zu bekommen. Und daher fasste ich über Nacht einen Entschluss: So konnte das nicht weitergehen. Ich musste diesem Kampf ein Ende bereiten, aber aufgeben kam natürlich nicht infrage. Oh nein. Ich musste zum entscheidenden Schlag ausholen. Zum Vernichtungsschlag! Ich würde gewinnen!

Bei dieser Erkenntnis setzte ich mich im Bett auf, ein Kribbeln im Bauch, eine zischende Energieexplosion in meinem ganzen Körper. Ich konnte es kaum erwarten, sie ... *zu zerstören.* Die Vorstellung von den besiegten Biestern brachte mich zum Lachen. Und der Skarabäus lachte mit mir.

KAPITEL 12

MONTAG, 13. OKTOBER 1997

Als ich nach unruhigem Schlaf aufwachte, stand ich auf wie ein Roboter. Natürlich wusste ich noch nicht genau, wie ich die Biester endgültig fertigmachen würde. Aber mir würde schon was einfallen. Ich würde mich auf meine Intuition verlassen. Und auf die Tasche. Zu Hilfe kommen würde mir sicher, dass Rosanna heute abgelenkt war von ihrem bevorstehenden Rollerskating-Auftritt vor dem Castingdirektor, der sich für heute Nachmittag angekündigt hatte.

Mit grimmiger Entschlossenheit stapfte ich in die Schule. Wut und Unerschrockenheit sind die wichtigsten Verbündeten in einer Schlacht. Mit ihnen beiden an der Seite fühlt man sich unbesiegbar.

Leider hatte ich nicht damit gerechnet, dass meine Gegnerinnen ungeachtet von Rosannas Auftritt ebenfalls für heute die Entscheidungsschlacht angesetzt hatten. Und dass sie mir um Längen voraus waren. Denn sie hatten einen echten Plan. Sie holten aus, aber richtig. Und zwar zu einem Doppelschlag. Beide sah ich nicht kommen. Und Schläge, die man nicht kommen sieht, sind die gefährlichsten.

Zunächst war ich noch optimistisch. Und meine Laune besserte sich erheblich bei einem sehr hübschen Anblick. Tom wartete an den Schließfächern auf mich, das nahm ich als gutes Zeichen. Sicher wollte er mir sagen, wie leid es ihm täte, dass alle so gemein zu mir gewesen wären und dass er an mich glauben würde. Umso erstaunter war ich, als er mich nach einer Begrüßung mit einem etwas schiefen Grinsen von der Bandprobe auslud. Es war ihm immerhin sichtlich unangenehm.

»Rosanna stellt sich irgendwie total an wegen dir«, sagte er. »Tut mir echt leid, aber ich kann negative Energie nicht gebrauchen, das stört mich in meiner künstlerischen Entfaltung.«

Er strich mir mit dem Finger über den Arm, zog dort eine brennende Linie, schaute mich durchdringend an und sagte: »Vielleicht ein anderes Mal. Und zum Konzert nach Crowsville kommst du doch sicher, oder?«

Ich nickte. Bekam keinen Ton heraus, weil meine Lippen zusammengepresst waren vor Wut auf Rosanna.

Was mich aber dann wirklich dazu brachte, rot zu sehen, war der nächste Angriff der Clique. Selbst jetzt noch, nach all dem Schrecklichen, was danach geschehen ist, fällt es mir schwer, ruhig zu bleiben. Denn die Biester gaben sich nicht damit zufrieden, mir mein Theaterstück geklaut zu haben. Nein. Sie erdreisteten sich, noch weiterzugehen. In der Drama-AG stolzierte Rosanna auf Mr Weller zu und gab ihm, eingeheftet in eine blaue Pappmappe, ein Theaterstück, das sie selbst geschrieben hatte. Er schaute einen Moment lang misstrauisch, aber Rosanna sagte ganz ruhig, sie hätte damit schon letztes Jahr angefangen. Und im Gegensatz zu »gewissen anderen Personen« hätte sie das nicht herumposaunt, um es erst in Ruhe fertig zu schreiben. Aber sie hätte ihrer Tante, der Bürgermeisterin, schon vor Monaten davon erzählt, und Mr Weller könnte sich gerne bei ihr dazu erkundigen. Doch natürlich sah Mr Weller keine Veranlassung dazu, die Bürgermeisterin wegen so etwas zu behelligen. Geduldig hörte er zu, als Rosanna die Handlung beschrieb.

Es hieß »Der Fall Mike M.« und spielte an einer Highschool. Die Hauptfigur war ein Reporter namens Flynn.

Und wie sie das in aller Großartigkeit verkündete, fiel mir plötzlich alles wieder ein. Weil es natürlich mein Stück war. Aber ich konnte nichts mehr dagegen machen. Sie hatten das Bild von mir als Lügnerin perfekt gemalt. Und das hätte ich noch mehr zum Schillern gebracht, wenn ich plötzlich Rosanna beschuldigt hätte, es geklaut zu haben. Ich saß da, zusammengekauert, und stierte sie an, ihr grässliches triumphierendes Grinsen. Sie hatte gewonnen.

Die folgenden Minuten (oder waren es Stunden?) habe ich nur verschwommen in Erinnerung. Ich weiß noch, dass sich in mir alles drehte, ein Strudel aus wirren Rachegedanken füllte meinen Kopf, jeder Denkprozess ging darin unter. Ich stand auf, wie ferngesteuert. Wenn ich nicht den Skarabäus unter meinen Fingern gespürt hätte, wäre ich vermutlich zusammengebrochen. Aber mit seinem Rückhalt hielt ich mich aufrecht und bewegte mich wie ein normaler Mensch. Dabei fühlte ich mich von innen nur noch hohl, alles an Gefühlen und Gedanken war aufgesogen worden von dem reißenden Strudel, der in mir tobte und den Groll aufweckte, der sich ausdehnte und ausdehnte und jede Zelle in mir vergiftete. Mr Weller schaute mich seltsam an, war aber zu sehr damit beschäftigt, Rosanna zu loben.

»Mir ist nicht gut«, murmelte ich, nahm meine Sachen und ging aus dem Raum. Ich taumelte durch die leeren Gänge der Schule. Mein Weg führte mich automatisch zu den Schließfächern. Doch anstatt zu meinem Schließfach zu gehen, blieb ich vor Rosannas stehen. Rosanna, dieses teuflische Ungeheuer.

Meine Hand tastete in meine Tasche und umschloss etwas Spitzes, etwas Kaltes. Ich schaute darauf und sah einen Schraubenzieher. Schrank öffnen, war das Letzte, was ich dachte, dann nichts mehr. Es zuckten nur noch Blitze durch meinen Schädel, der wilde Strudel zischte mit ohrenbetäubendem Tosen an meinem Trommelfell entlang.

Von Rosannas Unfall erfuhr ich zu Hause. Ich lag auf meinem Bett und las ein Buch, eine seltsame ruhige Heiterkeit hatte von mir Besitz ergriffen, ohne dass ich wusste, warum. Ich hörte unten das Telefon klingeln und meine Mutter ungewöhnlich laut und erregt sprechen. Ich dachte mir noch nichts dabei. Vermutlich war ein Kürbis-Soufflé nicht gelungen oder so. Selbst als meine Mutter klopfte und in mein Zimmer stürmte, regte sich in mir noch kein Verdacht.

»Stella«, sagte sie atemlos. Sie legte in dieses eine Wort so viel Entsetzen, zudem war ihre Miene gänzlich ohne Feindseligkeit, dass mir langsam schwante, dass etwas Schreckliches passiert sein musste.

»Was ist, Mom?«, fragte ich.

Sie setzte sich auf meine Bettkante. »Rosanna ... sie hatte einen schrecklichen Unfall. Auf der Rollschuhbahn. Bei einem Sprung ist sie gestürzt und mit dem Kopf auf den Betonboden geknallt. Sie wurde bewusstlos ins Krankenhaus eingeliefert.«

»Ach du Scheiße«, entfuhr es mir. Mein Herz fing an zu pochen, meine Hände wurden schweißnass. »Wie ... wie ist das denn passiert?«

»Es hat sich wohl eine Rolle von ihrem Rollschuh gelöst. Aber wie es dazu gekommen ist, kann sich keiner erklären.«

»Und ... wird sie wieder gesund?«, fragte ich zaghaft.

»Das weiß man nicht. Es sieht sehr schlecht aus. Sie

liegt im Koma!«, rief meine Mutter und dann lief eine Träne über ihr Gesicht. »So ein junger Mensch mit so einer glänzenden Zukunft ... hach, es ist einfach furchtbar.« Und dann tat sie etwas sehr Ungewöhnliches. Sie umarmte mich, wenn auch etwas unbeholfen.

Als ich meine Nase in ihren Pulli drückte und ihren Geruch nach Waschpulver und frisch gebackenem Brot einatmete, überkam mich für einen Moment der Wunsch, dass alles so wäre wie früher. Und dass sich diese kalte Schlinge um meinen Hals lockern würde, die mir mit einem Mal die Luft zum Atmen nahm.

Dann löste sie sich von mir und ging nach unten und der seltsame Augenblick war vorüber und ich war wieder allein. Allein mit meiner Tasche. Und einem schrecklichen Verdacht.

KAPITEL 13
DIENSTAG, 14. OKTOBER
BIS FREITAG, 17. OKTOBER 1997

Die Tage nach Rosannas Unfall ziehen sich in meiner Erinnerung wie Kaugummi. Ich weiß noch, wie ich alle paar Minuten auf die Uhr schaute, getrieben von der Hoffnung, die Zeit beschleunigen zu können, die Zeit, bis ich endlich die gute Nachricht hören würde, dass sie wieder auf dem Weg der Besserung sei.

Gleichzeitig versuchte ich, unauffällig etwas darüber in Erfahrung zu bringen, wie es möglich gewesen war, dass sich eine Rolle an ihren Skates gelöst hatte. Niemand hatte eine befriedigende Antwort darauf, wenn auch allerhand Gerüchte und Vermutungen kursierten. Materialschwäche war eine davon. Die andere, dass eine Konkurrentin ein Attentat geplant hatte. Aber da Rosanna im Artistic Skating in Wickwood keine einzige Konkurrentin gehabt hatte, wurde das eher als zweifelhafte Theorie angesehen. Gott sei Dank fiel niemandes Verdacht auf mich. Was mich ein wenig verwunderte, da Emily, Tess und Jasmin natürlich gewusst hatten, dass wir verfeindet waren. Aber vielleicht waren sie ohne ihre Anführerin einfach kopf- und planlos. Sie liefen jedenfalls rum wie verängstigte Schafe, denen der Leithammel abhandengekommen war, und verschwendeten offensichtlich keinen Gedanken mehr an mich.

Mich aber ließ das beklommene Gefühl nicht los, dass ich etwas mit dem Unfall zu tun haben könnte. Dass ich, als ich mit dem Schraubenzieher vor Rosannas Schließfach gestanden hatte, das Fach geöffnet, die Skates, die sie darin deponierte, genommen und manipuliert hatte. Immer wieder versuchte ich mich daran zu erinnern, was ich genau getan hatte, nachdem ich die Drama-AG verlassen hatte. Ich hämmerte gegen meinen Schädel, aber in meinem Gedächtnis saß dieser Krake, er hatte sich festgesaugt in meinen Erinnerungen und verwehrte jeden Zutritt. Er bohrte seine Tentakel in meine Schläfen und ich bekam rasende Kopfschmerzen.

Wenn ich meine Tasche nicht gehabt hätte, wäre ich durchgedreht. Sie war das Einzige, was mich beruhigen konnte. Denn wenn ich auf meinem Bett lag, die Tasche im Arm, dann ebbte die Panik ab, ich wurde gleichmütig, die Schmerzen ließen nach und ich konnte wieder ruhig atmen. Und in diesen Momenten überkam mich eine seltsame Erleichterung. Die Erleichterung darüber, dass der Krieg beendet war. Und – es ist nicht leicht, das zuzugeben, aber so war es – ich war auch erleichtert, dass Rosanna aus dem Weg geräumt war. Und wenn mir der Skarabäus einredete, dass sie selbst schuld gewesen war, dann war alles wieder gut.

Erst am Donnerstag schleppte ich mich wieder in die Schule. Meine Mutter äußerte Verständnis, wohl weil sie noch unter Schock nach Rosannas Unfall stand, und schrieb mir die nötige Entschuldigung.

In der Schule traf ich Tom leider nicht. Auch freitags fehlte er noch. Anscheinend hatte ihn der Unfall seiner Freundin ziemlich mitgenommen. Das jedenfalls vermutete ich. Vielleicht übte er aber auch nur für seinen Auftritt am Samstag.

Nachdem die Angriffe auf mich nun der Vergangenheit angehörten, fingen Monica Campbell und Shari Shackelford wieder an, mit mir zu reden. Sie brachten mich auf den neuesten Stand in Sachen Unterricht. Ich hatte zum Glück nicht viel verpasst. Rosannas Unfall hatte alles verlangsamt, denn alle schienen unter Schock zu stehen. Von ihr gab es nach wie vor nichts Neues, sie war zwar außer Lebensgefahr, lag aber immer noch im Koma und das Ausmaß ihrer Hirnverletzung war nicht abzusehen. Doch nach dem anfänglichen Geflüster und der unerlässlichen Bestürzung drehte sich die Stimmung in der Schule langsam. Denn – nicht verwunderlich, wenn man mich fragt – Rosanna war nicht das beliebteste Mädchen gewesen. Natürlich hatte sie ihre Fans und Freundinnen gehabt, aber eben auch eine Menge Schüler und Schülerinnen, die unter ihr zu leiden gehabt hatten. Und so war ich nicht die Einzige, die stillschweigend erleichtert war, dass sie weg war. Auch wenn das natürlich keiner offiziell zugeben mochte. Aber man merkte es. Rebecca Mazza und Molly Boyle waren sichtlich besser drauf. Auch Dave Parks und Deborah Wentworth trauten sich, ein wenig aus sich herauszugehen. Die Atmosphäre war auf einmal viel entspannter.

Das zweite große Thema in der Schule war natürlich das Konzert von Hall of Fame, das trotz allem am Samstag in Crowsville stattfinden sollte. Schließlich hatte sich ein Vertreter von BMG angekündigt und einen Plattenvertrag in Aussicht gestellt. Bis auf wenige Ausnahmen wollten alle aus meinem Jahrgang dorthin fahren.

»Rosanna hätte nicht gewollt, dass wir hier Trübsal blasen«, behauptete Tess am Freitag, die den Verlust ihrer Anführerin am besten wegzustecken schien. Oder vielleicht einfach als Erste die Gelegenheit nutzte, die frei gewordene

Stelle des Alphaweibchens zu besetzen. Ich war froh, dass Rosanna langsam in den Hintergrund rückte. In manchen Momenten vergaß ich den schlimmen Vorfall sogar. Ich freute mich auf Samstag, denn wegen nichts und niemandem in der Welt würde ich mir den Auftritt von Tom entgehen lassen. Nur weil sie im Krankenhaus war, hieß das ja noch lange nicht, dass wir alle darunter leiden mussten, oder? Denn wenn Tom dazu in der Lage war aufzutreten, obwohl seine Freundin schwer verletzt war, dann musste ich mir kein schlechtes Gewissen machen.

KAPITEL 14
SAMSTAG, 18. OKTOBER 1997

Und dann wurde mein Leben plötzlich wundervoll. Geradezu märchenhaft! Ich kam mir schon fast vor wie Cinderella. Auch wenn es kein Ballkleid war, das die Tasche an diesem Samstag hervorzauberte, sondern ein Outfit, das eines Rockkonzerts würdig war: Es war ein graues T-Shirt mit der berühmten Rolling-Stones-Zunge, am Hals weit ausgeschnitten, sodass es sexy über die Schulter rutschte, an der Hüfte war es etwas länger und sah einfach cool aus zu meiner Jeans. Dazu fand ich noch Make-up: grauen Lidschatten und Mascara samt Anleitung zum Schminken von Smokey Eyes. Das hatte ich noch nie ausprobiert, aber es klappte ziemlich gut. Die Haare flocht ich, wie Liv mir das gezeigt hatte, und steckte den Zopf mit einer Klammer fest. Schade, dass sie nicht mitgehen konnte. Ich musste sie morgen endlich unbedingt besuchen gehen! Jetzt fehlte noch das gewisse Extra, dachte ich gerade, da fand ich in meiner Tasche ein Paar silberne Creolen. Perfekt! So cool hatte ich noch nie ausgesehen. Schade, dass Liv mich jetzt nicht sehen konnte. Sie wäre stolz auf mich. Ich legte mir die Tasche über die Schulter und drehte mich noch ein paar Mal bewundernd vor dem Spiegel, dann schnappte ich mir meine Jacke und ging nach unten.

»Wie siehst du denn aus?«, entfuhr es meiner Mutter, als sie mich sah. »Was soll diese Farbe in deinem Gesicht? Du siehst ja aus wie eine ...«

»... wie eine hübsche junge Frau«, fiel mein Vater ihr ins Wort. »Wo gehst du denn hin?«

»Zu diesem Konzert nach Crowsville, wo die ganze Schule hingeht.«

Meine Mutter schnaubte entrüstet, aber noch bevor sie was sagen konnte, fiel mein Vater ihr ins Wort. »Ah, Hall of Fame, richtig?«

»Ja. Unsere Schulband.«

»Was meinst du, Judith«, wandte er sich an meine Mutter. »Da könnten wir doch auch hingehen? Dieser Tom Porter soll wirklich gut sein, habe ich gehört.«

»Natürlich gehen wir da *nicht* hin«, entrüstete sich meine Mutter. »Und ich weiß auch gar nicht, ob Stella ...«

»Es fährt ein extra angemieteter Bus von der Schule«, unterbrach ich. »Der fährt auch hinterher wieder zurück.«

»Und es ist ein Pflichttermin für Schüler der Wickwood High«, bestimmte mein Vater. »Natürlich geht sie da hin.«

Der Skarabäus pulsierte unter meinem Finger, der weiche Stoff der Tasche schmeichelte meiner Haut. Meine Tasche war so großzügig gewesen, hatte mich verwöhnt. Heute würde ein besonderer Tag werden, das spürte ich. Heute war Wunscherfüllungstag! Und vielleicht ging ja mein sehnlichster Wunsch in Erfüllung. Vielleicht würde ich heute Tom küssen!

Im Bus warfen mir Shari und Monica bewundernde Blicke zu und winkten mich zu sich. »Was siehst du klasse aus!«, riefen sie.

»Wo hast du eigentlich die Tasche her?«, fragte Shari und warf begehrliche Blicke auf meinen Skarabäus.

»Aus einem Secondhandshop in Chicago«, log ich.

»Kann ich mir die mal leihen?«, fragte Shari.

Ich lachte laut. So absurd war die Vorstellung! Nein, meine Tasche würde ich niemals hergeben!

Als ich vor der Stadthalle in Crowsville aus dem Bus

stieg, strömten alle zum Haupteingang. Ich sagte Shari und Monica, dass wir uns drinnen sehen würden. Aus einem Impuls heraus schlenderte ich zur Seite des Gebäudes. Dort war der Bühneneingang und an der offenen Tür stand Tom. Er lehnte an der Wand und rauchte eine Zigarette. Das Licht aus dem Gebäude strahlte ihn von hinten an. Er sah gedankenversunken aus, als würde er sich konzentrieren. Ich überlegte einen Moment, ob ich ihn stören sollte. Aus reiner Gewohnheit griff ich in die Tasche und fischte zu meinem Erstaunen ein kleines dreieckiges Plastikplättchen heraus. Es war ein Plektron.

Und es hatte eine Aufschrift. Mit schwarzem Filzstift stand dort in schwungvollen Buchstaben, aber gut lesbar:

To Tom.

Eric Clapton

1997

Es war ein Originalautogramm seines Idols! Mit Widmung! Ich zerbrach mir gar nicht erst den Kopf, wie die Tasche das gemacht hatte, denn das war meine Chance. Mit so einem Geschenk in den Händen konnte ich ihn auf jeden Fall auch kurz vor dem Auftritt stören.

»Hey Tom«, sagte ich.

»Stella«, sagte er erstaunt, dann wanderte sein Blick an mir herunter und seine Augen begannen zu leuchten. »Klasse siehst du aus.«

»Du auch«, gab ich zurück. Er hatte schon sein Bühnenoutfit an, schwarzen Anzug, weißes Hemd, schwarze Krawatte.

»Hier«, meinte ich. »Ich hab was für dich.« Ich hielt ihm das Plektron hin. Er zog noch mal an der Kippe und schmiss sie dann achtlos weg. Dann nahm er das Plektron und las die Inschrift. Es dauerte ein paar Sekunden, bis er begriff, was er da in seinen Händen hielt. Dann sah er mich wieder an, den Mund offen vor lauter Verblüffung. »Woher hast du das denn?«, rief er und sah dabei aus wie ein kleiner Junge, der eine elektrische Eisenbahn zu Weihnachten bekommen hatte.

Ich zwinkerte ihm zu. »Ach, wenn man so eine Weltrevolution anzettelt, kommt man ganz schön rum.«

»Das ist ja der Hammer!«, rief er.

»Ich dachte, es bringt dir vielleicht Glück.«

Er musterte mich, als sähe er mich zum ersten Mal. Dann strich er mir eine Strähne aus dem Gesicht und beugte sich näher zu mir. »Danke.« Und gerade dachte ich, er würde mich küssen, aber dann rief Brent von hinten.

»Wir sehen uns später«, versprach Tom.

»Ja«, hauchte ich und die Gänsehaut hielt sich noch, bis er im Gebäude verschwunden war.

Ich weiß nicht, ob es am Plektron lag oder daran, dass ich mich so großartig fühlte, den Blick von Tom noch spürte und deswegen das Gefühl hatte, er würde nur für mich singen – jedenfalls war es das beste Konzert, das Hall of Fame jemals gegeben hatte.

Die Menge tobte, Tom rockte über die Bühne, er und Brent lieferten sich einige Gitarrenduelle, Tom sang leidenschaftlich und die Mädchen, die um mich herumstanden, kreischten vor Begeisterung. Ich hatte mich so weit nach vorne gedrängelt, dass ich Tom gut sehen konnte, und ich schwöre, dass er mich in der Menge suchte und mir zuzwinkerte, sobald er mich entdeckte.

Das Konzert endete um halb elf, nach der zweiten Zugabe. Das Licht im Saal ging an, sobald die Band die Bühne verlassen hatte, und die Menge, verschwitzt und glücklich, strebte den Ausgängen entgegen. Der Bus sollte um elf Uhr zurück nach Wickwood fahren. Aber ich wollte nicht gehen, ohne Tom noch einmal gesehen zu haben. Der Bus war mir egal. Ich blieb noch an einem Stand in der Vorhalle stehen, an dem Fan-Shirts verkauft wurden.

Shari und Monica entdeckten mich und wollten mit mir zur Haltestelle aufbrechen, aber ich erwiderte, dass ich gleich nachkommen wollte, und tat so, als ob ich mir die T-Shirts ansah. Monica und Shari waren gerade weg, da gab es einen Tumult. Randy, der Bassist, war in die Vorhalle gekommen, um Autogramme zu geben. Ich wartete am Rand, hoffte, dass Tom seinem Beispiel folgen würde, aber er ließ sich nicht blicken. Doch dann entdeckte Randy mich, schrieb ein letztes Autogramm und ließ die anderen Fans stehen. »Hey Stella. Los, jetzt wird gefeiert!« Er roch nach Alkohol, aber ich ließ zu, dass er den Arm um mich legte und mich durch die Halle in den Backstagebereich zog. Dort würde Tom sein. Ich würde kurz mit ihm reden und dann schnell zum Bus rennen.

»Hey, ich hab was Süßes mitgebracht!«, schrie Randy, als wir hinter der Bühne angekommen waren. Er ließ mich los, um uns zwei Biere zu holen. Mein T-Shirt war über meine Schulter gerutscht. Ich bemerkte es, weil Randy darauf starrte, als er mit dem Bier zurückkam. Da sah ich Tom. Er und Brent unterhielten sich mit einem älteren Typen in Lederjacke.

»Wer ist der Typ, mit dem Tom redet?«, fragte ich.

»Das ist der Mann von BMG und er bietet uns gerade einen Plattenvertrag an«, antwortete Randy und rülpste laut. Dann trank er einen Schluck Bier. »Wir müssen auf diesen scheißgeilen Auftritt trinken, verdammt noch mal, was waren wir scheiße geil!«

Er wollte gerade wieder den Arm um mich legen, da winkte Carol. Sie stand neben einem Fotografen und wartete, bis die Unterhaltung von Tom, Brent und dem Mann von der Plattenfirma beendet war. Sie holte die Band für ein Gruppenfoto zusammen. Randy hauchte mir ins Ohr: »Aber geh nicht weg!« Er schwankte, als er zu seinen Kumpels ging. Der Fotograf schoss ein Dutzend Bilder, dann torkelte Randy wieder auf mich zu. Doch in diesem Moment bemerkte Tom mich, verabschiedete sich rasch von dem Typen von der Plattenfirma und kam zu mir.

Ich schritt an dem enttäuschten Randy vorbei auf ihn zu. »Das war ein echt cooles Konzert«, sagte ich und sah ihm in die Augen. Er grinste, dieses verdammt verführerische Grinsen, das in mir das sofortige Verlangen auslöste, meine Lippen auf seine zu pressen.

»Wir haben einen Plattenvertrag«, sagte Tom. »Stell dir das vor! Wir haben einen PLATTENVERTRAG!« Er lachte glucksend vor Glück und strahlte so sehr, dass ich mich sofort noch mehr in ihn verliebte.

»Gratuliere.«

»Das Plektron«, sagte er. »Das war das Plektron von Eric Clapton. Na ja. Nicht nur. Ich habe ja auch meinen kleinen Beitrag geleistet. Ich und die Band.« Und dann lachte er wieder. »Und jetzt wird gefeiert!«

»Ich kann leider nicht bleiben«, sagte ich. »Der Bus fährt gleich.«

»Ach was«, sagte Tom. »Du bleibst und fährst nachher mit uns nach Hause.«

»Echt jetzt?«, fragte ich und musste unwillkürlich lächeln. Ich hatte es gewusst. Heute war Wunscherfüllungstag!

»Keine Widerrede.«

Eigentlich müsste ich zu Hause Bescheid geben, sonst

würden meine Eltern mich umbringen. Da sah ich, dass Carol mit einem von diesen neuen Mobiltelefonen telefonierte. Sie war so nett, es mir zu leihen, damit ich bei meinen Eltern anrufen konnte. Ich hatte Glück, mein Vater hob ab. Ich flunkerte, ich hätte den Bus verpasst, aber das wäre kein Problem, weil ich mit Carol Anderson nach Hause fahren würde, die hier noch arbeiten würde.

»Alles klar«, meinte er nur und ermahnte mich, nicht allzu spät nach Hause zu kommen. »Viel Spaß. Und tu nichts, was ich nicht auch getan hätte.«

»Danke, Carol«, sagte ich, als ich ihr das Handy zurückgab.

»Gern geschehen«, meinte sie. »Aber treib es nicht zu wild. Sonst sind deine Eltern nachher stinksauer auf mich.«

Ich grinste sie an. »Versprochen.«

Ein Mädchen, das mit Scott rumhing, öffnete eine Flasche Asti, einen süßen Sekt, der schmeckte mir besser als das Bier. Ich trank ein Glas und stand neben Tom, der sich mit Brent unterhielt und dann ganz einfach so meine Hand nahm, seine große Hand um meine schloss, und ich kann mit voller Überzeugung sagen, dass ich in meinem Leben noch nie so glücklich gewesen war wie an jenem Abend. Es war, als würden mich plötzlich alle mögen, alle waren nett zu mir, denn ich war Toms Auserwählte! Manche der Groupies schauten mich zwar neidisch an, aber niemand traute sich, mir blöd zu kommen. Es war herrlich! Ich war die Sahne auf der Milch, ich schwamm ganz oben, ich konnte nicht untergehen. Plötzlich blendete mich ein Blitzlicht, es war der Fotograf, der ein paar Bilder von uns machte, weil wir so ein »schönes Paar« seien.

Ich weiß nicht mehr genau, wie spät es war, als ich aus dem kleinen Bus ausstieg, der die Band zurück nach Wickwood brachte. Es war mir auch egal, denn ich hätte jede Strafe akzeptiert, um diesen Abend mit Tom nicht enden zu lassen.

Doch irgendwann war es vorbei, wir standen auf dem Bürgersteig vor unserem Haus. Nur das leise Tuckern des Motors war zu hören, sonst war nur Stille und Schwärze um uns herum. Tom stieg mit aus und ich überlegte gerade, wie wir uns jetzt verabschieden sollten, da beugte er sich zu mir und küsste mich. Die Nacht wurde hell für einen Moment, das Licht von Tausenden Sonnen überstrahlte die Finsternis, hob mich auf eine Wolke, irgendwo nach oben, in den siebten Himmel.

In dieser Nacht hatte ich den ersten Albtraum. Ich trug Rollerskates an den Füßen, aber sie waren bleischwer und ich kam nicht einen Millimeter vorwärts. Ich wollte sie ausziehen, aber da bemerkte ich, dass ich anstatt Armen Flügel hatte. Ich wollte wegfliegen, aber es ging nicht. Denn ich war auf dem Bett festgepinnt, eine gigantische Stecknadel hatte sich durch mein Herz gebohrt, spießte mich auf die Matratze und dort hing ich fest, reglos und ausgeliefert. Schweißgebadet und mit klopfendem Herzen wachte ich auf und versuchte mich zu beruhigen, indem ich an Tom dachte.

Irgendwann musste ich wieder eingeschlafen sein, denn ich erwachte von einem seltsamen, flatternden Geräusch. Es kam aus Richtung meiner Tasche und es klang wie ein Käfer, der verzweifelt gegen einen Widerstand anflatterte. Der Skarabäus! Er hing an der Tasche und es sah im trüben Mondlicht tatsächlich so aus, als schlüge er mit seinen Flügeln und versuchte hektisch fortzufliegen. Ich knipste das Licht an und beäugte mit klopfendem Herzen meine Tasche, die unversehrt neben mir lag, mit einem stumm funkelnden Skarabäus. Doch das gespenstische Flattern dröhnte weiter in meinen Ohren und da entdeckte ich eine große Motte, die durch das Fenster hereingekommen war und sich unter dem Vorhang verfangen hatte. Ich atmete auf, erleichtert, dass es eine natürliche Erklärung gab, ließ sie schnell aus dem Fenster und schlüpfte wieder unter die Decke. Die Tasche ... sie war mir auf einmal geradezu unheimlich. Ich legte sie neben den Nachttisch auf den Boden – und schlief einen traumlosen Schlaf.

KAPITEL 15

SONNTAG, 19. OKTOBER 1997

Der Alkohol war schuld gewesen an dem Albtraum, redete ich mir ein, als ich am nächsten Morgen wie gerädert aufwachte. Trotz der sehr erfreulichen Wendung, die mein Leben gestern Nacht genommen hatte (Tom! Oh Tom!), ging es mir an diesem Sonntagmorgen nicht gut. Mein Kopf war mit scharfkantigen Steinen gefüllt, die meinen Schädel fast zum Bersten brachten. Aber ich hatte Tom geküsst! Oder besser gesagt: Tom hatte mich geküsst! Als ich meine Tasche sah, die so verwaist auf dem Boden lag, wunderte ich mich kurz, ob sie aus dem Bett gefallen war, dann hörte ich mich mit babyhafter Stimme fragen: »Na, wer hat denn da unten ganz alleine geschlafen?« Ich nahm sie hoch und streichelte sie. Ich erinnere mich, dass ich einen Moment erschrak über mein seltsames Verhalten, aber ich fühlte mich augenblicklich besser. Das schmerzhafte Pochen in meinem Schädel ließ etwas nach, aber meine Zunge klebte am Gaumen und ich ging in die Küche, um etwas zu trinken.

Meinen Vater hatte ich vor ein paar Minuten gehört, wie er mit Grandpa unter meinem Fenster vorbeigekommen war, um einen Spaziergang durch den Herbstwald zu machen.

Ich nahm den Saft aus dem Kühlschrank, schenkte mir ein Glas ein und wollte mich an den Tisch setzen, da kam meine Mutter herein. »Setz dich da nicht hin, da habe ich gerade geputzt«, sagte sie unwirsch.

»'tschuldigung«, sagte ich. Aber weil sie mit ihrem unfreundlichen Ton in mir eine Saite zum Klingen gebracht hatte, die in meinem Hirn zu einer nervenzersetzend schrillen Rückkopplung führte, fügte ich genervt hinzu: »Wusste ja gar nicht, dass bei uns Stühle nur zu Dekorationszwecken rumstehen.«

»Werd nicht frech, Fräulein.« Moms alte Feindseligkeit krachte mir voll ins Gesicht. Und es lag vielleicht an meinem etwas desolaten Zustand, vielleicht lag es auch nur daran, dass sich in mir einiges aufgestaut hatte, auf jeden Fall stieg wieder Wut in mir auf, drängte nach oben wie eine Luftblase im Wasser. Wer war sie eigentlich, dass sie das Recht hatte, mich ständig rumzukommandieren?

Also schaute ich sie herausfordernd an. Und setzte mich.

»Steh auf, aber sofort«, bellte sie.

»Ich denk nicht dran. Das ist auch meine Küche, also setze ich mich, wohin ich will.«

Da packte sie mich am Arm, richtig fest umklammerten mich ihre Finger, und sie wollte mich hochziehen. Ich stemmte mich dagegen, hielt mich am Tisch fest und fing an zu schreien: »Lass mich sofort los!«

Als meine Mutter merkte, dass sie gegen mich nicht ankam, ließ sie tatsächlich los. Mit vor Zorn getränkter Stimme befahl sie: »Du gehst jetzt mit in die Messe. Und danach beichtest du.«

»Was sollte ich denn beichten?« Für einen Moment schnürte sich mir der Hals zu und es durchfuhr mich glühend heiß, weil ich dachte, dass sie es wusste: dass ich an Rosannas Unfall schuld war.

Sie schüttelte den Kopf, maßlos enttäuscht. »Ich habe ja gleich gesagt, dass du aussahst wie ein Flittchen. Aber dass du dich auch so benimmst ... das ist wirklich unglaublich.«

In meinem Kopf ratterte es. »Ich hab doch gesagt, dass ich später kom...«

»Das meine ich nicht. Erst kommst du später nach Hause und dann küsst du ... diesen Jungen. Auf offener Straße!« Jetzt war ihr Kopf hochrot geworden und sie sah mich angewidert an. Okay, ich hatte mich nicht an die Absprachen gehalten. Aber – mal im Ernst – ich war doch keine Nonne! Ich war sechzehn Jahre alt und hatte einen Jungen geküsst. Zum ersten Mal! Also bitte! Die anderen in meinem Jahrgang machten alle schon ganz andere Sachen mit den Jungs. Und wieso glaubte sie eigentlich, über mein Leben bestimmen zu dürfen?

»Wir haben uns nur geküsst!«, verteidigte ich mich.

»Denk bloß nicht, dass dich so einer heiraten wird«, ätzte sie.

»Na und?!«, schrie ich. »Ich will ja auch gar nicht heiraten. Ich will einfach mal Spaß haben!«

Sie sog erschreckt die Luft ein. »Du setzt deinen guten Ruf aufs Spiel nur für ein bisschen Spaß!« Sie spuckte das Wort aus wie einen wurmstichigen Apfel.

»Würde dir auch mal guttun, ein bisschen Spaß zu haben«, sagte ich eisig. »Falls du überhaupt weißt, was das ist.«

Die Augen meiner Mutter wurden noch schmaler, waren nur noch Schlitze, wie mit dem Messer in ein Blatt Papier geschnitten. »Du wirst schon sehen, was du davon hast«, zischte sie. »Ich weiß, was mit Mädchen passiert, die sich für was Besseres halten.«

Ich schwor mir, nie wieder mit sie zur Messe zu gehen oder irgendetwas zu tun, das ihr auch nur ansatzweise gefallen könnte. »Jaja, ich weiß«, fauchte ich zurück. »Dann ende ich noch wie Gloria Barnett!«

Am Mittag war ich mit Tom im Bell's Bar & Grill verabredet. Sicherheitshalber fragte ich meine Eltern nicht um Erlaubnis, sondern stahl mich einfach aus dem Haus.

Tom war unglaublich gut gelaunt. Wegen des Plattenvertrags, er konnte gar nicht aufhören, davon zu schwärmen, wie sehr sich jetzt alles ändern würde und welche großartige Karriere ihm nun bevorstand. »Irgendwann musst du mir mal erzählen, wie du an das Plektron mit der Unterschrift von Eric Clapton gekommen bist«, sagte er euphorisch und grinste mich an. Unter dem Tisch drückte er sein Bein an meinen Oberschenkel und mir wurde augenblicklich warm. Ich schaute ihn an, die blauen Augen, die etwas schiefe Nase, die strubbeligen kurzen blonden Haare und für einen kurzen Moment dachte ich daran, ihm die Wahrheit zu erzählen. Die Wahrheit über die Tasche, die klang wie ein Märchen. Aber dann schüttelte ich den Gedanken einfach ab. Was für ein Blödsinn! Ich war am Ziel meiner Träume. Ich würde nichts tun, was das gefährden würde. Und wenn ich ihm die Wahrheit sagen würde, würde er mich vielleicht für verrückt halten. Oder an mir zweifeln. Und das kam nicht infrage.

Denn ich hatte alles erreicht, was ich erreichen wollte. Ich war glücklich. Ich hatte jedenfalls allen Grund, glücklich zu sein. Und dennoch. Irgendetwas störte mich. Wie ein Pulli, der unglaublich hübsch und auf den ersten Blick weich und kuschelig war, der aber dennoch kratzte. Es war wie so ein nagendes Gefühl in mir, das ich nicht abstellen konnte und das mir keine Ruhe ließ. Warum konnte es nicht einfach gut sein, jetzt, wo ich mit Tom zusammen war? Warum konnte ich nicht einfach glücklich sein, ganz einfach so. Das Leben umarmen und das pure Glück spüren?

Im Nachhinein ist mir klar, warum es nicht gut sein konnte: Weil ich tief in mir wusste, dass irgendetwas ganz und gar nicht richtig war.

Ich befühlte die Tasche, die wie immer auf meinem Schoß lag, und streichelte dann den höckerigen Rücken des Skarabäus, das Prickeln durchströmte mich geradezu. Es war das erste Mal, dass ich es als unangenehm empfand.

»Und wenn die Kohle erst mal richtig fließt«, erzählte Tom gerade, »dann kaufe ich mir ein fettes Appartement am Central Park. Und da lade ich sie dann alle ein, meine Kumpel und ...«

Während er sich seine Zukunft in den buntesten Farben ausmalte, dachte ich noch einmal über die Dinge nach, die ich in der Tasche gefunden hatte. Das war mit gesundem Menschenverstand nicht zu erklären. Und doch hatte ich es die ganze Zeit akzeptiert. Dabei war ich doch eigentlich ein rational denkender Mensch. Also was steckte dahinter?

»Treffen wir uns morgen in der Pause auf dem Parkplatz?«, fragte Tom gerade und schaute auf die Uhr. Ich schüttelte die seltsamen Gedanken an die unerklärlichen Dinge ab und konzentrierte mich wieder auf Tom. Auf Tom Porter, diesen unfassbar gut aussehenden und talentierten und beliebten Typen, der hier mit mir saß! Mit mir!! Der mich geküsst hatte! Was interessierten mich unerklärliche Vorkommnisse? Zusammen sein mit Tom war es, was mich wirklich interessierte.

Ich nickte. »Natürlich, gerne«, antwortete ich und lächelte ihn an.

»Dann zeige ich dir mal mein Auto«, grinste er. »Von innen.« Er zwinkerte bedeutungsvoll und sagte dann leise mit einem bedauernden Blick: »Und noch was … Offiziell sollten wir das mit uns noch nicht machen. Wegen Rosanna.«

Ich nickte und wusste bei aller Enttäuschung darüber, dass es besser so war. Sonst könnte man mir nachher doch ein Motiv unterschieben, warum ich an Rosannas Unfall schuld gewesen sein könnte.

Wir gingen zusammen zum Parkplatz, wo Tom seinen Wagen abgestellt hatte, und im Schatten eines Baumes küsste er mich wieder, zärtlich, drängend, wie ein Rockstar eben. Dann stieg er lachend in sein Auto.

Ich blieb noch einen Augenblick auf dem Parkplatz stehen. Meine Knie fühlten sich an wie Pudding. Die Sonne neigte sich über den westlichen Bergen zum Horizont, ließ die gelben Blätter leuchten. Es wurde kühler. Aber es würde noch dauern, bis es dunkel war. Ich zog den Metallriemen meiner Tasche über die Schulter und schaute auf die Hügel über Wickwood. Irgendwo dort oben war die Villa von Liv.

Liv! Jetzt endlich würde ich sie besuchen. Jetzt endlich würde ich zu ihr gehen. Würde ihr von Tom erzählen. Und ich würde die Tasche zurückbringen. Erleichterung überkam mich. Erstens, weil ich endlich Liv besuchen würde. Und zweitens, weil ich die Tasche zurückgeben würde. Daran hatte ich bisher noch gar nicht gedacht! Zu schrecklich war der Gedanke, die Tasche aufzugeben. Aber an diesem Sonntag, mit dem Gefühl von Toms Kuss auf den Lippen, beschloss ich, dass es Zeit war, sich von ihr zu trennen. Ich würde sie vermissen, meine Tasche, aber ich brauchte sie nicht mehr. Ich hatte alles erreicht, was ich erreichen wollte. Den Rest würde ich auch alleine schaffen.

Ich lief den Weg, den ich vor zwei Wochen mit Liv gegangen war, am Pothook's Creek vorbei Richtung Tennisplatz. Die Blätter fingen an, sich zu verfärben, einige waren schon gelb und rötlich. Der Herbst kam und der Wald zog sich ein anderes Kleid an, um ihn zu begrüßen. Die frische Luft tat mir gut. Meine Kopfschmerzen ließen langsam nach. Ich ging am Skater Park vorbei, ein einsamer Skateboarder zog dort seine Runden. Ich dachte an Rosanna. Hoffentlich ging es ihr bald wieder gut. Na ja, vielleicht nicht ganz so bald, sondern erst, wenn es mit Tom und mir richtig ernst geworden war, dachte ich, und die Bösartigkeit der Gedanken ließ mich kurz zusammenzucken.

An den Ferienpensionen vorbei ging ich zur Brücke und überquerte den Fluss. Links von mir lag der Tennisplatz, und ich musste mich einen Moment orientieren. Liv war mit schlafwandlerischer Sicherheit hier entlanggegangen und ich hatte vermutlich einfach nicht richtig aufgepasst. Ich lief zum Ende des Parkplatzes, aber der war von Hecken umsäumt. Verwirrt suchte ich nach der kleinen Straße, die wir gegangen waren, fand aber nur einen Trampelpfad, der zwischen einem Essigbaum mit leuchtend roten Blättern und einer Brombeerhecke begann und sich den Berg hochzog. Vielleicht ist das eine Abkürzung, dachte ich. Der Trampelpfad wird sicher auf die Bergstraße führen. Ich wusste ja, dass die Villa dort oben war. Verlaufen konnte ich mich nicht.

Ich stieg mindestens zehn Minuten lang schnaufend den steilen Pfad hoch. Dann endlich traf der Pfad auf die Straße, die sich in Serpentinen den Berg hochzog. Erleichtert lief ich auf dem Asphalt entlang. Dann bemerkte ich rechts von der Straße einen Zaun. Den hatte ich damals nicht gesehen. Am Zaun hing ein Schild mit einem Totenkopf. Der Tollwutsperrbezirk! Komisch, Liv hatte doch gesagt, der wäre weiter rechts.

Ich sah mich um, versuchte die Abzweigung auszumachen, die wir damals gegangen waren. Die Dämmerung setzte langsam ein, ich musste mich beeilen. Ich beschloss, noch ein paar Minuten die Straße hochzugehen, um zu schauen, ob die vielleicht auf einen anderen Weg traf, den ich wiedererkannte. Unsicher ging ich weiter. Die Straße war verwittert, mit Moos bedeckt, der Asphalt war aufgebrochen von den Wurzeln der Bäume. Es war eigentümlich still, kein Vogel begrüßte den hereinbrechenden Abend, keine Insekten summten im letzten Tageslicht um die Büsche herum. Da plötzlich sah ich zwei Schatten, die sich stumm durch den Wald bewegten. Ich schwankte zwischen Furcht und der Hoffnung, dass ich die beiden vielleicht nach dem Weg fragen könnte. Aber als ich näher kam, schälten sich aus den Schatten doch nur zwei knorrige Bäume, die krumm und schief am Wegesrand wuchsen.

Dann erblickte ich plötzlich den dicken Stein zur Linken, der aussah wie ein Troll. »Sven!«, rief ich erleichtert. Also war ich hier doch richtig! Aber alles sah so anders aus. Das ist nur der Herbst, redete ich mir ein, der Wechsel der Jahreszeiten, das herabfallende Laub, das andere Licht. Dennoch fühlte ich mich seltsam und verwirrt. Wieso war hier der Zaun? Der war doch vor zwei Wochen nicht da gewesen!

Vorsichtig tapste ich den Weg entlang, da entdeckte ich die beiden Eichen auf der Rechten, die bereits im Tollwutsperrbezirk lagen. Der Kiesweg hinter dem Zaun war kaum noch zu erkennen, er war voller Laub und überwuchert mit Unkraut. Aber ich war hier doch richtig, oder? Mit pochendem Herzen quetschte ich mich durch eine Lücke im Zaun, auch wenn ich am liebsten umgedreht und davongerannt wäre, aber dann würde ich mich ewig fragen, was das zu bedeuten hatte. Dann würde die Neugier mich ewig martern. Der Kies knirschte unter meinen Schuhen, die schon ganz dreckig waren, von Moos und Erde verschmiert.

Ich versuchte mich zu erinnern, wie weit es von den Eichen bis zum Tor gewesen war. In meiner Erinnerung waren es nur wenige Schritte gewesen. Doch vor mir war gar kein Tor, sondern nur eine grüne Wand aus Efeu. Erst als ich weiterging, bemerkte ich, dass diese Wand doch das schmiedeeiserne Tor war – nur war es von Schlingpflanzen überwuchert. Zwischen den Ranken, die ihre klebrigen Arme durch die Gitterstäbe geflochten hatten, hing ein verschmutztes weißes Schild. Ich schob vorsichtig die Blätter zur Seite. »Betreten verboten« stand darauf.

Ich sah mich um, überlegte, ob es sein könnte, dass ich das alles nur träumte. Aber nein. Ich war hier, im Wald, allein. Mein Atem ging stoßweise, als ich an der Klinke zog und das Tor so weit aufbekam, dass ich hindurchschauen konnte. Und da war sie, Livs Villa. Sie lag da wie vor zwei Wochen in dem parkähnlichen Garten. Doch die Fenster waren zerbrochen, sie bildeten klaffende Wunden in der Fassade, manche waren mit Brettern zugenagelt. Efeu rankte ungehindert die Fassade empor, ein alter Sessel ragte gespenstisch aus dem hohen Gras, das das Haus umgab. Auf die Hauswand hatte jemand »freaks« geschmiert – oder sollte das »freaking out« heißen?

Ich konnte es nicht fassen. Mit offenem Mund stand ich vor der Villa, die offensichtlich seit Jahren unbewohnt und von der Natur in Beschlag genommen worden war.

Ich drehte mich um, rannte los, mit holpernden Schritten über den knirschenden Kies, hetzte durch die Lücke im Zaun, raste den Abhang hinunter nach Hause, fiel hin, mitten in modriges Dickicht, beachtete auch die Dunkelheit und die Schatten um mich herum nicht, denn ein weitaus größerer Schrecken hatte von mir Besitz ergriffen. Erst unten, weit hinter dem Parkplatz des Tennisplatzes, blieb ich stehen, schnaufend, schwindelig und keines einzigen vernünftigen Gedankens fähig.

Als ich wieder normal atmete, rappelte ich mich langsam auf und ging wie betäubt die Kobler Street entlang. Vor der Apotheke stand Mr Anderson und unterhielt sich mit Joe Streibig, dem alten Jäger, der sein Gewehr über der Schulter hängen hatte. Mr Anderson grüßte mich, dann hielt er inne und fragte besorgt: »Was ist los, Stella? Geht's dir nicht gut?«

Ich schaute ihn an, in sein gütiges Gesicht, und ich wollte es ihm sagen, doch ich klappte nur ein paar Mal den Mund auf und zu, aber kein Ton kam raus.

»Hast hoffentlich keine giftigen Pilze gegessen, wie der verrückte Ed da drüben«, meinte Joe Streibig und deutete mit seinem struppigen Kinn auf Ed Elvers, der wie immer auf der Veranda vor seinem heruntergekommenen Haus saß, besser bekannt als Schandfleck von Wickwood.

Ich ließ die Männer stehen und lief weiter. Als ich nach Hause kam, war Vater in der Garage, er flickte mein Rad. Ich stapfte auf ihn zu, wollte ihn fragen, aber immer noch bekam ich kein Wort raus.

»Na, Stella«, begrüßte er mich. Dann stutzte er und schaute an mir runter. »Wie sehen denn deine Schuhe aus? Und die Hose!«

»Ich ... ich habe einen Waldspaziergang gemacht«, stammelte ich. »Ein bisschen frische Luft und ...«

Er lachte. »Nach dieser langen Nacht gestern konntest du die wohl gebrauchen.«

Da fiel mir ein, dass ich mit ihm noch gar nicht über meine »Verfehlungen« gesprochen hatte. Das lenkte mich einen Moment von dem ab, was ich gerade gesehen hatte. »Sorry, dass ich nicht mit Carol nach Hause gefahren bin. Es ging nicht anders.«

Er zuckte mit den Schultern. »Hauptsache, du bist nach Hause gekommen.«

»Mom sieht das anders.«

Er sagte nichts. Pumpte den geflickten Schlauch auf und prüfte, ob er hielt. »Ja«, meinte er dann. »Das tut sie.« Er zwinkerte mir zu. »Aber wenn man immer nur das macht, was die Eltern von einem wollen, dann stimmt auch was nicht. Dazu ist die Jugend doch da, oder nicht?«

Ich seufzte erleichtert. Erst jetzt merkte ich, wie sehr ich meinen Dad vermisste, jetzt, da er unter der Woche nie da war.

»Warum waren wir eigentlich noch nie auf der anderen Seite des Pothook's Creek spazieren?«, fragte ich, entschlossen herauszubekommen, was es war, das ich eben gesehen hatte.

»Na, da ist doch der Tollwutsperrbezirk. Und dahinter kommt die Schlucht. In die andere Richtung, Richtung White Lake, ist es viel schöner.«

»Mir hat jemand erzählt, da ständen Häuser im Tollwutsperrbezirk.«

»Häuser?«, wunderte er sich. »Nicht, dass ich wüsste. Ich weiß nur, dass der verrückte Ed da schon mal rumstromert, um giftige Pilze zu suchen.«

Ich beschloss, dass mein Vater es vermutlich einfach nicht genau wusste. Schließlich war er nicht in Wickwood geboren. Dann war ich mir plötzlich sicher, dass ich mich doch vertan haben musste. Dass ich mich verlaufen hatte, nicht an der richtigen Stelle gewesen war. Ich hatte vielleicht ein anderes Haus entdeckt, eines, das schon seit Jahren da stand. Es war gar nicht Livs Villa gewesen. Ich meine, wie sollte sie es gewesen sein? Vor zwei Wochen sah die Villa noch aus wie in einer kitschigen Fernsehserie! Sie konnte nicht in zwei Wochen so verfallen. Es musste eine ganz natürliche Erklärung dafür geben. Und morgen in der Schule würde ich Livs richtige Adresse rausfinden und alles aufklären.

KAPITEL 16

MONTAG, 20. OKTOBER 1997

Am nächsten Tag überlegte ich gerade, ob ich die Tasche in die Schule mitnehmen sollte oder lieber nicht. Und da hörte ich zum ersten Mal die Stimme. Sie klang hohl und dünn, wie das Sirren eines Zahnarztbohrers und sie traf genauso vehement einen Nerv. Sie sagte, dass ich gar keine Wahl hätte. Dass ich die Tasche mitnehmen müsste, dass ich gar nicht anders könnte, als sie immer bei mir zu tragen.

Schweiß brach mir aus, ich stand einen Moment wie erstarrt. Aber die Angst verflog so schnell, wie sie gekommen war, als ich mir einredete, dass es sowieso viel praktischer wäre, wenn ich die Tasche dabeihätte. Denn wenn ich Liv ausfindig gemacht hätte, könnte ich sie ihr direkt zurückgeben. Ja, genau. Es war eindeutig cleverer, sie mitzunehmen. Das brauchte mir doch niemand zu sagen!

Als ich wenig später in den dunstverhangenen Garten schaute, sah ich mittlerweile vier Krähen, die es sich offensichtlich zu ihrer Lebensaufgabe gemacht hatten, unser Dach zu zerstören. »Wenn die Krähen wenigstens Löcher in den Nebel hacken könnten«, murmelte ich.

Meine Mutter war offensichtlich immer noch sauer auf mich, denn sie hatte mir kein Frühstück gemacht. *Schlampe,* zischte die sirrende Stimme in meinem Kopf. Ich nahm mir ein Glas Saft, und um Mutter zu ärgern, ließ ich sowohl die Flasche als auch das Glas ohne Untersetzer auf dem Tisch stehen. Der Gedanke, dass sie sich gleich darüber aufregen würde, erheiterte mich. Sie war selbst schuld. Wer Krieg wollte, konnte Krieg haben.

Beinahe hätte ich meine Schulsachen vergessen, weil ich mich noch im Spiegel in der Diele bewunderte und mich mal wieder über meine schöne Tasche freute. Im letzten Moment fiel mir noch ein, meinen Rucksack mitzunehmen. Die Tür knallte ich extralaut zu.

Auf dem Weg zur Schule holte ich mir beim Bäcker etwas zu essen. Es war ziemlich viel los, aber der Verkäufer, ein junger Mann, nahm mich zuerst dran.

»Erlaube mal, vordrängeln gilt nicht«, sagte eine ältere Dame neben mir. Ich zuckte nur mit den Schultern, nahm meine Hörnchen und warf ihr beim Rausgehen einen hämischen Blick zu. Zänkische Alte!

Als ich draußen an der frischen Luft war, überkam mich plötzlich ein schlechtes Gewissen. Warum war ich so unfreundlich zu der Frau gewesen? Ich hatte doch gewusst, dass ich noch nicht dran war. Ich wäre beinahe zurückgegangen, um mich zu entschuldigen, aber dann zischte die Stimme, ich solle mir nicht solche nervigen Gedanken um andere machen, ich solle mich lieber um mich kümmern. Dabei fiel mir ein, dass ich ja dringend in die Schule musste, Tom wartete. Und nicht nur er, auch Liv. Ich musste sie finden und ihr die Tasche zurückgeben.

Ich wusste gar nicht, welche Kurse Liv hatte. Und war sie eigentlich in der Elften oder in der Zwölften? Wir hatten gar nicht darüber gesprochen. Aber Liv war ja zum Glück so eine auffällige Figur, jeder würde wissen, wen ich meinte. Ich wartete die Lunchpause ab, um mich ein wenig umzuhören. Doch zu meiner Überraschung hatte offenbar niemand von meinen Mitschülerinnen mit ihr gesprochen oder sie gesehen. Ich fragte die Lehrer, einen nach dem anderen, aber auch die hatten keine Ahnung, von wem ich sprach. Da fiel mir ein: Rosannas Clique. Die hatten mich definitiv mit Liv auf dem Mäuerchen sitzen sehen. Ich musste mich ziemlich überwinden, aber ich schluckte meinen Ärger runter und fragte Tess nach Liv.

»Von wem redest du?«, fragte Tess.

»Ich sitze doch öfter auf der Mauer in der Pause. Und vor drei Wochen ungefähr war da ein Mädchen mit schwarzen Haaren bei mir gewesen. Sie hatte ausgefallene Sixties-Klamotten an«, beschrieb ich Liv.

»Nein, keine Ahnung, wovon du sprichst. So ein Mädchen habe ich hier noch nie gesehen.« Tess zuckte mit den Schultern und schaute mich gleichgültig an. Ich wartete auf einen gemeinen Spruch, aber der kam nicht. Seit Rosanna weg war, schien ihre Angriffslust erheblich kleiner geworden zu sein. Aber ich hatte keine Zeit, mir über die scheinbare Wandlung von Tess, Emily und Jasmin Gedanken zu machen. Denn ich war schlichtweg verwirrt. Liv hatte doch neben mir gesessen! Und sie war ein Paradiesvogel, sie hätte jedem auffallen müssen!

Da blieb mir nur eines übrig. Etwas, das jeder Schüler dieser Schule unter allen Umständen zu vermeiden suchte: ein Besuch im Schulsekretariat.

Die amerikanische Flagge hing gleich rechts hinter dem Eingang, mit würdeloser Schlaffheit schmiegte sie sich an eine silberne Stange mit eiserner Spitze. Das Licht fiel aus in die Decke eingelassenen Neonlampen, die mit ihrem Gittermuster aussahen wie leuchtende Eiswürfelbehälter. Der mehlfarbene Linoleumboden quietschte feindselig unter meinen Schuhen und ich war froh, als ich den Teppich betrat, auf dem über einem Raben dick und fett »Harold Brockmann Highschool Wickwood« stand. Er lag vor dem Tresen und kennzeichnete genau die Stelle, an der der Schülerschaft sich aufzuhalten erlaubt war. Hinter dem monumentalen Resopaltresen, der in dem schmucklosen Raum aufragte wie ein Bollwerk gegen penetrante Fragen der einfältigen Adoleszenz, residierte Donna Yugovich. Es war nicht übertrieben, sie als respekteinflößendste Gestalt der Schule zu bezeichnen. Sogar der Direktor unterließ Auseinandersetzungen mit Donna Yugovich. Denn ihr Blick aus den hellgrauen Augen erinnerte an Winter in der sibirischen Tundra und aufdringliche Schüler musterte sie stets abschätzig mit dem Ausdruck eines streitsüchtigen Kirmesschlägers, wenn die es wagten, sie mit ihren Fragen von der Arbeit abzuhalten. Wobei ihre Arbeit als Schulsekretärin eigentlich darin bestand, Fragen der Schüler zu beantworten.

Aber so schaffte es Donna Yugovich, sich die Schülerschaft erfolgreich vom Hals zu halten, was ihr genügend Zeit einbrachte, am Telefon mit ihrer weitläufigen Verwandtschaft zu schwadronieren. Teils auf Englisch, mit hartem Akzent, teils in der Sprache ihrer Mutter, die aus irgendeinem unwirtlichen Teil der zerfallenen Sowjetunion stammte. Ich wagte mich also vor an den Tresen und harrte dort aus, während Donna Yugovich ins Telefon bellte. Normalerweise hätte ich ja dort gestanden, bis sie ihr Gespräch beendet gehabt und mir ihre vorzügliche Aufmerksamkeit zugewandt hätte. Aber ich wurde ungeduldig. Der Skarabäus pochte unter meinen Fingerspitzen und es kribbelte meinen Arm hinauf bis hinter die Stirn. Ich meine, was bildete sie sich eigentlich ein?

»Hallo«, sagte ich laut vernehmlich. Sie ignorierte mich.

»Ich habe eine Frage.«

Sie warf mir einen eisigen Blick zu und ließ sich kein bisschen beeindrucken. Ich starrte ebenso provokant zurück. Dann holte ich mein zweites Hörnchen hervor, packte es knisternd aus und fing an zu essen. Die Krümel, die ich dabei produzierte, ließ ich auf den Tresen fallen.

»Nicht essen hier«, motzte sie mich an.

Ich biss in das Gebäck und sagte ungerührt: »Wenn Sie mich wegen privater Telefonate um meine Lunchpause bringen, muss ich meine Lunchpause eben hier machen.«

Sie musterte mich und hielt dabei den Telefonhörer ins Leere. Ich wich Donnas Blick nicht aus und wischte mit einer bedächtigen Geste die Krümel vom Tresen, und zwar in ihre Richtung. Da fing sie plötzlich an zu grinsen, legte auf, deutete einmal mit ihrem klumpigen Kinn auf mich, was hieß, dass ich reden durfte.

»Ich suche eine Liv«, sagte ich und packte das angebissene Hörnchen weg. »Sie ist ... hier auf der Schule, aber ich habe sie seit Tagen nicht mehr gesehen. Ich muss ihr noch was geben. Etwas, das sie mir geliehen hat.«

»Liv? Und wie weiter?«, fragte Donna Yugovich.

»Äh«, musste ich zugeben. »Das weiß ich nicht.«

»Tja, schätze, dann kann ich nicht viel für dich tun. Eine ›Liv Das weiß ich nicht‹ kenne ich nicht.« Sie griff wieder nach dem Telefonhörer.

»Das aktuelle Schülerverzeichnis«, rief ich. »Da stehen doch alle Schüler drin!«

»Wenn du deine Lunchpause dafür opfern willst«, sagte sie, »kannst du das gerne durchsehen.« Sie knallte mir wortlos einen Kasten auf den Tresen und ich blätterte mich durch alle 325 Karteikarten. Eine Liv war nicht dabei. Auch keine Olivia. Verdammt. Vielleicht war Liv keine Abkürzung, sondern ein Spitzname. Das würde die Sache natürlich verkomplizieren.

In der nächsten Pause vergaß ich für einen Moment meine Suche nach Liv. Denn Tom wollte mir ja sein Auto zeigen. Bei dieser Vorstellung wurde ich ganz kribbelig! Autoknutschen war ja so eine Art Teenager-Volkssport, der bisher an mir vorbeigegangen war.

Er lehnte an seinem Wagen, die Arme vor der Brust verschränkt, und beobachtete mich, als ich ihm entgegenkam. Seine Haare hatte er mit Gel bearbeitet, sodass sie wild abstanden. Er trug die James-Dean-Brille, ein knallrotes T-Shirt mit einer Bombe samt brennender Zündschnur vorne drauf und ein schwarzes Jackett zu ausgewaschener Jeans. Mir wurden die Knie weich, als sich ein Lächeln über sein Gesicht zog und seine Augen noch etwas mehr leuchteten.

»Bin ich hier richtig für die Auto-Führung?«, fragte ich.

»Und wie«, erwiderte er. »Bitte steigen Sie ein, meine Dame.« Er öffnete die Beifahrertür. Ich ließ mich auf den schwarzen Sitz sinken. Das Leder knarrte behaglich. Tom stieg auf den Fahrersitz, sah mich an und dann machten wir keine Wortspielereien mehr und fingen an zu knutschen. Der Geruch nach Leder gemischt mit Toms Duft nach Moos sogen mich augenblicklich aus der Realität in das Land der geheimsten Wünsche, und als er seine Hand unter meine Bluse schob, dachte ich, ich würde ohnmächtig. »Kurze Pause«, keuchte ich. »Sonst kann ich gar nicht mehr aufhören.« Ich atmete einmal tief durch.

Tom grinste breit vor sich hin, legte seine Hand auf meinen Oberschenkel und ich musste mich sehr konzentrieren, um ihm wenigstens eine zusammenhängende Frage stellen zu können.

»An dem Abend, als wir uns in Bell's Bar & Grill gesehen haben – ist dir da ein Mädchen mit schwarzen Haaren aufgefallen, Minirock und Stiefel?«

»An dem Abend bist nur du mir aufgefallen«, sagte er und küsste mich erneut. Mein Hirn schmolz dahin, seine Finger wanderten immer weiter meinen Oberschenkel hinauf und ich musste wieder eine Pause einlegen, um nicht im Sitzen umzukippen. »Time out«, stöhnte ich. »Sonst bin ich den Rest des Tages zu keinem einzigen klaren Gedanken mehr fähig.«

»Na und?«, sagte er. »Für die Schule braucht man ja wohl auch nicht klar zu denken.«

Ich kicherte. »Nur ein bisschen. Ich muss dieses Mädchen finden. Weißt du, sie …«

»Die Plattenfirma fängt übrigens schon an, eine Tour zu planen? Ist das nicht der Hammer?«, platzte es aus Tom heraus.

»Echt? Cool!«, rief ich begeistert. Er erzählte von seinem neuen Manager und von einem Interview, das die Jahrbuchredaktion mit ihm machen wollte und das er als Training ansehen würde für die großen Rockmagazine, die bald bei ihm Schlange stehen würden. Viel zu schnell war die Pause vorbei. Wir küssten uns erneut und verabredeten uns für die Bandprobe am Abend. Schwebend vor Glück kehrte ich in die Schule zurück. Nicht nur, dass Tom einfach ein unglaublicher Küsser war, sondern er hatte mich auch auf eine Idee gebracht: die Jahrbücher!

Ich hatte Mr Weller einen Zettel in sein Fach gelegt, dass ich aus der Drama-AG ausscheiden würde. Von ihm konnte ich mir nach der Sache mit dem Theaterstück sowieso keine Hilfe bei der Collegebewerbung erhoffen. Stattdessen ging ich in die Schulbücherei. In einem der Jahrbücher würde ich sicher Livs Foto finden. Und so würde ich auch ihren richtigen Namen herauskriegen.

Der Büchereileiter Mr Cooper war ein großer hagerer Mann mit Kinnbart und schlurfendem Gang, der nicht nur alle Bücher seiner Bibliothek, sondern auch die Namen aller Schüler von Wickwood auswendig kannte. »Na, Stella«, sagte er, als ich reinkam. »Dich habe ich ja lange nicht mehr hier gesehen.«

Ich zuckte mit den Schultern. »Aber jetzt bin ich hier. Ich würde mir gerne die Jahrbücher ansehen.«

»Stehen hinten im Regal«, sagte er, dann fuhr er weiter mit dem Finger durch die Spalten des Lexikons, das er vor sich aufgeschlagen hatte. Ich ging zu dem beschriebenen Regal mit den Jahrbüchern. Es waren mehr oder weniger dicke Bücher mit weißen und goldenen Jahreszahlen auf dem Rücken. Das älteste stammte aus dem Jahr 1958. Ich suchte mir das aktuellste Jahrbuch von 1996 heraus und bestaunte noch mal das lustige Bild von Melanie und mir hinter den Kulissen der Theateraufführung, wo wir alberne Grimassen schnitten. Es war so schade, dass sie in die Pampa gezogen war und wir nichts mehr voneinander gehört hatten! Ich blätterte es von vorne nach hinten durch, fand aber in keinem der Jahrgänge ein Foto von Liv. Sie war auch in keinem Sportclub oder in einem der musischen oder Fremdsprachenclubs dabei, weder beim Chor noch bei der Schülerzeitung. Bei der Doppelseite zu Hall of Fame blieb ich natürlich hängen und unglaublicher Stolz überkam mich angesichts der Tatsache, dass die Sahneschnitte am Mikrofon jetzt mein Freund war.

Aber auf keinem einzigen Bild entdeckte ich Liv. Vielleicht hatte sie die Schule schon verlassen, dachte ich. Vielleicht war sie aus alter Gewohnheit gekommen, weil sie sonst nichts zu tun gehabt hatte. Vielleicht hatte sie immer gefehlt, wenn es um Fotos für das Jahrbuch ging? Ich probierte es noch mit den Jahrbüchern von 1995 und 1994. Erst als ich auch in denen kein einziges Bild von Liv entdeckt hatte, fing ich an, mich zu wundern.

»Suchst du was Bestimmtes?«, fragte Mr Cooper, der plötzlich neben mir stand.

»Ja, eigentlich schon«, sagte ich erleichtert. »Ich suche ein Mädchen namens Liv. Ich bin mir aber nicht sicher, ob das nur ein Spitzname ist. Und den Nachnamen kenne ich auch nicht.«

»Liv?«, fragte er und grübelte.

»Schwarze lange Haare, Stiefel, Minirock«, fragte ich. »Ein echter Paradiesvogel, wenn Sie mich fragen. Die müsste hier auffallen wie ein bunter Hund.«

»Oh ja, Liv, na klar!«, erwiderte Mr Cooper lachend. »Dieses Mädchen kann man wirklich nicht vergessen. Die war eine Nummer, wirklich!« Er ging zum Regal und fischte mit langen Fingern ein Jahrbuch heraus, blätterte darin und hielt mir dann das aufgeschlagene Buch hin. »Hier, das ist sie«, sagte er. »Auch wenn das Foto ihr wirklich nicht gerecht wurde.«

Und tatsächlich, da war sie. Auf einem körnigen Schwarz-Weiß-Bild, das viel zu dunkel und unvorteilhaft war, ein Schatten fiel von ihrem gerade abgeschnittenen Pony über ihre Augen. Und dennoch war sie es, unverkennbar.

»Liv Barnett«, las ich langsam den Namen, der unter ihrem Foto stand. Dann schaute ich Mr Cooper erschrocken an.

»Barnett?«, wiederholte ich heiser. »Den Namen kenne ich doch.« Und nach kurzem Nachdenken fiel es mir auch wieder ein. »Gloria Barnett ... ist die etwa ... mit Liv verwandt?«

»Keine Ahnung«, sagte Mr Cooper, nahm mir das Buch aus den Händen und stellte es ins Regal zurück. Er warf mir noch einen seltsamen Blick zu, dann verschwand er in Richtung seines Tresens.

Ich starrte ungläubig den Buchrücken an, auf dem in goldenen Buchstaben der Jahrgang geprägt war. Das Jahrbuch mit Livs Foto stammte aus dem Jahr 1967.

Ich packte meine Tasche vor lauter Aufregung so heftig, dass ich mir an einem der Kristalle des Skarabäus den Finger aufratschte. »Aua!« Ich steckte den blutenden Finger in den Mund. Der Schmerz schärfte meine Sinne. Die aber dennoch durcheinandergewirbelt wurden. Meine Gedanken überschlugen sich, ich fühlte mich wie im Schleudergang.

Ein Mädchen, das mit mir geredet, mit mir gelacht und getrunken hatte.

Das mir ihr Haus gezeigt und mir eine Tasche geschenkt hatte. Dieses Mädchen war so alt gewesen wie ich.

Aber im Jahr 1967. Vor dreißig Jahren.

Okay, Stella. Jetzt nicht durchdrehen.

Ich schaute noch mal zu Mr Cooper, aber der bediente am Tresen ein paar andere Schüler. Ein paar Minuten musste ich mich noch sammeln, bevor ich aufstehen konnte. Ich nahm meine Sachen und fuhr benommen nach Hause.

Ich war so durcheinander, dass ich sogar den Streit mit meiner Mutter vergaß. Sie war mit Ingrid Anderson, Susan Martin und Doris Fisher zu Hause und redete über das bevorstehende Stadtfest, bei dem es auch immer eine Ausstellung der ortsansässigen Hobbykünstler gab.

»Hallo«, rief ich in die Runde.

»Hi Stella«, begrüßten mich die Frauen.

»Du wirst ja von Tag zu Tag hübscher.« Ingrid Anderson schaute mich anerkennend an. Ich sah, dass meine Mutter mit den Augen rollte, ignorierte es aber.

»Ich muss euch was fragen«, sagte ich und stellte mich

hinter einen freien Stuhl an den Tisch. »Wer war denn jetzt eigentlich diese Gloria Barnett?«

Doris Fisher sog pfeifend die Luft ein. Susan Martins Kopf wackelte auf dem dürren Hals hin und her und Ingrid Anderson schüttelte leicht den Kopf.

»Wie kommst du denn darauf?«, hüstelte meine Mutter.

»Ach, du erwähnst den Namen doch ab und zu«, sagte ich. »Und ich weiß eigentlich gar nicht so genau, was dahintersteckt.«

Doris Fisher schaute auf die Uhr. »Ach Gott, schon so spät. Ihr Lieben, ich muss wirklich nach Hause. Mein Schmorbraten wartet!«

Kurz darauf waren alle gegangen. Meine Mutter räumte die Tassen ab, wischte über die Wachstuchdecke, sortierte ihre Ordner zurück in den Schrank im Arbeitszimmer, ordnete die Blätter und Unterlagen vom Stadtfest. Ich aber folgte ihr von Raum zu Raum und ließ ihr keine Ruhe. »Also, was ist mit dieser Gloria Barnett passiert?«, löcherte ich sie. »Was für eine Frau war das? Und warum hat sie ein schlimmes Ende gefunden?«

Als endlich alles weg- und aufgeräumt und gesäubert war und die Vortäuschung von Geschäftigkeit lächerlich wurde, blieb sie stehen. »Gloria Barnett war eine Frau, die dem Alkohol verfallen war und daran zugrunde gegangen ist. Ende der Geschichte.«

Damit aber wollte ich mich nicht abspeisen lassen. »Warum war sie dem Alkohol verfallen?«

»Woher soll ich das wissen?«, gab sie leicht aggressiv zurück.

»Irgendetwas musst du doch wissen. Du sagst doch immer, dass sie sich als was Besseres vorkam«, bohrte ich weiter.

»Ach, das sagt man halt so«, wich sie aus. »Ich kannte sie doch gar nicht richtig. Ich war ja selbst noch ein Kind, als sie gestorben ist. Muss irgendwann Anfang der Sechzigerjahre gewesen sein.«

»Aber die Älteren aus dem Frauenverein müssen diese Gloria Barnett dann doch gut kennen. Mrs Anderson vielleicht. Oder Grandma! Hat sie nie was erzählt? Sie war doch auch im Frauenverein.« Die Miene meiner Mutter war immer noch ziemlich abweisend. »Der Frauenverein ist doch immer über alles, was in Wickwood geschieht, gut informiert«, argumentierte ich.

Meine Mutter wischte mit dem Finger über das Regalbrett und inspizierte die Fingerspitze auf Staub hin. »Also gut. Was ich darüber gehört habe, ist Folgendes: Wir hier in Wickwood waren alle nicht gut genug für sie. Gloria Barnett hat sich mit niemandem von uns abgegeben. Und deswegen hat sie sich gelangweilt. Und Langeweile vertreibt der eine sich so, der andere so.«

Aus Langeweile sich zu Tode trinken? Das kam mir komisch vor. Aber was wusste ich schon vom Trinken. »Und wer war Liv Barnett?«, fragte ich.

»Liv?« Mutter überlegte einen Moment. »So hieß ihre Tochter, glaube ich.«

Ihre Tochter! Liv war die Tochter von Gloria Barnett! Das haute mich fast um. »Und was ist aus ihr geworden?«, fragte ich mit pochendem Herzen.

»Keine Ahnung«, antwortete meine Mutter gereizt. »Die wollte Karriere machen in Hollywood, soweit ich weiß. Vermutlich ist sie heute Kellnerin irgendwo.«

»Und was ist mit ihrem Haus passiert?«

»Woher soll ich das wissen?«, zischte sie. »Hast du keine Schularbeiten zu machen?«

Natürlich hatte ich noch Schularbeiten zu machen, aber die interessierten mich im Moment nicht die Bohne. Ich wollte mehr erfahren und ging rüber zu Grandpa. Leider hatte der wieder mal einen weißen Tag, lag auf seinem Bett und starrte an die Decke. Ich schaltete den Plattenspieler an, goss ihm einen Tee mit frischer Pfefferminze aus dem Garten auf, gab ein Stück Kandis hinein, so wie er das gerne hatte, und brachte ihm die dampfende Tasse ans Bett. Ich setzte mich neben ihn und ermunterte ihn, einen Schluck zu trinken. Er rührte sich nicht.

»Grandpa, was weißt du über Gloria Barnett?«

Er blieb noch eine Minute regungslos liegen, doch dann drehte er den Kopf zu mir, sah den Tee und setzte sich im Bett auf. Vorsichtig nippte er an der heißen Tasse. »Ah«, machte er. »Das tut gut.« Ich ließ ihm Zeit, sich zu sammeln. Und gerade als ich schon dachte, er hätte meine Frage vergessen, flüsterte er: »Gloria Barnett.« Und nach einer kurzen Pause wiederholte er noch einmal ihren Namen. Dann schüttelte er leicht den Kopf, seufzte und sagte traurig: »Sie hat sich umgebracht.«

»Und was ist mit Liv passiert?«, fragte ich. »Ihrer Tochter?«

»Liv, ach ja. Das arme Ding.« Er schlürfte bedächtig den Tee.

»Weißt du, wo sie stecken könnte?«, fragte ich.

Großvater zuckte mit den Schultern. »Das ist so lange her«, seufzte er. »So lange her.« Er legte sich auf seine Kissen und schloss die Augen. Verdammt, dachte ich, er weiß doch was! »Und was ist mit der Villa da oben im Wald?«, fragte ich etwas lauter, eindringlicher. »Weißt du etwas darüber?«

Aber Großvater murmelte nur: »Frag Ed. Ed weiß alles.«

Ein Lächeln umspielte seinen Mund, dann schlief er ein. Natürlich! Ed Elvers, der verrückte Ed. Der Pilzsammler mit Hang zu Fehlgriffen. Der trieb sich schon mal im Tollwutsperrbezirk herum, das hatte Joe Streibig oft genug erzählt. Der verrückte Ed hat irgendwann mal behauptet, er hätte in den Wäldern von Wickwood einen Werwolf gesehen. Da er nicht einen Millimeter von seiner Überzeugung hatte abrücken wollen, hatte ihm irgendjemand den Beinamen »Der Verrückte« verpasst. Sein wunderliches Äußeres hatte da sicherlich ebenfalls zu beigetragen. Wir Kinder hatten uns immer vor Ed gefürchtet. Denn er saß tagein, tagaus in seinem knarrenden Schaukelstuhl vor seinem verkommenen Haus. Ich hatte gehört, dass ihm schon viel Geld geboten worden war für das Grundstück, das mitten im Zentrum lag. Beste Geschäftslage, sozusagen. Aber Ed wollte nicht verkaufen. »Hab hier den Präsidentenplatz«, sagte er immer. »Und zwar auf Lebenszeit. Hier bin ich geboren, hier sterbe ich.« Und dann lachte er heiser und zeigte seine gelblichen Zähne. Ich glaube, manche im Ort wünschten ihm, dass er mal wieder einen Fehlgriff bei den Pilzen machen würde. Denn es sah nicht so aus, als ob der zähe Ed in absehbarer Zeit klein beigeben und sterben würde.

Er ernährte sich von Konserven, die in einem Haufen neben seiner Mülltonne lagen. Ein paar Hennen liefen hinten im Garten rum. Und Joe Streibig, mit dem ihn eine herzliche Abneigung verband, gab ihm ab und zu mal was von seiner Jagdbeute ab, die Ed auf einem Grill vorm Haus röstete. Aber die allermeiste Zeit saß Ed einfach auf seiner Veranda und beobachtete die Menschen, die auf der Kobler Street ihren Geschäften nachgingen.

So auch an diesem Tag. Um sein Haus zog sich ein rostiger Maschendrahtzaun. Den Eingang bildete ein Gartentor, das schief in den Angeln hing. Ich klopfte an das splitternde Holz, obwohl er mich ja sah. Er regte sich nicht. Antwortete auch nicht. »Hey Mr Elvers. Darf ich reinkommen?«

Er schaukelte mit seinem Schaukelstuhl einmal vor und zurück. Das nahm ich als ein Ja und öffnete das Törchen. Zögerlich ging ich auf ihn zu und erschrak, als ich aus Versehen gegen eine leere Konservendose kickte, die mit Geschepper über den Lehmboden klackerte. Eds räudiger Hund ließ sich davon nicht aus der Ruhe bringen. Er lag wie immer dicht neben seinem Herrchen, seinen gigantischen Kopf auf die Pfoten gebettet. Dünne Sabberfäden hingen ihm aus dem Maul und sponnen ein silbriges Netz zwischen seinen hängenden Lefzen und der Hose von Ed.

»Hey«, sagte ich. »Ich bin Stella, die Enkelin von ...«

»Weiß, wer du bist«, knurrte Ed und wippte in seinem Schaukelstuhl vor und zurück. In den Furchen seiner schwieligen Hände hatte sich so viel Dreck gesammelt, dass man dort Kresse hätte züchten können.

»Ich habe eine Frage«, fing ich an.

Er starrte mich an mit seinem ausgeleierten Blick, mit dem er seit Jahrzehnten das Vergehen der Zeit beobachtete.

»Sie waren doch schon öfter im Tollwutsperrbezirk ...«

Sein Gesicht blieb ausdruckslos.

»Ich bin da letztens auch zufällig gewesen ...«

Bei dem Wort »zufällig« zog Ed minimal eine Augenbraue hoch.

»Und da steht doch so eine Villa.«

Ed riss auf einmal den Mund auf und pulte sich mit seinem dreckigen Zeigefinger zwischen den Zahnstumpen herum.

»Die Villa der Barnetts«, fügte ich hinzu. »Das ist doch die Villa der Barnetts, oder?«

»Das ist also deine Frage?«, schmatzte Ed gedehnt und betrachtete das faserige Fundstück aus seiner Mundhöhle. »Ob das die Villa der Barnetts ist?«

Ich nickte.

»Das ist sie.« Ed schnippte die Faser weg und quietschte mit dem Schaukelstuhl vor und zurück.

»Okay«, sagte ich in die unangenehme Stille hinein. »Dann habe ich noch eine Frage. Gibt es noch andere Villen da oben irgendwo auf dem Berg?«

Er schüttelte den Kopf. »Diese eine hätte auch nicht gebaut werden dürfen«, klagte er. »Aber so ist das eben, wenn man genug Geld und gute Beziehungen zum Bürgermeister hat.« Er lachte verbittert.

»Was wissen Sie denn über die Villa? Die sieht irgendwie ... gruselig aus.«

»Ist sie auch«, sagte Ed. »Steht seit über zwanzig Jahren leer. Seit die Barnetts weg sind, verfällt das Ding. Irgendwann sollte sie mal verkauft werden, aber niemand wollte sie haben.«

»Warum nicht?«, fragte ich zögernd.

»Warum wohl? Weil sie immer noch bewohnt ist, darum!« Er kicherte, es klang wie das Klappern eines Pennys in einer Büchse.

»Das verstehe ich ni...«

»Das versteht hier keiner«, brauste er auf. »Oder besser: Das will hier keiner verstehen.« Er schaukelte ein paar Mal heftig vor und zurück und ich befürchtete schon, dass der knarrende Stuhl unter ihm zusammenbrechen würde. Dann hielt er abrupt an. »Diese Leute hier! Glauben an einen Mann, der übers Wasser gehen konnte und von den Toten auferstanden ist, aber mich halten sie für verrückt.« Er spuckte einen Klumpen gräulichen Schleim auf seine Veranda.

»Ich verstehe es bestimmt«, sagte ich leise.

Er kniff die Augen zusammen und musterte mich. Dann sagte er: »In der Villa wohnt ein Geist. Der Geist von Gloria Barnett.«

»Haben Sie ihn mal gesehen? Den Geist, meine ich.«

»Naaah!« Er schüttelte vehement den Kopf. »Aber gehört habe ich sie. Ich habe das schreckliche Schluchzen von ihr gehört. Das geht einem durch Mark und Bein. War so durcheinander, hab zu den falschen Pilzen gegriffen.«

»Und die Tochter?«, fragte ich. »Was ist mit der Tochter der Barnetts?«

Ed zuckte mit den Schultern. Schaute auf eine nicht vorhandene Armbanduhr und rülpste. Das war für den Hund offensichtlich so eine Art Kommando, jedenfalls erhob er sich mühsam, es dauerte eine halbe Minute, bis er auch die Hinterbeine hochgerappelt hatte. Bis dahin hatte sich auch Ed aus seinem Schaukelstuhl bequemt und stand jetzt mit seinen O-Beinen vor mir und zog seine Hose hoch.

»Muss was essen«, knurrte er und schlurfte auf Pantoffeln in sein Haus, der Hund wackelte ihm hinterher. Die Audienz war beendet.

Gedankenversunken schloss ich das quietschende Gartentörchen hinter mir. Eine ziemlich zähe Angelegenheit, dachte ich und lief die Kobler Street hoch Richtung Walnut Street. Auf der anderen Seite, schräg gegenüber, lag der Rathausplatz von Wickwood. Dort war auch das Büro der Wickwood Daily. Carol! Als Leiterin der hiesigen Zeitung wusste sie über alles Bescheid, was in der Stadt geschah. Vielleicht hatte sie auch etwas über Gloria Barnett gehört. Carol telefonierte, als ich reinkam, bedeutete mir aber mit der Hand, dass es nicht lange dauern würde. Nachdem sie aufgelegt hatte, schob sie ihre weinrote Lesebrille in die kurzen Haare und lächelte mich an. »Hey Stella, hast du Lust, einen Artikel über die Anhebung der Abwassergebühren zu schreiben?«

Ich verzog ablehnend das Gesicht.

»Hab ich mir gedacht«, sagte sie lachend. »Also, was verschafft mir die Ehre?«

»Du hast doch gesagt, ich könnte nächstes Jahr in den Ferien hier arbeiten.«

Sie nickte. »Ah, sagst du zu? Das ist toll!«

»Ja. Und ich hätte Interesse, jetzt schon eine Geschichte zu schreiben. Aber nicht über Abwassergebühren. Über Geister.«

Carol stutzte. »Über Geister? Wieso um alles in der Welt willst du was über Geister schreiben?«

»Ich habe da letztens etwas drüber gelesen«, flunkerte ich, »und mich gefragt, ob es auch in Wickwood schon mal Geistererscheinungen gegeben haben soll.«

Carol grinste. »Hier passieren zwar manchmal merkwürdige Dinge, aber Geister? Nein, so was gibt es hier nicht. Der verrückte Ed ist das Gruseligste, das hier sein Unwesen treibt.«

»Und was ist mit der Villa der Barnetts?«

Carol wurde auf einmal ernst. »Stimmt, die alte Villa der Barnetts. Die hatte ich ganz vergessen. Aber jetzt, wo du es sagst. Da gab es tatsächlich mal Gerüchte über einen Geist.«

»Den Geist von Gloria Barnett?«

Sie nickte. »Ja, so hat sie geheißen.«

»Hat den jemals jemand gesehen? Oder irgendjemand anders?«

Carol schüttelte den Kopf. »Nicht, dass ich wüsste.« Sie überlegte einen Moment und schob dann nach: »Meiner Meinung nach war diese ganze Geisterstory von Jugendlichen in Umlauf gebracht worden, die da in den Achtzigern rumgehangen und Drogen genommen haben. Sind wohl auf einen Horrortrip gekommen!«

»Seit wann steht das Haus eigentlich leer?«

»Tja, seit wann? Schon ewig. Ich war auf jeden Fall noch verheiratet.« Sie lachte schallend. »Ich meine, es war in den Siebzigerjahren. Warte mal.«

Sie rollte mit ihrem Stuhl zu dem Aktenschrank, einem schwarzen Ungetüm aus Metall, der an der Wand stand. Sie zog eine Schublade raus und fing an, in den Karteikarten zu wühlen. »Irgendwann sollte es verkauft werden, aber das hat nicht funktioniert«, murmelte sie dabei. »Es war zu teuer und zu weit abgelegen – und dann die ganze Geschichte, die daran hing.« Sie schob die Schublade wieder zu, ohne fündig geworden zu sein.

»Wie war denn die Geschichte?«

»Sie hat sich doch da oben umgebracht, diese Gloria Barnett.« Sie sah mich neugierig an. »Wie kommst du eigentlich auf diese alte Story?«

»Ach, ich bin da neulich zufällig vorbeigekommen«, sagte ich, »und da habe ich das Haus gesehen.«

»Hast du dich im Tollwutsperrbezirk rumgetrieben, tsess!« Sie schnalzte gespielt streng mit der Zunge. »Dabei ist das doch streng verboten.« Dann stand sie auf und bedeutete mir, ihr zu folgen. Sie führte mich in den Nebenraum, in dem das Archiv der Wickwood Daily untergebracht war. Es war vollgestellt mit Kartons mit Pokalen und Wimpeln, alten Bilderrahmen, Postern, Kalendern, Keramiktöpfen und Makramee-Scheußlichkeiten mit Emblem des hiesigen Heimwerkermarktes.

»Hier, das wollte ich auch immer schon mal aufhängen«, stöhnte Carol und legte ein goldgerahmtes Mitgliedsabzeichen der National Rifle Association beiseite.

»Und aufräumen wollte ich auch, aber ich komm nie dazu. Und meine freien Mitarbeiter haben dazu auch keine Lust.« Sie schob ein paar der Kisten herum, dann fiel ihr Blick auf die hinteren Regale, die seltsamerweise frei waren. Eine Staubschicht am Rand zeigte, dass hier vor Kurzem noch Sachen gestanden hatten. »Oh nein!«, rief sie. »Stimmt ja. Die ganzen alten Zeitungen sind gerade in der Zentrale in Crowsville. Sie sollen digitalisiert werden, damit wir hier Platz bekommen.«

Sie stand etwas ratlos in dem staubigen Raum. »Vielleicht habe ich noch ein paar alte Zeitungen auf Mikrofiche«, meinte sie. »Aber wo? Das war alles vor meiner Zeit ... Meine Güte, Sullivan hat aber auch ein Chaos hinterlassen.« Sie stöhnte. »Pass auf, wenn ich was finde, sage ich dir Bescheid, okay? Aber vorher ...«, ihre Stimme bekam einen aufgeregten Klang, »... zeig ich dir noch was anderes. Los, komm!« Sie kramte von ihrem Schreibtisch einen Bogen mit Kontaktabzügen. Drei Bilder waren umkringelt. Und eines davon war das Foto von Tom und mir vom Konzert in Crowsville. Wir standen nebeneinander, ein paar andere Mädchen waren im Hintergrund auch zu sehen, die Tom anhimmelten. Aber ich alleine stand neben ihm und strahlte und es war, als ob ein Scheinwerfer auf uns beide gerichtet gewesen wäre.

»Das wird morgen nicht nur in den Wickwood-Lokalnachrichten, sondern auch im Hauptteil der Crowsville Daily erscheinen! »›Tom Porter und seine Fans‹, werden wir es nennen«, sagte Carol. »Ist das nicht schön?«

Ich konnte ein Grinsen nicht unterdrücken. Wir waren wirklich ein hübsches Paar. Kurz verfinsterte der Gedanke an Rosanna mein Gewissen, die noch vor Kurzem an Toms Seite gewesen war. Und die jetzt im Krankenhaus war und vielleicht nie mehr aufwachte. Aber dann verdrängte ich das ganz schnell wieder. Denn mit dem Foto in der Zeitung war es nun offiziell – Tom und ich waren ein Paar!

Ich trällerte richtig auf dem Weg nach Hause, bis mir ganz plötzlich die Erkenntnis noch mal richtiggehend ins Gesicht sprang: Ich hatte Liv Barnett gesehen! Die Liv Barnett von 1967. Als sie so alt gewesen war wie ich heute. Das war so ungeheuerlich, dass ich gar nicht wusste, was ich denken sollte. Es war wie eine dieser wahnsinnig komplizierten Formeln in Physik zur Raum-Zeit-Dimension, die berechneten, wie sich Zeit und Raum zueinander verhielten. Für mich völlig unvorstellbar.

Ich musste einfach versuchen, meinen gesunden Menschenverstand einzuschalten und mich mit Dingen zu beschäftigen, die ich kapierte. Dann würde ich vielleicht herausfinden, was das alles zu bedeuten hatte. Als ich an der Kirche vorbeikam, fiel mein Blick auf den beleuchteten Schaukasten mit den Infos für die Gemeinde. Eine Todesanzeige hing dort, irgendeine alte Dame war gestorben und würde in den nächsten Tagen beerdigt werden. Das brachte mich auf eine Idee. Vielleicht konnte mir Pfarrer Kramer helfen.

Ich klopfte an das Pfarrbüro. Der Pfarrer stand hinter dem Schreibtisch und sortierte gerade irgendwelche Briefe.

»Stella, lange nicht gesehen«, sagte er sichtlich erfreut. Die Priesterkluft mit dem schwarzen Anzug und dem weißen Kragen wirkten an dem Mann mit den jungenhaften Gesichtszügen eher wie ein Kommunionsanzug, irgendwie zu förmlich für seine jugendliche Art. Er schien zu bemerken, dass ich etwas auf dem Herzen hatte. »Kann ich was für dich tun?«

»Ja. Ich würde gerne wissen, ob eine Gloria Barnett hier auf dem Friedhof begraben ist«, erkundigte ich mich.

»Gloria Barnett? Den Namen habe ich schon mal gehört, aber richtig klingelt es bei mir nicht. Dabei bin ich doch nun auch schon eine Ewigkeit hier.«

»Seit zwanzig Jahren, oder?«

Er nickte lachend. »Mein Gott, damals war ich erst siebenundzwanzig! Wahnsinn, wie die Zeit vergeht.« Dann holte er ein dickes schwarzes Buch aus einem Schrank und blätterte es durch. Ich schaute mir das bronzene Kreuz an, das an der Wand hing, als die Tür aufging und Lou Bricks hereinkam, der Organist. Er hatte nur etwa zehn Jahre mehr auf dem Buckel als Pfarrer Kramer, sah aber viel älter aus. Das lag an dem spärlichen Kranz aus wirren Haaren, die wie weißer Draht um seine kahle Schädeldecke drapiert war, und an seiner enormen Leibesfülle. Mit Lou herein kam ein eigentümlicher Geruch, was Pfarrer Kramer denn auch gleich zu der Bemerkung veranlasste: »Lou, du riechst wieder wie eine Brauerei.«

»Das kommt dir nur so vor, weil du so ein abstinenter Langeweiler bist«, dröhnte Lou.

»Nein, das kommt davon, dass ich kein Alkoholiker bin«, sagte Kramer spitz.

»Na«, polterte Lou und haute dem Pfarrer jovial auf die Schulter, »dann sind wir ja schon zwei.« Und dann lachte er und ließ sich schwerfällig auf einen Stuhl sinken.

Pfarrer Kramer seufzte. »Lou, kannst du dich an eine Gloria Barnett erinnern?«

»Oh ja«, dröhnte Lou. »Natürlich erinnere ich mich an Gloria Barnett!« Er pfiff durch die Zähne. »Es ist zwar lange her, aber so eine Lady vergisst man nicht!«

»Ist sie hier begraben worden?«, fragte ich.

»Nein«, antwortete Lou Bricks. »Das weiß ich noch genau. Pfarrer Fleming hat sich nämlich strikt geweigert.«

»Aber warum das denn?«, fragte ich.

»Weil Selbstmörder nun mal nach Ansicht des guten Pfarrers, Gott hab ihn selig, nicht auf heiligem Boden der Kirche begraben werden durften.«

»In welchem Jahr war das?« Pfarrer Kramer hörte auf zu blättern.

»Das war kurz vor der Kubakrise«, überlegte Lou laut. »Also im Oktober 1962.«

»Und kennen Sie auch die Tochter von Gloria Barnett?«, wollte ich wissen.

Lou nickte, wobei er ein ordentliches Doppelkinn produzierte. »Ich glaube, die hieß Liz.«

»Liv«, korrigierte ich.

»Ach ja. Liv. Die war auch ganz schnuckelig.«

Pfarrer Kramer verdrehte angewidert die Augen. Lou Bricks bemerkte das und hüstelte. »Aber was aus ihr geworden ist, keine Ahnung.«

Als ich zu Hause war, schwirrten mir tausend Fragen im Kopf herum und sie kreisten immer wieder um Liv Barnett. Wieso hatte sie außer mir anscheinend niemand gesehen? Hatte ich sie mir nur eingebildet? Warum hatte ich sie getroffen? Wo war sie heute? Lebte sie noch? Gab es wirklich Geister und war sie einer gewesen? Oder war ich in ein Zeitloch gefallen, deren Existenz von einigen Wissenschaftlern in der Raum-Zeit-Dimension vermutet wurde?

Wie ich es auch drehte und wendete – es gab nur Fragen in meinem Kopf und keinerlei Antworten. Das Einzige, was mir einfiel, um mir einen Überblick zu verschaffen, war, mir alles aufzuschreiben, was ich an Fakten wusste. Also nahm ich mein Notizbuch und einen Stift und schrieb:

Gloria Barnett. Selbstmord 1962. Alkohol.

Liv Barnett, Tochter von Gloria. 1967 war sie sechzehn

Jahre alt gewesen, also muss sie 1951 geboren worden sein.

Das passte doch zeitlich gar nicht zusammen. Liv hatte doch von ihrer Mutter erzählt ... nein, von ihrer Stiefmutter! Also hatte Livs Vater wieder geheiratet.

Dann schrieb ich mir Fragen auf, die ich noch klären musste:

Wer war Livs Vater?

Lebten er und Livs Stiefmutter noch? Und wenn, wo?

Die Villa war laut Carol seit den 1970ern verlassen. Jetzt war sie eingezäunt. Angeblich wegen Tollwut. Aber vielleicht hatte man den Zaun gar nicht zum Schutz vor kranken Tieren hochgezogen, sondern zum Schutz vor einem bösen Geist?

Das war doch lächerlich.

Oder?

Es war so verwirrend, dass ich beschloss, erst mal nicht weiter darüber nachzudenken. Ich klappte das Notizbuch zu und schob es weg. Denn jetzt musste ich los, zur Bandprobe. Sorgfältig suchte ich mir meine Garderobe heraus, um mich dem Anlass entsprechend schick zu machen. Für Tom.

Tom! Jedes Mal, wenn ich stumm seinen Namen sagte, kribbelte es in meinem Bauch. Und mit einem Lächeln auf den Lippen machte ich mich auf den Weg, mit der Tasche über der Schulter.

KAPITEL 17

DIENSTAG, 21. OKTOBER 1997

Trotz eines wunderschönen Abends mit Tom und der Band hatte ich in der Nacht wieder diesen furchtbaren Albtraum. Ich war auf meinem Bett aufgespießt, diesmal mit einem riesigen, messerscharfen Schraubenzieher, und egal, wie sehr ich mit meinen Flügeln flatterte, ich konnte mich nicht einen Millimeter rühren. Dann schoss aus dem Dunkel etwas Schwarzes auf mich zu und keuchend und schweißgebadet wachte ich auf. Rosanna, was habe ich dir nur angetan!, dachte ich verzweifelt. Und was geschah mit mir? Ich hatte Angst und ein schlechtes Gewissen, gleichzeitig fühlte ich mich euphorisch und glücklich. So ein Durcheinander war in mir, dass ich gar nicht mehr wusste, wer ich eigentlich war.

Am Morgen wachte ich einigermaßen groggy auf. Die Tasche stand auf meinem Schreibtischstuhl. Seit meinem ersten Albtraum hatte ich sie nicht mehr mit ins Bett genommen. Sie funkelte mich an: Das Blaugrün schimmerte verdorben, der Skarabäus blinkte höhnisch. Sie war wunderschön, die Tasche, aber sie war die Tasche eines ... Geistes. Die Tasche aus einem bösen Märchen. Eine Tasche, die mich verführte und mir den Kopf verdrehte und die mich irgendwie ... veränderte und ich ... ich wollte sie nicht mehr! Aufgebracht sprang ich aus dem Bett, nahm die Tasche, stopfte sie in den Schrank und knallte die Tür zu. Tu das nicht, kreischte da plötzlich die Stimme in meinem Kopf los. *Nimm mich mit! Du wirst es bereuen.*

»Das werden wir ja sehen«, murmelte ich, drehte mich

erleichtert um. Aber nur für einen kurzen Moment. Dann überkam mich eine innere Unruhe, ein fast unmerkliches Zittern. Meine Bewegungen wurden fahrig und das Zittern immer heftiger. Im Badezimmer stieß ich mir den Kopf am Waschbecken, als ich meine heruntergefallene Bürste aufheben wollte. Beim Anziehen blieb ich mit dem kleinen Zeh in der Socke hängen und verbog ihn mir schmerzhaft.

Meine Laune besserte sich kein bisschen, als ich runterkam und mich meine Mutter wieder mit verkniffenem Mund und der Tadel-Falte auf ihrer Stirn empfing. Was habe ich jetzt wieder angestellt?, schoss es mir durch den Kopf, da holte sie schon die Zeitung hervor und schob mir den lokalen Kulturteil unter die Nase. Es war das Foto von Tom und mir neben dem Bericht über den Konzertabend. Unter den nörgelnden Blicken meiner Mutter konnte ich keinen Stolz empfinden. Und keine Freude.

»Jetzt weiß es also jeder«, zischte sie.

»Was weiß jeder?«, fauchte ich zurück.

»Dass du eine ... dass du leicht zu haben bist.«

»Wieso bin ich leicht zu haben? Steht das etwa in der Zeitung?«, schrie ich, dabei stieß ich mit dem Ellenbogen ein Glas um, das auf den Kacheln zersplitterte. Und plötzlich stiegen mir die Tränen in die Augen, fast hätte ich geweint, dabei war ich aber so wütend auf meine Mutter, dass ich sie am liebsten geschüttelt und wie das Glas zu Boden gestoßen hätte. Dazu flüsterte die Stimme, hohl und sirrend: *Nimm mich mit, nimm mich mit.* Hektisch raffte ich meine Sachen zusammen und flüchtete aus dem Haus. Die Tasche blieb, wo sie war.

Ich hatte erwartet, dass die frische Luft mir helfen würde, durchzuatmen und mich etwas zu entspannen, aber das war nicht der Fall. Im Nachhinein denke ich, die Tasche hatte der Realität einen Weichzeichner verpasst, sodass ich all die positiven Ereignisse hingenommen hatte wie Naturphänomene, die man auch nicht erklären konnte: Kugelblitze, das Bermudadreieck, himmelhohe Riesenwellen aus dem Nichts.

Aber in dem Moment, in dem die Tasche nicht über meiner Schulter hing, schnappte ich fast über. Wie ätzende Säure kroch die Panik durch meine Hirnwindungen, dass ich vielleicht doch verrückt geworden war. Schließlich hatte ich mit einem Mädchen gesprochen, das vor dreißig Jahren gelebt hatte, und ich konnte mit niemandem darüber reden, weil es so absurd und idiotisch war, und vielleicht hatte ich sie mir auch nur eingebildet. Und dann Rosannas Unfall und mein alarmierender Gedächtnisverlust. Ich hatte das Gefühl, kurz vorm Durchdrehen zu stehen, besonders, als ich mich dabei ertappte, wie ich auf dem Weg zur Schule laut mit mir selbst redete. Erschrocken hielt ich inne und ermahnte mich, normal zu atmen, ein, aus, ein, aus.

Ich klammerte mich an simple alltägliche Bilder – ein Haus, die Straße, der Nebel – das half mir, mich zusammenzureißen. Ich schaffte es bis zur Schule, stellte mein Rad ab, setzte einen Schritt nach dem anderen, links, rechts, links, rechts, Tür auf, dort den Gang hinunter zu den Schließfächern, ein Weg, den ich kannte, den ich schon Hunderte Male gegangen war, der mich aber an diesem Tag komplett überforderte. Dann fingen mich Shari und Monica ab und plauderten munter mit mir, ihre Sätze prasselten auf mich ein wie Hagelkörner, aber ich konnte ihnen gar nicht richtig zuhören, meine Gedanken schwirrten umher, unfähig, sich auf eine Sache zu konzentrieren. Sie wünschten mir viel Glück beim Referat in Physik ... Das Referat über die Raum-Zeit-Dimension! Ich starrte sie an, dann entschuldigte ich mich, ließ sie mitten im Gespräch stehen. Das hatte ich ganz vergessen. Die Angst fing an, in mir zu wummern wie eine immer lauter werdende Basstrommel. Ausgerechnet heute! Ich rannte zu meinem Schließfach, um meine Unterlagen hervorzukramen. Ich hatte zwar irgendwann angefangen, den Vortrag vorzubereiten, war dann aber abgeglitten in Beispiele der Zeitreise-Literatur. Und weil das viel spannender war als Raum- und Zeitkrümmung und dergleichen, hatte ich die Sache erst vor mir hergeschoben und dann ganz vergessen. Verdammt. Ich würde versuchen müssen, mir jetzt noch ein paar Informationen ... vielleicht konnte ich auf den letzten Drücker noch ...

Mit zittrigen Fingern drehte ich das Schloss an meinem Schließfach um, da bemerkte ich es. Die Spitze meines linken Zeigefingers war schwarz, als hätte ich in ein Stempelkissen gegriffen. War mein Füller ausgelaufen? Aber der hatte doch gar keine schwarze Tinte, sondern nur blaue. Während ich daran herumrieb, überlegte ich, ob ich mit irgendeinem schwarzen Stift gemalt hätte, aber mir fiel partout nichts ein. Aus irgendeinem Grund machte mich dieser Fleck noch nervöser, als ich eh schon war. Ich lief in den Waschraum und versuchte, ihn mit Seife abzuschrubben, aber es ging nicht. Der Fleck blieb unverändert – an meinem Finger, mit dem ich immer über den Skarabäus rieb.

Siehst du, was habe ich dir gesagt, sirrte die Stimme in meinem Kopf. *Du brauchst mich.*

Das Referat war eine Katastrophe. Ich stotterte herum, redete wirres Zeug und schaffte gerade mal, fünf Minuten zu füllen, dann war ich mit meinem Stoff am Ende. Die Fragen der Schüler, die mich alle ziemlich ratlos anstarrten, konnte ich nicht beantworten. Ich dachte nur noch an meine Tasche und daran, wie gerne ich sie jetzt bei mir hätte. Sie hätte mir geholfen. Warum war ich nur auf die idiotische Idee gekommen, sie nicht mitzunehmen!

Mr Nesbit fragte mich ungläubig, ob das wirklich alles gewesen wäre, aber auch darauf konnte ich nur mit den Schultern zucken. Er sagte, ich würde mir richtig was einfallen lassen müssen, um meine Punkte zusammenzukriegen für die Collegeempfehlung. Kichern machte sich breit. Und da war sie wieder, die lahme, unsichere, unscheinbare Stella, von der ich geglaubt hatte, ich hätte sie schon hinter mir gelassen.

Meine einzige Rettung war Tom, mit dem ich mich in der Pause treffen würde. Ich brauchte eine Schulter zum Anlehnen. Zu meiner Enttäuschung war Tom nicht alleine an seinem Auto. Er beugte sich mit Brent, Scott und Randy über die Wickwood Daily, die sie auf der Kühlerhaube seines Autos ausgebreitet hatten, und bemerkte mich nicht.

»Wieso haben die denn ein Bild von der drin?«, motzte Scott.

»Aber echt. Die hätten lieber noch eines von der Bühne nehmen sollen«, sagte Randy.

»Sie sieht aber schon geil aus«, sagte Tom.

»Und hast du sie schon …?«, fragte Randy.

»Nee«, knurrte er. »Macht einen auf eiserne Jungfrau. Aber nicht mehr lange.« Er prustete los.

»Vielleicht sollte ich es mal probieren«, meinte Randy.

»Finger weg, sie gehört mir.« Wie er das sagte, voller Besitzerstolz und Vehemenz, machte mich froh! Mein Ritter …

Ich trat in sein Blickfeld und rief: »Hi Tom!« Den anderen nickte ich zu.

»Hey«, sagte er und musterte mich. »Ist alles okay? Du siehst irgendwie so ... fertig aus.«

»Bin ich auch«, sagte ich. »Musste ein Referat halten, und das ist total in die Hose gegangen.«

»Ach, scheiß drauf«, meinte er.

»Vielleicht werde ich auch krank«, fügte ich hinzu. »Ich fühle mich richtig zittrig.«

Scott schaltete sich ein: »Musst mal eine Flasche Schnaps aufmachen, dann hört das Zittern auf.« Er grinste.

Ich starrte ihn an. Das war es! Ich selbst kannte mich damit zwar nicht aus, aber Großvater hatte mir oft genug davon erzählt, wie schlimm einen die Sucht im Griff haben kann. Er hatte eine Selbsthilfegruppe für Alkoholiker ins Leben gerufen und über Jahrzehnte Menschen mit Alkoholproblemen geholfen. Und jetzt, wo Scott das sagte, wurde es mir klar: Ich hatte Entzugserscheinungen! Wie ein Junkie! Ich brauchte meinen Stoff. Ich brauchte meine Tasche! Meine Droge war die Tasche mit dem Skarabäus!

Scott, Randy und Tom lachten, als sie mein Gesicht sahen. Brent war wie immer schweigsam und ausdruckslos.

»Mann, das war doch nur ein Witz«, sagte Scott, tätschelte mir kumpelhaft die Schulter und zog dann mit Randy und Brent davon.

»Du bist echt schräg drauf heute«, stellte Tom fest. Ja, das war ich auch. Aber jetzt wusste ich wenigstens, was los war. Diese Tasche hatte eine seltsame Macht über mich. Solange sie in Reichweite war, würde ich nicht von ihr loskommen. Es wurde Zeit, sie loszuwerden. Und deswegen musste ich sie dahin zurückbringen, wo sie hergekommen war. Wenn es die Tasche eines Geistes war, dann musste ich sie eben in das Geisterhaus zurückbringen.

»Hey«, sagte ich. »Ich hätte eine Idee, was wir heute Nachmittag machen können. Was Verbotenes! Und Gruseliges!«

»Klingt gut«, raunte er lachend.

»Wir gehen in den Tollwutsperrbezirk. Da ist so eine verlassene Villa. Darin soll es spuken.«

»Ach was«, sagte er und rückte näher an mich heran. »Das klingt wirklich verlockend. Ich denke, in so einer Villa könnte man allerhand anstellen.« Er fuhr mit dem Finger an meinem Arm hoch und dann quer über meine Brust, was mich erschaudern ließ. »Ja«, sagte ich, obwohl ich natürlich nicht das im Sinn hatte, was er offensichtlich meinte.

Aber leider hatte Tom keine Zeit. »Ein anderes Mal«, sagte er und zuckte mit den Schultern. »Muss zur Bandprobe.«

Ich seufzte. Dann würde ich eben alleine gehen.

Obwohl es erst fünf Uhr nachmittags war, kroch der Dunst schon unaufhaltsam über die Baumwipfel. Wind war aufgekommen und wirbelte Fetzen von Nebel herum, die wie Scherben von Wolken auf die Erde rieselten. Nicht gerade der beste Moment, um alleine in eine Spukvilla zu gehen. Aber ich blieb entschlossen. Dieser Tag heute hatte mir gezeigt, dass ich die Tasche loswerden musste. Auch wenn ich meinen Willen jetzt, wo ich sie wieder bei mir trug, bröckeln spürte und mich die Tasche dazu verlockte, nachgiebig und weich zu werden. Es wäre so gut, sie bei mir zu haben, für immer. Es wäre so einfach, sich in ihr zu verlieren. Aber in meinem Kopf lehnte sich etwas dagegen auf, es war eine andere Stimme als das quälende Sirren, es war so was wie die Stimme der Vernunft, die mir eindringlich sagte, ich müsste der Sache jetzt ein Ende machen, zu viel Schlimmes sei schon passiert. Fast schon erwartete ich, dass die sirrende Stimme protestierte. Doch sie blieb stumm. Das fand ich fast noch unheimlicher.

Am Ende des Parkplatzes beim Tennisplatz stieg ich den Trampelpfad hinauf, lief die Straße entlang bis zu den zwei Eichen. Ich starrte eine Weile auf die Lücke im Zaun. Dann nahm ich all meinen Mut zusammen, bog den Draht zur Seite und schlüpfte hindurch. Der Kies leuchtete weiß-grau zwischen dem Unkraut und knirschte bei jedem Schritt unter meinen Schuhen, es klang wie brechende Knochen. Bis auf das Knirschen war es totenstill. Noch nicht mal Krähen hatten sich hierher verirrt, doch dann sah ich aus dem Augenwinkel etwas an einem Baum vorbeihuschen, ich drehte hektisch den Kopf und spähte angestrengt durch die Baumstämme in die Tiefen des Waldes. Der Kojote fiel mir ein, der bei Witwe Summers die Schafe riss. Aber vielleicht war es auch nur der Wind gewesen, der im herabgefallenen Laub raschelte.

Ich schaute auf die Uhr, um mich zu vergewissern, dass ich noch genug Zeit hatte bis Sonnenuntergang, dann stieß ich das efeubewachsene Tor so weit auf, dass ich gerade hindurchpasste. Die Villa lag vor mir, ihre weißen Mauern hoben sich nur schemenhaft von dem Nebel ab, der drückend über ihr hing wie ein Leichentuch. Das Haus sah auch so aus wie ein Gerippe, mit den verschmierten Wänden und den zerbrochenen Fensterscheiben. Die Haustür stand offen, schwang leise quietschend hin und her. Der verwilderte Park ringsum ließ das Haus noch trostloser wirken, Efeu kroch an den Wänden empor, wuchs durch die Fenster, die Natur zersetzte das Haus, langsam, aber stetig, Asche zu Asche, Staub zu Staub. Alles ein großer Kreislauf, regiert von Mikroorganismen und Schlingpflanzen.

Ich wollte weglaufen, fort von hier, so schnell ich konnte. Doch ich machte einen Schritt nach dem anderen auf das Gebäude zu und blieb vor der klinkenlosen Haustür stehen. Ein Windstoß fuhr durch die Villa, die Tür schwang weiter auf. Es war eine Einladung. Sie wollte mir zeigen, dass sie bereit war, mich in ihr Inneres aufzunehmen. Ich packte die Tasche fester und machte den Schritt hinein.

Meine Augen brauchten ein paar Sekunden, um sich an das Zwielicht zu gewöhnen. Alles um mich herum war noch unscharf, der Kamin, die Wände, die Treppe nach oben. An der Wand Schmierereien mit Farbe, einst in jugendlichem Übermut hingeschmiert, doch jetzt verblasst, nur noch ein Widerhall vergangener Zeiten. Ich musste nach oben, in das Schlafzimmer mit der Tapetentür, wo ich die Tasche gefunden hatte. Ich ging mit staksenden Schritten auf die Treppe zu, da hörte ich plötzlich ein Schluchzen und schrie auf, schlug mir die Hand vor den Mund, weil ich mich damit selbst erschreckt hatte, starrte gebannt den Gang hinunter, wo es zum Wohnzimmer ging, in dem ich mit Liv Kirschlikör getrunken hatte. Halb erwartete ich, dass der Geist von Gloria Barnett sich aus den Schatten des Halbdunkels löste, und lauschte gebannt in das verlassene Haus. Dann hörte ich das Schluchzen wieder und erkannte, dass es sich um den Wind handelte, der die alten Mauern zum Ächzen brachte.

Mit gesträubten Nackenhaaren und Gänsehaut am ganzen Körper begann ich, die Treppe hinaufzusteigen. Fast wäre ich durch eine geborstene Diele gebrochen, doch im letzten Moment erkannte ich die beschädigte Stufe und stieg über sie hinweg. Oben angekommen, versuchte ich mich zu orientieren. Ich meinte, das Zimmer von Livs Eltern wäre den Gang rechts runter gewesen. Vorsichtig tappte ich weiter und kam an einem Türrahmen vorbei, an dem die Tür herausgebrochen war. Es war Livs Zimmer.

Ich blieb stehen. Der Sessel, auf dem sie vor zwei Wochen geraucht hatte, stand noch da, die Sprungfedern waren durch den zerschlissenen Bezug gewachsen, ragten ins Freie wie erstarrtes Gestrüpp. Es war so unwirklich, diesen Raum so zu sehen, wo ich mit Liv gesessen und mich unterhalten hatte. Ich konnte nicht anders, ich musste hineingehen. Es war staubig und dreckig und es schien, als hätten irgendwann vor Jahren einmal Obdachlose in dem Haus übernachtet. Leere Konservendosen, zersplitterte Obstkisten, eine alte Decke. Glasscherben lagen auf dem Boden verstreut. Aus dem Parkett hatte jemand ein paar Bretter herausgebrochen, vermutlich, um ein Feuer damit zu machen. Nur der Kamin schien die Jahre unbeschadet überstanden zu haben. Nach wie vor stützten die zwei Statuen den Sims, die wallenden Gewänder in Dutzenden Falten um die kurvigen Steinkörper drapiert. Der blumenumrankte Sims ragte wie ein Dach über die mit Lorbeerkränzen gekrönten Köpfe der römischen Schönheiten mit den leblosen Augen.

Plötzlich ertönte ein Fauchen, der Wind pfiff durch den Kamin und wirbelte Asche auf, mir direkt ins Gesicht, ich atmete ihn ein, den toten Geruch. Ich taumelte rückwärts aus dem Zimmer, wäre fast über ein Loch im Parkett gestolpert und verfluchte mich für diese völlig idiotische Idee hierherzukommen, aber noch mehr dafür, dass ich mich von Liv hatte überreden lassen, überhaupt die Tasche zu nehmen. Vom Flur aus fand ich kurz darauf die Tür zum Schlafzimmer von Livs Eltern. Auch hier zeugten Überbleibsel von vorübergehenden Übernachtungsgästen, alte Zeitungen, zwei zerbeulte Blecheimer, eine zerbrochene Lampe. Ich durchquerte den Raum, eilte zu der Tapetentür, die goldenen Ranken auf der Wand waren verblichen und kaum noch zu erkennen. Ich öffnete die Tür, soweit es ging, um Licht hineinzulassen. Die Kleiderstangen waren leer, nur ein kümmerlicher Kleiderbügel hing noch dort. Aber da, da in der Ecke, lag auch noch eine alte Hutschachtel. Und es war sie, zwar ohne Deckel, aber es bestand kein Zweifel. In ihr hatte ich die Tasche gefunden. Ich streifte sie mir von der Schulter und legte sie hinein. Sobald ich die Tasche losließ, überfiel mich ein grauenhaftes Entsetzen. Ich fühlte mich nackt und schutzlos, wehrlos, aller Waffen und jedem bisschen Zuversicht beraubt.

Ich drehte mich um und rannte, wimmernd vor Angst, fürchtete, aus den Ecken würden sie hervorkommen, die Geister, die ohne Zweifel in diesem Hause herrschten, ich raste die Treppe herunter, übersprang die kaputte Stufe. Ich rannte zur Tür, stieß sie auf und lief weiter, durch den Park, über den boshaft zischelnden Kies Richtung Tor und dann weiter, ich blieb nicht stehen, bis ich unten auf dem Parkplatz angekommen war, zwischen den Autos der Tennisspieler, wo ich keuchend eine Pause einlegte, die Hände auf die Oberschenkel gestützt.

Als ich wieder normal atmen konnte, richtete ich mich auf. Das Zittern hatte aufgehört! Ich fühlte mich gut. Ein Kichern saß mir im Hals. Ich hatte es geschafft! Ich war sie losgeworden. Ich fühlte mich leicht. Und frei! Siehst du, dachte ich schadenfroh, ich brauche dich nicht. Beschwingt lief ich nach Hause, sog gierig die feuchte kalte Luft ein und freute mich. Über meinen Wagemut. Über meine Entschlossenheit. Über meinen Erfolg!

Als ich nach Hause kam, wehte mir ein köstlicher Duft entgegen. Ich merkte, wie hungrig ich war. Ich zog schnell die Schuhe aus, ging ins Bad, wusch mir die Hände, gratulierte meinem Spiegelbild zu diesem Sieg und betrat beschwingt die Küche.

»Mom, das riecht aber lecker«, rief ich. »Was hast du gekocht?«

»Wirsingrouladen«, antwortete sie knapp. Aber ich war so gut gelaunt, dass mir ihre mies gelaunte Miene nichts ausmachte. Ich nahm mir vor, ihr bald mal in Ruhe zu erklären, dass ich mit Tom zusammen war, aber dass das noch lange nicht heißen würde, ich wäre jetzt auf einmal in der Flittchen-Liga.

»Danke, dass du immer so gut für mich sorgst«, sagte ich zu ihr und sie war sichtlich überrascht über das Kompliment, denn ein kleines Lächeln überzog ihr Gesicht.

»Ich gehe mir nur eben was anderes anziehen«, sagte ich. »Dann komme ich zum Essen, okay?«

Ich ging hinauf in mein Zimmer.

Und da lag sie. Auf meinem Bett. Als wäre nichts geschehen. Die Tasche.

»Aber …« Ich musste schlucken. Und dann lachte die Stimme hohl und sirrend und der Skarabäus funkelte mich spöttisch an. *Du hast doch wohl nicht gedacht, dass es so einfach sein würde, oder? Du hast doch wohl nicht gedacht, du könntest davonkommen, ohne den Preis zu bezahlen?*

KAPITEL 18

MITTWOCH, 22. OKTOBER 1997

Am nächsten Morgen erwachte ich mit dröhnendem Schädel. Mein ganzer Körper fühlte sich an wie mit Blei gefüllt. Mühsam schleppte ich mich ins Bad. Der schwarze Fleck an meinem Finger war etwas größer geworden. Ich rieb erneut daran herum, obwohl ich ja schon wusste, dass das zwecklos war. Beim Anziehen und Zähneputzen kämpfte ich noch mit mir, doch dann gab ich auf.

Noch so einen grässlichen Schultag wie gestern würde ich nicht überleben. Ich würde sie wieder mitnehmen. Und als ich mir die Tasche über die Schulter legte, ließ die Anspannung sofort nach. Meine Haltung straffte sich automatisch, mein Kinn hob sich, meine Mundwinkel ebenfalls. Was machte ich mir nur für Sorgen? Es war doch alles in Ordnung. Die Tasche war gut zu mir, sie machte mich stark und schön und unbesiegbar. Wie war ich nur auf diese schwachsinnige Idee gekommen, sie loswerden zu wollen?

Erstaunlicherweise konnte ich auch wieder so klar denken, dass ich wusste, wie ich weiter vorgehen würde. Ich würde erst einmal mehr über Geister und paranormale Erscheinungen herauskriegen. Vielleicht hatte ja jemand schon mal so etwas erlebt wie ich und wusste, was zu tun war. Um Rat fragen konnte ich niemanden. Besser wäre es, darüber zu lesen. Denn ein Buch würde nicht über mich urteilen. Da fiel mir ein, dass Grandpa mal ein Buch über Geister gehabt hatte. Ich hatte es beim Packen in der alten Wohnung in den Händen gehabt. Ich würde ihn fragen, wenn ich aus der Schule zurück wäre.

In der Schule war ich wieder top in Form. Beteiligte mich am Unterricht, sodass sogar Mr Nesbit beeindruckt war und mir sagte, es wäre schön, dass ich mir seine Standpauke zu Herzen genommen hätte. Idiot, dachte ich, wenn der wüsste, wie einfach alles war, wenn ich nur die Tasche hatte!

Ich lief durch die Gänge wie eine Königin, plauderte hier und da, scherzte und schäkerte und plötzlich kamen mir meine Klassenkameraden so unglaublich verlogen vor. Gestern hatten sie mich ausgelacht, heute schleimten sie wieder. Was für schmierige Mitläufer, hofierten immer die, von denen sie sich am meisten Nutzen erhofften! Shari und Monica sonnten sich in meiner Anwesenheit und plapperten vor sich hin. Als ich nicht auf ihr Gerede einstieg, fingen sie an, mir Komplimente zu machen, aber ich konnte ihre Schleimerei nicht länger ertragen. Ich schickte sie los, mir einen Cappuccino zu holen, und dann verschwand ich, um mich mit Tom am Auto zu treffen.

Als ich auf Tom zuging, konnte er die Augen nicht von mir lassen. Ja, er war der Einzige, der zählte. Dessen Anerkennung mir überhaupt noch was bedeutete. Wir knutschten eine Weile im Auto herum und am Ende der Pause hatte keiner von uns Bock, wieder in den Unterricht zu gehen. Und da machte er den unglaublichsten Vorschlag überhaupt: Schwänzen!

»Das ist nicht dein Ernst«, rief ich entsetzt und gleichzeitig erregt bei der Aussicht, so etwas Verbotenes zu tun.

»Na klar«, gab er lässig zurück. »Ich werde bald ein Star und du irgendwann eine berühmte Autorin. Wir brauchen das hier alles nicht!«

Er sagte das so überzeugt, dass ich ihm sofort glaubte. Ich lachte. Und wie ich lachte! »Damit hast du ja wohl so was von recht! Also gut. Dann los!«

»Du bist echt die Coolste überhaupt«, sagte er und startete den Wagen. Musik dröhnte aus den Boxen, natürlich von Hall of Fame. Ich fühlte mich frei und glücklich! Wie Bonnie und Clyde! Mit quietschenden Reifen setzte Tom rückwärts aus der Parklücke und fuhr los, das kleine Stück bis zur Ampel vor der Kreuzung.

»Guck mal, diese Schrottkarre da«, sagte Tom und zeigte auf einen alten Toyota. Die hintere Stoßstange wurde von einem Draht gehalten, eine Fensterscheibe war mit Pappe verklebt, die anderen Scheiben getönt. Am Steuer saß jemand. Ein Mann. Vermutlich. Er hatte die Kapuze bis über die Stirn gezogen, sodass man sein Gesicht nicht erkennen konnte. Als wir neben ihm standen, drehte er den Kopf in unsere Richtung und beobachtete uns mit seinem Schattengesicht.

»Der Sensenmann fährt aber eine Scheißkarre«, sagte Tom, dann wurde es grün und er brauste los. Ich lachte, aber mir lief es kalt den Rücken runter.

Wir fuhren einfach durch die Gegend, hörten Musik und unterhielten uns über die Zeit, wenn Tom reich und berühmt wäre. Er machte Pläne, wie er sich für den Rolling Stone fotografieren lassen wollte und in welche Shows er gehen und welche er meiden würde, dann bogen wir auf einen Parkplatz im Wald ein und knutschten. Tom meinte, ich sähe so geil aus heute, und knöpfte mir unter meiner Bluse den BH auf, dann wollte er mir den Rock hochschieben, aber da schaltete sich für einen Moment mein Hirn wieder ein. »Warte«, sagte ich atemlos. »Nicht hier.«

»Was?«, raunte er und stöhnte dann hörbar genervt auf. »Aber ...«

»Unser erstes Mal soll doch was Besonderes sein«, entgegnete ich und streichelte seine Wange.

Er schnaufte tief durch. »Verdammt!« Wütend schlug er auf das Lenkrad. Sofort zog sich in mir alles zusammen. Ich wollte nicht wieder die langweilige Stella sein und ich beeilte mich, ihm zu versichern, dass es bald passieren würde, aber nicht im Auto, wo es so eng wäre und gar nicht romantisch.

»Mmh«, machte er nur, dann startete er den Wagen und raste nach Wickwood zurück. Bis er mich vor der Schule absetzte, sagte er kein Wort. Auch unser Abschied fiel ziemlich knapp aus. Er sah mich mit flehenden blauen Augen an und fragte: »Bald, Stella, oder? Ich halte das nämlich nicht mehr lange aus. Dafür bist du einfach zu heiß.«

Ich lachte, auch wenn mir gar nicht nach Lachen zumute war. »Natürlich, Tom. Ich halte das auch nicht mehr lange aus.«

Ich gab ihm einen Kuss, dann stieg ich aus und er fuhr davon. Ich schlenderte zu meinem Fahrrad. Ich hatte es nicht eilig, nach Hause zu kommen, wollte noch ein bisschen das unglaubliche Gefühl genießen, das Tom in mir ausgelöst hatte. Er wollte wirklich mit mir zusammen sein. Er wollte mit mir schlafen. Es war unglaublich! Stella und Tom. Tom und Stella.

Da es noch zu früh gewesen wäre, um zu Hause aufzutauchen, schob ich das Rad durch den Kobler Park. Vor dem Skaterpark bog ich auf die Hauptstraße und kam an der Apotheke vorbei. Peter Anderson hielt gerade einer alten gehbehinderten Dame die Tür auf. »Hey Stella«, rief er, als er mich sah, und kam auf die Straße. »Wie geht es Arthur?«

»Na ja. Wie immer. Er hat gute und schlechte Tage«, sagte ich. »Kommen Sie doch mal wieder vorbei, er freut sich.«

»Das mache ich.« Ich wollte schon weitergehen, aber irgendwas in seinem Gesicht sagte mir, dass er noch etwas auf dem Herzen hatte.

»Ich habe gehört, dass du dich nach der Villa der Barnetts erkundigt hast«, sagte er. Er versuchte, seiner Stimme einen normalen Klang zu geben, aber da war irgendwas Seltsames. Besorgnis. Kummer. Oder einfach Neugier. Ich konnte es nicht einordnen.

»Ja, ich möchte eine Geschichte über Geister schreiben.«

»Oh, ach so!« Er lachte gekünstelt. »Über Geister. Na, das ist ja aufregend. Und hast du schon was rausgekriegt?«

»Nur das, was sowieso bekannt war«, sagte ich. »Über den Selbstmord von Gloria Barnett und dass der verrückte Ed glaubt, sie würde dort oben spuken.«

Peter Anderson warf einen Blick auf die andere Straßenseite, wo Eds Haus lag. Ausnahmsweise saß er einmal nicht auf seiner Veranda. »Tja«, meinte Mr Anderson milde. »Ed sieht ja immer gerne Dinge, die andere nicht sehen. Aber so und nicht anders mögen wir ihn.«

»Kannten Sie die Barnetts?«

»Sicher kannte ich sie«, sagte Mr Anderson achselzuckend. »Jeder kannte sie. Allein wegen der Hochzeit, die sie damals gefeiert haben. Das war im Ort eine ganz große Sache! Ein unglaubliches Fest.«

»Wissen Sie denn, was aus Liv geworden ist? Und ihrem Vater?«

»Robert Barnett hat kurz nach dem Tod seiner Frau wieder geheiratet, eine Frau namens Patricia. Die Tochter Liv ist ganz jung von zu Hause ausgerissen und nach Kalifornien gegangen, wie man gehört hat. Robert ist Mitte der 1970er gestorben, dann ist seine zweite Frau auch weggezogen.«

»Wissen Sie, wo sie jetzt wohnt?«

»Ich meine, sie wäre nach White Lake gezogen. Das nötige Geld dafür hatte sie ja dann.«

»Hey mein Schatz«, rief Ingrid Anderson von drinnen. »Ich gönne dir ja deine Pause. Aber willst du da draußen Wurzeln schlagen? Wir haben hier Kundschaft!«

Mr Anderson grinste. »Meine bessere Hälfte! Passt immer gut auf mich auf. Ich komme, mein Täubchen!« Er zwinkerte mir zu. »Also dann, Stella, bis bald.«

Er ging wieder rein und ich setzte meinen Weg nach Hause fort. An der Kreuzung Walnut Street bemerkte ich die komische alte Karre wieder, die ich schon vor der Schule gesehen hatte. Das Schattengesicht saß darin. Der Sensenmann. Er beobachtete mich. Mit einem mulmigen Gefühl schwang ich mich aufs Rad und sauste die Walnut Street entlang nach Hause.

Ich ging sofort zu Grandpa. Er lag zum Glück nicht im Bett, sondern saß auf seinem Sessel und blätterte in einem Bildband über die Wüste. Große Kakteen wuchsen vor azurblauem Himmel aus dem Staub. Ich machte uns einen Pfefferminztee mit Kandis und setzte mich zu ihm.

»Wo ist das?«, fragte ich und deutete auf die Bilder.

»Mojave-Wüste«, sagte er. »Ist das nicht faszinierend? Kakteen sind wirklich wunderschöne Skulpturen.«

Er blätterte weiter und ich beschloss, ihn nach dem Geisterbuch zu fragen.

»Ach ja!«, rief er und sein Gesicht erhellte sich. »Lindas Gespenster.«

»Lindas Gespenster?«, wiederholte ich verwirrt. »Grandma und Gespenster?«

Er lachte. »Ja, aus irgendeinem Grund hat sie sich eine Zeit lang dafür interessiert. Deine Großmutter war eben eine vielseitige Frau.«

»Aber sie wirkte ja nun überhaupt nicht wie jemand, der an Gespenster glaubt!«

»Sie hat ja auch nicht dran geglaubt«, wiegelte er ab. »Sie hat da einfach was drüber gelesen und einige von Lindas Freundinnen auch. Das war so eine Zeit, da waren Geister in Mode.«

»Wann war das denn?«, fragte ich.

Er schnaufte. »Mmmh, wann war das? Deine Mutter war auf jeden Fall noch nicht auf der Middle School, als sie die Wohnung hat reinigen lassen gegen böse Geister.«

»Echt jetzt?«

»Ja, da kam Pfarrer Fleming und hat Weihwasser rumgespritzt.«

»Aber warum das denn?«, rief ich verblüfft. Geister müssen ja ganz schön angesagt gewesen sein, wenn sogar der Pfarrer persönlich zur Austreibung vorbeikam!

Grandpa zuckte mit den Schultern.

»Aber hatte sie einen konkreten Verdacht? Hatte sie wirklich einen Geist gesehen oder so was in der Art?«, fragte ich.

»Natürlich nicht«, erwiderte Grandpa. »Sie meinte, sie hätte es einfach mal ausprobieren wollen, weil sie diese Art Reinigung ja selbst nicht machen könne, und es könne ja nicht schaden. Und damit hatte sie natürlich recht.« Er schmunzelte und versank dann wieder in den Anblick der Sukkulenten und ich wusste, dass es nicht mehr viel Zweck hatte weiterzufragen. Deswegen wollte ich nur noch wissen, wo denn dieses Geisterbuch abgeblieben sei.

»Es müsste irgendwo in den Kartons in der Garage sein, vermute ich mal«, antwortete er. »Wenn es deine Mutter nicht weggeschmissen hat.«

Ich durchstöberte ein paar der Kartons. Da waren alte Krankenakten aus Grandpas Praxis, Angelsachen, eine Sammlung Bierkrüge, ein paar Kisten mit Büchern, Readers-Digest-Ausgaben in rotem Leder mit goldener Prägung, ein paar alte Medizinbücher. Aber ein Buch über Geister fand ich nicht. Ich hätte mühsam alles durchwühlen müssen, deswegen beschloss ich, doch meine Mutter zu fragen. Das mit dem Foto in der Zeitung würde sie mir noch ewig nachtragen, von daher musste ich einfach lernen, ihre pikierte Miene zu ignorieren. Wie immer.

Immerhin ließ sich meine Mutter mit tadelndem Blick dazu herab, mir zu antworten, denn sie konnte sich tatsächlich an das Buch erinnern. Und daran, dass sie es weggeworfen hatte. »So einen Unsinn muss man doch nun wirklich nicht aufheben«, sagte sie.

»Kannst du dich daran erinnern, dass Grandma an Geister glaubte?«

»Ma glaubte doch nicht an Geister!« Meine Mutter schüttelte den Kopf. »Also wirklich. Meine Mutter und Aberglauben! Das Buch war ein Geschenk gewesen von einer ihrer Freundinnen. Selbst hätte sie sich so was doch nie gekauft.«

»Hast du denn mitbekommen, wie Pfarrer Fleming mal kam, um die Wohnung gegen böse Geister zu schützen?«

»Wie bitte? Nein. Wer sagt denn so was?«

»Grandpa hat's mir erzählt.«

»Oje«, seufzte sie. »Der wird langsam aber wirklich senil.«

Nachdenklich ging ich wieder in mein Zimmer. Als ich die Vorhänge zuziehen wollte, sah ich es. Einen schwarzen Fleck im Nebel. Es war das Auto, die Schrottkarre.

Auf dem Bürgersteig vor unserem Haus. Das Schattengesicht, es saß hinter den getönten Scheiben. Es verfolgte mich tatsächlich. Hastig riss ich die Vorhänge zu und kauerte mich auf mein Bett.

Irgendwann spät am Abend hörte ich das alte Auto mit röhrendem Motor wegfahren. Ich entspannte mich ein wenig, auch wenn ich wegen der Albträume, die sich in meine Nächte geschlichen hatten, sowieso nur leicht und unruhig schlief und immer wieder aufwachte, mit klopfendem Herzen und einem mulmigen Gefühl im Magen.

KAPITEL 19
DONNERSTAG, 23. OKTOBER 1997

Das Auto stand auch am nächsten Morgen nicht vor dem Haus, sodass ich unbeobachtet zur Schule radeln konnte. Meine Tasche nahm ich mit. Es hätte mich schlichtweg überfordert, ihr zu widerstehen. Aber ich würde sie loswerden, irgendwann. Natürlich würde ich das.

Vor der Schule stellte ich mein Rad ab, dann setzte ich mich auf meinen Platz auf die Mauer, um auf Tom zu warten. Mit der Tasche auf dem Schoß beobachtete ich grimmig all die kleinen Herdentiere, die in die Schule watschelten, geist- und willenlos, um sich von herrschsüchtigen Lehrern unsinniges Zeig eintrichtern zu lassen, das sie niemals im Leben brauchen würden. Das war mir alles zu blöd. Ich wollte Schriftstellerin werden, da musste ich doch nichts über die Raum-Zeit-Dimension wissen oder wie man eine Katze seziert, der Höhepunkt des diesjährigen Biologiekurses von Mr Maxwell. Ich würde das Leben studieren. Dann wüsste ich, worüber ich schreiben würde. Die stumpfe Anwesenheit in einer Highschool voller Schwachköpfe jedenfalls taugte nicht im Geringsten als Erfahrungsquelle für großartige Romane!

Endlich kam Tom angefahren, mit laut wummerndem Beat. Ich schlenderte auf ihn zu, zog Grimassen, bis er lachte, und dann setzte ich mich einfach auf den Beifahrersitz.

»Hey Schönheit«, sagte er und küsste mich. Ich umschlang seinen Hinterkopf und presste ihn an mich.

»Lass uns abhauen«, sagte ich.

»Sag bloß, du willst schwänzen?«, sagte Tom. »Also wirklich. Du hast aber einen schlechten Einfluss auf mich.« Dann lachte er.

Wir fuhren nach Crowsville. Über die 176, durch die Wälder von Wickwood, die irgendwann Feldern wichen, wo der Mais mit großen Maschinen geerntet wurde. Die Musik war laut, ich ließ einen Arm aus dem offenen Fenster baumeln. Tom zündete sich eine Kippe an, inhalierte und reichte sie mir. Ich nahm sie, Scheiß der Hund drauf, ich war cool! Ich sog den Rauch ein, es kratzte, es schmeckte zum Kotzen, aber ich nahm einen zweiten Zug und fühlte mich high. Das war das echte Leben! Rauskommen, dem Trott entfliehen, frei sein, besser sein! Besser als die erbärmlichen Kriecher hinter den Mauern der Stadt.

In Crowsville steuerte Tom einen Plattenladen an, wir schlenderten hinein, hatten alle Zeit der Welt. Außer uns war niemand da. Natürlich! Die meisten mussten an diesem Donnerstagvormittag in die Schule, zur Arbeit, ihren kümmerlichen Pflichten nachgehen und konnten nicht das Leben genießen wie wir. Ich suchte eine Weile nach den Namen der Bands, die ich mochte, Alanis Morissette, Cranberries, sparte mir aber die, von denen ich befürchtete, Tom fände sie uncool, Toni Braxton, Spice Girls, und schaute lieber Tom zu, wie er mit Kennermiene in der Independent-Abteilung wühlte. Ich lehnte mich an ein Regal, kaute Kaugummi, betrachtete meinen ultracoolen Freund, der jetzt anfing, mit dem Besitzer zu fachsimpeln.

Er war so versunken darin, dem Besitzer von Hall of Fame vorzuschwärmen, dass er kaum Notiz von mir nahm, als ich sagte, ich würde mal in den Secondhandshop nebenan gehen. Draußen betrachtete ich eine Weile die Klamotten in der Auslage, Trenchcoats, hippiebunte Blusen und Schlaghosen, die mich nicht wirklich begeisterten. Aber dann entdeckte ich auf der anderen Straßenseite ein

Antiquariat. Mir fiel mein Vorhaben wieder ein, etwas über Geister herausfinden zu wollen, und ging hinein. Sie hatten tatsächlich eine Abteilung für Paranormales und die Besitzerin, eine füllige Dame mit grauem wallendem Gewand, schweren Ohrringen und etlichen bunten Ketten um den Hals, empfahl mir »für den Einstieg« einen Almanach mit Texten zu verschiedenen Themen aus der Welt der schwarzen Magie. Ich ließ mich darauf ein, achtzehn Dollar dafür hinzublättern. Denn das Buch enthielt ein Kapitel über ein Phänomen, das mir beim Überfliegen des Inhaltsverzeichnisses sofort ins Auge fiel. Das Phänomen des bösen Fluches.

Nachdem wir noch ein Sandwich auf einer Parkbank verdrückt, uns eine Zeit lang über die kitschigen Geschäfte in der Fußgängerzone amüsiert und in der Mitte des großen Platzes von Crowsville ausgiebig geknutscht hatten, fuhren wir nach Hause. Auf dem Rückweg versuchte ich, mit Tom ein Gespräch über Geister und Flüche zu führen, aber alles, was er sagte, war: »Es trifft dich mein Fluch, wenn du nicht endlich mit mir ins Bett gehst!« Er schob seine Hand zwischen meine Beine und an diesem Tag, nach diesem fulminanten Ausbruch aus unserem normalen langweiligen Leben kam es mir plötzlich nur natürlich vor, auch meine anderen Prinzipien über den Haufen zu werfen. Ja, dachte ich, von mir selbst überrascht. Ich will!

»Oh«, sagte ich kokett. »Dann habe ich ja gar keine andere Wahl mehr!«

»Echt jetzt?«

»Jep. Heute ist der richtige Tag«, sagte ich und mein Herz fing vor Aufregung wild an zu pochen.

Tom schnalzte anerkennend mit der Zunge. »Cool! Meine Eltern sind nicht zu Hause.« Er trat das Gaspedal ein bisschen weiter runter und wir schossen mit geöffneten Fenstern über die Landstraße Richtung Wickwood.

Wir hatten gerade das Ortsschild passiert – »Wickwood Hier wohnt der Frieden« – und ich wollte gerade eine Bemerkung über die Spießigkeit machen, da sahen wir das Auto des Schattengesichts. Die Schrottkarre parkte auf der Straße neben Bell's Bar & Grill.

»Da ist der Kerl wieder!«, rief Tom und stieg auf die Bremse. Langsam tuckerte er an dem Auto vorbei, aber diesmal saß der unheimliche Typ nicht drin, nur die Fratze eines hässlichen Köters glotzte uns vom Fahrersitz entgegen. Es war ein Kampfhundmischling, der sofort anfing, aggressiv zu kläffen.

»Der Sensenmann und sein Höllenhund«, bemerkte Tom. »Das passt.«

Und da plötzlich schoss es mir durch den Kopf: Er war meinetwegen hier. Er war gekommen, um mich zu holen. Er war gekommen, um meine Schulden einzutreiben. Schlagartig war meine ganze gute Stimmung dahin. Es kam mir vor, als wäre ich plötzlich wieder bei Sinnen. Und in dem Moment wunderte ich mich auf einmal, was ich hier eigentlich tat. Schule schwänzen, rauchen, mit Tom ins Bett gehen, obwohl ich eigentlich noch nicht wollte. Das sah mir alles gar nicht ähnlich. Verdammt. Was war nur mit mir los?

»Hör mal, Tom«, fing ich an. »Ich ... ich kann nicht, ich muss jetzt nach Hause.«

»Nein, das glaube ich jetzt nicht«, rief Tom. »Du hast doch eben gesagt ... und meine Eltern sind nicht da und ...«

»Es geht leider nicht«, sagte ich kleinlaut. »Beim nächsten Mal, ganz bald, okay?«

Er war einen Moment still, dann knurrte er: »Dann aber wirklich ... sonst ...«

»Sonst ... was?«, fragte ich beklommen.

»Sonst muss ich mich wohl oder übel nach einer Ersatzspielerin umschauen.« Er lachte heiser.

Ich starrte ihn entsetzt an.

Er fing meinen Blick auf. »Das war ein Witz, okay?«

Ein tröpfelndes Lachen, mehr konnte ich mir nicht abringen. Ich fühlte mich mies. Ich hatte Tom enttäuscht und den ganzen schönen Tag versaut. Ich küsste ihn zum Abschied, aber natürlich war auch seine gute Laune dahin.

Immerhin hatte sich das Schuleschwänzen gelohnt, redete ich meinem schlechten Gewissen zu, als ich auf meinem Bett lag, das Geisterbuch vor mir. Darin gab es allgemeine Ausführungen zu den verschiedenen Formen der schwarzen Magie wie der Voodoo-Kultur aus Afrika und Haiti und der Hexenkunst, die bei sehr vielen Völkern ihren festen Platz in der Gesellschaft hat, bei den Skandinaviern, den Zigeunern und den Südeuropäern. Das Kapitel über die bösen Flüche las ich besonders aufmerksam.

Darin war dem Süden Italiens ein ganzer Abschnitt gewidmet, denn dort gab es Flüche, die Krankheit, Unglück und sogar den Tod über den Verfluchten brachten. Vielleicht war es das, dachte ich und betrachtete den schwarzen Fleck an meinem Finger, der mittlerweile die ganze Kuppe einnahm. Und bildete sich da auch an dem Ringfinger ein schwarzer Punkt? Ich schüttelte die Hand und konzentrierte mich wieder auf mein Buch. Vielleicht war ich verflucht? Oder die Tasche war verflucht und hatte ihren Fluch auf mich übertragen. Eines jedenfalls stand fest: Ich tat Dinge, die ich noch niemals getan hatte. Und die ich eigentlich auch gar nicht tun würde. Die ich nicht tun wollte! Und ich würde auch weiterhin so handeln, wenn ich die Tasche nicht loswerden würde. Über verfluchte Gegenstände gab es nur einen kurzen Abriss, der mir nicht wirklich weiterhalf. Aber es gab eine Anleitung, wie man einen bösen Fluch brechen konnte – mit einem rituellen Feuer aus dem Holz der Bitternuss, das mit Weihwasser gelöscht werden musste. Dazu gab es eine Art Zauberspruch.

Ich musste ein paar Mal tief einatmen, um mir klar zu werden, was ich im Begriff war zu tun. Es war natürlich absurd. Und völlig irre. Aber das war das Geistersehen ja auch. Mir blieben einfach nicht mehr so viele Möglichkeiten, deswegen würde ich es versuchen. Die Stimme in meinem Kopf meldete sich mit dem vertrauten fiesen Sirren, das sich in ein hämisches Lachen verwandelte und wie Fingernägel auf einer Tafel durch mein Hirn kratzte. »Sei still«, zischte ich leise. Aber das kreischende Lachen wurde nur immer lauter.

Meine Mutter saugte gerade unten im Wohnzimmer Staub, sodass ich hier oben ungestört war. Schnell huschte ich in ihr Schlafzimmer. Eine Freundin hatte ihr mal eine Flasche Weihwasser aus Lourdes mitgebracht, dem Wallfahrtsort in Frankreich. Die kleine blaue Flasche stand auf einem Regal neben einer kitschigen Marienfigur aus Keramik. Ich schraubte es auf, kippte das Wasser in ein leeres Marmeladenglas, füllte die Flasche schnell mit Leitungswasser auf und stellte sie wieder an ihren Platz. Das würde sie niemals merken. Das Sirren in meinem Kopf erschwerte es mir, mich zu konzentrieren, und ich konnte nur von einem Schritt zum nächsten denken. Eines nach dem anderen tun.

Als Nächstes ging ich in den Garten. Der Grill, den mein Vater gemauert hatte, war dieses Jahr nicht ein Mal benutzt worden. Der Grillanzünder befand sich in einer Metallbox neben dem Grill, genauso griffbereit wie der Blecheimer mit dem Sand. Mit meinem Vater hatte ich schon oft Feuer gemacht, deswegen wusste ich, wie man Zweige und Papier aufschichtete. Ich nahm ein paar Scheite, die unter dem Grill in einem Fach lagen, und steckte ein paar Zweige vom Bitternussbaum und einige runtergefallene Früchte dazu, stopfte Zeitungspapier dazwischen, spritzte ordentlich Spiritus darauf und zündete es an. Es gab eine Stichflamme. Wenn das Feuer richtig schön brannte, würde ich die Tasche einfach reinschmeißen. Das Sirren in meinem Kopf erreichte Düsenjetlautstärke, es tat geradezu körperlich weh. Ich presste die Hände gegen die Schläfen und rief verzweifelt: »Sei still. Nun sei doch endlich still!«

»Aber was machst du denn da?«, hörte ich da auf einmal meine Mutter rufen. »Bist du verrückt geworden? Das qualmt ja total!«

Erst jetzt bemerkte ich, dass das Feuer sich zu einem Schwelbrand ausgewachsen hatte. Die frischen Zweige der Bitternuss zischten und sonderten Wasser ab, das in die Flammen tropfte und stinkenden Qualm produzierte. Aber es brannte, es loderte und ich musste es tun, um den Fluch zu lösen. Ich beachtete meine Mutter nicht weiter, und das rächte sich, denn da hatte meine Mutter sich schon den Blecheimer geschnappt mit Schwung Sand auf das Feuer gekippt, das sofort erstarb.

»Neeeiiin!!«, kreischte ich und ich fand selber, dass ich mich wahnsinnig anhörte, aber ich war schier verzweifelt. Denn da wollte ich gerade meine Probleme lösen, da fuhr sie mir mal wieder in die Parade! Oh, was ging sie mir auf die Nerven! Weiße Blitze zuckten durch meinen Kopf, das Sirren schwoll an und ab und ich spürte, dass ich meine Wut auf sie nicht mehr lange im Zaum halten konnte.

»Was ist nur mit dir los?«, schrie meine Mutter plötzlich. »Du sagst mir jetzt, was mit dir los ist!«

»Ich wollte ein Feuer machen, das ist los«, schrie ich zurück, denn wie sollte ich ihr erklären, was wirklich los war?

»Und was ist mit der Schule?«

»Was soll mit der Schule sein?«

»Die hat angerufen. Du bist zwei Tage nicht zum Unterricht erschienen!«

»Na und?«, brüllte ich außer mir. »Da lernt man doch sowieso nur Scheiße!«

Meine Mutter wich einen Schritt zurück, das Entsetzen in ihrem Gesicht wirkte wie festgemeißelt. »Ich kenn dich nicht mehr«, wisperte sie. »Irgendetwas stimmt nicht mit dir.«

»Die Einzige, mit der was nicht stimmt, bist du!«, hörte ich mich rufen. »Und zwar schon immer. Ich habe noch nie eine so spaßfeindliche, ätzende, verklemmte Ziege gesehen wie dich!«

Ich spie ihr die Worte regelrecht ins Gesicht und meine Mutter gaffte mich nur an, unfähig sich zu bewegen, sogar unfähig zu tadeln. Zufrieden lachte ich auf. Das hätte ich ihr wohl mal viel früher sagen sollen. Dann raffte ich meine Tasche und den Grillanzünder zusammen, steckte mir im Wegrennen noch ein paar Bitternüsse in die Tasche, sprang aufs Rad und raste davon.

Im Kobler Park hätte ich beinahe einen der Pudel von Mrs Anderson überfahren, als ich an ihr vorbeibrauste. »Aber Stella«, rief sie mir entsetzt hinterher und hielt vor

Schreck ihren Hut fest. Ich war zu sauer, um mich bei ihr zu entschuldigen, und bretterte weiter, bog dann scharf links ab auf die hölzerne Fußgängerbrücke hinüber zum Picknickplatz Fool's Gold. Ich warf mein Rad achtlos ins Gras und steuerte die Grillstelle an. Der Platz, der am Wochenende im Sommer bevölkert war von Familien aus Wickwood, die Würstchen grillen und deren Kinder am flachen Ufer des Pothook's Creek spielen, war völlig verwaist. Hier würde mich niemand stören. Endlich!

Unter den Bäumen sammelte ich ein paar Bitternussäste und achtete diesmal darauf, dass sie trocken waren, damit es nicht wieder so qualmte. Es dämmerte bereits, der Nebel schwebte über dem Fluss, der vor sich hin gluckerte, als mache er sich über mich lustig. Das Sirren in meinem Kopf war noch da, aber es war etwas leiser geworden. Sonst hätte ich es wohl auch nicht so früh gehört. Denn in dem Moment, wo ich das Holz aufgeschichtet hatte und es anzünden wollte, hörte ich das Knacken der Holzbrücke, deren alte Planken unter den schweren Schritten eines Mannes bebten. Erschreckt schaute ich auf. Es war das Schattengesicht. Der Sensenmann.

Er kam über die Brücke, die Kapuze tief in die Stirn gezogen, das Gesicht eine bedrohliche schwarze Fläche. Ihm folgte der Höllenhund, ein gedrungener Pitbull. Ich zog den dicksten Ast aus dem Feuer, den ich finden konnte. Er war bisher nur angekokelt, eignete sich aber als Knüppel. Mit der anderen Hand umklammerte ich die Tasche und blieb, wo ich war.

Der Typ kam schlurfenden Schrittes näher. Als er das Ufer erreicht hatte, sah ich, dass seine Jeans abgewetzt und löchrig und seine DocMartens-Schuhe abgestoßen waren. Sein Kapuzenshirt, das er so tief ins Gesicht gezogen hatte, zierte die Abkürzung WTF für »what the fuck«.

Dieser Sensenmann war eindeutig ein Punk! Aber ich würde mich nicht kampflos ergeben. Ich schwang den Ast in meiner Hand und rief laut: »Was wollen Sie? Warum verfolgen Sie mich?«

Er blieb stehen, zog sich die Kapuze runter und entblößte das Milchgesicht eines jungen Mannes von vielleicht zwanzig Jahren. In der Augenbraue blinkte ein Piercing, sein zotteliges Haar stand nach allen Seiten ab. Er sah zwar ungepflegt aus, aber nicht wirklich mörderisch gefährlich. Der würde höchstens versuchen, mich zu bestehlen. Die Tasche könnte er gerne haben, dachte ich grimmig.

»Hey«, rief er. »Bleib mal locker.«

»Halt deinen Hund fest!«

»Kennedy, Platz«, sagte er und der Hund warf sich auf den Boden, streckte seine Schnauze in den Dreck und sah sein Herrchen schief von unten an. »Für ein Barbecue hast du dir aber nicht gerade den schönsten Tag ausgesucht.«

»Das geht dich ja wohl gar nichts an.«

Wir musterten uns eine Weile.

»Was willst du von mir?«, fauchte ich ihn an.

»Nichts.«

»Blödsinn. Seit Tagen verfolgst du mich. Also, was willst du von mir?«

»Will nur sehen, was du damit machst.« Er zeigte auf die Tasche. Sofort packte mich eine völlig unsinnige Panik, er könnte sie mir wegnehmen.

»Das geht dich einen feuchten Dreck an.«

Er lachte.

»Hau ab«, sagte ich. »Geh weg.«

»Ich kann dir helfen.«

»Wobei willst du mir denn helfen?«

Er sah mich eine Zeit lang an, dann sagte er: »Das weißt

du doch genau.« Und dann drehte er sich um, schnalzte mit der Zunge, Kennedy sprang auf und rannte neben ihm her, Richtung Brücke, zurück auf die andere Seite des Flusses.

Der Typ und mir helfen ...? Ich brauchte seine Hilfe nicht. Ich würde mir selbst helfen. Ich verbrannte die Tasche mithilfe der ganzen Flasche Brennspiritus und murmelte den Zauberspruch. Das Problem war der Skarabäus. Er funkelte mich noch immer an, schwarz von Ruß, aber unversehrt. Als das Feuer runtergebrannt war, schüttete ich das Weihwasser in die Asche und klaubte den verrußten Skarabäus aus der Asche. Ich wusste schon, was ich mit ihm machen würde.

Auf der Kobler Street fuhr plötzlich ein Polizeiwagen neben mir her, in genau meinem Tempo. Unwillkürlich schlug mein Herz schneller. Rosanna. Sie kommen dich holen wegen Rosanna. Dann sah ich: Es war Brian Lee. Er kurbelte das Fenster runter. »Da bist du ja, Stella!«, rief er. »Deine Mutter hat mich angerufen, ich solle die Augen nach dir aufhalten.«

»Ach ja?«, blaffte ich ihn an. »Darf man nicht mal mehr in der Stadt rumfahren?«

»Doch natürlich. Aber sie macht sich Sorgen um dich.« Versöhnlich setzte er hinzu: »Wie Mütter halt so sind.«

»Braucht sie nicht«, murrte ich. »Alles in Ordnung.«

»Bist du sicher?«, rief Brian.

Ich nickte.

»Wenn du Hilfe brauchst, ich bin für dich da, okay?«

»Danke«, presste ich hervor.

»Übrigens hat es funktioniert. Das mit deinem Brief! Ich bin jetzt mit Kiki zusammen!«

»Das freut mich.« Konnte er mich bitte in Ruhe lassen?, knurrte ich innerlich.

»Du hast einen gut bei mir!«, sagte er noch, bevor er sich endlich verabschiedete und mich überholte.

Ich bog in die Walnut Street ein. An der Kirche bremste ich und stellte das Rad ab. Ich würde mir eine Stelle suchen, wo ich den Skarabäus vergraben konnte. In der geweihten Erde des Friedhofs. Eine andere Idee hatte ich nicht und ich konnte nur hoffen, dass es funktionierte. Ich lief an den Grabsteinen vorbei, an blumengeschmückten Gräbern und ewigen Lichtern, die im Abendlicht flackerten. Ich ging weiter bis zur Nordseite des Friedhofs. Vor der langen Backsteinmauer waren keine Grabsteine, kein Gras, nur weiche feuchte Erde. Darin könnte ich auch mit bloßen Fingern graben. Als ich die letzten Gräber hinter mir gelassen hatte, waren es noch zwanzig Meter bis zur Mauer. Links stand eine riesige Trauerweide, deren lange dünne Äste bis auf den Boden hingen. Das war ideal!

Ich schlüpfte hinter den Vorhang aus Zweigen und war überrascht, als ich dort ein Grab entdeckte. Ein Engel aus Stein wachte über eine Steinplatte mit der Inschrift *R.I.P.* Eine dunkelrote Rose, frisch und zart, lag auf dem bemoosten Stein. Das Grab war von einem spitzen gusseisernen Zaun umgeben. Ich lief daran vorbei, hockte mich hin, grub mit den Fingern ein Loch und ließ den Skarabäus hineinfallen. Ich schüttete den Rest Weihwasser darauf, sprach noch einmal die Zauberformel, dann schaufelte ich das Loch wieder zu und stampfte mit dem Fuß die Erde fest. »Und jetzt lass mich in Ruhe«, sagte ich. Dann drehte ich mich um und ging.

Als ich nach Hause kam, war ich müde, durchgefroren und erschöpft. Das Sirren war verschwunden, die Stimme verstummt. Ich wollte nur noch duschen und dann ab ins Bett. Doch meine Zimmertür stand sperrangelweit offen. Und in meinem Zimmer war meine Mutter und wühlte sich durch meinen Schrank, den Kopf zornesrot, die Haare ungewöhnlich zerzaust.

»Was machst du denn da?«, fragte ich völlig entgeistert. Sie warf mir einen finsteren Blick zu, antwortete aber nicht, sondern ging einfach rüber zu meinem Bücherregal und fing an, ein Buch nach dem anderen rauszuziehen und dahinterzugucken. Sie suchte offensichtlich etwas.

»Hör sofort auf damit!«, schrie ich und riss ihr das Buch aus der Hand.

»Dann sag mir, wo sie sind«, brüllte meine Mutter zurück.

»Wo *was* ist?«

»Die Drogen.«

»Drogen?« Vor lauter Verwunderung vergaß ich zu brüllen. »Erst hetzt du mir die Polizei auf den Hals und jetzt behauptest du, ich würde Drogen nehmen?«

»Doris hat mir schon gesagt, dass du es leugnen würdest«, schnaubte sie.

»Doris Fisher hat dir gesagt, ich würde Drogen nehmen?« Das wurde ja immer besser!

»Sie hat gesagt, es wäre möglich. Wenn Kinder sich auf einmal seltsam benehmen, würden oft Drogen dahinterstecken.«

Das war ja nun wirklich die Höhe. Sie verdächtigte mich, so etwas Schlimmes zu tun, und sprach mit anderen darüber! Und anstatt mich zu fragen, schnüffelte sie einfach in meinen Sachen. Mit einem Mal kochte die Wut in mir auf, die kleine diamantene Kugel des Grolls, sie explodierte. Ich war so wütend, dass ich gar nicht erst anfing, mit meiner Mutter zu reden wie mit einem normalen Menschen. »Mach sofort, dass du rauskommst aus meinem Zimmer!«, schrie ich wie von Sinnen. »Hast du verstanden: VERPISS DICH!«

Sie wurde kalkweiß. Und wich augenblicklich zurück. »So redest du nicht mit mir!«, stammelte sie. »Na, warte. Warte nur ab, bis dein Dad nach Hause kommt.« Aber sie drehte sich um und stakste davon. Kurz darauf hörte ich die Haustür ins Schloss fallen. Sie war zur Chorprobe gegangen. Oder sonst wohin, wo sie mit ihren braven Freundinnen über mich lästern konnte. In meinem Hirn rauschte es ohrenbetäubend laut, und da war er wieder, dieser weiße Strudel in meinem Kopf, durchzogen von grellen Blitzen. Wie ferngesteuert lief ich im Haus herum, aber was ich genau tat, das weiß ich nicht mehr. Am nächsten Morgen wachte ich in meinem Bett auf.

Die Tasche lag neben mir.

Unversehrt.

KAPITEL 20

FREITAG, 24. OKTOBER 1997

Es passierte am nächsten Tag, als ich in der Schule war. Die Leiter krachte beim Gardinenabnehmen unter ihr zusammen, Mutter stürzte, aber sie hatte Glück, ihr Kopf verfehlte um ein Haar den Marmortisch. Sie brach sich den rechten Arm. Grandpa hörte sie schreien und rief einen Krankenwagen, der sie ins Wickwood Hospital brachte. Dort wurde ihr Arm eingegipst, sie wurde mit Schmerzmitteln versorgt. Dad holte sie ab.

Als ich von der Schule kam, waren sie schon zu Hause, meine Mutter hatte sich hingelegt, mein Grandpa saß auf dem Sessel und schaute zu, wie mein Vater die verstümmelte Leiter aufhob. Beim Anblick der zerbrochenen Sprosse fing mein Herz wild an zu bummern und ein bekannter Schmerz erwachte plötzlich in meinem Kopf. Er dehnte meine Schädeldecke und brachte sie gefühlt zum Bersten.

»Was ... was ist passiert?«, fragte ich mit zitternder Stimme. Als Dad seinen Bericht beendet hatte, beeilte ich mich zu sagen: »Ich hab ihr letztens noch gesagt, sie solle eine neue kaufen. Dieses Teil ist morsch! Aber sie wollte ja nicht auf mich hören.«

»Aber am Holz hat es nicht gelegen«, erwiderte mein Vater und betrachtete die herabhängende Sprosse. »Ein Nagel hat sich gelockert und ist rausgefallen, als sie drauf stand.«

Ich biss mir auf die Lippen und überlegte krampfhaft, ob ich gestern in der Waschküche gewesen war, wo die

Leiter stand, und ob ich vielleicht mit einer Zange nachgeholfen hatte. Aber ich konnte mich nicht erinnern. Wie damals nach dem Unfall von Rosanna.

»Na ja. Alles in allem hat sie noch Glück gehabt«, sagte er. Mein Großvater erklärte ein paar Dinge zu ihrer Verletzung, einem glatten Bruch, und der vermuteten Heilungsdauer, dann verabschiedete er sich und ging in sein Appartement. Dad und ich gingen in die Küche und machten uns einen Tee. Und dann sagte mein Vater mit einer ungewohnten Ernsthaftigkeit: »Und nun zu dir, Fräulein. Jetzt sag mir, was mit dir los ist.«

Ich erzählte ihm alles, was ich konnte. Dass ich mit Tom zusammen war, dass ich Schriftstellerin werden wollte, dass mir die Schule auf die Nerven ging – und Mutter auch, mit ihrem Putzfimmel und ihrem Kontrollwahn. Aber dass ich keine Drogen nahm.

»Ich wusste, dass es ein Fehler war, den Job in Chicago anzunehmen«, sagte er müde. »Ist auch meine Schuld.«

»Nein, Dad, ist es nicht!«, rief ich vehement. »Es liegt an mir.« Ich seufzte, Tränen in den Augen. »Aber ich werde mich bessern«, versprach ich voller Überzeugung.

»Das musst du auch«, gab er streng zurück. Er hielt mir eine Standpauke, die vor allem die Mahnung enthielt, mich von keinem Kerl der Welt dazu bringen zu lassen, die Schule abzubrechen oder zu schwänzen. »Jeder muss seine eigenen Erfahrungen machen, das weiß ich. Aber prüfe genau, ob dir ein Junge guttut oder nicht. Wenn du Bücher schreiben willst, schreib Bücher. Aber mach das in deiner freien Zeit. Streng dich in der Schule an, sonst verpfuschst du dir das Leben.« Dann ermahnte er mich noch, Mutter in nächster Zeit zu helfen, besonders im Haushalt, aber auch indem ich brav und folgsam sein und sie nicht aufregen sollte.

Betroffen, aber mit den besten Vorsätzen ging ich in mein Zimmer. Die Tasche lag auf dem Stuhl und zog mich magnetisch an, lockte mich, sie zu nehmen, sie zu liebkosen und das süße Gefühl des Trostes auszukosten. Aber ich ignorierte sie nach Kräften und legte mich aufs Bett. Die Stimme zischte mir zu, dass es nicht meine Schuld war. Dass Mutter selbst schuld war. Diese unverschämte Ziege hat es doch nicht anders verdient!, verkündete sie.

Aber dieses Mal beruhigte mich das nicht. Im Gegenteil. Es gerät außer Kontrolle, dachte ich. Ich gerate außer Kontrolle. Ich bringe alle um mich herum in Gefahr! Und ich musste handeln, wenn nicht noch etwas viel Schrecklicheres passieren sollte. Ich stand auf und schaute aus dem Fenster. Da stand es immer noch. Das Schrottauto. Der Freak war also immer noch da.

Entschlossen stapfte ich zu der Klapperkarre. Er sah mich, machte aber keine Anstalten auszusteigen. Also klopfte ich an die Scheibe.

»Ja, bitte?«, sagte er, als ob er in seinem Büro saß.

»Mach die Tür auf«, herrschte ich ihn an.

Er kurbelte das Fenster herunter. Kennedy streckte von hinten seinen dicken Schädel hinaus und hechelte mir seinen fauligen Atem entgegen. Auf dem Beifahrersitz lagen Dutzende leere Burgerschachteln, Zellophanfolie von Schokoriegeln und leere Coladosen.

»Jetzt raus mit der Sprache, warum bist du hier?«

»Na, wegen der Tasche«, sagte er. »Wegen der grünen Tasche mit dem Käfer.« Er fing an, in dem Müll in seinem Auto zu wühlen. Ich unterließ es, ihn auf den korrekten Namen des Käfers aufmerksam zu machen. Denn eine Frage drängte sich mir auf: »Woher wusstest du überhaupt, dass ich diese Tasche habe, und wie kommst du hierher und ...?«

Unter seinem Unrat kramte er eine Zeitung hervor. Es war die Crowsville Daily mit dem Konzertbericht von Hall of Fame. Er tippte auf das Foto, das mich mit der Tasche neben Tom zeigte. »Hab das hier gesehen«, sagte er. »Und da bin ich gekommen.«

»Aber woher weißt du denn, dass die Tasche ... seltsam ist? Oder anders gefragt: Was weißt du noch über die Tasche?«

»Ich weiß auf jeden Fall mehr, wenn du mich auf einen Kakao einlädst«, grinste er. Ich schnaubte. Dieser unverschämte Typ. Warum konnte er nicht einfach mit der Sprache rausrücken?

»Ich heiße übrigens Jacob«, sagte er.

»Okay, Jacob«, sagte ich grimmig. Dann nannte ich ihm den Ort, wo wir uns treffen würden, weigerte mich aber, in seine Schrottkarre zu steigen, und ging die paar Hundert Meter zu Fuß zum Café Pretzel, einem gemütlichen kleinen Laden, in dem es neben der besten heißen Schokolade der Stadt auch Schwarzwälder Kirschtorte, Frankfurter Kranz und andere deutsche Traditionskuchen gab.

Mit den abstehenden Haaren und den harmlosen, weichen Gesichtszügen sah er ein bisschen aus wie das Monchhichi, das ich als Kind mal gehabt hatte. Nur war Jacob nicht wirklich süß. Er machte dauernd seltsame Grimassen. Dazu tanzte das Piercing in der Augenbraue, eine kleine silberne Creole. Um seinen Hals hing eine Metallkette, die mit einem kleinen Vorhängeschloss zugemacht war. Er hatte einen alten Army-Rucksack mit verschiedenen Aufnähern dabei und trug eine Lederjacke, deren linker Ärmel abgerissen war, was aber bei seinem seltsamen Gesamtensemble fast wie Absicht wirkte. Die Gäste, allesamt ältere Damen und zwei Mütter mit Kinderwagen, glotzten uns unverhohlen an. Na klar. Jacob war nicht gerade das, was man in Wickwood oft zu sehen bekam. Wir setzten uns an einen Ecktisch.

»Also, woher kennst du die Tasche überhaupt?«

»Eine Frau aus unserer Nachbarschaft hatte so eine«, sagte Jacob und grapschte nach der Speisekarte. »Und sie war total fixiert darauf. Hat immer rumgeprahlt, dass die Tasche ihr ein besseres Leben bringen würde. Hatte auf einmal Geld wie Heu und so. Hat sich seltsam benommen. Und dann ... hey, kriegt man hier vielleicht mal was zwischen die Kiemen?«

Die Bedienung, Mrs Malloy, eine Frau mit der gemütlichen Silhouette eines Windbeutels, schaute von dem Kuchen, den sie gerade in der Theke drapierte, zu uns herüber. Aber sie ließ sich nicht aus der Ruhe bringen, wischte sich die Hände an ihrer weißen Schürze ab, fragte auf dem Weg eine ältere Dame, ob alles in Ordnung sei, dann erst schlurfte sie heran.

»Immer ruhig mit den jungen Pferden«, sagte Mrs Malloy freundlich. »Na, was darf's denn sein?«

»Heiße Schokolade und Schokotorte und eines von diesen Dingern.« Jacob zeigte auf die Auslage, wo auf einem silbernen Tablett Kugeln mit Schokostreuseln aufgetürmt waren.

»Eine Rumkugel?«, fragte Mrs Malloy.

»Jep.«

»Und du, Stella?«

»Ich nehm nur ein Wasser«, sagte ich.

»Wie langweilig«, höhnte er, als Mrs Malloy mit unserer Bestellung davongeschlurft war.

»Tja«, giftete ich. »Ich habe eben leider nicht genug Geld dabei, damit sich zwei satt essen können.«

»Das ist schlecht«, verkündete er, dann kramte er aus seinem Rucksack eine Sportzeitschrift raus, deren Titelblatt mit einem Fetzen Taschentuch verklebt war. »Mist, da ist mir wohl was ausgelaufen. Auf jeden Fall, hier.« Er legte mir einen Artikel hin. Er handelte von einer schwedischen Springreiterin, die als Favoritin zu den Olympischen Spielen nach Atlanta gereist war, aber dann kurz vor Beginn der Spiele in einem Sportwagen von der Straße abgekommen und gestorben war. Da waren ein Foto von dem völlig demolierten Wagen und ein Foto von der Siegerehrung bei der Weltmeisterschaft im Jahr davor.

»Und was geht mich das an?«, fragte ich, dann sah ich sie. Die Springreiterin stand auf dem Treppchen, die goldene Medaille um den Hals, und in der rechten Hand hielt sie die Tasche. Meine Tasche!

»Da bin ich aufmerksam geworden«, sagte Jacob, »und habe weitergesucht. Und dann habe ich noch das hier gefunden.« Es war eine Kopie aus einer Zeitung, der Bericht stammte aus dem Jahr 1932 und schilderte das Schicksal der jungen Gattin eines Ölbarons, die ein Jahr nach der Hochzeit von den Hunden ihres Mannes zerfleischt worden war. Auf dem Hochzeitsbild strahlte die junge Frau überglücklich an der Seite ihres greisen Mannes, über der Schulter hing ... die Tasche.

»Die hatten alle auch so eine Tasche«, staunte ich.

»Und jetzt sind sie alle tot«, fügte Jacob hinzu und stopfte sich eine völlig überladene Gabel Schokotorte in den Mund, sodass es an den Mundwinkeln fast wieder rausquoll.

»Auch die Frau aus deinem Ort?«

Er nickte. Oh Gott. Bisher hatte ich mir nur Gedanken darüber gemacht, dass ich anderen schaden könnte! Aber dass ich vielleicht selbst auch in Gefahr schwebte, darauf wäre ich nie gekommen. Ich betrachtete meinen schwarzen Finger. Zögerlich zeigte ich ihn Jacob. »Hatte die Frau aus deinem Ort auch so was?«

Er schluckte, schnappte sich meine Hand und zog sie unsanft zu sich ran. »Aber ja. Das hatte sie auch. Ich habe es gesehen. Es breitete sich aus. Und als die Hand ganz schwarz war, ist sie gestorben.«

Ich zog die Hand schnell wieder zurück.

»Wie bist du denn an die Tasche gekommen?«, fragte er und trank gierig von der heißen Schokolade. Als er die Tasse absetzte, hatte er einen Schnäuzer wie Salvador Dalí. Während ich an meinem Wasser nippte, erzählte ich, wie ich Liv kennengelernt und sie mir die Tasche aus dem Besitz ihrer Stiefmutter geschenkt hatte.

»Interessant«, murmelte er. »Die Frau aus meinem Ort hat sie auf dem Kirchenbasar gekauft, für zwei Dollar und ein paar Zerquetschte und ...«

»So«, unterbrach ich ungeduldig, »und wie werde ich die Tasche wieder los?«

»Tja«, sagte er und kratzte sich am Kopf. »Keine Ahnung, wie du sie wieder loswirst. Jedenfalls nicht lebend.«

»Aber ... du hast gesagt, du kannst mir helfen.«

»Das habe ich nicht gesagt.«

»Doch, hast du.«

»Hab ich nicht.«

Ich stöhnte auf.

»Na gut«, sagte er. »Vielleicht habe ich es gesagt.«

»Gut, also was machen wir?«

»Ich würde mal sagen, wir essen jetzt mal den Kuchen.« Er schaufelte sich wieder eine Riesengabel rein. »Und dschann finden wir rausch, wasch in dem alten Hausch geschehen und wo dschiese Liv ischt.« Und als er die Torte dann endlich runterwürgte, brachte er den Rest des Satzes verständlich heraus: »Wenn wir sie aufspüren, kannst du ihr die Tasche vielleicht zurückgeben.«

»Und du meinst, das funktioniert?«

Er zuckte mit den Schultern. »Keine Ahnung. Auf jeden Fall ist es einen Versuch wert.«

KAPITEL 21

SAMSTAG, 25. OKTOBER 1997

Meine Mutter lag im Bett, die Vorhänge waren noch zugezogen. Ich fragte sie, ob ich ihr etwas bringen könne, aber sie wollte ihre Ruhe. Mit der Situation, dass sie nicht alles alleine und in ihrem üblichen Tempo machen konnte, war sie sichtlich unzufrieden. Aber ich war nicht böse drum, dass sie im Bett blieb. Denn auch wenn ich mir wirklich vorgenommen hatte, nett zu ihr zu sein, und ich versuchte, ihr zu verzeihen, konnte ich mich dennoch nach wie vor ziemlich darüber aufregen, dass sie es gewagt hatte, mein Zimmer zu durchwühlen und solche Gerüchte über mich in die Welt zu setzen.

Mein Vater war gerade unterwegs, um Brot für das Frühstück zu kaufen. Ich stellte schon mal Teller und Tassen auf den Tisch, dann ging ich rüber zu Grandpa. Er saß in seinem Sessel und schaute in den Garten, während er einer Sinfonie lauschte und dazu mit dem Finger dirigierte. Er war also ganz gut drauf. Ich setzte mich auf den Stuhl ihm gegenüber und wartete, bis das Musikstück zu Ende war. Dann bat ich ihn: »Erzähl mir von Gloria Barnett.«

»Gloria Barnett«, wiederholte er. »Was kann ich dir über sie erzählen?« Er holte tief Luft. »Also erst einmal war sie eine sehr schöne Frau. Sie sah aus wie die junge Elizabeth Taylor. Kennst du die junge Liz Taylor?«

Er sprang auf und kramte einen seiner Bildbände hervor, ein Buch über die berühmtesten Filmstars der Welt. Es dauerte nicht lange, da hatte er die Seite gefunden, die er suchte. »Siehst du?« Er drehte mir das Bild zu. Üppiges schwarzes gewelltes Haar, geschwungene Augenbrauen, ein herzförmiger Mund mit perfekten vollen Lippen und ein entschlossener Blick aus grünen Augen. »Und Gloria Barnett sah wirklich so aus?«, fragte ich staunend angesichts solch vollkommener Schönheit.

»Ihre Nase war vielleicht etwas gebogener, aber sie sah Elizabeth Taylor schon sehr ähnlich.« Großvater schaute noch einmal das Bild an. »Und ihr hätte genauso die Welt zu Füßen liegen können«, seufzte er. »Aber Wickwood ist nicht die Welt. Sie passte einfach nicht hierher ... alle hielten sie für dumm.« Er klappte das Buch zu und legte es zur Seite. »Aber sie war nicht dumm. Sie war nur einsam und schwermütig.«

»Warum war sie denn einsam?«, fragte ich. »Sie war doch verheiratet und hatte ein Kind.«

»Ja, aber ihr Mann war immer unterwegs. Er arbeitete in Crowsville und St. Louis. Und ... nun ja ... als Hausfrau und Mutter war Gloria eher ungeeignet. Sie war eine Frau für Cocktailpartys und Empfänge, das hätte zu ihr gepasst. Aber davon gibt es ja hier nun wirklich nicht viele. Und so wusste sie einfach nichts mit sich anzufangen und hat ihren Kummer in Alkohol ertränkt.«

»Welchen Kummer?«

»Erst einmal hatte sie keine Freundinnen hier. Dann hatte sie vermutlich auch Liebeskummer. Denn ihr Mann hatte eine Affäre mit seiner Sekretärin, die er dann kurz nach Glorias Selbstmord geheiratet hat.«

»Patricia«, sagte ich.

»Ja, genau«, sagte er. »Patricia.«

»Und was passierte mit ihrer Tochter Liv?«

Grandpa schmunzelte. »Die war zäh. Und clever. Sie hat wenigstens früh erkannt, dass diese Stadt zu klein für sie ist, und ist von hier fortgegangen. Sie hatte die Schönheit ihrer Mutter, aber nicht ihre Schwermut. Ah!«, sagte Großvater. »Dieses Menuett ist wirklich besonders. Hör doch, Stella, hör doch!« Er schloss die Augen und schwelgte so in der Musik, dass er nicht mal mehr mitbekam, wie ich mich verabschiedete.

Um zwölf Uhr war ich mit Jacob auf dem Rathausplatz verabredet. Ich versuchte es gar nicht erst, die Tasche zu Hause zu lassen. Sonst konnte ich keinen klaren Gedanken fassen, war unkonzentriert und fahrig. Aber ich würde in diesem Puzzlespiel, in dem es offenbar auch noch spukte, alle Aufmerksamkeit brauchen. Es war ganz einfach: Ich brauchte die Tasche, um die Tasche loszuwerden.

Jacob hockte auf einer Bank am Veteranendenkmal, die Beine breit auseinander, die DocMartens weit von sich gestreckt, als wollte er sich für die Lümmel-Weltmeisterschaft bewerben. Dazu passte der klobige Kampfhund, der neben ihm lag.

Jacob blätterte in einer zerfledderten Klatschzeitschrift und trank Kakao aus dem Automaten, natürlich zierte ihn wieder dieser lächerliche Dalí-Schnäuzer. Er las demonstrativ weiter, als ich schon neben ihm stand.

»Was liest du da?«, fragte ich.

»Eine Zeitschrift namens US Weekly«, sagte er wichtigtuerisch.

»Ach, ehrlich?«, gab ich zurück. »Hätte ich nicht gedacht, wo vorne doch US Weekly draufsteht.«

»Hab ich aus dem Müllcontainer«, fügte er hinzu, als ob auch das eine unentbehrliche Information wäre.

»Warum wühlst du im Müll für so ein uninteressantes Zeug?«

»Erstens ist es total interessant.« Er zeigte mir ein Bild von Cameron Diaz auf der Filmpremiere von »Die Hochzeit meines besten Freundes«. »Zweitens weiß man nie, wo man auf Fotos von der Tasche stößt.«

»Ich denke, wir sollten schon etwas planvoller vorgehen«, befand ich.

»Ach was«, kommentierte er und warf die Zeitschrift achtlos beiseite. Sie fiel Kennedy auf den Kopf, der sie geschmeidig abschüttelte. »Und was schlagen Sie vor, Dr. Watson?«

»Wir gehen zur Polizei.«

»Wirklich. Zur Polizei?«, nölte er. »Warum das denn? Ich mag keine Bullen.«

»Den wirst du mögen«, sagte ich. »Aber du kannst auch gerne hierbleiben, wenn du willst.«

Das tat er natürlich nicht. Sobald er aufstand, erhob sich auch Kennedy.

»Äh«, sagte ich. »Hast du nicht was vergessen?« Ich deutete auf den Müll, den er offensichtlich zu hinterlassen gedachte.

»Was? Ach so. Ja, okay.« Er klaubte die Zeitung und den Plastikbecher zusammen und stopfte sie in einen Mülleimer. Das zelebrierte er in einer derartigen Lahmarschigkeit, dass ich einfach schon vorging. Das Büro des Sheriffs lag am Rathausplatz, gleich neben der Town Hall. Ich stieß die Doppeltür aus Glas mit dem Wappen von Wickwood auf und ging hinein.

»Hi Brian.« Brian Lee saß an seinem Schreibtisch und schrieb mit zwei Fingern am Computer, die Zunge zwischen die Lippen geklemmt. Sonst war keiner da. Zum Glück.

»Oh, hi Stella«, rief er. »Und? Zu Hause wieder alles im Lot?«

»Äh, ja klar. Meine Mutter ist etwas durch den Wind, nach dem ... äh ... Unfall.«

»Ja, das verstehe ich. Sechs Wochen den Arm nicht benutzen zu können, ist wirklich blöd. Ausgerechnet jetzt, wo sie so viel für das Stadtfest vorbereiten muss.«

Hinter mir ging die Tür auf. Also hatte es auch Jacob endlich geschafft. Aber anstatt sich neben mich zu stellen, blieb er bei der Tür stehen und fummelte an dem Wasserspender rum. Brian zog fragend die Augenbrauen hoch. Ich zuckte mit den Schultern zum Zeichen, dass ich keine Ahnung hatte, wer das war, und versuchte, mich zu konzentrieren.

»Hör mal, Brian. Ich wollte dich um einen Gefallen bitten.«

»Na klar! Gerne!« Er strahlte richtig, stieß sich von seinem Schreibtisch ab und kam zu mir an den Tresen. Ich sagte ihm, dass ich auf der Suche nach Liv Barnett wäre, die vor dreißig Jahren in Wickwood gewohnt hat und vermutlich nach Kalifornien ausgewandert war. Und dass ich gerne wüsste, was in dem Polizeibericht von 1962 über Gloria Barnetts Selbstmord stand.

»Ooookay«, sagte Brian. »Liv und Gloria Barnett. Warum willst du das denn wissen, wenn ich fragen darf?«

»Ich will einen Bericht schreiben. Für Carol.«

»Oh. Ach so. Na gut.« Er kratzte sich am Kopf. »Wenn das so lange her ist, dann dürfte das ja kein Problem sein, die Infos rauszugeben, denke ich.« Dann strahlte er plötzlich wieder. »Wir haben übrigens einen neuen Computer! Darin sind auch die Akten von Crowsville verzeichnet. Ich gebe dir Bescheid, wenn ich was gefunden habe, okay?«

»Super, danke, Brian.«

Ich drehte mich um. Jacob war immer noch am Wasserspender und trank zum dritten Mal. Ich bedeutete, dass er mir folgen sollte, doch er füllte unter den irritierten Blicken von Brian den Pappbecher noch einmal in aller Seelenruhe bis zum Rand voll und kleckerte sich seinen Weg nach draußen.

»Kannst du dich nicht benehmen?«, fragte ich, als wir vorm Sheriffgebäude standen.

»Was denn?«, empörte er sich. »Hab ich! Der Wasserspender ist doch dafür da, Wasser zu spenden, oder etwa nicht?« Er hielt den Becher Kennedy hin, der glücklich das Wasser schlabberte.

»Aber du hättest wenigstens Guten Tag und Danke sagen können«, brummte ich.

»Ja, Mommy«, stöhnte er. »Gewiss, Mommy, bitte verzeih mir, dass du mich nicht besser erzogen hast.« Dabei grinste er mich so unschuldig an, dass ich gegen meinen Willen lachen musste.

Damit er das aber nicht bemerkte, drehte ich mich schon um und stapfte voran Richtung Wickwood Daily. »Diesmal wartest du draußen«, bestimmte ich.

»Was? Wieso denn das?«, motzte er.

Ich kramte in meiner Tasche nach meinem Portemonnaie und gab ihm etwas Geld, damit er sich Schokolade kaufen gehen konnte. Damit war er einverstanden. Meine Güte. Wie ein Kleinkind! Ich sah ihm nach, wie er mit Kennedy im Schlepptau davondackelte.

»War eine ziemliche Arbeit, weil ich gar nicht mehr wusste, wann was gewesen war«, sagte Carol und räumte in ihrem Archiv eine Kiste beiseite, um an das Regal zu kommen, wo die Mikrofiche-Aufnahmen nach Jahren geordnet waren. »Habe extra wegen dir mit Sullivan gesprochen und der konnte das zeitlich noch ganz gut einordnen.« Sie lachte. »Wenn der Mann so viel Ordnung in der Redaktion gehalten hätte wie in seinem Kopf, dann wäre es natürlich einfacher!« Sie nahm eine vertrocknete Topfpflanze von dem Stuhl vor dem Lesegerät, mit dem ich die Mikrofiche-Aufnahmen ansehen konnte. Mikrofiches sind im Grunde stark verkleinerte Fotos der Zeitungen, die man vergrößern und anschauen kann, erklärte sie mir. Das Lesegerät sah ein bisschen aus wie ein alter Computermonitor. Mit einem Rädchen konnte man auf der Zeitungsseite hin- und herfahren. Es dauerte ein bisschen, bis ich es raushatte, aber dann fand ich es, in der Wickwood Daily vom Montag, dem 3. Juli 1950:

Große Hochzeit in Wickwood – Der Industrielle Robert Barnett heiratet die Kellnerin Gloria Pearce. Weswegen darüber groß in der Zeitung berichtet wurde: Bei der Hochzeitsfeier waren Frankie Laine und Patti Page aufgetreten, anscheinend große Stars damals. Bürgermeister Donald Hofmann zeigte sich strahlend, den Arm um die blonde Sängerin gelegt, sein gezwirbelter Schnurrbart salutierte kaiserlich und die Glatze glänzte in der Sonne. Ich suchte nach Ähnlichkeiten von Donald Hofmann mit unserer heutigen Bürgermeisterin Brenda Stark, die seine Enkelin war, fand aber wenig, denn die Aufnahme war schwarz-weiß und recht grobkörnig. Dann schaute ich mir natürlich Gloria Barnett genau an und musste feststellen, dass mein Großvater recht gehabt hatte. Sie sah der jungen Elizabeth Taylor enorm ähnlich. In dem Artikel wurde auch der Bau der Villa von Robert Barnett mitten im Wald erwähnt, der gut voranschritt.

Die nächste Kiste, die Carol mir hingestellt hatte, war aus dem Jahr 1962. Ich öffnete den Deckel und Carol rief aus ihrem Büro: »Es ist die Zeitung vom 8. Oktober!«

Ich suchte mir den entsprechenden Filmbogen raus, etwas kleiner als DIN A5, und schob ihn in das Lesegerät. Die Schlagzeile fand ich auf dem Titelblatt, direkt unter einem Bericht über die dramatischen Entwicklungen zwischen den USA und Kuba: Tragischer Unfall – Industriellengattin Gloria Barnett ertrinkt in ihrem eigenen Swimmingpool.

Ich sog erschreckt Luft ein. Sie war im Pool ertrunken!

Kein Wunder, dass Liv so komisch reagiert hatte, als ich vorgeschlagen hatte, schwimmen zu gehen. Ich las weiter: *Die Polizei stuft den Tod als Selbstmord ein. »Es handelt sich um eine stadtbekannte Alkoholikerin mit psychischen Problemen«, sagte der Sheriff Walter Fisher. Der Ehemann Robert Barnett nannte es eine Tragödie. Die dreißigjährige Gloria hinterlässt eine Tochter, elf Jahre alt.*

Ich lehnte mich in meinem Stuhl zurück, meine Fantasie produzierte Bilder von den Geschehnissen damals. Arme Liv!

»Weißt du, was aus der Tochter geworden ist?«, fragte ich Carol, nachdem ich fertig gelesen hatte.

»Nicht wirklich«, sagte sie. »Sie war ein paar Jahre jünger als ich und damals war ich ja schon in Crowsville, wo ich das Volontariat gemacht habe. Was ich noch weiß, ist, dass sie seltsam war. Sie fand, dass das hier alles nichts für sie war. Sie wollte immer nach Hollywood, das war bekannt. Aber ob sie es geschafft hat oder woandershin gegangen ist, keine Ahnung. Aber Amanda Clark kann dir vielleicht helfen. Ich meine, dass sie Gloria ganz gut gekannt hat.«

Jacob saß wie vorhin auf der Bank und mampfte in schöner Eintracht mit Kennedy eine Riesentafel Schokolade. Ich berichtete ihm von den Zeitungsartikeln, die ich gefunden hatte, und von der Info mit Amanda Clark. »Ihr gehört diese Boutique«, sagte ich und zeigte auf das Geschäft uns gegenüber, in dessen Glastür das Schild »Geschlossen« hing.

Jacob bot mir etwas von der Schokolade an und eine Zeit lang schwiegen wir vor uns hin. Dann fragte ich: »Was meinst du, was Liv ... für eine Erscheinung war? Ich meine, niemand anders außer mir scheint sie gesehen zu haben.«

»Tja«, sagte Jacob. »Keine Ahnung.«

»Hat denn die Bekannte aus deinem Ort irgendwas von Geistern erwähnt?«

»Nö.«

»Ich meine, war sie überhaupt ein Geist? Dafür müsste sie aber doch gestorben sein, oder nicht?«

»Vielleicht ist sie ja in Kalifornien gestorben?«, warf Jacob ein. »Vielleicht ist sie deswegen aufgetaucht. Vielleicht war sie aber auch nur eine Halluzination. Ich meine, die Tasche macht ja schon komische Sachen mit dir, oder?«

»Ja«, erwiderte ich, ohne darauf einzugehen, was genau die Tasche für einen Einfluss auf mich hatte. »Aber diese Halluzination namens Liv hat mir ja überhaupt erst die Tasche gegeben. Von daher kann das doch gar nicht sein, dass die Tasche da schon ihre Finger im Spiel hatte. Wie soll das funktionieren?«

»Es gibt Dinge, die lassen sich nicht erklären.«

»Vielleicht«, sagte ich. »Aber das ist alles so verwirrend.«

»Logisch ist es verwirrend«, stellte er fest. »Also, was machen wir jetzt?«

Ich zuckte mit den Schultern. »Im Moment müssen wir einfach warten, was Brian herausfindet. Dann sehen wir weiter.« Die Kirchturmuhr schlug vier Mal. »Ich muss los«, sagte ich.

Jacob stand auch auf. »Komm, Kennedy.«

»Du kannst nicht mit«, sagte ich. »Ich habe eine … private Verabredung.« Ich wurde ein bisschen rot.

»Okay«, sagte Jacob. »Mit deinem Macker. Hab schon kapiert. Hab eh noch zu tun.« Und damit drehte er sich um.

»Hey«, rief ich ihm hinterher. »Wo schläfst du eigentlich?«

»In einem Bett, wo sonst«, gab er zur Antwort und schlenderte mit Kennedy davon. Komischer Kauz.

Tom und die Band spielten bereits, als ich in den Probenraum kam, ich setzte mich in einen alten Sessel und schaute ihnen zu. Für eine Weile vergaß ich all meine Sorgen, denn hier konnte ich durchatmen und das tun, was mir am leichtesten fiel: Tom anhimmeln. Randy und Scott hatten auch Verehrerinnen dabei, die in kurzen Röcken auf den Barhockern rumlungerten und sich alle Mühe gaben, verfügbar zu scheinen. Die sind leicht zu haben, schoss mir die Nörgelstimme meiner Mutter durch den Kopf.

Nach der Probe zogen sich Tom, Randy, Scott in einen Nebenraum zurück und die zwei Mädels huschten hinterher, während Brent sich um seine Gitarre kümmerte und sie mit ernstem Gesicht fein säuberlich einpackte. Ich überlegte gerade, ob ich auch in den Raum gehen sollte, da kamen die fünf schon wieder raus. Tom schniefte, als hätte er sich gerade erkältet, küsste mich, heiß und lange und fordernd, und mir wurde ganz schwummrig. Dann lud er mich ein, mit ihm und den Jungs nach Crowsville in einen Club zu fahren, und ein Teil von mir wollte einfach nur das Leben genießen und Erfahrungen sammeln, die jenseits des Erlaubten lagen. Aber das schlechte Gewissen nach dem Leitersturz meiner Mutter war zu groß. Es war schon spät und ich wollte ihre Toleranz nicht noch weiter strapazieren und sagte schweren Herzens ab. Tom zuckte mit den Schultern und trank einen Schluck aus der Whiskeyflasche, die ihm Scott reichte. »Du verpasst was«, hauchte er mir mit alkoholgeschwängertem Atem ins Gesicht.

»Ich weiß«, sagte ich mit ehrlichem Bedauern. *Langweilige Ziege,* zischte die sirrende Stimme in meinem Kopf. *So wird aus dir nie was. So öde, wie du bist, will niemand was mit dir zu tun haben.*

Fast wäre ich doch noch mit ins Auto gestiegen, aber ich beherrschte mich und blieb zurück, wütend und traurig und deprimiert. Den ganzen Rückweg ärgerte ich mich über meine Feigheit und über das nagende Gefühl, dass ich etwas Entscheidendes verpasste. Auf dem Parkplatz vor der Kirche sah ich Jacobs Auto stehen. Die Scheiben waren beschlagen. Aber durch die Windschutzscheibe konnte ich es doch erkennen: Da lag er, zusammengerollt in einem Schlafsack, eng an Kennedy gekuschelt, und schlief.

Es war richtig kalt geworden.

KAPITEL 22

SONNTAG, 26. OKTOBER 1997

An diesem Sonntag ging ich mit Mom und Dad in die Messe. Als eine Art Buße für Mutters Unfall, von dem ich befürchtete, ihn verursacht zu haben. Für die Tasche, die meine Mutter sicher gestört hätte, hatte ich eine Tarnung gefunden: Ich steckte sie in eine weiß-blaue Leinentasche zum Umhängen. Da sich der schwarze Fleck auf meinen Fingern deutlich ausgebreitet hatte, musste ich auch meine Hände verstecken. Ich zog einen von Melanies Pullovern an, der extralange Ärmel hatte, sodass die Finger darin ganz verschwanden. Wenn es doch jemand bemerken würde, würde ich es mit einem stark abfärbenden Projekt in Kunst entschuldigen.

Meine Mutter genoss es sichtlich, dass wir Familieneinheit demonstrierten und nach der Messe viele Bekannte kamen und sich nach ihrem Wohlbefinden erkundigten.

Da sprach mich Pfarrer Kramer an. Er sagte mir, er hätte doch noch mal ein bisschen nachgeforscht. Es gäbe da ein altes Grab an der Nordseite, an der Mauer.

»Wo der Steinengel steht?«, fragte ich überrascht.

Er nickte. »Das Grab ist anonym und es gibt auch keinerlei Aufzeichnungen darüber, was ungewöhnlich ist. Und dann ... komm mal mit, ich zeig es dir.«

Da meine Eltern immer noch ins Gespräch vertieft waren, ging ich mit Pfarrer Kramer um die Kirche herum zu dem besagten Grab. »Vom Verwitterungsgrad des Engels würde ich sagen, es ist mindestens dreißig Jahre alt. Hier, der Moosbewuchs ist ungefähr so wie bei den Grabsteinen aus den 1960ern.« Er machte eine nachdenkliche Pause. »Und im Oktober 1962 ist eine große Spende eingegangen. Auch anonym. Vielleicht gibt es da einen Zusammenhang.«

»Gloria Barnett ist am 7. Oktober 1962 gestorben!«, rief ich. »Meinen Sie, das ist also ihr Grab?«

Er zuckte mit den Schultern. »Genau weiß ich das nicht. Aber da ist noch was, weswegen ich denke, es könnte sich um das Grab von Gloria Barnett handeln.« Er zeigte auf den spitzen Metallzaun. »Früher hatten die Menschen Angst, dass Selbstmörder wiederkehren.« Er atmete tief ein. »Zu Wiedergängern werden. Der Zaun soll sie davon abhalten, aus ihrem Grab zu steigen und Unglück über die Menschen zu bringen.«

»Selbstmörder als eine Art Zombies?«, fragte ich erstaunt.

Er nickte. »Oder Geister, wie man es nimmt. Das jedenfalls ist der Aberglaube.«

Die Rose lag immer noch da, welkte langsam vor sich hin.

»Wissen Sie, wer die dorthin gelegt hat?«

Er schüttelte den Kopf.

»Aber vielleicht weiß Lou Bricks Bescheid?«, fragte ich.

Bei dem Namen fing Pfarrer Kramer an, mit den Kiefern zu mahlen. »Kann sein«, sagte er düster.

Lou stand noch vor der Kirche und unterhielt mit großen Gesten und lautem Gelächter zwei ältere Damen. »Ach Lou«, kreischte die eine, als er fertig war, »du müsstest wirklich deine eigene Fernsehsendung bekommen.«

Pfarrer Kramer stöhnte genervt. Dann rief er: »Lou. Ich brauche dich mal hier.«

Lou Bricks verabschiedete sich von den Frauen, dann kam er herüber. »Wenn mein Herr ruft, dann bin ich zur Stelle«, scherzte er.

Pfarrer Kramer verdrehte die Augen und fragte ihn dann, was er über das Grab wüsste.

»Ja, das anonyme Grab dahinten«, sagte Lou nachdenklich. »Ich erinnere mich, dass es eine Zeit lang Diskussionen drum gab, aber was genau da los war, weiß ich nicht. Vater Fleming hat den guten Lou da nie eingeweiht.« Er kratzte sich am Bauch und legte dabei seinen bleichen Bauch frei. »Aber ich erinnere mich, dass Wilma Fisher da irgendwie Druck gemacht hat. Da ging es irgendwann mal um einen Zaun.«

»Wilma Fisher vom Frauenverein?«, fragte ich.

»Es gab ja wohl nur eine Wilma Fisher«, erwiderte Lou.

»Also ist der Zaun auf Drängen des Frauenvereins gebaut worden?«, hakte ich nach.

Lou Bricks schnaubte. »Ist irgendwas in dieser Stadt nicht auf Drängen des Frauenvereins gebaut worden?« Er lachte erneut, was in eine Art Hustenanfall überging, gefolgt von dem Rat des Pfarrers, endlich mehr auf seine Gesundheit zu achten.

Das Mittagessen absolvierte ich mit einem Lächeln, obwohl ich innerlich schon wieder vor Wut zu platzen drohte. Meine Mutter konnte wegen ihres Gipses das Fleisch nicht alleine schneiden, was sie zu unablässigem Jammern verleitete, was mich wiederum so nervte, dass die sirrende Stimme in meinem Kopf mir wieder allerhand Feindseligkeiten durchs Hirn faxte. Ich fragte zur Ablenkung meine Mutter, ob es Aufzeichnungen über das Wirken des Frauenvereins gäbe.

Sie sah mich an, als ob ich gefragt hätte, ob auch dieses Jahr Weihnachten stattfinden würde. »Natürlich. Wir haben alles säuberlich dokumentiert. Jede Versammlung. Die ganzen Protokolle liegen bei Doris Fisher im Keller.«

Bei Tess' Mutter. Mist.

»Warum fragst du?«

Ich zuckte mit den Schultern. »Ach, nur so. Ist doch spannend, falls mal jemand eine Chronik von Wickwood schreiben möchte.«

Sie sah mich einen Moment erstaunt an. »Interessante Idee«, sagte sie. »Das werde ich gleich beim ersten Treffen nach dem Stadtfest mal anbringen.«

Als ich fertig war mit Aufräumen und Spülen, fragte Vater, ob ich einen Spaziergang machen wollte. Aber ich lehnte ab. »Ich habe leider keine Zeit heute. Ich bin verabredet«, sagte ich.

»Mit wem?« Er bemühte sich, es harmlos klingen zu lassen, aber ich merkte, dass er besorgt war.

»Mit einer Freundin«, log ich. Ich konnte ihm schlecht sagen, dass ich mit einem verwahrlosten Hirni verabredet war, der in seinem Auto schlief und mir helfen wollte, einen bösen Fluch zu lösen, der beinahe meiner Mutter das Leben gekostet hätte.

»Ich würde gerne mit ihr ins Café gehen. Kannst du mir etwas Geld borgen?«

Er sah mich prüfend an. »Ja«, sagte er. Und setzte hinzu: »Weil ich dir vertraue.« Es klang wie eine Ermahnung.

Wir trafen uns im Café Pretzel, wo Jacob dank der Spende meines Vaters wieder eine lächerliche Masse an Schokolade hineinstopfte. Während er Torte aß, berichtete ich ihm, was ich rausgefunden hatte.

»Dasch Grab«, sagte er, den Mund voll mit Torte. »Interreschant. Mit dieschem Zschaun gegen Zschombies.«

»Und meine Großmutter hat mal ihre Wohnung vom Pfarrer gegen böse Geister schützen lassen«, ereiferte ich mich. »Vielleicht hatte der ganze Frauenverein ja doch Angst gehabt vor einem Geist. Vor Glorias Geist.«

»Es wäre cool, die Protokolle von denen zu lesen. Da würden wir vielleicht noch mehr erfahren.«

»Das geht leider nicht. Die sind bei Doris Fisher und da kann ich nicht hin. Ihre Tochter hasst mich. Und ich sie.«

»Na und? Gibt doch wohl keine Sippenhaft? Wenn man die Tochter scheiße findet, kann die Mutter doch trotzdem nett sein. Und umgekehrt.«

»Aber sie hat behauptet, ich würde Drogen nehmen.«

Er zuckte mit den Schultern. »Wenn ich mir alles zu Herzen nehmen würde, was die Leute über mich sagen, dann könnte ich mir gleich einen Strick nehmen.«

Er sagte das so leicht dahin, dass er mir anfing, auf die Nerven zu gehen. »Vielleicht solltest du dir das eine oder andere aber tatsächlich mal zu Herzen nehmen, dann würdest du dich vielleicht auch besser benehmen!«

»Hey, lass deine schlechte Laune nicht an mir aus.«

»Wieso nicht? Ich habe doch wegen dir ...« Ein Gedanke kam mir.

Tief in meinem Magen, da wo der Groll sich einquartiert hatte, platzte eine kleine Kugel Wut und heraus kullerte ein Name. Und auf ihr stand ein Name. Aber nicht Jacobs. Sondern Toms. Sollte ich tatsächlich auf ihn sauer sein? Das konnte doch nicht sein, oder? Er war doch so cool. Und ich war so gerne mit ihm zusammen. Und so verliebt in ihn. Und definitiv wollte ich auch mit ihm schlafen. Nur sollte unser erstes Mal etwas Besonderes sein. Und ich wollte nicht gedrängt werden. Ich wollte einfach nicht unter Druck gesetzt werden, aber das tat er. Und das hasste ich!

»Erde an Stella, Erde an Stella«, sagte Jacob. »Bist du noch da? Und *was* hast du wegen mir?«

Ich starrte ihn an. Und räusperte mich. »Äh, nichts«, sagte ich und verdrängte die dunklen Gedanken wegen Tom.

»Und was machen wir jetzt?«

»Na ja«, sagte ich. »Ob es das Grab von Gloria ist oder nicht, ist eine Sache. Wichtig ist jetzt erst einmal, dass wir rausfinden, wo der Rest der Familie ist, der noch lebt.«

KAPITEL 23

MONTAG, 27. OKTOBER 1997

Als Tom am Montag wieder mit mir schwänzen wollte, sagte ich Nein. Immerhin stünden die Collegeaufnahmetests nächste Woche an, rechtfertigte ich mich. Tom war natürlich enttäuscht. Schon wieder. »Lahm!«, rief er. »Absolut lahm!«

»Sorry«, sagte ich zerknirscht. »Ich mache es am Wochenende wieder gut, okay?«

»Das musst du auch«, sagte er und zog mich an sich. »Schließlich habe ich Geburtstag! Und du bist eingeladen.«

»Bin ich das?«, fragte ich kokett.

»Absolut! Zur Halloween-Geburtstags-Party! Bei meinen Großeltern am White Lake. Die haben eine fette Villa, das wird der Hammer.« Er umfasste meine Taille und zog mich fester an sich ran. »Und dort gibt es auch große Schlafzimmer.«

»Toll!« Ich bemühte mich, begeistert zu klingen, und küsste ihn.

»Ich hoffe, du findest ein schickes Kostüm. Eines, wie Salma Hayek in ›From Dusk till Dawn‹ trägt, würde mir gefallen.«

»Ich werde sehen, was ich tun kann«, versprach ich.

»Zieh bloß nicht zu viel Stoff an.« Er grinste. »Wir werden anderen Stoff haben. Aber den ziehen wir nicht an, den ziehen wir uns *rein.*«

Ich brachte die Schulstunden hinter mich, es war lähmend und öde und ich verachtete mich dafür, dass ich so dämlich brav gewesen war und nicht mit Tom geschwänzt hatte. Ich war auch nicht besser als meine Mitläufer-Mitschüler. Na ja, oder vielleicht doch, kicherte ich in mich hinein. Schließlich würde ich eines Tages eine berühmte Autorin sein. Im Gegensatz zu all den kleinen Lichtern, die in Wickwood verglimmen würden.

In der Pause überboten sich Shari und Monica mal wieder im Ablassen verbaler Abgase, ich kaute Kaugummi, den ich in meiner Tasche gefunden hatte und mit dem ich einen neuen Rekord im Blasenmachen aufstellen wollte. Gerade hatte ich eine ziemlich perfekte Blase gemacht, da stellte Monica auf einmal fest: »Weißt du, was? Du bist richtig arrogant geworden.«

Ich ließ die Blase platzen. »Hey, was habe ich dir denn getan?«

Die beiden warfen sich Blicke zu und dann sagte Shari: »Wenn du mal wieder von deinem Ich-bin-mit-Tom-Porter-zusammen-Hochnasen-Trip runtergekommen bist, kannst du dich ja melden.«

Und damit ließen sie mich stehen. Ließen mich einfach stehen! In einem ersten Reflex wollte ich ihnen hinterherlaufen, um mich zu entschuldigen, aber dann zischte die Stimme: *dumme Puten, Erbsenhirne, Hohlköpfe,* und schon war mir ihre Meinung egal, es war so unerheblich für mein Leben, ob die beiden mich für arrogant hielten oder nicht. Abgesehen davon fiel mir ein, dass ich mir dringend noch einmal die Jahrbücher anschauen wollte. Weil ich beim letzten Mal nur das eine Bild von Liv gesehen hatte. Vielleicht würde ich dort noch mehr über sie finden.

Doch als ich in die Schulbücherei kam, war das Regal

mit irgendwelchem Algebra-Schwachsinn angefüllt und Mr Cooper verkündete, dass er die alten Jahrbücher ins Archiv geräumt hätte, die würden hier nur Platz wegnehmen. Als ich ihm sagte, dass ich gerne noch einmal einen Blick reinwerfen wollte, sagte er mir, ich müsse einen Antrag stellen und dafür ein Formular ausfüllen. Ich dachte zuerst, er wollte mich veräppeln, aber er meinte es tatsächlich total ernst.

»Und wie lange dauert es, wenn ich einen Antrag gestellt habe?«

»Nicht lange«, sagte er. »Höchstens zwei Wochen.«

Missmutig verließ ich die Schule. Meine Laune besserte sich nicht, als ich Jacob sah, der an seine Schrottkarre gelehnt auf mich wartete. Zum Glück war Tom nicht mehr da. Es wäre äußerst unangenehm gewesen, wenn er uns zusammen gesehen hätte. Aber es war auch so blamabel genug, dass Jacob mir völlig unbefangen zuwinkte. »Lauer mir hier nicht so auf«, fuhr ich ihn an.

»Wieso?«, neckte er. »Bin ich dir etwa peinlich?«

»Ein Cheerleader bist du jedenfalls nicht gerade«, schmollte ich.

»Hast du 'ne Ahnung«, sagte er und fing an herumzuspringen: »Go, Ravens! Go!« Wie konnte man nur so gute Laune haben an so einem blöden Tag? Ich musterte ihn finster und er hörte auf mit dem Unsinn. »Okay, okay«, sagte er. »Ich sehe schon, das bringt nichts. Dann also zum Geschäft. Was hast du in den Jahrbüchern gefunden?«

»Nichts«, grummelte ich. »Die hat Mr Cooper in den Keller geräumt. Und jetzt muss ich einen Antrag stellen und dann dauert es zwei Wochen, bis ich das Buch bekomme.«

»Idiotisch«, sagte Jacob. »Die zwingen uns ja geradezu zu drastischen Maßnahmen.«

»Was meinst du damit?«

»Dann werden wir dem Keller wohl mal einen Besuch abstatten müssen.«

»Das geht nicht, der ist doch abgeschlossen.«

»Abgeschlossen«, brummte er. »Natürlich ist er abgeschlossen. Aber nicht für uns.«

Vor Erstaunen vergaß ich sogar meine schlechte Laune. »Du willst da einbrechen?«

Er zuckte mit den Schultern. »Ist keine große Sache. Im Übrigen musst du mir noch danken.«

»Wofür?«

»Ich war im Gegensatz zu dir heute erfolgreich.« Er zog gespielt überheblich die Augenbrauen hoch und musterte mich erwartungsvoll.

»Wenn du mich noch länger auf die Folter spannst, fresse ich dir demnächst deine Schokotorte weg«, drohte ich.

»Also gut. Tatatataaaaa! Der Steinengel auf dem anonymen Grab ist tatsächlich im Oktober 1962 von einem gewissen Robert Barnett bezahlt worden!«

»Waaaas? Woher weißt du das denn?«

»Habe den Steinmetz gefunden, der ihn gemacht hat. Der ist zwar ungefähr zweihundert Jahre alt, aber es gibt ihn noch in Crowsville. Der konnte das aus den alten Auftragsbüchern erkennen.«

»Also ist es Glorias Grab!«, rief ich aufgeregt. »Jetzt müssen wir nur noch denjenigen finden, der da Blumen hinlegt.«

Amanda Clarks Boutique war das einzige Damenbekleidungsgeschäft von Wickwood – jedenfalls bis der Walmart aufgemacht hatte, bei dem man wirklich alles bekam. Amanda war eine Dame mit Stil: Sie hatte dunkelbraun gefärbte Haare, die sie mit Nadeln zu einem Knoten hochsteckte, und mit ihrer von Lotion getränkten Gesichtshaut, die sie mit mit reichlich Make-up versah, wirkte sie deutlich jünger, als sie in Wirklichkeit war.

Sie bevorzugte schwarze Kleidung, die sich faltenlos um ihre schlanke Figur schmiegte und aussah, als würden keine Fluse und kein Staubkörnchen an ihr haften bleiben. Dazu war sie immer mit dezentem Schmuck garniert und roch nach Puder. Ich mochte sie. Denn auch wenn sie teure und exklusive Stücke in ihrer Boutique feilbot, wäre sie doch nie auf die Idee gekommen, andere wegen eines nachlässigen oder allzu praktischen Kleidungsstils zu verurteilen. Ihr fiel gleich auf, dass ich meine Optik ein wenig verändert hatte und die Kirchentauglichkeit nicht mehr das entscheidende Kriterium meines Outfits war. Heute trug ich den Jeansrock von Melanie, die Hibiskusblütenbluse und schwarze Strumpfhosen. Die Tasche hatte ich natürlich dabei.

»Hey Stella«, rief sie hinter ihrem Tresen. »Was verschafft mir … die Ehre?« Sie hatte Jacob bemerkt, der hinter mir das kleine Geschäft betreten hatte. »Ah, du hast jemanden mitgebracht.«

»Das ist Jacob«, sagte ich.

»Hi Jacob«, grüßte sie freundlich, »coole Jacke.«

Er hatte wieder seine einärmelige Lederjacke an und ich wusste nicht, ob sie es ironisch gemeint hatte. Nach einem kurzen Small Talk fragte ich sie nach Gloria Barnett. »Ach, das war eine traurige Geschichte«, seufzte sie. Dann erzählte sie mehr oder weniger das, was wir schon wussten: dass Gloria nett war, aber hier nicht zurechtgekommen ist, dass ihr Mann viel gearbeitet und sie gegen die Einsamkeit angetrunken hat. »Der Einzigen, mit dem sie Kontakt hatte, war außer mir dein Großvater.«

»Wieso er?«, fragte ich erstaunt.

»Er hat sie doch nach ihrem Unfall behandelt.«

Ich wechselte einen Blick mit Jacob, der nur eine Augenbraue hob, dann fragte ich: »Welcher Unfall?«

»Im Jahr vor ihrem Tod ist sie auf Glatteis ausgerutscht und hat sich verletzt. Und da hat dein Großvater sie behandelt. Wie er sowieso ganz Wickwood behandelt hat.«

Aber bevor ich darüber nachdenken konnte, wieso Großvater mir davon bisher nichts erzählt hatte, sagte sie etwas, das mich aufhorchen ließ. »Aber Selbstmord – das war etwas, das passte eigentlich gar nicht zu Gloria. Das hat mich überrascht. Gloria war viel zu ängstlich für so was. Und sie liebte Liv. Sie war nicht die beste Mutter auf der Welt, aber sie liebte ihr kleines Mädchen und hätte sie doch nie alleine gelassen.« Sie schüttelte den Kopf. »Tja, und dann war da die neue Frau von Robert Barnett. Patricia.« So wie sie den Namen fast ausspie, war es nicht schwer zu erkennen, dass sie sie nicht hatte leiden können.

»Ja, Liv fand sie auch komisch«, entfuhr es mir.

»Wie bitte?«

Ich wurde rot. »Äh, das denke ich mir jedenfalls.«

»Stiefmutter und so halt«, rettete mich Jacob, der zwar dabeistand, aber seine Finger nicht von den Kleiderbügeln lassen konnte und damit so rumfummelte, dass es mich nervös machte.

»Auf jeden Fall hieß es, dass Patricia es von Anfang an auf Robert abgesehen hatte. Sie war seine Sekretärin und hat sich an ihn rangemacht, obwohl er verheiratet war. Und kaum war Gloria tot, haben die beiden geheiratet. Für Liv war das natürlich sehr schwer.«

»Wissen Sie, was aus Liv geworden ist? Und wo sie jetzt ist?«, fragte ich. Aber Amanda schüttelte den Kopf. »Nein. Ich habe damals versucht, ihr nach dem Tod ihrer Mutter eine Freundin zu sein. Aber sie hat niemanden an sich rangelassen. Sie war von Anfang an eine Kämpferin. Und eigensinnig. Nachher ist sie von hier fortgegangen. Sie wollte immer nach Hollywood. Aber wo sie heute ist – keine Ahnung.«

»Mit wem war Liv denn befreundet? Gibt es jemanden, der vielleicht noch Kontakt zu ihr haben könnte?«, fragte Jacob.

»Soweit ich weiß, hatte sie wie ihre Mutter Schwierigkeiten, Anschluss zu finden. Aber vielleicht wissen ihre alten Schulkameradinnen was. Ich glaube, Brenda Stark und Kristin Bell waren mit ihr in einem Jahrgang.«

»Und was ist mit ihrer Stiefmutter Patricia? Lebt sie noch?«

»Die?« Amanda Clark schnaubte verächtlich. »Die lebt noch. Nach Roberts Tod hat sie das ganze Geld eingesackt und eine Riesenvilla am White Lake gekauft. Die war fein raus. Etwas zu fein, wenn du mich fragst.«

Ein Geräusch ließ mich aufschrecken, ich drehte mich um zu Jacob, der einen Bügel zum Absturz gebracht hatte. »Sorry«, murmelte er, hob ihn wieder auf und hörte endlich mit dem Gehampel auf.

»Was meinen Sie damit, etwas zu fein raus?«, wollte ich wissen.

»Na ja«, sagte Amanda. »Mädchen aus armer Familie macht sich an reichen Mann ran, dessen Ehefrau begeht angeblich Selbstmord und sie heiratet ihn ...« Während sie das sagte, betrachtete sie neugierig meine Tasche. »Interessante Tasche«, sagte sie. »So eine habe ich doch schon mal gesehen ...«

Aus einem Reflex heraus klammerte ich sie fester an mich. Eine irrationale Angst, dass sie mir sie wegnehmen würde, überfiel mich. »Vielleicht ist es die Form der Tasche«, überlegte Amanda laut. »Sie sieht nämlich sehr nach der 2.55 von Chanel aus, auch die Kette und die Steppnähte erinnern daran, aber dieser Verschluss ...«

Jacob stieß mich in die Seite und bedeutete, dass ich ihr die Tasche mal zeigen sollte. Widerstrebend hielt ich sie ihr hin. »Der Skarabäus war ein typisches Motiv der Art-déco-Mode der 1920er«, erklärte Amanda. »Nachdem in Ägypten 1922 das Grab von Tutanchamun entdeckt worden war, waren ägyptische Motive total angesagt.« Sie holte eine Lupe aus der Schublade und betrachtete die Strasssteine darauf. Dann richtete sie sich auf. »Darf ich die Tasche mal leihen, um sie meinem Freund zu zeigen? Er ist Juwelier.«

»Ja«, sagte Jacob.

»Nein«, rief ich entsetzt.

Amanda Clark lachte. »Ja, so ein besonderes Stück würde ich auch nicht hergeben.«

»Das sind nur Glaskristalle«, sagte ich schnell. »Die sind nicht echt.«

»Da wäre ich mir nicht so sicher«, sagte sie. »Hast du mal nach einem Herstellernachweis gesucht? Einem Markenlogo oder Ähnlichem?«

»Hab ich«, sagte ich knapp. »Ist nichts drin.«

»Schade«, meinte sie. »Hätte mich wirklich interessiert.«

Langsam ging sie mir auf die Nerven mit ihrer penetranten Neugier, sodass ich fast vergessen hätte, etwas sehr Wichtiges zu fragen. Doch Jacob dachte zum Glück daran: »Ach, eine Frage haben wir noch: Legen Sie Blumen auf das Grab von Gloria Barnett?«

»Welches Grab?«, fragte sie ihn erstaunt. »Ich dachte, sie wäre in Crowsville begraben.«

Ich schüttelte den Kopf. »Nein, sie liegt hier auf dem Friedhof. An der Nordseite. In einem anonymen Grab.«

»Oh«, sagte sie betroffen. »Das wusste ich nicht.«

»Haben Sie denn eine Idee, wer ihr Blumen auf das Grab legen könnte?«, fragte ich.

Sie lächelte. »Na, das wird wohl ein ehemaliger Verehrer sein.«

»Gloria Barnett hatte einen Verehrer?«

Jetzt stutzte Amanda Clark, dann brach sie in Lachen aus, so sehr, dass sie sich die Augen wischen musste. »Ach, Kindchen«, gluckerte sie. »Das wäre so, als würde man fragen, ob die Sonne Verehrer hätte.«

»Willst du nun herausfinden, was es mit der Tasche auf sich hat oder nicht?«, motzte Jacob, als wir nach dem Besuch bei Amanda über den Rathausplatz liefen.

»Ja«, sagte ich bockig. »Aber trotzdem ... ich muss sie ihr ja nicht gleich nachwerfen.«

»Du solltest sie ihr nur mal zeigen.«

Ich umklammerte die Tasche fester und stapfte grimmig voran. Dieser nervige Typ! Jetzt hatten wir hier erstaunliche Dinge herausgefunden, und anstatt sich zu freuen, motzte er nur rum.

»Du bist süchtig nach dem Ding«, stellte er fest.

Ich stöhnte. »Ich weiß«, gab ich zähneknirschend zu. »Deswegen muss ich sie ja auch loswerden.«

»Eine Sucht kann man immer nur selbst besiegen«, fing Jacob an zu dozieren, was meine Nerven weiter strapazierte. »Es reicht nicht, das Zeug wegzuräumen. Glaub mir, wenn das funktionieren würde, dann wäre meine Mutter ... hey, was soll das denn?«

Sheriff Fisher stand bei Jacobs Auto und betrachtete es mit skeptischer Miene. In der Hand hielt er einen Strafzettelblock. Als er uns bemerkte, herrschte er Jacob sofort an: »Gehört das Auto dir, junger Mann?«

»Das will ich meinen.«

»Dieses Auto sieht nicht gerade verkehrstauglich aus. Papiere?«

»Das Auto gehört meiner Mutter«, sagte Jacob trotzig, beugte sich auf der Beifahrerseite hinein, beschwichtigte mit sanfter Stimme Kennedy, der auf der Rückbank saß und den Sheriff mit hochgezogenen Lefzen anknurrte, und holte die Papiere aus dem Handschuhfach. Sheriff Fisher warf einen kurzen Blick darauf und gab sie ihm wieder zurück. Dann sagte er: »Pass auf, Jacob Foster. Ich lass das für jetzt durchgehen, aber ich will, dass diese Schrottkarre aus meiner Stadt verschwindet, bevor es damit einen Unfall gibt, okay?«

»Okay«, sagte Jacob gedehnt. Sheriff Fisher musterte ihn eindringlich und machte einen Schritt auf ihn zu. Er war nicht besonders groß, seine Hutkrempe reichte Jacob gerade bis zur Nase. Doch mochte er auch vom Körperbau eher schmächtig sein, sein Ego war bekanntermaßen überdimensional, weswegen es die meisten Menschen in Wickwood vorzogen, den Worten des Sheriffs widerspruchslos Folge zu leisten. »Du verschwindest aus meiner Stadt, ist das klar?«

Jacob tippte sich militärisch an eine nicht vorhandene Mütze. »Sonnenklar, Chef.«

Sheriff Fisher schrie nie. Er blieb immer ruhig, seine Stimme eine gerade Linie von gleichbleibendem Klang, ungefähr so beruhigend wie das leise Rasseln einer Klapperschlange. »Ich bin nicht dein Chef«, sagte Fisher, »aber ich bin der Sheriff dieser Stadt. Und als solcher passe ich auf, was hier vorgeht. Und so Typen wie dich können wir hier nicht gebrauchen. Deswegen rate ich dir, ganz schnell zurück zu dem Stein zu rennen, unter dem du hervorgekrochen bist.«

»Danke für den netten Rat, Sir«, sagte Jacob und konnte es nicht lassen, dabei provozierend zu grimassieren. Ich befürchtete schon das Schlimmste, aber da wandte sich Sheriff Fisher an mich. »Nun zu dir, Stella.«

Er fasste mich am Ellenbogen, eine Geste, die ich zähneknirschend über mich ergehen ließ. »Warum gibt sich ein nettes, hübsches Mädchen wie du mit so einem Abschaum ab?«, fragte er, wobei er so nah vor mir stand, dass ich seinen scharfen Pfefferminzatem roch. Unwillkürlich wich ich zurück.

»Er ist seltsam, aber eigentlich ganz nett«, sagte ich. Abgesehen davon ging es ihn ja wohl gar nichts an.

Sheriff Fisher beugte sich noch näher zu mir. »Ich habe gehört, dass du was zu den Barnetts wissen wolltest«, hauchte er, während seine Echsenaugen aufdringlich über mein Gesicht glitten. Sein prüfender Blick fühlte sich so unangenehm an wie die kalte Zunge eines Reptils.

Ich nickte. »Ich hatte Brian gefragt und ...«

»Ich habe Brian gesagt, ich werde dich informieren«, sagte er, den Blick festgesaugt auf meinem Mund. »Ich war ja als ganz junger Polizist dabei, habe den Fall Gloria Barnett untersucht.« Es klang großspurig, als wäre er der Leiter einer international operierenden Mordkommission. Dabei war in Wickwood noch nie ein Mord geschehen, wie er bei seiner jährlichen Vorstellung der Polizeistatistik jedes Mal betonte. »Die Sache ist sonnenklar. Sie war stockbesoffen, ist in den Pool gesprungen und ertrunken.«

»Gab es eine Autopsie?«, brachte ich hervor.

»Ja.« Er glotzte mir weiter auf den Mund und mir wurde fast schlecht, so nah, wie er bei mir stand.

»Und?«, fragte ich.

»Die hat ergeben, dass sie stockbesoffen in den Pool gesprungen und ertrunken ist. Vor den Augen ihrer Tochter.«

»Liv war dabei?«, rief ich fassungslos.

»Sie hat ihre Mutter im Pool treibend gefunden, Gesicht nach unten.«

Ich schluckte, denn ich stellte mir die Szene gerade vor. Arme Liv! »Und wo ist Liv heute?«

»Woher soll ich das wissen?« Sheriff Fisher zuckte mit den Schultern.

»Sie wollte nach Hollywood. Kann man nicht rausfinden, ob sie dort ist?«

»Wie stellst du dir das vor? Sie hat doch bestimmt geheiratet und einen anderen Namen ... Hübsche junge Dinger bleiben doch nie lange allein.« Er streckte die Hand nach mir aus und ich wich erschreckt zurück, wobei ich fast über die Bordsteinkante gestolpert wäre.

»Hoppla«, gurrte er und reichte mir seinen Arm, um mich aufzufangen. Ich ließ es zu, schüttelte mich aber innerlich vor Abscheu. Der Typ hatte etwas wirklich Widerliches an sich. Immerhin gab er mir noch einen Tipp: »Wenn dich das wirklich interessiert, dann frag doch mal Patricia Barnett.« Dann setzte er hinzu: »Wenn sie überhaupt möchte, dass man Liv aufspürt. Denn ohne ihre Stieftochter ist sie ja nun wirklich viel besser dran als Alleinerbin von Robert Barnett.«

»Dieser Sheriff ist ja vielleicht ein Nazi«, maulte Jacob. »Dem will ich nicht im Dunkeln begegnen. Aber er mir auch nicht«, setzte er großspurig hinzu. »Jedenfalls nicht, wenn Kennedy bei mir ist.«

Ich saß auf seinem Beifahrersitz, meine Füße zwischen all dem Müll, und sagte nichts. Kennedys dicker Kopf ruhte auf der Armlehne zwischen uns.

»Was ist los?«, blaffte Jacob mich an. »Kommst du auf einmal aus Meinungslosigkeitshausen?«

»Nee«, knurrte ich. »Ich mag den auch nicht. Ganz und gar nicht.«

»Aber?«

»Aber wir haben heute ein paar interessante Sachen erfahren.« Und eine davon betraf meinen Großvater. Aus irgendeinem Grund beunruhigte es mich, dass er mir nicht erzählt hatte, dass Gloria seine Patientin gewesen war. Aber vielleicht hatte das auch gar keine Bedeutung. Denn eine andere Spur war viel heißer. »Hier müssen wir abbiegen«, sagte ich und zeigte auf das Schild mit der Aufschrift White Lake.

»Das ist ja wie im Märchen«, plapperte Jacob, während wir in lang gezogenen Kurven den Berg hinauffuhren. »Die böse Stiefmutter war's. Hat erst die Ehefrau aus dem Weg geräumt und dann die Tochter.«

»Es war kein Mord«, widersprach ich. »Das hat Sheriff Fisher doch eindeutig gesagt.«

»Vielleicht hat sie sie nicht direkt auf dem Gewissen«, beharrte Jacob. »Aber einer labilen Alkoholikerin den Mann auszuspannen, ist jedenfalls keine humanitäre Großtat. Damit hat sie sie doch in den Selbstmord getrieben.«

»Das sind doch alles nur Gerüchte«, beschwichtigte ich. Aber natürlich hatte ich nicht vergessen, wie abfällig Liv über ihre Stiefmutter gesprochen hatte. Und wenn Patricia es wirklich auf Robert und das viele Geld abgesehen hatte, dann war ihr Glorias Schicksal sicher ziemlich schnuppe gewesen. Jacob schob eine Kassette in sein Kassettendeck und ein paar hysterische Violinen, begleitet von Schlagzeug, Gitarre und einer rauchigen Stimme, rockten los.

Wir mussten uns ziemlich durchfragen in der Villengegend von White Lake, was nicht ganz einfach war, da die Leute es hier vorzogen, den Widrigkeiten des Lebens hinter den Mauern ihrer feudalen Anwesen zu trotzen. Außerdem war Jacobs Auto nicht gerade von der Marke »vertrauenerweckend«, sodass einige sehr schnell kehrtmachten, als wir ihnen zuwinkten und langsam auf sie zufuhren. Schließlich beschlossen wir, dass es besser war, zu Fuß Kontakt zu den Einheimischen aufzunehmen. So stieg ich am Golfclub aus und fragte an der Rezeption des zugehörigen Hotels nach der Villa von Patricia Barnett. Die Dame war unbedarft genug, mir eine Antwort zu geben, ohne genau meine Motive zu erforschen.

Patricias Villa lag auf den sanften Hügeln über dem White Lake, das schönste Haus am Platz mit Blick über die ganze Seenplatte, die außer dem White Lake noch mehrere kleinere Seen umfasste, den Slime Pond und den Lake Goose. Der White Lake hatte seinen Namen, weil er wegen der Spiegelung des Dunstschleiers, der jeden Morgen über der Oberfläche schwebte, so aussah, als sei sein Wasser weiß. Da hier die Berge einer Hochebene wichen und die Bäume nicht mehr ganz so dicht standen, löste sich der Nebel viel früher auf als im Talkessel von Wickwood, sodass die Bewohner von White Lake ein prächtiges Panorama genießen durften.

Patricias Anwesen war mit einer weißen Mauer umgeben, das Dach der Villa konnte man zwischen den Wipfeln einiger stattlicher Bäume erkennen. Das Tor war schmiedeeisern und ziemlich hoch. Wir ließen auf meinen Rat hin das Auto ein paar Hundert Meter weiter stehen und gingen zu Fuß zum Eingang. Kennedy freute sich so sehr über die Abwechslung, dass er erst einmal das Bein an einer der Zypressen hob, die die Einfahrt säumten. »Muss das sein?«, fragte ich genervt.

»Kennedy, sie fragt dich, ob das sein muss«, sagte Jacob zu seinem Hund. Der starrte uns ungerührt an. »Ja, es muss sein«, übersetzte Jacob zufrieden.

»Ich kann nur hoffen, dass sie es nicht gesehen hat.«

»Wie soll sie das gesehen haben? Das Haus ist doch mindestens hundert Meter weg.«

»Vielleicht hat sie eine Videoüberwachung, du Schlaumeier.« Ich zeigte auf die Kamera, die über dem Pfeiler des Eingangstors angebracht war.

»Oh«, sagte Jacob.

»Ja, genau. Oh.«

Ich drückte die Klingel. Es dauerte eine ganze Weile, bis sich jemand meldete. »Hallo?«, fragte eine Stimme durch den Lautsprecher unter der Klingel, weiblich, Alter schwer zu schätzen.

»Patricia Barnett?«

»Wer ist da?«

»Mein Name ist Stella Miller. Ich möchte Sie etwas zu Ihrer Stieftochter fragen.«

Ein statisches Rauschen kam aus der Gegensprechanlage.

»Hallo?«, fragte ich erneut. »Sind Sie noch dran?«

Es knackte, dann erklang die Stimme eines Mannes. »Hören Sie? Bitte gehen Sie.«

»Aber ich möchte Sie etwas fragen …«

»Bitte respektieren Sie ihre Privatsphäre.«

»Aber es ist sehr wichtig«, betonte ich. »Ich möchte unbedingt wissen, wo Liv …«

Es knackte erneut, dann war die Leitung tot.

»Tja«, sagte Jacob. »Schätze mal, unsere gute Patricia hat tatsächlich kein Interesse daran, Liv aufzuspüren.«

Ich starrte noch eine Weile auf die Klingel und wurde wütend, weil man uns so einfach hatte abblitzen lassen. Das konnte ja nur bedeuten, dass sie Dreck am Stecken hatte. Verdammt. Ich überlegte, ob ich es noch einmal versuchen sollte, da bemerkte ich, wie sich Jacob durch die Büsche schlug, die rund um die Mauer wuchsen.

»Hey«, rief ich. »Wo willst du denn hin?«

»Will nur mal was gucken«, sagte er und war hinter einer der vielen Zypressen verschwunden.

»Verdammt«, stöhnte ich und lief ihm hinterher. »Was soll denn das?«, fragte ich, als ich ihn eingeholt hatte.

Er inspizierte die Mauer, begutachtete sie wie ein Architekt. »Ach, rein sportliches Interesse«, winkte er ab.

»Wie meinst du das?«

»Wenn man in die Villa einsteigen wollte, wäre hier eine gute Möglichkeit«, verkündete er. »Toter Winkel der Kameras. Sichtschutz von den Bäumen und durch diesen Hügel hier ist das Hochklettern auf die Mauer auch nicht schwer.«

»Du kennst dich mit so was aus«, stellte ich verblüfft fest.

Er zuckte mit den Schultern. »Was soll man machen? Jeder hat irgendwas gelernt.«

»Aber natürlich brechen wir dort nicht ein«, sagte ich.

»Natürlich nicht«, wiederholte Jacob. »Die Stiefmutter von Liv Barnett interessiert uns nicht. Sie hat bestimmt auch gar nichts Wertvolles.« Er setzte schnell hinzu: »An Informationen, meine ich.«

»Komm, lass uns abhauen«, knurrte ich.

»Jawohl, Chefin.«

KAPITEL 24

DIENSTAG, 28. OKTOBER 1997

Damals konnte ich das noch nicht so klar sehen, aber im Nachhinein kommt mir diese Zeit mit der Tasche wie ein Ringkampf zwischen zwei gleich starken Gegnern vor, die jeweils in einer Kampfposition erstarrt waren, die zu halten schon unglaublich viel Energie kostete. Mal war es die Tasche, die überraschend Kräfte für einen Angriff mobilisierte und mich in die unterlegene Position zwang, mal war ich es, die die Oberhand gewann – für einen kurzen Moment der Erleichterung, in dem ich Dinge tun konnte, die ich wirklich tun wollte. Doch niemand – und schon gar nicht ich – konnte wissen, wer zuerst auf dem Boden landen würde, besiegt, gedemütigt und dem Ende nahe.

Da die Tasche definitiv über andere Mittel verfügte als ich und sie mich ja bereits dazu gebracht hatte, sie nach wie vor immer bei mir zu tragen, war leicht auszurechnen, wie die ganze Sache ausgehen würde. Ich hätte jedenfalls keinen Cent auf mich selbst gesetzt. Freiwillig aufgeben, wäre allerdings auch keine Option. Ich würde gewinnen – oder untergehen. Und dabei noch andere mit in den Abgrund reißen. Wen das treffen würde, konnte ich zu dem Zeitpunkt nicht wissen, aber ich machte mir Sorgen um alle, die mich verärgerten und erzürnten, und versuchte, mein plötzlich erwachtes hemmungsloses Temperament so gut wie möglich im Zaum zu halten.

Es war so, als ob alle negativen Gedanken, die normalerweise kurz bei mir aufgeblitzt wären, von einer geheimen Energiequelle so viel Nahrung bekamen, dass sie zu einem zornesroten Feuer aufflammten, das in mir wütete, unkontrollierbar wie ein Waldbrand im heißen Wind. Es verlangte mir jeden Fetzen Selbstkontrolle ab, anderen nicht ungebremst meine Verachtung entgegenzuschleudern. Oder Schlimmeres. Und es wurde von Tag zu Tag schwerer.

Rosannas Zustand war unverändert, die Ärzte wussten nicht mehr, was sie noch tun sollten, außer abzuwarten und neue Tests zu machen. In der Schule wurde sie kaum noch erwähnt. Tess, Emily und Jasmin kamen ganz gut ohne sie zurecht und von den anderen Schülern vermisste sie offensichtlich auch niemand. Miss Gray, unsere Kunstlehrerin, hatte uns das Projekt »Gute Wünsche für Rosanna« aufgezwungen und uns angehalten, positive Energie auf Papier zu bannen, um so auf »spirituellem Weg« zu ihrer Genesung beizutragen. Niemand widersprach und so zierten unseren Klassenraum bald Bilder von Blumen und Sonnen und Rollschuhen, einer hatte einen Berg Geschenke gemalt, eine Art gigantische Weihnachtsbescherung.

Nach einer Weile aber beachtete niemand mehr das zwangsoptimistische Geschmiere, da es mit strammen Schritten auf die Collegeaufnahmetests zuging, die nächste Woche Dienstag stattfinden sollten. Ich wollte meinen Eltern – und mir – beweisen, dass ich doch kein leichtsinniges Mädchen war, das sich von einem Jungen von ihren Zielen im Leben abhalten lassen würde.

Der Collegeaufnahmetest war auch meine Entschuldigung bei Tom, warum ich nicht bei der gestrigen Bandprobe gewesen war. Erst war er eingeschnappt, aber dann legte er sich richtig ins Zeug, war noch charmanter als sonst, lachte und flirtete mit mir und konnte die Finger nicht von mir lassen. Dabei versuchte er, mich zu überreden, ihn heute nach der Schule zu besuchen, da seine Eltern noch in Florida waren und wir sturmfreie Bude hätten.

Leider musste ich ihn wieder enttäuschen. Ich hatte andere Pläne. Mit Jacob. Er hatte nämlich behauptet, es sei absolut kein Problem, mal eben ins Archiv zu gehen und sich die Jahrbücher anzuschauen. »Wir klauen ja nichts, wir gucken sie ja nur an«, hatte er gesagt. »Was soll schon passieren?« Und nachdem er versprochen hatte, dass wir auf keinen Fall erwischt würden, hatte ich eingewilligt.

All das sagte ich Tom natürlich nicht. »Dämlicher Test«, murrte er auf meine Ausrede hin.

»Ist ja nicht mehr lange«, sagte ich. »Dann haben wir wieder viel mehr Zeit füreinander.«

»Aber am Wochenende machst du keinen Rückzieher«, schmollte er. Es klang fast wie eine Drohung.

Am Nachmittag besuchten die meisten Schüler irgendwelche AGs, Musik, Theater oder Sport. So kam uns kaum jemand entgegen – und niemand in die Quere. Jacob spazierte durch die Gänge der Schule, als würde es zu den normalen Pflichten eines Schülers auf dem Weg zum Schulabschluss gehören, wenigstens einmal in einen abgeschlossenen Raum einzubrechen.

»Wie kommen wir denn eigentlich ins Archiv rein?«, wunderte ich mich, als wir die Treppe in den Keller hinabstiegen. »Du brichst aber doch nicht die Tür auf, oder?«

Er lachte schnaubend. »Natürlich nicht.« Aus seinem Rucksack zog er einen Bund Schlüssel, die allesamt seltsame Spitzen hatten. Wie sich herausstellte, waren es keine Schlüssel, sondern Dietriche. »Wo hast du die denn her?«, fragte ich verblüfft.

»Hat mir mein Alter vererbt.«

»Wie nett von ihm«, sagte ich. »Wollte er damit etwa nicht mehr selbst spielen?«

»Da, wo er jetzt ist, käme das nicht so gut an.«

»Wo ist er denn?«

»Ist es diese Tür?«, fragte Jacob.

»Nein, dahinten. Also, wo ist dein ...«

»Wenn es ein Sicherheitsschloss ist, dann haben wir natürlich Pech«, sagte Jacob, als wir uns der Tür mit der Aufschrift »Archiv Bücherei« näherten. Und er ließ mich auch weiter nicht zu Wort kommen. »Aha, Glück gehabt«, rief er und hockte sich vor die Tür. »Pass auf, dass keiner kommt.«

Ich ging zurück zur Treppe und lauschte nervös. Jacob fummelte eine Ewigkeit an dem Schloss rum. Ich biss mir auf die Lippen und raunte ihm zu, sich zu beeilen. Ich war schon ein paarmal wegen Schulschwänzens aufgefallen. Aber ein Einbruch würde meine Karriere an der Harold Brockmann High schlagartig beenden.

Dann wurde es hektisch. Jemand kam die Treppe herunter. »Hör auf, da kommt jemand«, flüsterte ich panisch. Und es waren nicht die leichten Schritte von Schülern, die durch die Gänge liefen auf der Suche nach Unfug, sondern die schweren Schritte eines Machtinhabers, der befugt wäre, uns sofort zu bestrafen.

»Weg hier«, flehte ich, da klackte das Türschloss doch noch. Jacob machte triumphierend »Aha!« und wir schlüpften im letzten Moment in den dunklen Raum und schlossen die Tür hinter uns. Atemlos warteten wir ab, bis die Schritte vorübergegangen waren, dann erst holte ich

Luft. Plötzlich flammte Licht auf, ich erschrak erneut und hielt mir die Hand zum Schutz vor die Augen. Aber es war nur Jacob, der das Licht angeschaltet hatte. Ich fauchte: »Lass das!«

Jacob schaltete es wieder aus und wir standen im Stockfinsteren.

»Mach wieder an«, sagte ich grimmig.

»Was denn jetzt?«, fragte er in die Dunkelheit hinein.

»Mach an.«

»Bist du sicher?«

»Hör jetzt auf mit dem Blödsinn und schalt endlich das Licht ein.«

»Ich dachte, bei so einem sonnigen Gemüt wie dir bräuchten wir vielleicht kein Licht.«

»Ha. Ha.«

Endlich machte er das Licht an. Sobald sich unsere Augen dran gewöhnt hatten, liefen wir zu den Regalen. Die Jahrbücher hatte Mr Cooper zum Glück ganz vorne in ein Fach geräumt, wir fanden sie sofort. Ich nahm mir zunächst das aus dem Jahr 1967, während Jacob durch die Reihen strolchte. Außer dem einen Foto von Liv, das mir Mr Cooper damals gezeigt hatte, gab es noch ein weiteres von ihr unter »Abgänge«. Es war wieder eher unvorteilhaft, irgendwie schräg von unten, was Livs Proportionen seltsam verzerrte. Unter dem Bild stand: »Liv Barnett ... ist weg noch vor der Graduierung. Aber einen Abschluss braucht sie ja auch nicht für ihre Karriere als Hollywoodstar. Wir wünschen ihr viel Glück in Los Angeles. Denn in Wickwood vermisst sie keiner.«

Wie nett, dachte ich. Weiter fand ich nichts, also nahm ich mir auch das Jahrbuch von 1966 vor. Da entdeckte ich etwas Kurioses: Unsere jetzige Bürgermeisterin, Brenda Stark, damals noch Brenda Hofmann, war auf dem

Abschlussball 1966 die Prom-Queen gewesen! Sie trug auftoupiertes Haar und ein samtenes Haarband und ein bauschiges Kleid. Und an ihrer Seite – und das konnte ich kaum glauben – war niemand anders als William Stringer. Unsere Bürgermeisterin und Billyboy »Hinkebein, Stinkebein« Stringer aus dem Aquarium – sie waren ein Paar gewesen! Und wie schön die beiden gewesen waren! Glatte Haut, volles Haar, glänzende Augen, glänzende Zukunft. Na ja. Für einen von beiden hatte sie sich als wirklich glänzend herausgestellt. Es war eigenartig, Menschen, die man nur als vernünftige Erwachsene kannte, in meinem Alter zu sehen. In dem Jahrbuch von 1966 waren auch noch Fotos von Kristin Bell, die damals noch wie ihr Bruder Stringer hieß und auch sehr hübsch war. Kristin und William Stringer waren noch auf einer Seite zusammen zu sehen, die die Überschrift trug: »Die heißesten Geschwister von Wickwood«.

Von Liv war auch in diesem Jahrbuch kaum etwas zu finden. Nur auf einem Bild der Drama-AG war sie zu sehen, ganz klein in der Ecke, und das, obwohl sie laut Besetzungsliste die Hauptrolle in dem Stück gespielt hatte. Die Redakteure der Jahrbücher hatten sie ganz offensichtlich nicht gemocht. Ich seufzte, denn ich hatte mir wirklich mehr erhofft.

»Richtig gebracht hat uns das ja nichts«, sagte ich enttäuscht, als wir das Archiv und schließlich das Schulgebäude verließen.

»Na ja«, sagte Jacob. »Ich wüsste ja, wo es Interessanteres zu entdecken gäbe, aber du willst ja nicht.«

»Ich muss nach Hause«, bügelte ich ihn ab, bevor er wieder von einem Einbruch in Patricias Villa anfing. Im Vergleich zum Schulbüchereiarchiv war die Villa geradezu ein Hochsicherheitstrakt.

Ich hatte meiner Mutter versprochen, mit ihr einkaufen zu gehen, um ihr die Sachen zu schleppen. Das war, wie man sich vorstellen kann, kein besonders großer Spaß. Als wir vom Einkauf zurückkamen, brachte ich Großvater ein Bund Bananen, zwei Flaschen Milch und seine Lieblingskekse. Auf dem Weg zu seiner Wohnung kam mir Mr Anderson entgegen, der gerade seinen Besuch bei Grandpa beendete.

»Hi Mr Anderson«, sagte ich. »Wie geht's?«

»Gut«, rief er fröhlich. »Wir haben uns endlich entschlossen, die Apotheke zu verkaufen. Mit dem neuen Drugstore hinten an der Mall können wir nicht konkurrieren.«

»Und das ... finden Sie gut?«

»Natürlich«, sagte er. »Es ist Zeit, dass wir in Pension gehen. Reisen! Mal raus aus Wickwood.«

»Das ist schade, dass Sie die Apotheke zumachen. Aber ich freue mich für Sie«, sagte ich und meinte es ehrlich. Gerade von den beiden, die solche Urgesteine waren, hätte ich nicht gedacht, dass sie sich das auf die alten Tage trauten. »Und wie ist Grandpa drauf heute?«

»Ganz okay«, meinte Mr Anderson. »Er freut sich bestimmt, dich zu sehen. Also, bis bald!«

Großvater schaute fern. Das machte er an den gemischten Tagen, wenn es ihm zu gut ging, um nur im Bett zu liegen, aber nicht gut genug, um zu malen. Ich setzte mich neben ihn. Wartete ein paar Minuten und überlegte, wie ich anfangen sollte, aber dann beschloss ich, einfach draufloszufragen.

»Warum hast du mir nichts von Glorias Unfall erzählt? Wo sie auf dem Glatteis ausgerutscht ist.«

»Wie bitte?« Er wandte sich von seiner Fernsehreportage über karibische Inseln ab. »Warum ich nichts von Glorias Unfall erzählt habe?« Er dachte kurz nach und lächelte dann schief. »Berufskrankheit, denke ich. Die Arzt-Patienten-Vertraulichkeit ist mir wohl in Fleisch und Blut übergegangen.«

Seine Antwort beruhigte mich. »Was ist denn passiert?«, fragte ich. »Kannst du es mir denn jetzt erzählen?«

Er nickte. »Das war gar keine große Sache. Sie ist ausgerutscht und hat sich das Steißbein geprellt, eine harmlose, wenn auch sehr schmerzhafte Angelegenheit. Ich habe ihr Schmerzmittel verschrieben.«

»Das war alles?«

»Mehr konnte man nicht tun.«

»Wusstest du eigentlich, dass sie Verehrer gehabt hat?«

Großvater lachte. »Bei so einer Frau blieb das nicht aus.«

»Kennst du vielleicht denjenigen, der ihr heute noch Blumen aufs Grab legt?«

»Schschscht«, machte Großvater und stellte plötzlich den Fernseher lauter, um den Sprecher besser zu verstehen, der über die heißen Quellen und Urwälder der Antilleninsel Dominica erzählte. Und damit beachtete mich Großvater nicht mehr. Verdammt, dachte ich. Immer wenn ich nach Antworten suchte, stellten sich neue Fragen. Und wenn sie meinen Großvater betrafen, gefiel mir das besonders wenig. Aber ich würde mich in Geduld üben müssen, bis er wieder in der Stimmung war, Auskunft zu geben.

KAPITEL 25

MITTWOCH, 29. OKTOBER 1997

Auch am Mittwochmorgen war Großvater zu nichts zu gebrauchen und ich musste zur Schule fahren, ohne noch einmal mit ihm gesprochen zu haben. Jacob sah ich an dem Tag nicht, er hatte irgendwas von »Erledigungen« gefaselt. Es war mir recht, denn nach der Schule brauchte meine Mutter Hilfe. Ich musste für das Stadtfest die aktualisierte Liste des Kuchenbüfetts am Computer schreiben. Ingrid Anderson war auch da, sie wollte meiner Mutter wegen ihres Handicaps noch mehr unter die Arme greifen, da sie aber mit »diesen Maschinen«, wie sie den Computer nannte, nichts zu tun haben wollte, musste ich ran. Sie strahlte heute richtig, ihre blauen Augen leuchteten mit den weißen Haaren um die Wette, so glücklich war sie über den Entschluss, die Apotheke aufzugeben.

»Endlich«, sagte sie. »Ich wollte das doch schon lange, aber Peter hat sich immer geweigert. Aber so viele gemeinsame Jahre haben wir ja nicht mehr, da muss man die Zeit genießen.« Sie beugte sich vor und die Perlen ihrer bunten Kette klackerten fröhlich aneinander. »Stell dir vor! Wir haben ein Wohnmobil gekauft! Damit fahren wir nach San Francisco. Und Las Vegas!«

Meine Mutter verzog das Gesicht. »Las Vegas?«, fragte sie angewidert. »Verspielt nur nicht eure Pension.«

»Ach was!«, meinte Mrs Anderson lachend. »Aber ein bisschen Spaß muss einfach mal sein.«

Ich ließ mich von ihrer Fröhlichkeit anstecken, und als Mutter am Telefon mit einer Kuchenspenderin über deren

Rezept diskutierte, nutzte ich die Gelegenheit, Mrs Anderson nach dem anonymen Grab auf dem Friedhof zu fragen. »Ich habe gehört, dass es das Grab von Gloria Barnett sein soll«, sagte ich.

Mrs Anderson schaute überrascht auf. Dann seufzte sie und sagte: »Offiziell will das keiner bestätigen, aber ... ja. Das ist es.«

»Und kann das sein, dass der Frauenverein da diesen ... Zaun hat aufstellen lassen?«

Sie nickte und schüttelte gleichzeitig den Kopf. »Ja, das war so eine Sache. Wilma ... ich will nicht schlecht über sie reden, aber sie hat es manchmal schon etwas übertrieben. Auch wenn sie so viel gemacht hat für Wickwood und die Stadt ja sehr vorangetrieben hat, diese Sache mit dem Zaun damals fand ich ... na ja. Etwas sehr mittelalterlich, um es mal vorsichtig zu formulieren.«

Sie machte eine Pause und redete dann weiter: »Als Wilma erfahren hatte, dass Gloria Barnett still und heimlich doch noch dort beerdigt worden ist, war sie aufgebracht und hat behauptet, das sei unchristlich. Und dann hat sie Vater Fleming unter Druck gesetzt, wenigstens den Zaun aufzustellen, um bösen Zauber von uns allen abzuhalten.«

»Aber wieso böser Zauber? War denn irgendwas passiert? Ist ihr Geist tatsächlich irgendwem erschienen?«

»Natürlich nicht.« Mrs Anderson verdrehte die Augen. »Das war einfach ... ich weiß auch nicht, Wilma hat anscheinend wirklich daran geglaubt, dass Selbstmörder als Wiedergänger auftauchen können.« Sie seufzte. »Das war das einzige Mal in der Geschichte des Frauenvereins, wo es richtig Streit gegeben hat. Aber sie war die Vorsitzende und dann haben wir uns irgendwann gebeugt und gesagt, wenn dann Frieden ist, bitte sehr, mach einen Zaun um das Grab. Aber alle – außer Wilma – hielten das für eine seltsame Aktion.«

»Aber Großmutter hat auch die Wohnung gegen böse Geister reinigen lassen. Hat mir Grandpa erzählt.«

In dem Moment kam Mutter wieder und mischte sich gleich ein: »Aber das ist doch Blödsinn.«

Mrs Anderson zog die Augenbrauen wissend hoch. »Ehrlich gesagt, Judith, deine Mutter hat sich ziemlich beeinflussen lassen von Wilmas Gerede. Versteh mich nicht falsch, sie war eine tolle Frau, deine Mutter, und eine gute Freundin. Aber Wilma hatte starken Einfluss auf sie.« Und dann setzte sie fröhlich hinzu: »Aber da kräht ja nun wirklich kein Hahn mehr nach. Und heute gibt es wichtigere Dinge als diese ollen Kamellen.«

»Aber irgendeiner legt ihr noch Blumen auf das Grab«, wandte ich unter dem tadelnden Blick meiner Mutter ein. »Wissen Sie, wer das ist?«

»Legt da jemand noch Blumen aufs Grab. Wirklich?«, fragte sie verdutzt. »Keine Ahnung, wer das sein könnte.«

Jetzt hatte ich schon seit Tagen nichts Neues herausgefunden. Es war wie Stochern im Nebel, dachte ich grimmig. Passte ja irgendwie zu Wickwood. Da Jacob auch am Nachmittag noch nicht wieder aufgetaucht war, machte ich mir wieder Notizen. Sheriff Fisher hatte Glorias Fall bearbeitet, die Autopsie hatte eindeutig ergeben, dass sie betrunken ertrunken war. Seine Mutter Wilma Fisher hatte den Zaun um das Grab errichten lassen und irgendjemand dachte noch an Gloria und brachte ihr Blumen, vermutlich ein alter Verehrer. Großvater hatte Gloria besser gekannt, als er anfangs gesagt hatte, meine Großmutter hatte Angst vor Glorias Geist. Warum? War das wirklich nur so eine Marotte gewesen? Patricia wollte nicht über Liv reden. Wieso? Wo war sie? Irgendwie trat ich bei dieser ganzen Sache auf der Stelle. Langsam fragte ich mich, wer hier eigentlich die ganze Zeit etwas verheimlichte – und warum.

KAPITEL 26

FREITAG, 31. OKTOBER 1997

Ich hatte Jacob seit zwei Tagen nicht gesehen, als er am Freitag plötzlich wieder auftauchte. Ich kam gerade von der Schule, da stand er mit seiner Schrottkarre und seinem Hund in unserer Straße. »Wo warst du?«, fragte ich.

»Hab Sachen gemacht«, meinte er lapidar.

»Was für Sachen?«

»Darf man nicht mal mehr was Privates erledigen?«, maulte er.

Ich zuckte mit den Schultern und ging weiter.

»Na gut«, rief er mir hinterher. »Wenn du es unbedingt wissen willst. Ich hab meinen Vater besucht.«

Ich drehte mich zu ihm um. »Wo?«

»Du bist ganz schön schwer von Begriff«, sagte er und zog eine Schnute. »Wie willst du denn ein vor dreißig Jahren verschwundenes Mädchen finden, wenn du noch nicht mal das errätst?«

Ich starrte ihn einfach nur an.

»Okay«, sagte er. »Du hast es erraten. Ja, er sitzt im Knast.«

»Oh«, machte ich.

»Ja, genau«, sagte er. »Oh.« Dann winkte er ab. »Was soll's. Nur noch vier Jahre, dann ist er, schwupps, schon wieder draußen.«

»Weswegen ist er im Gefängnis?«

»Einbruch. Und ein klitzekleiner Raubüberfall. Leider war er dabei so stoned, dass er vergessen hatte, eine Maske zu tragen. Tja. Dumm gelaufen.«

»Das tut mir leid.«

»Was soll's«, sagte er. »Und, was steht heute an?«

»Nichts«, sagte ich. »Muss auf eine Halloween-Party.«

Sein Gesicht hellte sich auf. »Hey! Party! Das ist mein Fachbereich! Obwohl ich nichts trinke, das sage ich gleich. Nur damit du Bescheid weißt, aber lustig wird es trotz…«

»Du kannst aber nicht mitkommen«, unterbrach ich ihn. »Du bist nämlich nicht eingeladen.«

»Na und? An Halloween fällt das gar nicht auf. Ich verkleide mich einfach und dann komme ich mit. Ein bisschen Spaß gönnst du mir wohl auch, oder?«

Ich verdrehte die Augen.

»Ich fahre dich hin, ich fahre dich zurück, ich bin dein persönlicher Party-Sklave«, bettelte er und setzte dazu so einen Dackelblick auf, dass ich lachen musste.

»Hast du denn eine Verkleidung?«, fragte ich.

»Na, sicher! Die perfekte Verkleidung. Damit wird mich niemand erkennen.«

»Na gut«, gab ich nach. »Es wird bestimmt so voll, dass ein Gast mehr oder weniger nicht auffällt.« Und dann müsste ich auch nicht mit Tess, Emily und Jasmin fahren, die mir das angeboten hatten. Es war zwar klasse, dass sie jetzt auch nett zu mir waren, aber ich war mir ziemlich sicher, dass ich nicht mit ihnen befreundet sein wollte.

Die Tasche spendierte mir ein Catwoman-Kostüm. Was für ein Klischee! Aber es war einfach zu sexy, um es nicht zu tragen. Außerdem hatte ich nichts anderes. Nur ein Bärenkostüm, das ich die letzten drei Jahre angezogen hatte. Aber das passte ja nun wirklich nicht für eine Halloween-Party in einer mondänen Villa – als Freundin des begehrtesten Jungen der Schule. Da ich ahnte, dass es Schwierigkeiten geben würde, wenn meine Mutter Catwoman zu Gesicht bekam, zog ich zur Tarnung trotzdem das Bärenkostüm drüber. Dazu trug ich Handschuhe, um die schwarzen Flecken zu bedecken. Die Tasche klemmte ich mir so unter den Arm, dass man sie unter dem plüschigen Fell nicht sehen konnte.

Mein Vater brachte mich zur Tür, wollte wissen, wie ich nach White Lake und wieder nach Hause käme, und war zufrieden, dass ich ihm versicherte, dass ich einen sehr zuverlässigen Fahrer hätte, der keinen Alkohol trinken würde – genau wie ich. Damit war er zufrieden. »Amüsier dich, Stella. Es gibt nur eine wichtige Regel: Lass dich auf nichts ein, nur weil andere es von dir wollen. Denk immer nur daran, was du selbst willst. Ich vertraue dir. Vertrau dir auch selbst, hörst du?«

»Ja, Dad«, sagte ich und umarmte ihn.

Dann ging ich raus. Jacob wartete im Wagen, er sah aus wie immer.

»Und wo ist deine Verkleidung?«, maulte ich. Er holte eine schwarze Strickmütze hervor, setzte sie auf und rollte die Krempe herunter.

»Deine Verkleidung besteht aus einer *Verbrechermaske?«*

»Sturmhaube«, korrigierte er. Ich konnte nur seinen Mund sehen und die Augen, die durch zwei kleine Löcher glotzten.

»Aber das ist doch keine Verkleidung!«, protestierte ich.

»Wieso? Erkennst du mich etwa?«

»Natürlich nicht, aber ...«

»Nichts aber. Wenn man mich nicht erkennt, dann ist es die perfekte Verkleidung.« Er warf einen Seitenblick auf mich. »Abgesehen davon, bist du auch nicht gerade originell verkleidet, Pu, der Bär? Wie alt bist du? Fünf?«

»Du bist echt ein Komiker«, sagte ich und schälte mich aus dem Plüsch. Jacob fuhr fast in einen Graben, als er den engen schwarzen Dress sah, der sich wie eine zweite Haut an mich schmiegte. »Holla, die Waldfee!«, rief er und pfiff durch die Zähne. »Kennedy, nicht anfangen zu sabbern. Das Leckerchen ist nicht für dich.«

»Du bist bekloppt«, sagte ich, band mir die Augenmaske um und steckte die Katzenohren in die Haare.

»Danke«, strahlte er und richtete dann nach einem weiteren Blick auf mich seine Augen brav nach vorne.

Das Haus von Toms Großeltern war lange nicht so mondän wie Patricias Villa, aber es war durchaus etwas, das den Namen »Anwesen« verdiente. Es war im Südstaatenstil gehalten und hatte Säulen an der Vorderfront, die sich über den ersten Stock bis zum Dach hinaufzogen. Eine amerikanische Flagge war über dem Eingang angebracht, der hell erleuchtet die Ankommenden willkommen hieß. Glitzernde Kronleuchter, goldene Spiegel und samtbezogene Sofas im Inneren – ich kam mir fast vor wie bei »Der große Gatsby«. Nur dass das Partyvolk aus bizarren Gestalten bestand: Comicfiguren, Superhelden, Zombies und Vampire machte ich auf den ersten Blick aus. Jacob mischte sich in seinem Verbrecheroutfit unter die Menge, er fiel wirklich nicht auf.

Ich ermahnte Jacob, sich zu benehmen, und machte mich auf die Suche nach Tom. Ich fand ihn an der Cocktailbar, die im Foyer aufgebaut worden war. Erst erkannte ich ihn fast nicht. Er hatte eine Perücke auf, die nur auf einer Seite über blondes kinnlanges Haar verfügte und auf der anderen Seite eine klaffende Wunde zeigte, in der eine grobkörnige Masse aus Hirnklumpen und Blut klebte. Dazu trug er einen schwarzen Anzug, schwarze Krawatte und weißes Hemd.

»Hey«, begrüßte er mich, zog mich an sich. »Catwoman!« Er küsste mich gierig. »Das gefällt mir.«

»Und wie nennt sich dein Kostüm?«, fragte ich skeptisch.

»Na, wie wohl? Kurt Cobain, posthum!«

Ziemlich geschmacklos, wenn man bedachte, dass sich der Nirvana-Sänger erst Anfang des Jahres eine Kugel in den Kopf gejagt hatte. Aber ich ließ es unkommentiert. Ein junger Mann im Uncle-Sam-Kostüm kam herangewankt. »Hey Cobain«, rief er. »Ich glaube, da oben treiben es zwei im Bad.«

Tom zuckte grinsend mit den Schultern. »Kann passieren.« Er stellte mir den Mann vor. »Das ist Alexander, mein Cousin und die Anstandsdame des Hauses.«

»Halt 's Maul, Freak«, lallte Alexander und bestellte einen Planter's Punch. Tom zündete sich eine Zigarette an und mir fiel ein, dass ich ein Geschenk für Tom vergessen hatte, tastete in meiner Tasche nach etwas, aber sie ließ mich im Stich. »Mein Geschenk bekommst du später«, sagte ich und lächelte ihn bewusst lasziv an.

Er lachte kehlig. »Ich weiß, dass ich heute ein ganz besonderes Geschenk von dir bekomme.« Er küsste mich und presste mich an sich, die Hände auf meinem latexumhüllten Hintern. Mir wurde schwummerig, aber ich schob ihn weg und lachte: »Na, na, na. Nicht so schnell.«

»Einen Mai Tai für Catwoman!«, befahl er dem Barkeeper.

»Ich hätte lieber ...«

Aber da drückte er mir schon den Drink in die Hand, er war unheimlich stark und ich mochte ihn eigentlich nicht, aber weil Tom so drängend guckte, trank ich dennoch davon. Ich merkte sofort, wie mir der Alkohol zu Kopf stieg.

»Das tut gut, was?«, fragte Tom, packte mich an den Hüften, drängte mich an die Wand und küsste mich, steckte grob und fordernd seine Zunge in meinen Mund, er schmeckte nach Zigaretten und Schnaps. Ich musste Atem holen und drückte ihn ein bisschen weg von mir. »Time out!«, sagte ich grinsend. »Muss auf die Toilette.« Ich wollte an ihm vorbei, aber er blieb, wo er war, die Arme links und rechts von mir an die Wand gestützt, sodass ich nicht wegkam. »Brauchst du dabei Gesellschaft?«, fragte er heiser.

Ja, sirrte die Stimme. *Hör endlich auf, dich zu zieren.*

»Nein.« Ich küsste ihn noch einmal kurz und sagte: »Ich bin gleich wieder da.« Dann tauchte ich schnell unter seinen Armen zur Seite weg, stellte den Drink ab und ließ Tom stehen, der nach einem Drink schrie und sofort von einem Mädchen in rotem Minikleid belagert wurde. Jacob fand ich in der Küche, wo er mit einer Mary Poppins plauderte und nebenbei eine Riesenschüssel Schokoladenmousse verdrückte, was in der Verbindung mit seiner Verbrechermaske ziemlich irre aussah. Ich winkte ihn herbei und Mary Poppins schaute sichtlich enttäuscht, dass ich ihr den Gangster entführte. Jacob wedelte mit der Hand vor seiner Nase. »Meine Güte, bist du gerade in ein Schnapsfass gefallen?«

»Ich muss gehen«, sagte ich leise.

»Amüsierst du dich etwa nicht?«

Ich zuckte mit den Schultern. »Geht so. Tom ... er ist ... ein bisschen schräg drauf.«

Wir gingen nach draußen. Die frische Luft tat gut. Es waren sogar Sterne zu sehen, so was gab es nicht in Wickwood, sondern nur in White Lake.

»Ist das da drüben Patricias Villa?«, fragte Jacob und deutete nach Norden.

»Ich glaube, ja«, sagte ich und merkte, wie der Alkohol durch meine Blutbahn waberte. Einem Impuls folgend oder auch nur dem Alkoholnebel in meinem Schädel, hörte ich mich plötzlich sagen: »Los. Wir müssen noch einmal versuchen, mit ihr zu reden.«

»Ich weiß nicht«, sagte Jacob. »Sah nicht so aus, als ob sie sich überzeugen lassen würde.«

»Aber heute ist Halloween«, sagte ich. »Da muss man aufmachen, wenn jemand klingelt. Trick or treat! Und wenn die Tür einmal auf ist, dann lassen wir nicht locker.« Ich lief los, die Einfahrt hinunter, dann links die ansteigende Straße hoch. Jacob stolperte mir nach. Wir stapften schweigend nebeneinanderher und ich merkte erst nach einer Weile, dass ich wieder automatisch den Skarabäus befühlte, der mich auch durch die Handschuhe hindurch aufputschte, als stünde er unter Strom. Mein Hirn, von Alkohol, Wut, Angst und der elektrischen Spannung des Skarabäus befeuert, summte bereits. Ich musste mit Patricia reden. Ich musste herausfinden, was damals passiert war. Und wo Liv steckte. Patricia wusste es. Sie *musste* es wissen.

Straßenlaternen säumten die sauber angelegte Allee im Abstand von hundert Metern. Zwischen den Lichtkegeln, die in das diesige Dunkel sickerten, war es finster. Es war Halbmond, eine schmale Sichel am Himmel, nicht hell genug, um den ganzen Weg zu beleuchten. Ein Auto fuhr an uns vorbei, zwei leuchtende Augen, die durch die Nacht glitten. Kinder, die aufgeregt von Haustür zu Haustür liefen, um Süßigkeiten zu sammeln, waren nirgendwo zu sehen.

»Scheint nicht gerade eine kinderreiche Gegend zu

sein«, stellte Jacob fest. »Was machen wir, wenn keiner öffnet?«

»Es wird jemand öffnen«, brummte ich.

Wir näherten uns dem Tor. Es war nicht beleuchtet. Das Eisentor ragte abweisend vor uns auf.

»Wenigstens eine kleine Lampe könnten sie brennen lassen«, murrte Jacob. »Das würde ja nun keinen umbringen.«

Ich fand den Klingelknopf und drückte drauf. Es summte, wir warteten, doch nichts passierte. Ich drückte erneut drauf. Alles blieb dunkel und still.

»Verdammt«, rief ich. »So eine verdammte Scheiße. Und jetzt?«

»Vielleicht schreiben wir ihr einen Brief«, schlug Jacob vor. »Vielleicht wird sie dann ...«

»Ich habe es satt«, unterbrach ich ihn. »Und ich bin stinksauer. Keiner sagt die Wahrheit. Informationen bekommt man nur in winzigen Häppchen. Es gibt nur Fragen und keine Antworten. Aber mir läuft die Zeit davon!« Ich vibrierte richtig von innen, ein Dampfkessel kurz vor der Explosion. Nicht wütend werden, murmelte ich vor mich hin. Wut konnte ich mir nicht leisten im Moment. Ich hatte schon zweimal erlebt, was dann passieren konnte. Und der Druck in mir wurde immer größer. Ich spürte plötzlich sehr deutlich, dass mir nicht mehr viel Zeit blieb, bevor ich wieder die Kontrolle verlor. »Ich weiß, es wird bald wieder etwas Schreckliches passieren. Ich spüre es! Und diesmal wird es fürchterlich werden.« Ich starrte auf die Mauer, die hinter den Schatten der Büsche aufragte. »Hast du dein Werkzeug dabei?«

»Klar«, sagte Jacob zögerlich. »Aber was willst du damit?«

»Ich gehe jetzt in diese Villa und suche eine Antwort.«

»Hey, die Party wird ja doch noch lustig!«, rief Jacob.

Bei Nacht zwischen Büschen und Bäumen herumzulaufen, die dicht gedrängt eine Mauer beschützen sollen, ist keine gute Idee. Doch Jacob kramte aus seiner Lederjacke eine funzelige Taschenlampe, die wenigstens ein wenig Licht machte. Trotzdem kratzte ich mir einige Mal Arme und Beine an hervorstehenden Ästen, bis wir zu der Stelle an der Mauer vorgedrungen waren, die Jacob vorgestern ausgemacht hatte.

»Du gehst nicht mit rein«, bestimmte ich, während ich den besten Weg zum Drüberklettern abschätzte. »Das mache ich alleine.«

»Wie soll das denn gehen?«

»Ich werde das schon schaffen. Du hast da auch nur ein bisschen mit den Dietrichen rumgewackelt.«

»Du kennst doch nicht mal den Unterschied zwischen einem Schneemann, einem Six Mountains und der Schlange. Geschweige denn, was du für welches Schloss benutzen musst.«

»Aber ich kann dich nicht mitnehmen«, sagte ich und stieg von dem Erdhügel mit einem Bein auf einen tief hängenden Ast, hielt mich an der Mauer fest und stemmte mich hoch. »Nachher werden wir erwischt und dann landest du auch im Gefängnis«, sagte ich und schwang die Beine über die Mauer.

»Wir werden nicht erwischt«, hörte ich ihn noch sagen, bevor ich auf der anderen Seite auf dem Boden landete. »Ich bin super verkleidet und du bist Catwoman«, sagte er, bevor auch er den Weg über die Mauer antrat.

Wir schlichen über den Rasen bis zu Patricias Villa. Kein Licht war an. Die Besitzerin war ganz offensichtlich nicht zu Hause. Oder sie schlief. Das wäre weniger gut. Aber ich wollte der Sache endlich ein Ende bereiten. Jacob dirigierte mich nach links zu einer Terrasse. Als wir den Steinboden erreichten, flammte auf einmal ein Licht auf.

»Verdammt«, murmelte ich, die Hände vors Gesicht gerissen, so geblendet war ich. Mein Herz bummerte. »Du hast mir doch versprochen, dass wir nicht erwischt werden«, fauchte ich Jacob an.

»Hab ich auch.« Und dann fügte er hinzu: »Andererseits hat mein Alter das auch immer gesagt.«

Wir warteten, ob Polizeisirenen ertönten oder Ähnliches, doch alles blieb ruhig. Wir hörten nur ein leises Maunzen und sahen die Katze, die von rechts um das Haus herumschlich, und atmeten auf. Jacob eilte zur Terrassentür und inspizierte das Schloss, suchte einen von seinen Dietrichen und probierte es damit. Schließlich klackte es.

»Hoffentlich geht keine Alarmanlage an«, sagte er und stieß die Tür auf. Wir warteten einen Moment, alle Fasern gespannt. Aber alles blieb still. Vorsichtig betraten wir das Wohnzimmer. »Wo fangen wir an zu suchen?«, fragte Jacob.

»Ich weiß nicht.«

Licht anzuschalten, trauten wir uns nicht. Das Gute war, dass der Einrichtungsstil eher minimalistisch gehalten war, sodass wir auch mit dem kleinen Licht der Taschenlampe erkennen konnten, in welchen Räumen es überhaupt etwas zu durchstöbern gab. Im Wohnzimmer standen nur eine Couch, ein Regal mit Kunstwerken und ein Fernseher. Das Arbeitszimmer am Ende des Ganges schien mir dagegen lohnenswert zu sein. Wir entschieden uns, dass es sicher genug war, eine Schreibtischlampe anzuschalten. Vor allem war es dringend nötig, sonst hätten wir sowieso nichts gesehen. Jacob durchsuchte den Schreibtisch, ich nahm mir ein Regal mit Aktenordnern vor.

»Was suchen wir eigentlich?«, fragte Jacob.

»Ich weiß nicht«, musste ich erneut zugeben. »Vielleicht eine Adresse von Liv, Briefe, irgendwelche Notizen über ihren Verbleib.«

Ich wandte mich einer Reihe gebundener Notizbücher zu, in der Hoffnung, dass es sich um Tagebücher handelte, aber es waren nur Haushaltsbücher, in die Patricia akribisch ihre Ausgaben geschrieben hatte. Lohnzahlungen für den Gärtner, für Handwerker, Ausgaben für Lebensmittel und Porto. Patricia war wirklich äußerst genau. Ich blätterte die Aufzeichnungen durch, in der Hoffnung, vielleicht einen Vermerk über ein Geburtstagsgeschenk für Liv zu finden, ein Paket, das versandt worden war, aber nichts. Keine Spur von Liv.

»Hier finden wir nichts«, stellte ich fest und ging weiter ins nächste Zimmer.

»Schlafzimmer«, winkte Jacob ab. »Uninteressant. Den Schmuck haben die meisten irgendwo versteckt, wo sie ihn sicher wähnen. Im Kühlschrank oder so.«

Ich ignorierte seine merkwürdige Bemerkung und ging hinein, obwohl es nichts gab, was auf den ersten Blick vielversprechend aussah. Mein Kopf fing plötzlich wieder an zu schmerzen, das Sirren zischte zwischen meinen Ohren hin und her, kalt und tödlich wie das Summen einer Hochspannungsleitung. Ich hatte auf einmal das Bedürfnis, schneller zu machen, hier fertig zu werden und rauszurennen, hinaus aus dem Haus. Ich ließ das letzte Flackern der ersterbenden Taschenlampe durch den Raum huschen, das ordentlich gemachte Bett, ein Stuhl, der Nachtisch, darauf ein Gedichtband, eine Handcreme und eine ziselierte Silberdose für Taschentücher. Die hatte ich schon in Livs alter Villa gesehen! Ich starrte darauf und versuchte für einen Moment, eine Logik hinter den Ereignissen der letzten Wochen erkennen zu können, entschied aber, dass das völlig sinnlos war. Dennoch zog mich die Dose magisch an. Ich hob den Deckel hoch und sah, dass gar keine Taschentücher in der Dose waren. Sondern Fotos. Alte Fotos. Manche in Schwarz-Weiß, andere in jenem Bunt, das langsam ausfranste und zu einer Farbwüste in Braunorange verlief.

»Vielleicht habe ich was gefunden«, sagte ich aufgeregt zu Jacob, der es sich derweil in einem Massagesessel bequem gemacht hatte und gerade die verschiedenen Funktionen herauszufinden versuchte. Schon das zweite Bild zeigte Liv, sie blickte ernst in die Kamera, der Mund leicht geöffnet, als wollte sie was sagen, ihre Lippen dunkelrot wie Kirschlikör.

Also doch! Patricia war es gewesen, sie wusste, wo Liv war, hatte sie umgebracht, um an das Geld zu kommen. Sie alle hatten recht gehabt mit ihrem Verdacht, warum sonst sollte sie diese Fotos hier verstecken, aber nicht drüber reden wollen.

Und dann hörten wir ein Geräusch, Schritte auf dem Flur und das Licht flammte auf und da stand sie, Patricia, und ihr Schrei gellte durch meine angespannten Trommelfelle in das Nervenzentrum, das totale Überlastung signalisierte, die sich in einem heftigen Blitzgewitter entlud. Der Sirrton erreichte Düsenjägerlautstärke und das Nächste, was ich weiß, war, dass ich aus meiner Tasche eine Pistole holte und damit auf Patricia zielte.

»Bleiben Sie, wo Sie sind«, kreischte ich. Panisch, mit zitternden Händen. Was tue ich hier nur?! Ich wollte hier weg, aber jetzt hatte ich eine Waffe gezogen und ich musste es durchziehen, es gab keine andere Möglichkeit. *So fühlt sich Macht an,* amüsierte sich die Stimme, *jetzt kannst du tun, was du willst, genieße es!*

»Shit«, sagte Jacob in seinem Sessel. Patricia hob ihre Hände. Wir starrten uns an. Sie hatte kurze weiße Haare, trug einen schwarzen Rollkragenpullover zu einer orangefarbenen Leinenhose. Außer einem breiten silbernen

Armband und einem schmalen goldenen Ring trug sie keinen Schmuck. Sie sah friedfertig aus wie eine Frau, die Aquarelle malte und Gartenarbeit liebte.

»Was wollen Sie?«, fragte Patricia. »Ich kann Ihnen Geld ...« Und dann sah sie die Tasche und verstummte. Schaute verwirrt von der Tasche zu mir. Und selbst durch meine vernebelten Sinne bemerkte ich, dass unter ihrer Sanftmut eine Traurigkeit war, dass der Kummer an ihr haftete wie ein starkes Parfüm. Sie hatte die Aura eines Menschen, der schon zu viel Schlimmes erlebt hatte, um sich von kleinen Erschütterungen aus der Bahn werfen zu lassen.

»Ich ...«, stammelte ich und mein Arm verlor auf einmal seine Kraft und ich ließ die Waffe sinken.

»Wir wollen nur reden«, fing Jacob an. »Nicht wahr, Catwoman, wir wollen nur reden.«

»Ja, genau«, sagte ich kraftlos. »Wir wollen nur ein paar Informationen.«

Da ging Patricia ein Licht auf. »Seid ihr die beiden, die neulich geklingelt haben?«

Ich nickte. Jacob sprang zu mir und nahm mir, ohne dass ich Widerstand leistete, den Revolver aus der Hand.

»Diese Tasche«, fragte Patricia verwirrt. »Woher hast du die?«

»Äh, die habe ich geschenkt bekommen.«

»Meine Stieftochter hatte auch so eine.«

»Liv? Ich dachte, sie gehörte ...« Jacob stieß mir den Ellenbogen in die Seite.

»Wir wollten mit Ihnen über Liv sprechen«, sagte ich stattdessen. »Wir möchten wissen, wo sie ist.«

Patricia seufzte und schloss für einen Moment die Augen. Als sie sie wieder öffnete, schimmerten Tränen darin. »Das möchte ich auch gerne. Das möchte ich seit dreißig Jahren.«

Es klang so ehrlich und so tieftraurig, dass ich aus einem Impuls heraus beschloss, Vertrauen zu ihr zu haben. Ich zog mir die Augenmaske ab und stellte mich vor. »Ich heiße Stella Miller«, sagte ich. »Und es tut mir leid, dass wir hier so eingedrungen sind und ... das mit der Pistole besonders, aber ich muss einfach herausfinden, was passiert ist.«

»Aber wieso?«, fragte Patricia. »Wieso ist das für dich so wichtig?«

Ich warf Jacob einen Blick zu, der immer noch seine Maske trug und jetzt anfing, heftig mit dem Kopf zu schütteln, aber ich hatte mich innerlich schon entschieden. »Weil ich ... Liv getroffen habe. Sie hat mir die Tasche gegeben.«

Patricia wurde blass. »Sie lebt? Aber ... wo hast du sie gesehen? Wann?«

»Das ist eine längere Geschichte«, setzte ich an. »Und sie ist auch ziemlich schwer zu begreifen.«

»Soll ich uns vielleicht einen Tee machen?«, fragte Patricia langsam, während sie mich musterte. Ich nickte, hob die Fotos auf, die ich hatte fallen lassen, und folgte ihr in die Küche. Jacob zischte mir zu, ich solle ihr nicht so schnell vertrauen, wir wüssten nicht, ob wir es nicht mit einer kaltblütigen Mörderin zu tun hätten. »Wenn sie eine Mörderin ist, werden wir es erfahren«, gab ich zurück.

»Wir werden es vielleicht erfahren«, wandte er ein, »aber vielleicht nicht mehr lange leben.«

»Du kannst gerne gehen«, schlug ich vor. Damit machte ich mich los und lief Patricia nach. Ich kam gerade in die Küche, um zu sehen, dass sie mit flinken Händen verschiedene Zutaten aus kleinen Döschen in eine Kanne gab, während das Wasser kochte. Das kam mir komisch vor, weil ich es nur kannte, dass man einen Teebeutel oder losen Tee in heißes Wasser gab, aber auch das konnte mich nicht mehr davon abhalten, hierzubleiben und in Erfahrung zu bringen, was Patricia wusste. Wenn sie mich vergiften würde, dann wäre es eben so. Ich wollte einfach nur noch, dass alles ein Ende hatte.

Patricia stellte uns dampfende Keramikbecher mit Tee hin und nahm sich selbst auch eine Tasse. Jacob setzte sich neben mich und ließ Patricia nicht aus den Augen. Den Tee rührte er nicht an. Dann berichtete ich, was geschehen war. Dass ich die sechzehnjährige Liv an der Schule kennengelernt hatte und mit ihr in der Villa gewesen war, wo sie mir die Tasche geschenkt hatte. Und dass ich ihr die Tasche irgendwann wieder hatte zurückgeben wollen, aber nur eine verfallene Villa im Wald vorgefunden hatte. Die Macht, die die Tasche über mich hatte, ließ ich unerwähnt.

Patricia nippte an ihrem Tee und hörte schweigend zu. Sie fragte nur einmal nach, ob ich tatsächlich in der Villa gewesen sei, und als ich ihr alles genau beschrieb, die Einrichtung, Liv, die Schallplatten, schüttelte sie ungläubig den Kopf.

Dann begann sie zu erzählen. Wie sie die Tasche in einem winzigen Laden in New York entdeckt und Liv geschenkt hatte, dass Liv sie aber nicht hatte annehmen wollen. »Sie hat mich gehasst«, sagte Patricia traurig. »Ich habe alles versucht, aber ... sie war so wütend. Und so hart zu sich selbst. Hat so getan, als würde sie alles schaffen, hat die Starke gespielt, dabei war sie einfach nur ein verletztes kleines Mädchen, das den Tod seiner Mutter nicht verwinden konnte.« Sie seufzte und trank einen Schluck. »Und sie gab mir die Schuld daran.«

»Glauben Sie denn, dass es Selbstmord war?«, fragte ich vorsichtig.

Patricia zuckte mit den Schultern. »Ich hatte Gloria nur

einige Male auf Firmenfeiern gesehen, aber nie mit ihr persönlich gesprochen. Aber Robert, er ... glaubte nicht an den Selbstmord. Er meinte, sie sei zu ängstlich dafür gewesen. Außerdem hat sie Liv sehr geliebt. Und welche Mutter lässt ihr Kind im Stich?«

»Aber der Autopsiebericht hat ergeben, dass sie betrunken war und dann ertrunken ist.«

»Ich weiß«, seufzte Patricia. »Aber ich glaube nicht, dass es Absicht war. Wenn, war es ein Unfall.«

Sie rührte gedankenverloren in ihrem Tee. »Und nach Glorias Tod hat Robert mich sehr schnell gebeten, ihn zu heiraten. Ich wollte das nicht, aber er meinte, es wäre das Beste für Liv, wenn eine Frau im Haus wäre.«

»Aber Liv fand das nicht.«

»Nein«, sagte Patricia heftig. »Ich habe wirklich alles versucht, ihr eine gute Stiefmutter zu sein. Ich habe ihr versucht zu beweisen, dass es nicht meine Schuld war. Dass ich mich Robert nie ungebührlich genähert hatte, dass ich seine Ehe respektiert habe, aber es hatte keinen Sinn. Sie war geradezu besessen von der Idee, dass ich Gloria in den Tod getrieben, dass ich sie umgebracht hätte. ›Wie kannst du nur so was sagen‹, fragte ich sie. Und sie antwortete: ›Ich kann das sagen, weil du jetzt in ihrem Bett schläfst!‹« Patricia seufzte. »Schmeckt der Tee nicht?«

»Ach so, doch«, sagte ich, als würde er mir jetzt erst wieder einfallen. Ich trank einen Schluck, süß und bitter gleichzeitig, mit einem Hauch Zitrone. »Und deswegen wollte Liv weggehen aus Wickwood?«

»Ja, das war sicher auch ein Grund. Aber es war zusätzlich die ganze Atmosphäre, die ihr nicht gefiel. Die Engstirnigkeit der Leute, das ganze Gerede. Es war nicht ihre Welt.«

»Sie wollte nach Hollywood.«

»Ja.« Patricia lachte. »Das wollte sie immer. Und ich war überzeugt, dass sie es dort zu was bringen würde. Sie war gut in dem Theaterstück der Schule, richtig gut. Und als das Publikum begeistert applaudierte, da strahlte sie das erste Mal seit dem Tod ihrer Mutter.« Die fröhlichen Erinnerungen verschwanden abrupt. »Und dann war sie eines Tages plötzlich verschwunden. Ich habe sie nie wiedergesehen und nie wieder was von ihr gehört.«

»Also hat sie ihren Plan in die Tat umgesetzt und ist abgehauen.«

»Ich hoffe es«, sagte Patricia inbrünstig. »Ich hoffe es wirklich sehr. Ich habe versucht, sie über einen Privatdetektiv in Hollywood aufzuspüren, aber sie war nirgendwo zu finden. Und die Polizei konnte sie auch nicht ausfindig machen. Die Vermisstenanzeige hat jedenfalls nie etwas gebracht.«

Ich warf Jacob einen Blick zu. »Vermisstenanzeige?«, fragte ich verwundert. »Von einer Vermisstenanzeige hat der Sheriff gar nichts gesagt.«

Patricia schaute überrascht auf. »Ich habe damals mit diesem jungen Polizisten gesprochen, der auch den Tod von Livs Mutter untersucht hat.«

»Todd Fisher.«

»Ja, genau. Bei ihm habe ich die Vermisstenanzeige aufgegeben, ich erinnere mich genau, er hatte so einen unangenehmen ... Blick.«

Ich nickte. »Ich weiß genau, was Sie meinen.«

»Er hat versprochen, sich darum zu kümmern, aber er hatte keinerlei Spur. Ich habe ihm auch gesagt, dass es da einen Streit gegeben hätte zwischen den Mädchen ...«

»Welchen Mädchen?«, fragte ich aufgeregt.

»Liv hatte irgendeiner Freundin den Freund ausgespannt. Und die war natürlich sauer.«

Ich richtete mich unwillkürlich auf, saß kerzengerade. »Wer war denn die Freundin, der sie den Freund ausgespannt hat?«

»Ich weiß es nicht. Liv hätte sich eher die Zunge abgebissen, als mir etwas Persönliches zu erzählen. Als sie verschwunden war, habe ich versucht, es herauszufinden, aber mit mir hat keiner von den Leuten aus Wickwood geredet. Es war, als würde ich gegen eine Mauer rennen ...« Sie machte eine Pause und fügte dann hinzu: »Irgendwann habe ich beschlossen, es als Schicksal zu akzeptieren und die Vergangenheit ruhen zu lassen. Nur so konnte ich wieder ein einigermaßen normales Leben führen.«

»Darf ich mir die alten Fotos anschauen, die in Ihrer Dose waren?«, bat ich und deutete auf den Stapel, den ich auf den Tisch gelegt hatte. Sie nickte. Zwischen all den Bildern von Liv und Gloria, Liv, Gloria und Robert fanden wir auch ein Foto von Silvester 1966. Ich beugte mich näher über das Foto. Liv hatte den Riemen einer Tasche über der Schulter, er war aus Metall. Die Tasche blieb verdeckt. Aber die beiden strahlenden jungen Menschen darauf erkannte ich. Es waren Liv Barnett und William Stringer, der Bruder von Kristin Bell, Arm in Arm.

»Ich weiß, wem Liv den Freund ausgespannt hat!«, rief ich. »Brenda Hofmann, unserer jetzigen Bürgermeisterin Brenda Stark! Beim Abschlussball 1966 war William Stringer nämlich noch mit ihr zusammen gewesen.«

Patricia sog aufgeregt die Luft ein. »Und Sheriff Fisher ist der Mann von Brendas Schwester Doris!«

»Genau«, sagte ich. »Der Mann, der die Vermisstenanzeige verschwiegen hat, ist Brendas Schwager.« Erstaunt sah ich Jacob an, der immer noch seine Sturmhaube trug und keinen Tropfen von dem Tee getrunken hatte. Dann wurde mir plötzlich schwarz vor Augen.

KAPITEL 27

SAMSTAG, 1. NOVEMBER 1997

Es waren der Alkohol und die Aufregung gewesen, die meinem Kreislauf zugesetzt hatten. Nach ein paar Minuten auf dem Boden, während Jacob meine Füße oben hielt, konnte ich wieder aufstehen.

Nachdem Patricia uns versichert hatte, dass sie die Polizei nicht rufen würde, zog auch Jacob seine Maske ab. Als wir gingen, drückte sie fest meine Hand. Ich versprach ihr, dass wir uns bei ihr melden würden, wenn wir etwas rausgefunden hätten. Es war bereits nach Mitternacht, als wir das Haus verließen. Wir gingen zum Ufer des White Lake und Jacob schmiss die Pistole, die in meiner Tasche gewesen war, mit weit ausholender Bewegung in den See. Sie verschwand im Nebel, nach ein paar Sekunden klatschte es dumpf.

Als wir wieder bei Toms Haus angekommen waren, drang unglaublicher Lärm heraus: Musik, Stimmengewirr, ein Freddy Krueger erbrach sich in das Blumenbeet im Vorgarten, wobei er sich mit seiner Messerhand an einem Baum abstützte. Wir standen eine Weile vor der Tür, dann sagte ich: »Ich will da nicht mehr rein.«

»Nee, ich auch nicht«, sagte Jacob. »Der Partyzug ist schon lange abgefahren.«

Wir gingen zum Auto. Kennedy freute sich sichtlich und wir ließen ihn noch ein paar Minuten draußen rumlaufen, damit er sich erleichtern konnte. Dann fuhren wir nach Wickwood. Ich ließ mich wohlweislich so weit vor der Haustür absetzen, dass Jacobs Auto unerkannt blieb.

»Wo schläfst du denn eigentlich?«, fragte ich mit einem Anflug von schlechtem Gewissen.

»In meinem Bett«, sagte Jacob und deutete nach hinten, wo er die Rückbank umgeklappt hatte. »Da haben wir es sehr gemütlich, nicht wahr, Kennedy?«

»Okay«, sagte ich zögernd. Aber mir fiel auch keine andere Lösung ein. »Dann schlaft gut. Und ... danke.«

»Wofür?«, fragte Jacob verwundert.

»Dass du mir hilfst.«

»Gern geschehen.«

Es war eine Woche vor dem Stadtfest. Meine Mutter als Vorsitzende des Organisationskomitees und die zwei wichtigsten Damen vom Frauenverein, Doris Fisher und Susan Martin, hatten einen Termin bei Brenda Stark, um die letzten Vorbereitungen mit ihr zu besprechen. Ich bot meiner Mutter an, ihr die Kiste mit den Unterlagen zu tragen, die sie mit ihrem Gips nicht selbst schleppen konnte. Mein Vater hätte sie zwar mit dem Auto gefahren, aber es war nicht weit, das Wetter war einigermaßen schön und ich hielt ihn davon ab. Denn ich wollte gerne selbst Brenda Stark treffen. Jacob entdeckte ich nicht, wo steckte der immer morgens? Aber es war mir recht, denn meine Mutter hätte bei seinem Anblick definitiv die Nase gerümpft. Mindestens.

Ich brachte meine Mutter also zum Rathaus und wartete vor Brendas Büro. Die Sitze waren mit braunem Samt bezogen, an den Wänden hingen Bilder von Wickwood aus der Vogelperspektive: rote Dächer, zwei Kirchtürme, ein kleines Nest der Behaglichkeit, vom Herbstwald umzingelt. Ein paar alte Schwarz-Weiß-Fotografien vom Bau des Rathauses und der Einweihung des Veteranendenkmals, daneben der Gründer der Highschool, Harold Brockman, und der Stadtrat von 1912, Eugene Hofmann, war auch dabei, der Urgroßvater von Brenda. Auf keinem der Bilder war Nebel zu sehen.

Als sich die Frauen voneinander verabschiedeten, fragte ich Brenda Stark, ob sie ein paar Minuten Zeit hätte. Meine Mutter warf mir einen missbilligenden Blick zu, doch ich zuckte mit den Schultern und flüsterte ihr zu: »Schreibprojekt.«

Brenda sah auf ihre Armbanduhr und meinte, natürlich, für die jungen Leute von Wickwood hätte sie immer Zeit. Dann bat sie mich ins Büro. Sie trug einen schmalen Rock zu dunkelblauem Blazer, eine dezent gestreifte Bluse und ein Tuch um den Hals.

»Komm rein, komm rein, Stella«, rief sie energisch, winkte noch einmal den Damen vom Frauenverein und schloss die Tür. »Ach, deine Mutter und die anderen leisten so hervorragende Arbeit, was würden wir hier in Wickwood nur ohne sie tun. Diese Frauen sind wirklich die Seele der Stadt.«

Sie übte wohl schon ihre Eröffnungsrede, dachte ich.

»So«, sie rieb sich die Hände. »Also, was gibt es denn so Dringendes?«

»Ich wollte Sie etwas fragen, was schon ziemlich lange her ist.« Plötzlich ... wurde mir ganz anders. Ich saß hier mit der mächtigsten Frau der Stadt und wollte sie verhören. Auch wenn ich mir schon eine Ausrede überlegt hatte, warum ich das tun wollte, war es dennoch unglaublich. Und Furcht einflößend. Aber ich streckte meine Hand in den Tarnbeutel, in dem ich meine Tasche trug, und streichelte den Skarabäus. Die Stimme sirrte: *Du kannst tun, was du möchtest. Du schaffst alles! Du wirst schon sehen, was du davon hast.*

»Ich schreibe gerade an einem Artikel über die erste große Liebe ...«

»Was?«, rief sie, warf den Kopf zurück und lachte, es wirkte so fehl am Platze wie ein Pferd im Hühnerstall.

»Ja«, sagte ich und schaffte es, nicht rot zu werden. »Und ich bin die alten Jahrbücher der Highschool durchgegangen.«

»Oh-ha!«, rief sie und schüttelte den Kopf. »Lass mich raten – 1966?«

Ich nickte.

»Das war ein Jahr, wirklich aufregend«, plapperte die ehemalige Prom-Queen. »Der Abschlussball der Highschool! Den vergisst man nie. Wann ist es denn bei dir so weit?«

»Übernächstes Jahr erst.«

»Ah, dann hast du noch Zeit genug. Aber ich habe einen Tipp für dich: Kümmere dich rechtzeitig um ein Kleid und ein Date!« Sie zwinkerte mir zu und lachte wieder.

»Sie waren damals ja mit William Stringer zusammen«, setzte ich an.

»Oh ja. Der schöne Billyboy! Was für ein Anblick ... *damals.*«

Dann wurde sie auf einmal ernst: »Aber du willst uns doch wohl nicht als Beispiel für die erste große Liebe nehmen, oder?«

Ich zuckte mit den Schultern. »War er denn nicht Ihre erste große Liebe?«

»Ach nein«, wiegelte sie ab. »Das war nur eine kleine ... Romanze, Affäre oder wie auch immer ihr jungen Leute das heute nennt. Ich habe kurz nach dem Abschlussball mit ihm Schluss gemacht.«

Aha, dachte ich. So kann man es auch nennen.

»Aber William Stringer hatte danach sehr schnell eine andere Freundin, oder nicht?«

Brenda stutzte für eine Millisekunde, dann sagte sie achselzuckend: »Kann sein.«

Ich nahm meinen ganzen Mut zusammen und fragte: »Hieß sie Liv Barnett?«

»Woher weißt du das?«, rief Brenda. »Das stand doch wohl nicht im Jahrbuch!« Sie lachte gekünstelt.

»Das hat mir irgendjemand erzählt«, sagte ich leichthin.

»Ja, William Stringer hat sich an Liv Barnett rangeschmissen. Er dachte wohl, bei ihr käme er leichter zum Zug.« Sie schüttelte verächtlich den Kopf. Ich dachte an Tom und spürte diese kleine Kugel Wut in mir aufsteigen.

»Ich war jedenfalls sehr froh, dass ich William los war«, fuhr Brenda entschlossen fort. »Das wäre sowieso nichts geworden mit uns. Für eine Frau mit Ambitionen war er schon damals … nun ja. Er hat seinen Weg gemacht …« Sie hüstelte. »Ich meinen.«

Sie lehnte sich in ihrem ledernen Chefsessel zurück, legte die Hände an den Fingerspitzen zusammen, die Pose der Mächtigen, lächelte mich an und fragte: »Kann ich dir sonst noch helfen? Wenn nicht, dann müsste ich nämlich los. Wir haben eine außerordentliche Stadtratssitzung. Wir wollen doch endlich eine schöne Gedenktafel für Wilma Fisher beschließen.«

Ich traf Jacob beim Skaterpark. Er kniete neben einer der Bänke auf dem Boden und kraulte Kennedy, dem das sichtlich gefiel. Als ich auch noch mitkraulte, grunzte er vor Behagen über die doppelhändige Massage.

»Ich habe noch mal überlegt«, sagte Jacob. »Alle, die Gloria kannten, glauben nicht an einen Selbstmord. Vielleicht sollten wir uns den Autopsiebericht einmal ansehen. Diesem Sheriff kann man ja nun wirklich nicht trauen.«

»Gute Idee«, meinte ich. »Aber wie kommen wir da ran? Brian will ich nicht fragen, er erzählt alles sofort seinem Chef.«

»Ein guter Polizeireporter weiß, wie man da rankommt.« Er zwinkerte mir bedeutungsvoll zu.

»Carol!«, rief ich. »Die hilft uns bestimmt.«

Wir gingen zum Rathausplatz und warteten auf der Treppe vor Carols Büro, bis sie von einem Pressetermin zurück war. Als sie auf uns zukam, redete sie laut vor sich hin, was mich irritierte, bis ich feststellte, dass sie in ihr Handy sprach. »Hallo? Hallo?«, rief sie immer wieder in den Hörer, dann nahm sie es entnervt runter. »Verdammt«, sagte sie zu uns. »Wir haben hier in Wickwood einfach keinen Empfang. In Crowsville läuft das schon ganz anders.«

»Carol«, fing ich an. »Darf ich dich noch mal was fragen?«

»Klar, Schätzchen, Tante Carol ist immer für dich da, das weißt du doch.« Sie schloss die Tür zu ihrem Büro auf.

»Wie kommt man an einen Autopsiebericht?«

Sie stutzte. »Autopsiebericht?«

»Ich recherchiere immer noch zu Gloria Barnett.«

Sie legte ihre Tasche auf ihren Schreibtisch und zog den Mantel aus, warf ihn über eine Stuhllehne. »Hmm«, machte sie. »Die Akten lagern in Crowsville. Wir könnten entweder Sheriff Fisher fragen ...«

»Oder?«

»Oder wir könnten Akteneinsicht in Crowsville beantragen.«

»Ja, ich glaube, das wäre besser«, sagte ich. »Dann haben wir es schwarz auf weiß«, schob ich schnell hinterher.

»Nach so langer Zeit könnte es sein, dass sie uns die Akten geben«, überlegte Carol, dann griff sie zum Telefon und tippte eine Nummer ein. »Ich kenne den Polizeireporter von der Crowsville Daily ziemlich gut.« Sie klemmte den Hörer zwischen Kinn und Schulter. »Er tut mir bestimmt einen Gefall... ja, hey Smith, hier ist Carol ... ja, höchstpersönlich ...« Sie flirtete etwa drei Minuten mit ihm, legte auf und strahlte mich an. »So wie ich ihn kenne, haben wir den Bericht am Montag.«

KAPITEL 28

SONNTAG, 2. NOVEMBER 1997

Ich sah ihn schon, als ich aus der Kirche trat. Und das, obwohl er weit hinten auf dem Parkplatz auf der anderen Straßenseite stand, an seinen Wagen gelehnt, die Arme verschränkt. Ich sagte meinen Eltern, dass ich nachkommen würde, atmete tief durch, fasste in meine Tarntasche, um mich der Anwesenheit meines Skarabäus zu versichern, und ging zu ihm rüber. Er trug wie immer das schwarze Jackett und ein zerschlissenes T-Shirt drunter. Ein dünner schwarzer Schal kräuselte sich um seinen Hals wie eine Schlange. Trotz des trüben Wetters trug er Sonnenbrille. Ganz das Klischeebild des übernächtigten Künstlers.

»Hey Tom«, sagte ich. »Na, die Predigt hast du wohl verpasst.« Er nahm die Hände nicht runter, blieb zurückgelehnt. Ich blieb einfach vor ihm stehen. Er dünstete einen süßlichen, sumpfigen Kneipengeruch aus. »Du hast auch ganz schön was verpasst am Samstag«, sagte er scharf. »Zum Beispiel, dich von mir zu verabschieden.«

»Sorry«, sagte ich. »Ich ... mir war auf einmal übel ... und dann ...« Ich zuckte entschuldigend mit den Schultern.

»Weißt du, wie dämlich ich mir vorkam, dass ich auf dich gewartet habe? Dich überall im Haus gesucht habe.«

»Es tut mir ehrlich leid«, sagte ich.

»Du hast mich richtig blamiert. Auf meiner eigenen Party.« Es klang, als müsste er spucken.

»Mir war schlecht und dann ...«

Er zog eine Zigarettenschachtel aus seiner Tasche und zündete sich eine an. »Wer war der Kerl, mit dem du abgedampft bist?«

Jetzt wurde ich rot. »Das war nur ein Bekannter, der mich im Auto mitgenommen hat.«

Tom stieß den Qualm aus, eine Wolke stinkender Rauch waberte mir entgegen. Er zeigte mit nikotingelbem Finger auf mich und schnaubte: »Du hast mich total verarscht. Und ich sag dir eins: Niemand verarscht Tom Porter!«

Ich schaute zu Boden und in meinem Hirn ballten sich die dunklen Wolken, in meinem Magen krampfte die Wut. Diese Selbstgerechtigkeit! Diese Arroganz! Ich konnte es nicht mehr ertragen. Ich fing innerlich an zu beben, es sirrte wieder in mir, die Stimme rief: *Ohne ihn bist du ein Nichts,* aber ich riss mich zusammen und sagte: »Weißt du, Tom. Ich glaube, wir passen einfach nicht zusammen.«

Er musterte mich einen Moment, verarbeitete meinen Satz, dann klappte ihm die Kinnlade runter. »Du willst Schluss machen?«, fragte er heiser. »Du. Willst. Mit. Mir. Schluss machen?«

»Ich ...«

»Vergiss es. Was glaubst du eigentlich, wer du bist?«, schrie er aufgebracht. »Ich mache mit dir Schluss, ich serviere dich ab, du verklemmte Ziege.«

Damit drehte er sich um, sprang in den Wagen und brauste davon. Erleichtert schaute ich ihm hinterher, wie er mit quietschenden Reifen auf die Straße einbog. Aber obwohl ich zufrieden mit mir war, weil ich endlich mal etwas richtig gemacht hatte, blieb ein ungutes Gefühl zurück.

Den ganzen Tag machte ich mir Vorwürfe, dass ich es so weit hatte kommen lassen. Er war so wütend gewesen! Natürlich hatte ich ihn hingehalten, aber ich konnte ja nicht wissen, dass ... ich mich so in ihm geirrt hatte! Seit er den Plattenvertrag bekommen hatte, war er regelrecht durchgedreht. Na ja. Es war gut, dass ich reinen Tisch mit ihm gemacht hatte. Und es war gut, dass ich mich nicht von ihm zu Sachen hatte überreden lassen, die ich nicht machen wollte.

Trotzdem wusste ich: Die Sache mit Tom war noch nicht abgeschlossen. Und ich befürchtete, dass es kein friedliches Nachspiel geben würde. Mir kam ein fürchterlicher Gedanke: Was würde er jetzt über mich erzählen? Er war der Star der Schule, ohne Frage. Was er sagte, hatte Gewicht. Würde er jetzt aus Rache Gerüchte über mich in die Welt setzen?

Der Gedanke machte mich ziemlich nervös. Selbst schuld, dachte ich. Ich habe einfach zu lange mitgemacht. Und jetzt würde ich dafür büßen. Ein Zittern überkam mich und das übermächtige Verlangen nach der Tasche. Ich nahm sie an mich, fühlte mit der einen Hand über den kühlen, weichen Stoff, streichelte mit der anderen den Skarabäus, sog ihre wohltuende Wirkung in mich auf. Sie war wie ein Akku, der mir Energie spendete, wie die Umarmung eines Freundes, der einen nie im Stich lassen würde. *Es ist nicht deine Schuld,* zischte die Stimme, *er ist einfach ein Schwein. Und wenn er sich mit dir anlegt, kann er was erleben.* Eine grimmige Entschlossenheit überkam mich. Als ich in den Spiegel schaute, lächelte ich, in den Augen ein teuflisches Glitzern. Ich erschrak. Dieses maliziöse Grinsen ... das war doch nicht ich! Ich ließ die Tasche fallen. Verdammt, verdammt, verdammt. Die Finger meiner linken Hand waren bis auf den Daumen schwarz gefärbt.

Ich backte für meine immer noch gehandicapte Mutter einen Kuchen. Die bemängelte zwar die Optik, aber mein Vater lobte mich und erinnerte meine Mutter daran, dass sie auch nicht von Anfang an eine Konditormeisterin gewesen war. Meine Mutter schaute auf die meine Gummihandschuhe und sagte: »Diese Dinger sind gut zum Putzen, aber beim Backen stören sie doch nur.«

»Ja«, sagte ich. »Ich ziehe sie gleich aus.«

Dann gab ich vor, ich wäre gleich mit Freunden verabredet, um in das neue Aquarium zu gehen. Das immerhin war eine Unternehmung, die keine Einwände hervorbrachte. Ich traf Jacob wieder am Skaterpark. Ein paar Jungs in weiten, tief hängenden Jeans drehten dort ihre Runden, die Rollen ihrer Skateboards kratzten über den Asphalt und brachten die Halfpipe zum Beben. Ob Rosanna jemals wieder dort laufen würde?

Jacob warf ein Stöckchen für Kennedy, das er mit Begeisterung immer wieder apportierte. Wir gingen am Pothook's Creek entlang Richtung Tennisclub. Dort hatte Jacob sein Auto auf dem Parkplatz abgestellt, in der hintersten Ecke, damit es nicht so auffiel. Er winkte Mr Clary, dem Hausmeister des Clubs, der gerade die Müllcontainer an ihren richtigen Platz schob. Mr Clary winkte zurück.

»Netter Kerl«, sagte Jacob. »Er lässt mich dort morgens duschen, wenn keiner da ist. Dafür helfe ich ihm ein bisschen.«

Ich schaute Jacob staunend an. Da war er also morgens immer abgeblieben. Wir ließen Kennedy in Jacobs Auto und liefen über die Forester Road zum Eingang des Aquariums, wo ich zwei Eintrittskarten kaufte.

»Ich hoffe nur, dass er auch heute Dienst hat«, murmelte ich, als wir durch die Schleuse in die Ausstellung gingen. Obwohl Sonntagnachmittag war, war es angenehm leer. Jacob schlenderte an den Becken vorbei, ich erklärte ihm im Schnelldurchlauf, was ich noch von meinem letzten Besuch wusste, trieb ihn aber ungeduldig weiter. Denn ich war weder wegen Quallen noch wegen Seepferdchen hier. Sondern wegen William Stringer. Wir fanden ihn in der Tiefsee. Stringer saß entspannt auf einem Stuhl im Halbdunkeln in dem langen Tunnel unter dem Meer, Haie und majestätische Rochen glitten über ihm durch das dunkelblaue Wasser. Die Leuchtstreifen am Boden verbreiteten schummriges Licht.

»Hallo, Mr Stringer«, sagte ich.

»Oh, hallo«, antwortete er und es klang schläfrig. Aber als er mich überrascht von oben bis unten angeschaut hatte, richtete er sich auf und sagte noch einmal, diesmal kräftiger: »Aber hallo.«

Eine Haarsträhne fiel ihm ins Gesicht und trotz des Alters konnte ich den Jungen in ihm erkennen, der auf dem Abschlussball triumphierend in die Kamera gelächelt hatte. »Was für eine Meerjungfrau ist mir denn hier zugeschwommen?«, schäkerte er. »Und das da ist Neptun?« Er warf einen belustigten Blick auf Jacob, der wieder mal eine seiner Grimassen zog.

»Mr Stringer, wir würden Sie gerne was fragen«, fing ich an.

Er griff neben sich in eine Halterung aus Plexiglas. »Hier in der Broschüre steht alles über die Tiefseefische ...«

»Nicht über Fische«, unterbrach ich. »Über Liv Barnett.«

Er erstarrte einen Moment. Sein Gesicht bekam einen ganz seltsamen Ausdruck und seine Augen wirkten fast glasig. Ich überlegte, ob seine abstinente Phase wohl schon wieder vorbei war. »Liv Barnett«, sagte William Stringer gedankenverloren und sank in seinen Stuhl zurück. »Liv Barnett.«

»Erinnern Sie sich an sie?«

Er sah uns beide an, die Fassungslosigkeit, die dieser Name in ihm ausgelöst hatte, war unverkennbar. »Ob ich mich an sie erinnere?«, schnaubte er und lachte bitter. »Oh ja. Das tue ich. Und zwar jeden Tag.«

Jacob und ich warfen uns einen fragenden Blick zu. William Stringer starrte ins Dunkel, schien einen Moment komplett auszublenden, wo er war. Aber dann gab er sich einen Ruck und sagte: »Ja, Liv Barnett werde ich wirklich nie vergessen. Denn ihr habe ich das zu verdanken.« Und dann zog er sein Hosenbein hoch und entblößte eine glänzende Prothese, die schmal wie ein silberner Knochen in seinem Turnschuh steckte. Dann ließ er den Hosenstoff wieder fallen, schüttelte das Bein, sodass die Prothese verdeckt war, griff in die Innentasche seines Jacketts und holte einen ledereingebundenen Flachmann raus. Er nahm einen tiefen Schluck und steckte die Flasche schnell wieder weg.

»Wie meinen Sie das, das haben Sie Liv zu verdanken?«, sagte ich verwirrt. »Was ist denn …«

»Diese kleine Schlampe«, unterbrach er mich angewidert. »Hat alle scharfgemacht und dann fallen lassen wie eine heiße Kartoffel.«

Eine Horde Kinder rannte schreiend an uns vorbei. Sie blieben ein paar Meter weiter stehen und patschten mit flachen Händen gegen die Scheiben, was die großen Tiere nicht aus der Ruhe brachte. Auch William Stringer beachtete die Kinder nicht, sondern stierte wütend in die Gegend.

»Wen denn noch?«, fragte ich.

»Wie bitte?« Er schaute mich trübe an. Die Schatten unter seinen Augen schienen größer geworden zu sein, die Tränensäcke aufgebläht.

»Sie sagten, sie hätte alle scharfgemacht. Hatte sie denn noch andere … äh … Freunde?«

Er zuckte mit den Achseln. »Keine Ahnung. Ich weiß nur, dass sie mich abserviert hat wegen dieses Kerls mit der Scheiß-Angeberkarre.«

»Was für ein Kerl und was für eine Angeberkarre?«, fragte Jacob.

»Irgendein Kerl in einem beschissenen knallroten Cabriolet.«

»Mustang, Corvette, Cadillac?«, zählte Jacob auf.

Stringer nahm noch einen Schluck. »Ferrari«, knurrte er. »Ferrari California Spyder 250.« Er stieß heftig seine Prothese auf den Boden. »Mit dem hat sie meinen Fuß zu Klump gefahren.«

»Aber warum?«, fragte ich verwirrt. »Warum sollte sie das tun?«

»Na, weil sie irre war!«, rief er aufgebracht. »Total durchgedreht. Deswegen!«

Er achtete nicht mehr auf die Besucher, er redete sich richtig in Rage. »Hat behauptet, sie hätte nicht gemerkt, dass sie das getan hätte! Hat gesagt, sie hätte auf einmal die Schlüssel für den Wagen in der Hand gehabt und sei erst wieder zu sich gekommen, als sie mich angefahren hätte ... Sie hat gesagt, sie hätte es nicht unter Kontrolle gehabt und es täte ihr leid.« Ich musterte ihn erstaunt. Was er da beschrieb, passte haargenau zu der Tasche. Hatte Liv sie also doch benutzt?

»Sie ist zu mir gekommen, hat mir Geld gegeben. Hatte so eine Sonnenbrille an wie eine Diva, hat mit ihrem feinen Täschchen geschlenkert und mir einen Haufen Scheine hingeworfen, auf die Decke meines Krankenhausbettes, dort wo mal mein Fuß gewesen ist. Das war das letzte Mal, dass ich sie gesehen habe. Danach ist sie durchgebrannt. Mit diesem Typ im Ferrari.«

Er trank noch einen Schluck, seine Hand zitterte, er

trank, bis die Flasche leer war. Mit einem enttäuschten Ächzen steckte er sie wieder in sein Jackett.

»Hatte sie so eine Tasche dabei?« Ich holte die Skarabäus-Tasche aus dem Beutel und hielt sie ihm hin.

»Keine Ahnung«, sagte er achselzuckend. »Kann sein. Ja, ich glaube, da war auch so ein Käfer drauf.«

»Und wissen Sie, wie der Mann mit dem Ferrari hieß?«, mischte sich jetzt Jacob ein.

»Ja, das weiß ich allerdings«, fauchte Stringer. »Er hieß Beschissenes Arschloch.«

KAPITEL 29

MONTAG, 3. NOVEMBER 1997

Voller Sorge ging ich an diesem Montag in die Schule. Aber Tom schwänzte Biologie offensichtlich, jedenfalls war er nicht da. Ich war erleichtert. Und auch sonst blieb alles ruhig – bis auf die Tatsache, dass alle aus der Elften nervös waren wegen der Collegeaufnahmetests, die morgen stattfinden sollten. Die Nervosität vor dem Test und das Wissen, dass morgen alle die gleichen Prüfungsbogen bekommen würden, lösten eine ungeahnte Solidarität aus. Schüler, die sonst nie miteinander redeten, sprachen sich gegenseitig Mut zu.

Diese außergewöhnliche Stimmung hatte auch Tess, Emily und Jasmin erfasst, die mich in der Lunchpause an ihren Tisch einluden. Das war noch nie vorgekommen! Aber sie waren freundlich, und da ich kein Interesse hatte, Tom draußen zu begegnen, gleichzeitig aber auch unbedingt wissen wollte, ob schon fiese Gerüchte über mich im Umlauf waren, ging ich mit. Erstaunlicherweise war es total nett und anscheinend hatte Tom den Mund gehalten. Denn von den Mädels erwähnte niemand die Trennung, keiner stellte blöde Fragen, niemand kicherte. Ich war erleichtert! Ich verbrachte also eine angenehme Pause. Wie es Rosanna ging, wollte ich wissen, aber es gab nichts Neues.

»Wir hoffen einfach auf ein Wunder«, sagte Tess.

»Ja«, meinte ich. »Ich auch.«

Wir verstanden uns richtig gut. Ich fühlte mich wieder obenauf und ließ für einen Moment den Skarabäus los und legte die Hände auf den Tisch. »Warum trägst du Handschuhe?«, fragte Emily.

»Ich find's einfach cool«, antwortete ich lässig und spreizte meine Finger, die in bunt gemusterten Strickhandschuhen steckten.

»Echt cool«, bestätigte Emily. »Das mache ich auch morgen. Wenn es dir recht ist.« Ich nickte huldvoll.

Nach Spanisch, das ich mit keinem von den dreien zusammen hatte, trafen wir uns vor den Schließfächern wieder.

»Ach«, sagte Tess. »Hast du schon gehört? Die Unterlagen für die Collegeaufnahmetests sind heute nicht angekommen wegen eines Poststreiks in Chicago oder so. Die Tests sind auf Mittwoch verschoben worden.«

»Einen Tag mehr lernen«, seufzte ich erleichtert auf.

»Ja«, erwiderte Tess. »Ich glaube, ich bleibe morgen sogar zu Hause und übe.« Sie wedelte mit einem Packen Papier. »Hab nämlich die Tests der letzten drei Jahre bekommen. Und das bringt mehr, als sich in den dämlichen Unterricht zu setzen.«

»Woher hast du die denn?«, fragte ich staunend.

Sie zwinkerte mir zu. »Hab halt die richtigen Connections!« Und siehe da – sie hatte sogar eine Kopie von den Tests für mich gemacht. Das war wirklich klasse! Eine richtige, sinnvolle Vorbereitung. Ich bedankte mich aufrichtig bei ihr. Emily drückte meinen Arm und meinte: »Ich fand dich eigentlich immer nett, nur Rosanna ... sie war halt irgendwie komisch, was dich angeht.«

Wir unterhielten uns noch den ganzen Weg nach draußen. Jacob hing auf meinem Platz auf der Mauer.

»Guckt mal, der Freak da vorne«, raunte Jasmin.

»Oh Gott, wo kommt der denn her?«, sagte Tess.

Ich fühlte mich unendlich mies dabei, aber ich lief mit

meinen neuen Freundinnen an ihm vorbei, ohne ihn zu beachten.

»Haben die feinen Damen beschlossen, dass es unter ihrer Würde ist, mit mir zu reden?«, fragte Jacob, als wir uns später im Park trafen. Er warf ein Stöckchen für Kennedy, der ihm begeistert hinterherjagte.

»Das war doch nur wegen Tom«, sagte ich schnell. »Damit er nicht sauer auf dich werden kann.«

»Der war aber doch gar nicht da.« Jacob entwand Kennedy den Stock, den er angeschleppt hatte, und warf ihn erneut.

»Ja, aber man weiß doch nie, wer uns sieht und wer nicht. Tom war jedenfalls schon supersauer, weil ich Samstag mit dir nach Hause gefahren bin. Und ich will nicht, dass er eifersüchtig auf dich wird.« Weil sich das komisch anhörte, schob ich schnell noch hinterher: »Oder so.«

»Oha!«, sagte Jacob und grinste spitzbübisch. Da war es wieder, sein Monchhichigesicht. »Hätte er denn einen Grund, eifersüchtig zu werden?«

»Nee, natürlich nicht«, beeilte ich mich zu sagen und bemühte mich, ihm nicht in die Augen zu schauen.

»Gut zu wissen«, antwortete Jacob, während er das Söckchen-Spiel mit Kennedy fortsetzte. »So, und wie finden wir jetzt den Mann mit dem Ferrari?«

»Tja«, meinte ich. »Ich habe keine Ahnung. Am besten, wir fragen erst einmal Amanda Clark.«

Vor Amandas Boutique banden wir Kennedy an einem Laternenpfahl fest und gingen hinein. Amanda verabschiedete gerade eine Kundin, dann wandte sie uns ihre ganze Aufmerksamkeit zu. Und tatsächlich – nach kurzem Überlegen erinnerte sie sich an den Mann mit dem Ferrari. »Das war ein Aufruhr hier im Ort! Der Kerl sah aus wie ein Filmstar und die Mädchen standen reihenweise Schlange. Nur ich nicht, denn ich war auch gerade heftig verliebt.« Sie fasste an den Herzanhänger ihrer Kette und lächelte gedankenverloren vor sich hin.

»Wissen Sie, wie er hieß?«

»Wer?« Sie kehrte in die Gegenwart zurück. »Der Mann mit dem Ferrari? Nein, keine Ahnung. Der tauchte hier ein paar Mal auf, und wenn er da war, hat er nebenan im Green Duck gewohnt.«

»Und Liv Barnett ... sie war mit dem Mann mit dem Ferrari zusammen, oder?«

»Ich weiß nicht genau, was da lief. Ich habe die beiden jedenfalls ein paar Mal zusammen gesehen.«

»Aber vorher war Liv mit William Stringer zusammen.«

»Ach ja, stimmt, Kristins Bruder, der schöne Billyboy. Oh, er war schwer verliebt in Liv. Aber das hielt nicht lange und ihre Abfuhr hat Billyboy Stringer gar nicht gefallen.« Sie zog die Stirn kraus. »Und jetzt, wo wir darüber sprechen, fällt mir ein, dass Liv mir gegenüber mal erwähnt hat, dass er sie nicht in Ruhe gelassen hat. Er wollte wohl einfach nicht akzeptieren, dass es aus ist. Sie war wirklich genervt und ...«

Sie machte eine Pause.

»Ja?«, fragte ich, als sie immer noch nicht weitersprach.

Dann fiel ihr plötzlich noch was ein: »Jetzt weiß ich, wo ich deine Tasche schon mal gesehen habe! An diesem Tag, als Liv mir das von Billyboy Stringer gesagt hat, hatte sie genauso eine Tasche dabei. Genau die gleiche Tasche wie deine!«

»Wirklich?« Ich tat überrascht. »Das ist ja ein Zufall. – Aber was war denn nun mit William Stringer?«, lenkte ich schnell ab. »Hat sie ihn deswegen angefahren? Weil er sie verfolgt hat?«

Amanda Clark stutzte. »Liv hat ihn doch nicht angefahren.«

»Der Unfall von William Stringer«, erinnerte ich sie. »Bei dem er sein Bein verloren hat.«

Sie sagte bestimmt: »Nein, das war doch irgendein Fremder, der Fahrerflucht begangen hatte.«

»Mmh«, machte ich. »Gestern hat William Stringer mir aber gesagt, sie wäre es gewesen.«

»Liv soll schuld an dem Autounfall gewesen sein, der William das Bein gekostet hat?«, fasste Amanda Clark zusammen und schüttelte sichtlich konsterniert den Kopf. »Das ist ja ein Ding.«

»Aber warum hat er das denn damals nicht gesagt?«, staunte ich. »Warum hat er damals erzählt, es wäre jemand Fremdes gewesen?«

Sie zupfte an einem T-Shirt-Stapel herum. »Da kann ich nur spekulieren«, sagte sie langsam. Sie faltete ein T-Shirt auseinander, schüttelte es und legte es dann wieder sorgsam zusammen. »Vielleicht sollte nichts über die Umstände zutage kommen, wie es zu dem Unfall gekommen ist.«

»Wie meinen Sie das?«

»Na ja, wenn er sie als Unfallverursacherin beschuldigt hätte, dann hätte sie sich ja bestimmt verteidigt. Und dann wäre vielleicht rausgekommen, dass er selbst auch nicht ganz unschuldig war. Dass er sie vielleicht provoziert hatte.« Sie fing an, Kleiderbügel mit Blusen in einem Ständer zu sortieren, obwohl sie sowieso sehr ordentlich hingen. »Ich meine, er hat sie geliebt, aber sie ihn nicht. Vielleicht hat er ... nun ja ... versucht, sich zu nehmen, was ihm vermeintlich zusteht.«

Ich starrte sie verwundert an. In dem Moment mischte sich Jacob ein: »Sie meinen, er hat Liv versucht zu vergewaltigen?«

»Das habe ich nicht gesagt!«, rief Amanda erschrocken. »So was habe ich überhaupt niemals behauptet!« Sie wandte sich an mich. »Und das war auch nur reine Spekulation, weil das zu ihm ... weil ich mir das vorstellen ... nein, nein. Ich vertue mich sicher, ich kenne ihn gar nicht so gut.« Sie wedelte aufgeregt mit den Händen, wurde sogar rot unter ihrem feinen Make-up. »Und du darfst niemandem erzählen, ich hätte so was in die Richtung gesagt«, forderte sie eindringlich. »Versprich mir das!«

»Ich verspreche es.«

»Ich auch«, sagte auch Jacob. »Meine Lippen sind versiegelt.«

Sie schien erleichtert. »Hier in Wickwood muss man sehr aufpassen mit Gerüchten.«

Im Green Duck konnte man uns leider nicht weiterhelfen. Alle alten Unterlagen waren einem Wasserrohrbruch zum Opfer gefallen. Die Besitzerin Lilo Streibig konnte sich zwar auch noch an den Mann erinnern, schließlich war sie damals selbst ein junges Mädchen gewesen. »Wir alle haben Liv beneidet, das weiß ich noch. Jede von uns wäre gerne in dem Ferrari rumgebraust.« Wie er hieß, wusste sie leider nicht mehr. »Aber sein Name klang aufregend, irgendwie heißblütig. Diego. Carlos. Antonio.«

Mehr kriegten wir nicht aus ihr raus. Aber als wir aus dem Green Duck auf den Rathausplatz traten, stürmte Carol aus ihrem Büro und winkte uns aufgeregt zu sich.

»Mein Kollege hat den Autopsiebericht gefaxt!«, sagte sie und zeigte ihn uns – unter dem Hinweis, dass es sich natürlich um streng vertrauliche Dokumente handelte. Doch leider ergab der Autopsiebericht keine neuen Erkenntnisse. Es war genauso, wie Sheriff Fisher gesagt hatte. Es gab keine Anzeichen für äußere Verletzungen, der Blutalkohol betrug 2,2 Promille und an dem Wasser in der Lunge war eindeutig Tod durch Ertrinken festgestellt worden.

»Was hattest du dir denn erhofft?«, fragte sie, als sie meine leise Enttäuschung bemerkte. Ich zuckte mit den Schultern. »Nichts«, sagte ich schnell. Ich wollte ihr jetzt nicht mit irgendwelchen Verschwörungstheorien kommen, die nur auf reinen Vermutungen beruhten. Wie Amanda Clark gesagt hatte, musste man in Wickwood äußerst vorsichtig sein.

Wir kamen aus Carols Büro und wollten Kennedy abholen, da schoss plötzlich Sheriff Fisher von links auf uns zu. Er baute sich vor Jacob auf und trat so nah an ihn heran, dass seine Hutkante Jacob fast ins Gesicht stieß. »Jacob Foster, du bist ja immer noch hier«, zischte er.

»Ist doch nicht verbo...«, verteidigte sich Jacob, kam aber nicht weit, denn Sheriff Fisher fiel ihm sofort ins Wort. »Ich habe deine Angaben überprüft. Deiner Mutter gehört der Wagen nicht. Kann er gar nicht.« Seine Augen flackerten triumphierend. »Denn sie ist tot. Und das Auto ist nicht versichert. Und deswegen werde ich es beschlagnahmen.«

Ich sah, wie auf Jacobs Wangen zwei rote Flecken aufflammten. »Das können Sie nicht machen!«, rief er bebend.

»Dann rate ich dir, Freundchen«, Sheriff Fisher piekte ihn mit seinem Zeigefinger in die Brust, »nutze deine letzte Chance. Hau ab, Foster. Nimm deinen Köter und verschwinde aus Wickwood. Und zwar heute noch.« Damit wandte er sich ab, tippte sich an den Hut, als er an mir vorbeiging, sagte: »Stella«, und stapfte davon. Kennedy bellte ihm von der anderen Seite des Platzes hinterher.

»Okay«, sagte Jacob. »Das war's dann wohl.« Er klappte seine Kapuze hoch, sodass sein Gesicht wieder im Schatten verschwand, drehte sich um und lief los. Mit seinen ausgelatschten DocMartens und den dünnen Beinen in den schlackernden Jeans. Was für ein seltsamer Junge. Er war einsam, dachte ich plötzlich. Gut, er hatte seinen Hund, aber er war einsam. Und beknackt und schokoladensüchtig. Und mein einziger Freund.

»Hey! Warte«, rief ich, mich selbst überraschend, und rannte ihm hinterher. Jacob streichelte Kennedy, der ihm über die Hand leckte, nahm seine Leine und ging einfach weiter Richtung Park. In dem kleinen Fußweg zwischen Stadthalle und Touristeninfo holte ich ihn ein. Wir gingen schweigend nebeneinanderher.

»Es war deine Mutter, oder?«, fragte ich. »Der die Tasche gehört hatte.«

Er antwortete nicht.

»Hey«, sagte ich da. »Ich habe eine Idee! Wir stellen dein Auto in unsere Garage. Da kann Sheriff Fisher es nicht abschleppen lassen.«

Jacob warf mir einen kurzen Seitenblick zu, starrte dann aber wieder nach vorne und beschleunigte seinen Schritt.

»Mein Vater kommt erst am Wochenende wieder. Es ist nicht viel Platz in der Garage, weil da alles voll Zeug steht, aber dein Auto passt bestimmt rein.«

»Und dann?«, fragte er mürrisch.

»Und dann überlegen wir weiter.« Er schwieg. Immerhin. »Los«, versuchte ich weiter, ihn zu überzeugen. »Wir sind so kurz davor, das Rätsel zu lösen. Du musst mir helfen! Falls wir noch mal irgendwo einbrechen müssen. Und dann habe ich da auch noch diesen Zentner Schokolade zu Hause, den kann ich gar nicht alleine aufessen.«

Da musste er lachen. »Für ein Landei bist du ganz okay«, brummte er und kickte einen Stein weg. »Gut, für eine Nacht schlafe ich bei euch in der Garage, aber morgen bin ich weg.«

Ich lief nach Hause und schob vorsorglich ein paar von Grandpas Kisten zur Seite, damit Jacobs Kombi auch wirklich hineinpasste. Dann kam er auch schon angerollt, ich winkte ihn hinein. Die Tür seines Autos ging kaum auf, so eng stand er an der Wand. Jacob ging zum Kofferraum und ließ Kennedy heraus, der sich schwanzwedelnd umschaute. Jacob streichelte den Hund. »Kennedy, sag dem netten Mädchen Danke schön für seine Hilfe.«

»Was ist denn hier los?« Eine wohlvertraute Nörgelstimme hallte durch die Garage. Meine Mutter beäugte sowohl den Hund als auch Jacob mit Abscheu. »Ist das dieser Kerl, mit dem du durch Wickwood schleichst und unangemessene Fragen stellst?«, fragte sie mich. Natürlich wunderte ich mich nicht darüber, dass sie davon gehört hatte.

Ich seufzte. »Jacob, darf ich vorstellen: Judith Miller, meine Mutter. Mutter, das ist Jacob. Ein Freund von mir.«

»Und was macht dieses ... *Auto* hier?« Sie fasste das Wort mit der Kneifzange an, mit der man auch Mäusekadaver aus Fallen entfernte.

»Es steht nur über Nacht hier, weil Jacob ... nirgends woanders hinkann«, sagte ich und ging mit ihr raus auf die Einfahrt, sodass Jacob uns nicht hören konnte. »Mom«, sagte ich mit Nachdruck, »es ist nur für eine Nacht. Und es ist sehr wichtig.«

Sie presste die Lippen zusammen und schwenkte ihren Gipsarm und seltsamerweise wirkte sie mit der Verletzung nicht friedfertiger, sondern sogar noch aggressiver als sonst. Aber vielleicht lag es an Jacobs Pitbull, dass sie sich nicht traute, mehr Rabatz zu machen. »Aber ins Haus kommt er mir nicht«, sagte sie angewidert. »Und wenn ich auch nur einen Hauch von Hundehinterlassenschaft in meinem Garten finde, alarmiere ich sofort den Sheriff, ist das klar?«

Dann fluchte sie in Richtung der Krähen, die sich im halben Dutzend auf dem Garagendach zusammengerottet hatten, und eilte zurück ins Haus.

Nachdem ich Jacob überzeugt hatte, dass dieses Verhalten bei meiner Mutter relativ normal war und er das nicht persönlich nehmen sollte, gingen wir zu Grandpa ins Appartement. Seit ein paar Tagen war er nur schlecht drauf gewesen, hatte im Bett gelegen und nur ab und zu in seinem Sessel gesessen und kaum geredet.

»Grandpa?«, rief ich. »Ich habe einen Freund mitgebracht.«

Großvater saß im Sessel vor dem eingeschalteten Fernseher und reagierte nicht. Bis Kennedy neben ihm auftauchte und an seiner Hand schnüffelte. »Hey«, sagte Großvater plötzlich, als erwachte er aus einem tiefen Schlaf. »Wer bist du denn?« Er streichelte den Hund.

»Das ist Kennedy«, sagte ich. Großvater musterte mich einen Moment, als müsse er überlegen, wer ich nun wieder sei. »Und das ist Jacob.«

»Guten Tag, Sir«, sagte Jacob. Großvater nickte knapp, hatte dann aber nur Augen für den Hund und lächelte richtig. Auch Kennedy schien den alten Mann sofort ins Herz zu schließen. Ich warf Jacob einen erleichterten Blick zu. »Großvater, kann Jacob vielleicht auf deinem Sofa übernachten?«

»Solange der Hund auch dableibt, meinetwegen«, sagte er und stand auf, um aus dem Schrank einen Keks zu holen, mit dem er Kennedy fütterte. »Das darf ich doch, oder?«, fragte er Jacob.

»Na klar, Sir«, antwortete der. »Am liebsten mag er die mit Schokolade.«

»Ich heiße Arthur«, sagte er zu Jacob und kraulte dabei Kennedy hinter dem Ohr. Es dauerte nicht lange, da waren die beiden in ein Gespräch verwickelt über die Vorlieben und Abneigungen von Hunden allgemein und Kennedy im Speziellen. Ich war hier eigentlich überflüssig, dachte ich und wollte schon gehen, da fiel mein Blick auf die Wand mit den Fotos. Und da sah ich es: das alte Bild von meinen Großeltern vor diesem Cabrio, das ihnen nicht gehört hatte. »Grandpa«, sagte ich aufgeregt. »Auf dem Foto von dir und Granny, das ist doch ein Ferrari, oder?«

»Na klar«, sagte mein Grandpa abgelenkt, weil er Kennedy am Bauch kitzelte. »Ein Ferrari California ...«

»... Spyder 250«, fiel ich ihm ins Wort.

»Du kennst dich ja richtig gut aus. Sehr gut!«

»Und das war im Jahr 1967, stimmt's?«

»Kann gut sein«, sagte Großvater.

»Weißt du, wie der Besitzer des Autos hieß?« Vor Spannung biss ich mir auf die Lippen und wechselte einen Blick mit Jacob.

»Nein«, sagte Großvater. »Keine Ahnung.«

»Egal«, meinte Jacob, der sich neben mich gestellt hatte. Er tippte auf das Bild. Neben den Beinen von Großmutter ragte das Nummernschild hervor! Aufgeregt nahm ich die Lupe, die Großvater manchmal zum Lesen benutzte, und hielt sie über das Foto. Und tatsächlich, es war verschwommen, aber ich konnte das Nummernschild lesen. Das war unsere heiße Spur!

»Damit können wir ihn finden«, flüsterte ich atemlos. Und es war mir egal, ob Sheriff Fisher sauer sein würde oder nicht – ich würde Brian Lee um einen letzten Gefallen bitten.

Schnell lief ich ins Haus und suchte seine Nummer aus dem Telefonbuch heraus. Ich erwischte ihn zum Glück sofort persönlich, er war auf dem Weg zur Arbeit. Erst wollte Brian Lee abwiegeln, dass Sheriff Fisher ihm gesagt hätte, er solle alle Angelegenheiten bezüglich meiner Nachforschungen an ihn weiterleiten, aber ich versicherte ihm, es sei dringend und nur eine Kleinigkeit, den Halter des Wagens herauszufinden, und Sheriff Fisher müsste davon auch nichts erfahren. Da er immer noch rumdruckste, erinnerte ich ihn daran, dass er mir noch einen Gefallen schuldete.

»Na gut, Stella«, gab er sich schließlich geschlagen. Eine halbe Stunde später rief er zurück. Anhand des alten Nummernschilds hatte er ihn identifizieren können. Der Fahrer des Ferraris hieß Bernardo Amador und wohnte in St. Louis.

KAPITEL 30
DIENSTAG, 4. NOVEMBER 1997

Mutter stand am Fenster und starrte mit geradezu angewidertem Gesichtsausduck in den Garten, wo Großvater schon seit dem frühen Morgen mit Kennedy spielte. »Nur für ein paar Tage«, murmelte sie. »Jeder Tag, den der Hund hier ist, ist einer zu viel.« Sie war so schlecht gelaunt über die Nachricht, dass Großvater auf den Hund aufpassen würde, bis Jacob ihn wieder abholte, dass sie kaum Notiz von mir nahm, als ich mich von ihr verabschiedete, um zur Schule zu gehen. Mit meinem Schulrucksack und meiner nach wie vor mit dem Beutel getarnten Skarabäus-Tasche verließ ich das Haus.

Auf der Einfahrt blieb ich einen Moment stehen und beobachtete meinen lachenden Großvater, der plötzlich so agil war, sich nach einem Stock bückte und ihn durch den Garten schleuderte, damit Kennedy ihn holen konnte. Jacob war schon weg. Er war so früh wie möglich losgefahren, um meine Mutter nicht aufzuregen. Dabei tat sie das wegen des Hundes sowieso, war ja klar.

Er wartete hinter der Kirche auf mich, in einer kleinen Sackgasse, wo uns kaum jemand beobachten konnte. Schnell stieg ich ein, dann knatterten wir los, die Kobler Street entlang bis zur Kreuzung, dann nach links, raus aus Wickwood, durch den Wald. Der Nebel war wie jeden Morgen sehr dicht und wir konnten nicht besonders schnell fahren. Aber das war egal. Hauptsache, Sheriff Fisher hatte uns nicht entdeckt. Sobald wir die Hochebene erreicht hatten, lichtete sich der Nebel etwas und wir kamen schneller voran. Bis nach St. Louis waren es neunundachtzig Meilen. »Gut, dass der Collegeaufnahmetest verlegt worden ist«, sagte ich. »Sonst hätten wir heute nicht fahren können.«

Wir hörten ein paar von Jacobs seltsamen Kassetten, Musikgeschredder mit Gitarre, aber ganz amüsant. Und dann, wir hatten gerade Farmington passiert und an einer Tankstelle Kaffee in Plastikbechern gekauft, sagte Jacob auf einmal: »Es stimmt.«

»Äh ... was stimmt?«

»Es war meine Mutter. Sie hatte die ... du *Hirnfurz!*«, schrie er einen Autofahrer an, der uns mit Affentempo überholte. Dann stopfte Jacob sich ein Schokobonbon in den Mund, das er aus seiner Jackentasche geklaubt hatte, und bot mir auch eins an. Das Papier war ziemlich verklebt und ich lehnte dankend ab.

»Sie hat sie auf einem Kirchenbasar entdeckt und für zwei Dollar gekauft«, fuhr er kauend fort. »Sie war vom ersten Tag an total besessen davon. Hat mir dauernd gesagt, dass die Tasche unsere Fahrkarte aus dem Elend sein würde. Dabei hatte sie so einen flackernden Blick, wie ich ihn bei dir auch schon gesehen habe.« Er nahm seinen Becher aus dem Halter und trank einen Schluck Kaffee. »Ich habe sie für verrückt erklärt, bis sie ein Bündel Hundertdollarnoten aus der Tasche gezogen ... oh, guck mal da, der Rabengeier.« Er zeigte auf einen hässlichen schwarzen Vogel mit graubraunem Kopf, der am Straßenrand auf den blutigen Kadaver eines überfahrenen Hasen einhackte. Ich wollte ihm gerade danken, dass er mir diesen lohnenswerten Landschaftsausblick ermöglicht hatte, da redete er schon weiter.

»Aber was hat sie gemacht? Hat immer gesagt, morgen besorge ich uns eine schöne Wohnung, ein richtiges

Haus! Und dann hat sie einfach nur mehr Schnaps gekauft. Und angegeben. Hat sich mit der Nachbarin angelegt, die ihr schon immer ein Dorn im Auge gewesen war, weil sie angeblich so hochnäsig war. Meine Mutter hat ihr unter die Nase gerieben, wie schäbig das Leben doch in dieser Nachbarschaft sei und dass wir bald umziehen würden und blablabla. Tja, und dann ... am Abend, bevor sie tatsächlich den Mietvertrag für eine Wohnung unterschreiben wollte, gab es dieses Feuer. Der Wohnwagen der Nachbarin fing nachts an zu brennen. Aber dann griff das Feuer auf unseren Wohnwagen über. Und weil meine Mutter mal wieder zu tief in die Flasche geschaut hatte, wachte sie nicht auf. Man fand sie im Bett, inmitten von verkohlten Geldscheinen, im Arm die Überreste der Ta... ja, glaub ich es denn?«

Er hupte, weil ein entgegenkommender Wagen fast über die Mittellinie auf unsere Spur fuhr. Jacob schimpfte noch eine Weile vor sich hin über die mangelnden Fahrkünste der anderen Autofahrer. Dann setzte er seinen Bericht fort: »Und ich konnte ihr nicht helfen, denn ich war unterwegs, mit Kumpels. Ich hatte damals eine Menge Kumpels, weil ich ja auch Kohle hatte, aus dieser verdammten Tasche. Wir hatten echt einen lustigen Abend. Und als ich zurückgekommen war, war alles verbrannt. Alles, was ich je besessen hatte, war futsch. Nur noch die Klamotten, die ich am Leib trug, hatte ich. Und das Auto.« Er tätschelte das verstaubte Armaturenbrett, auf dem ein kleiner Wackeldackel klebte. »Ist 'ne Schrottkarre, ich weiß. Aber ich hänge dran.«

Er lachte bitter und schnaubte. »Aber weißt du, was das Beste an der Geschichte ist? Das Tüpfelchen auf dem i?«

»Nein«, sagte ich leise, denn ich fand sie so schon ziemlich heftig.

»Das Beste war, dass keiner geglaubt hat, dass sie das Geld aus dieser Tasche hatte – natürlich nicht! Und deswegen hat die Polizei angenommen, das Zeug stamme aus einem der Überfälle meines Alten. Dabei hätte der lieber das Geld gefressen, als es meiner Mutter zu geben. Wie auch immer, jedenfalls ist er deswegen nicht auf Bewährung rausgekommen und muss den Rest seiner Strafe absitzen.«

»Scheiße«, sagte ich, weil mir nichts anderes einfiel.

»Ach, was soll's«, sagte Jacob. »Er wäre sowieso nicht lange draußen geblieben. Die Bewährungsauflagen hätte er sowieso nie ... hey Arschloch!« Er ballte die Faust, als ein Truckfahrer uns mit dröhnender Hupe überholte.

Ich warf Jacob einen Seitenblick zu, das zerzauste dunkelbraune Haar, das Piercing, das Metallschloss um den Hals. Sie wirkten wie eine Maskerade. Wenn er nicht gerade Grimassen zog, sah er aus wie ein netter Junge, mit sanften Gesichtszügen und einem netten Lächeln. Patricia Barnetts Worte über Liv kamen mir in den Sinn. Dass sie die Stärke nur gespielt hatte und dabei eigentlich nur ein verletztes kleines Mädchen war, das seine Mutter verloren hatte. Ich hatte das Bedürfnis, ihn zu berühren, und streckte die Hand aus und legte sie ihm auf die Schulter. »Es tut mir leid für dich«, sagte ich.

Er grinste schief und schob eine neue Kassette rein. Eine Gitarre, ein Schlagzeug, seltsam scheppernd, aber voller Energie. »God save the Queen«, sang ein Mann.

»Sex Pistols«, rief Jacob, um die Musik zu übertönen. »Beste Band ever!«

»Na ja«, sagte ich lachend und drehte die Lautstärke ein wenig runter, »darüber kann man diskutieren.«

»Stimmt, Metallica und The Pogues sind mindestens genauso gut.«

»Was ist mit den Resten der Tasche passiert, sie ist doch auch verbrannt?«, fragte ich.

»Hab sie mit ihr begraben«, sagte er. »War nur noch der Käfer und ein paar schwarze Fetzen.«

Mir wurde mulmig zumute. »Ich möchte echt mal wissen, was es mit dieser Tasche auf sich hat. Wo sie herkommt und warum sie ... das macht. Und ob wir ... ob ich sie loswerden kann, bevor ...« Ich konnte den Satz nicht beenden. Zu furchtbar waren die Möglichkeiten, zu entsetzlich die verschiedenen Versionen von Unglück, die auf mich warteten. Jacob fragte mich, wie die Tasche eigentlich wirkte, und ich versuchte, ihm zu erklären, was sie mit mir machte, wie sie mich tröstete und aufputschte, wie sie mir Energie gab und gleichzeitig raubte. Ich erzählte ihm von der Stimme.

»Aber wer spricht denn da? Wen hörst du da?«

»Das ist ja das Seltsame«, sagte ich und hatte auf einmal einen ganz trockenen Mund. »Ich glaube, ich bin das. Mein böses Ich. All das, was ich sonst nicht mal zu denken wage, spricht sie aus.«

»Jeder Mensch hat böse Gedanken«, meinte Jacob. »Es kommt nur darauf an, ob man sie in die Tat umsetzt.«

»Ja«, sagte ich leise. »Aber das tue ich ja. Die Tasche ... die Stimme, sie drängt mich dazu.«

»Dann lass dich nicht drängen.«

»Das ist aber nicht so einfach!«, rief ich schrill und betrachtete meine schwarze Hand. Der Daumen zeigte die ersten Flecken. Lange konnte es nicht mehr dauern, bis meine ganze Hand schwarz wäre.

»Natürlich ist es nicht einfach«, sagte Jacob mit Nachdruck. Und setzte ruhiger hinzu: »Bei mir war es so: Aus Angst, so zu werden wie meine Mutter, habe ich gesoffen. Und aus Angst, so zu enden wie sie, habe ich aufgehört.«

Er tippte sich gegen die Stirn. »Ist 'ne reine Kopfsache. Du musst dir einfach sagen, dass du stärker bist als das Zeug. Dann klappt es.«

Als wir St. Louis erreichten, strahlte die Sonne vom Himmel herab. Es war ein klarer kalter Herbsttag. Der Gateway Arch, der berühmte Bogen am Ufer des Mississippi, der sich wie eine kühne Brücke durch die Luft schwang, war schon von Weitem zu sehen. Wir hatten zwar die Adresse von Bernardo Amador, aber keine Ahnung, wo wir langfahren mussten. »Da«, sagte ich. »Halt mal an!« Ich zeigte auf einen großen Stadtplan, der für Touristen am Rand eines Parks angebracht worden war.

Bernardo Amador residierte in einem der noblen Hochhäuser in der City. Weil wir nicht riskieren konnten, dass die Polizei auf Jacobs Auto aufmerksam wurde, stellten wir es in einem Parkhaus ab und liefen zu Fuß zu der Adresse, die Brian Lee uns gegeben hatte.

»Wir hätten anrufen sollen«, sagte ich. »Was ist, wenn er gar nicht da ist?«

»Vielleicht macht uns ja Liv auf«, hielt Jacob dagegen.

Ich grinste. »Dein Optimismus ist wirklich unerschütterlich, was?«

Er antwortete mit einer Grimasse und drückte auf das messingfarbene Klingelschild auf dem in Großbuchstaben »Amador Constructions« stand. Wir fuhren mit dem Aufzug in die achtzehnte Etage. Hinter einer breiten Glastür empfing uns eine junge Frau mit blond gefärbtem Kurzhaar und massiver schwarzer Hornbrille. Die Büroetage war hell und großzügig, ein Wandbrunnen plätscherte neben einer Sitzgruppe aus Chrom und schwarzem Leder. Wir stellten uns vor und sagten, dass wir aus Wickwood kämen und gerne mit Bernardo Amador persönlich reden wollen, es ginge um eine private Angelegenheit. Sie zeigte keinerlei Irritation und bot uns einen Kaffee an, als ob wir nicht zwei seltsame Kids wären, sondern potenzielle Auftraggeber. Dann verschwand sie hinter einer Tür und tauchte nach zwei Minuten wieder auf.

»Mr Amador wird Sie gleich hereinbitten«, sagte sie. Wir tranken unseren Kaffee, in den Jacob sechs Zuckerstücke rührte. Uns gegenüber an der Wand hingen mehrere kunstvolle Fotos von Sportwagen, der Ferrari Spyder war auch dabei.

»Was ist das für eine Firma?«, fragte Jacob leise.

»Keine Ahnung«, musste ich zugeben. Die Zeit dehnte sich. Mr Amador hatte offensichtlich eine ganz individuelle Definition von »gleich«.

Jacob war schon aufgestanden, hatte sich die Fotos von Nahem angeschaut, die Aussicht auf die Stadt genossen und näherte sich jetzt dem Zimmerbrunnen, was mich sofort alarmierte, weil ich seine Vorliebe für Gefummel an Kleiderbügeln und Wasserspendern kannte. Ich sprang also gerade auf, um ihn davon abzuhalten, Unfug zu veranstalten, da rief jemand: »Besuch aus Wickwood, na so etwas!«

Bernardo Amador trug sein volles grau meliertes Haar zurückgekämmt, einen hellgrauen Seidenanzug, ein am Kragen weit geöffnetes Hemd und eine entspannte Sonnenbräune. Es war ein Leichtes, sich ihn in einem Ferrari vorzustellen, umringt von schönen Frauen. Er stellte sich vor und gab uns die Hand. »Ich bin ziemlich neugierig, muss ich sagen.« Er musterte uns, ließ sich aber wie auch seine Empfangsdame angesichts Jacobs punkigem Outfit nichts anmerken. »Erstens hätte ich nie geglaubt, jemals noch was von diesem Ort zu hören. Zweitens seht ihr beiden nicht gerade so aus wie die typischen Bewohner von Wickwood. Jedenfalls wenn ich das recht in Erinnerung habe.« Er lächelte.

»Wir sind hier wegen Liv Barnett«, sagte ich geradeheraus.

Er stutzte. »Liv Barnett?«, rief er dann dröhnend. »Das ist ja ein Ding!« Er führte uns in einen Konferenzraum mit einem Tisch, an den locker zwanzig Leute passten, bot uns Wasser und Saft an und sagte: »Wie schön von ihr zu hören. Was ist aus ihr geworden?«

»Äh«, setzte ich eloquent an. »Das wollten wir gerade *Sie* fragen. Wir haben gehört, sie sei mit Ihnen durchgebrannt.«

Er fuhr sich mit den Händen durch die Haare und sog pfeifend die Luft ein. »Was? Wer erzählt das?«

»Ein Mann aus Wickwood. Ich weiß nicht, ob Sie seinen Namen kennen. William Stringer.«

Amador atmete tief ein, dann rief er nach seiner Sekretärin und hieß sie, ihm einen Espresso zu bringen. »Aber einen doppelten.« Dann wandte er sich wieder uns zu. »So, und jetzt sagt ihr mir mal, warum ihr den weiten Weg hierher gemacht habt, um mit mir über Liv Barnett und William Stringer zu sprechen.«

»Weil sie seit dreißig Jahren verschwunden ist«, erklärte ich ohne Umschweife.

»Verschwunden?«, rief er entsetzt. »Das gibt es nicht. Nein, das gibt es doch nicht.« Er wurde richtig blass unter seiner Sonnenbräune.

»Alle sagen zwar, sie sei nach Hollywood gegangen, aber dort konnte sie nie gefunden werden. Und William Stringer ... er behauptet, sie sei mit Ihnen durchgebrannt.«

Die blonde Frau kam rein und brachte Mr Amador den

Espresso. Nachdem er ihn mit drei Schlucken getrunken hatte, fing er an zu erzählen. »Nein. Sie ist nicht mit mir durchgebrannt. Leider.« Er machte eine Pause. »Aber sie wollte es tatsächlich. Sie wollte weg aus Wickwood. Als ich ihr angeboten habe, mit mir nach St. Louis zu gehen, war sie sofort begeistert.« Mr Amador schüttelte den Kopf, wirkte plötzlich müde.

»Wissen Sie denn, warum sie wegwollte von dort?«

»Ach«, sagte er. »Sie hat den Ort gehasst. Weil dort alles so schrecklich eng war. Und mit ihrer Stiefmutter ist sie auch nicht zurechtgekommen und der Vater war fast nie da, weil er arbeiten musste. Und diese Leute dort, die waren so ... gehässig.« Er schüttelte sich vor Abscheu. »Alles, was anders war, lehnten sie ab. Liv natürlich auch.«

Ich nickte und jetzt, als ich Mr Amadors Beschreibung hörte, begriff ich, wie viel Liv und ich auch über so viele Jahrzehnte hinweg gemeinsam hatten. Fast schon unheimlich viel. »Können Sie sich noch an bestimmte Leute erinnern, die Liv besonders gehasst haben?«

»Tja, den einen haben Sie schon erwähnt. William Stringer. Er hat nicht kapiert, dass sie nichts mehr von ihm wollte, hat sie dauernd verfolgt.«

»Hat er sie auch bedroht?«

»Nicht mehr, nachdem sie sich meinen Wagen ausgeliehen hat«, sagte Mr Amador und zog eine Grimasse. »Die Sache mit dem Unfall tat mir natürlich leid für ihn, Liv auch, aber er hätte sie einfach in Ruhe sollen. Na ja. Sie hat sich auf jeden Fall zu helfen gewusst.« Er lächelte bei dem Gedanken. »Sie war damals schon ein cleveres Mädchen, das muss man ihr lassen. Und ich hatte immer geglaubt, dass sie es schafft und eines Tages wirklich eine berühmte Schauspielerin wird. Ich wollte ihr dabei helfen. Ich habe viele Freunde, auch in New York und L. A.«

Für einen Moment schwelgte Mr Amador in Gedanken. »Wir hatten schon alles geplant. Sie hat mich hier besucht, aber dann war sie plötzlich aufgebracht und sagte, sie müsse noch mal nach Wickwood und dort etwas erledigen und dann würde sie wiederkommen.«

»Was wollte sie denn erledigen?«

»Ich weiß es nicht«, sagte er. »Sie hat nichts weiter gesagt. Ich habe auf sie gewartet, aber ich habe sie nie wiedergesehen. Und habe angenommen, dass sie es sich doch anders überlegt hat. Aber vergessen habe ich sie nie. So ein Mädchen wie Liv kann man einfach nicht vergessen.«

Er schaute auf seine goldene Armbanduhr, aber bevor er unser Gespräch beenden konnte, fragte ich schnell: »Hatte sie auch Ärger mit anderen Mädchen?«

Mit zusammengekniffenen Augen dachte er nach. »Ja, jetzt, wo du es sagst. Das hatte sie. Da war diese eine, diese Exfreundin von dem Stringer ...«

Mein Herz klopfte mir bis zum Hals. »Brenda Hofmann?«

»Ja, genau! Brenda Hofmann«, rief Mr Amador. »Sie war unglaublich sauer auf Liv, hat ihr das Leben zur Hölle gemacht. Zusammen mit ihrer Freundin.«

»Kristin Stringer?«

»Ja«, er nickte, »sie war auch wütend auf Liv, wegen dem, was mit ihrem Bruder passiert ist. Die beiden haben keine Gelegenheit ausgelassen, sich an ihr zu rächen. Besonders diese Brenda, sie war so ... machtbesessen.«

»Haben die beiden Liv denn auch angegriffen oder bedroht?«

Er überlegte einen Moment. Dann sagte er: »Was ich noch weiß, ist, dass sie Gerüchte über sie verbreitet haben und ihr gesagt haben, sie solle aus Wickwood verschwinden, es würde sonst ein übles Ende mit ihr nehmen ... ach, ein schrecklicher Ort.«

»Hat die Polizei Sie jemals dazu befragt?«, wollte Jacob geistesgegenwärtig wissen, ich hingegen konnte keinen klaren Gedanken mehr fassen. Was sollte das alles bedeuten?

Mr Amador schüttelte den Kopf. »Nein, die Polizei war nie bei mir. Trotzdem habe ich noch nicht ganz verstanden, warum ausgerechnet ihr beide nach ihr sucht. Müsste nicht die Polizei nach ihr suchen, wenn sie verschwunden ist?«

Wir erklärten ihm, dass die Polizei die Suche schon vor langer Zeit eingestellt hatte, wir aber aus persönlicher Freundschaft mit Livs Stiefmutter noch einen Versuch machen wollten. Damit gab er sich zufrieden.

Als wir uns an der Tür von ihm verabschiedeten, sagte er: »Ich habe mir immer vorgestellt, sie würde in Kalifornien an einem Pool liegen, unter einem Schirm, sodass die Sonne ihrer vornehme Blässe nichts anhaben könne, und sie hätte einen Mann, der ihr die Welt zu Füßen legt. Ich habe mir immer vorgestellt, dass sie glücklich ist.«

»Warum war die Polizei nicht bei ihm gewesen?«, fragte ich verwirrt, als wir wieder draußen waren.

»Entweder die Polizei hat sich damals einfach keine Mühe gegeben.«

»Oder?«

»Oder sie hatte kein Interesse daran, dass herauskam, was mit Liv passiert ist, weil sie ... Wickwood nie verlassen hat.«

»Du meinst, weil sie ...« Mir schnürte sich der Hals zu. »... tot ist.«

Jacob nickte. »Ja.«

»Dieser verdammte Sheriff Fisher«, sagte ich. »Der steckt doch mit der Bürgermeisterin unter einer Decke!«

»Wenn wir nur wüssten, was es gewesen ist, das sie noch erledigen wollte«, seufzte Jacob.

»Verdammt«, wisperte ich. »Sie ist doch ermordet worden und ich habe ihren Geist gesehen!« Mir verschlug es für einen Moment die Sprache. Dann auf einmal fing ich an zu schreien: »Verdammt, verdammt, verdammt! Wir kriegen es nie raus und dann ...« *Dann wird es ein böses Ende nehmen*, zischte die Stimme. *Du wirst böse enden, denn du bist böse.*

»Jacob«, stammelte ich. »Es wird etwas Schreckliches geschehen.« Mir brach der Schweiß aus, ich klammerte mich an die Umhängetasche, in der die Tasche lag – und gleichzeitig wollte ich sie von mir stoßen. All meine Zuversicht, meine bissige Entschlossenheit waren dahin und ich fühlte mich plötzlich nur noch schwach.

»Beruhige dich, nichts wird passieren, wenn du nur der Tasche nicht nachgibst«, sagte Jacob und kramte aus seiner Jackentasche einen angebissenen Schokoriegel hervor. »Hier, Schokolade hilft immer.«

Meiner Mutter war zuzutrauen, dass sie den Sheriff informierte, deswegen stellten wir das Auto außerhalb von Wickwood auf einem Parkplatz im Wald ab, wo es Sheriff Fisher hoffentlich nicht entdeckte, und liefen durch den Wald zurück nach Hause.

»Und du bist sicher, dein Großvater hat nichts dagegen?«, fragte Jacob zum dritten Mal. Ich hatte Jacob gebeten, noch zu bleiben. Weil wir der Lösung immer näher kamen. Weil ich mit niemand anderem darüber reden konnte. Und weil ich eine Scheißangst hatte. »Solange du Kennedy dabeihast, sicher nicht«, beruhigte ich ihn.

»Und deine Mutter?«

Alleine ihre Erwähnung löste einen Funkenschlag in meinem Kopf aus, es sprühte hell und in meinem Magen zuckte es. »Meine Mutter«, knurrte ich, »soll aufhören, mir in mein Leben zu pfuschen.«

Mein Großvater hatte tatsächlich nichts dagegen, dass Jacob noch mal bei ihm übernachtete. Ich hatte sogar das Gefühl, er freute sich, denn er war sichtlich besser drauf als in den letzten Wochen. Er hatte sogar ein neues Bild angefangen – ein Hund am Strand. Ich nutzte seine Redseligkeit, denn mir lagen noch einige Fragen auf dem Herzen. Als Erstes erkundigte ich mich nach William Stringer. Großvater erinnerte sich sofort: »Ja, Billyboy Stringer, der alte Schwerenöter. Egal, wohin er getreten ist, es war immer die schiefe Bahn.«

»War er denn jähzornig?«

»Mmhh«, machte er. »Wenn er getrunken hatte, war er auf jeden Fall unberechenbar. Aber gewalttätig habe ich ihn nie erlebt. Und nach seinem Unfall hat er sich ja sowieso sehr zurückgezogen. Schade, dass man den Unfallfahrer nie erwischt hat. Ja, guter Junge, du bist ein guter Junge.« Grandpa knuddelte Kennedy. »Ah, da fällt mir was ein! In der Garage müssen irgendwo Tennisbälle sein. Das wäre doch ein gutes Spielzeug für meinen vierbeinigen Freund!«

Er bat mich, sie zu suchen. »Tennissachen«, murmelte ich und ging in die Garage. Auf gut Glück öffnete ich eine der alten Kisten, aber sie enthielten nur dunkelbraune Mappen. Die alten Patientenakten. Als einziger Arzt von Wickwood hatte Grandpa so gut wie alle Einwohner gekannt. Und da kam mir eine Idee. Ich wühlte ein bisschen durch die Akten, die alphabetisch geordnet waren. Und im zweiten Karton fand ich dann die Unterlagen von William Stringer, geboren am 17.3.1948. Ich überflog die Eintragungen, die ich entziffern konnte, da ging es um den Autounfall, Frakturen, Quetschungen und einige medizinische Fachausdrücke, die ich nicht verstand. Offensichtlich hatte es Komplikationen gegeben, weil er sich eine Infektion zugezogen hatte, die die Amputation notwendig machte. Nicht weiter aufschlussreich.

Ich legte sie weg und dann fiel mir ein, dass ich mal nachschauen konnte, was Großvater über Gloria Barnett notiert hatte. In der untersten Kiste waren die Akten von A bis E. »Gloria Barnett«, las ich leise. »Geboren am 1.5.1932.« Ich las die wenigen Eintragungen. Sie war nur einmal beim Arzt gewesen, um sich untersuchen zu lassen. Und zwar am 25. Januar 1961, jenem Tag, an dem sie auf der Kobler Street auf Glatteis gestürzt war. Sie hatte aufgrund der starken Schmerzen ein Schmerzmittel bekommen und war danach immer nur noch da gewesen, um sich neue Tabletten verschreiben zu lassen.

»Was machst du da?«, fragte Jacob, der plötzlich in der Garage auftauchte. »Ich dachte schon, du wärst nach Honolulu ausgewandert, so lange warst du weg.«

Ich zeigte ihm Glorias alte Patientenakten. »Der Unfall war im Januar 1961, aber die letzte Tablettenverschreibung stammt vom 4. Oktober 1962«, sagte ich. »Dilaudid hat sie genommen.«

»Die Alte war vermutlich tablettensüchtig«, meinte Jacob ungerührt. »Starke Schmerzmittel können abhängig machen. Und zusammen mit Alkohol ist das erst recht eine schlechte Kombination.«

»Aber das hätte Großvater doch wissen müssen, oder?«, fragte ich.

Jacob zuckte mit den Schultern. »Vielleicht auch nicht. Manche Zusammenhänge kannte man damals vielleicht noch nicht. Es gab früher ja auch noch allerhand lustige

Sachen in der Apotheke. Eine Zeit lang konnte man sogar Heroin kaufen.«

Als wir Großvater danach fragten, sagte er, normalerweise wäre eine Steißbeinprellung tatsächlich nach ein paar Wochen auskuriert.

»Aber du hast Gloria Barnett viel länger Schmerztabletten verschrieben. Über anderthalb Jahre lang!« Ich schob entschuldigend hinterher: »Ich habe die alten Akten gelesen. Ich hoffe, das war in Ordnung.«

»In dem Fall ja. Wenn ich mich nicht erinnere, dann tut es das Papier für mich.« Und dann sagte er, ja, er wisse das sogar noch. Sie hätte eben immer Schmerzen gehabt. Und er entschuldigte sich damit, dass er es damals tatsächlich nicht gewusst hätte, wie gefährlich die Schmerzmittel auf Dauer sein könnten. »Außerdem war sie ansonsten gesund«, sagte er. »Bis auf ihren Alkoholkonsum und die Schmerzen, für die es keine körperliche Ursache gab, war sie eine kerngesunde Frau.«

»Stella?«, schrillte da die Stimme meiner Mutter wie eine Sirene vom Haus herüber. »Komm sofort her!«

»Sie kommt nicht mehr in mein Appartement«, erklärte Großvater fröhlich. »Sie weigert sich. Wegen Kennedy.«

Jetzt pfiff mich Mom schon wie einen Hund herbei. Jacob warf mir einen beschwichtigenden Blick zu, der mich allerdings auch nicht beruhigen konnte. Ich seufzte, folgte dann aber widerstrebend ihrer Aufforderung. Es war ja klar gewesen, dass es Ärger geben würde, weil ich heute geschwänzt hatte. Aber unser Ausflug nach St. Louis hatte sich gelohnt, von daher würde ich ihre Standpauke schon ertragen.

Sie erwartete mich vor der Tür, mit eingefrorenem Gesicht. »Du hast heute geschwänzt«, stellte sie fest. »Schon wieder.«

Leugnen war zwecklos. »Ja«, gab ich zu. »Ich musste was Dringendes erledigen.«

Sie schüttelte den Kopf, musterte mich, die Verachtung in ihrem Gesicht war nicht zu übersehen. »Ich glaube wirklich, du machst das absichtlich, dir jegliche Zukunftsaussichten zu verbauen. Nur um mich vor Ärger ins Grab zu bringen.«

»Meine Güte, Mutter«, knurrte ich. »Ich habe ein paar Schulstunden versäumt und ...«

»Nicht ein paar Schulstunden«, spuckte sie. »Du hast den Collegeaufnahmetest verpasst!«

Meine Knie wurden weich. Ich hatte ...? »Was?«, fragte ich verwirrt. »Der ist doch erst morgen!«

»Nein, der war heute.«

Verdammt! Ich musste tief durchatmen, um nicht vor Wut auszurasten. Nicht weil ich den Test verpasst hatte. Sondern vor Wut auf mich selbst. Wie hatte ich nur so dumm sein können! Tess und Emily und Jasmin – die fiesen Biester. Sie hatten mich glorreich reingelegt. Verdammt! Ich hätte es wissen müssen, natürlich war ihre Nettigkeit nur Fassade gewesen. Aber wartet nur ... *Das werdet ihr büßen,* kreischte die Stimme. Ich presste mir die Hände gegen die Schläfen, um sie zum Schweigen zu bringen. Ich hatte andere, dringendere Probleme, als Rache zu üben. Ich musste rausfinden, was mit Liv geschehen war. Und mir lief die Zeit davon.

KAPITEL 31
MITTWOCH, 5. NOVEMBER,
UND DONNERSTAG, 6. NOVEMBER 1997

Abgesehen von dem Hausarrest, den mir meine Mutter für den Rest der Woche aufgebrummt hatte, schwelte da ein unbändiger Zorn in mir. Mit dem lächerlichen Hausarrest kam ich klar; aber die tobenden Gefühle in mir brachte ich kaum unter Kontrolle. Es verlangte mir alles an Selbstbeherrschung ab, was ich aufbringen konnte, aber mein Bedürfnis nach Vergeltung musste ich unterdrücken.

Neben der Unverschämtheit, den Test zu schwänzen, was besonders die Lehrer gegen mich aufbrachte, hatte ich mit einer weiteren Niederlage zu kämpfen, die sich maßgeblich auf das Verhalten meiner Mitschüler auswirkte: Die Nachricht von der Trennung von Tom war durchgesickert. Damit war meine Stellung als Freundin des Highschool-Stars weg, inklusive Protektion. Ich war Freiwild geworden! Wo ich auch hinkam, warf man mir schräge Blicke zu, es wurde getuschelt und gekichert. Und meine alten Rivalinnen Tess, Emily und Jasmin hatten offensichtlich auch nur darauf gewartet, dass Tom mich fallen ließ, um sich an mir zu rächen. Schon in der ersten Pause kamen sie im Gang vor den Schließfächern auf mich zugeschlendert. »Na, warum hast du denn die Collegeaufnahmetests verpasst?«, säuselte Tess.

»Hast du dich etwa im Datum vertan?«, zirpte Jasmin.

»Tja, du hast wohl Schwierigkeiten damit, Richtig und Falsch voneinander zu unterscheiden«, gab Emily dazu.

»Und Gut und Böse!«, sagte Tess.

Ich schaffte es, sie diabolisch anzufunkeln, aber nichts zu erwidern.

»Wenigstens hat Tom endlich erkannt, was für eine Art Mädchen du bist«, befand Emily.

»Wie meinst du das?«, fragte ich sie, aber sie zuckte nur mit den Schultern und lächelte wissend.

»Du denkst doch wohl nicht, nur weil er mit dir Schluss gemacht hat, dass wir dir verzeihen! Du hast Rosanna den Freund ausgespannt«, ätzte Tess.

»Während sie im Koma lag«, zischte Emily.

Darauf fiel mir leider keine Erwiderung ein. Es gab keine Rechtfertigung für mein Handeln. Ja, ich hatte in den vergangenen Wochen auf moralisch wackeligem Grund gestanden – ich wusste das selbst nur zu gut. So ließ ich auch ihren Hagel an Drohungen über mich ergehen.

»Das wirst du noch büßen«, gurrte Jasmin.

»Darauf steht die Höchststrafe!«, warnte Tess. »Denn das war erst der Anfang!«

Damit wandten sie sich ab und zogen triumphierend von dannen. *Diese Miststücke!,* sirrte die Stimme. *Diese fiesen Schlampen. Werden auch kriegen, was sie verdienen.* Denn ich wusste, wenn ich wollte, könnte ich sie zerquetschen, einfach so. Und ich würde es tun. Zu gegebener Zeit. Und dann würden auch sie erfahren, wie es war, sich mit mir anzulegen.

Plötzlich erschrak ich über meine Gedanken, versuchte sie abzuschütteln. Nein, Stella, nein, sagte ich mir und streichelte den Skarabäus, immer fester, bis der Stoff meines Handschuhs riss. Als ich runterschaute, sickerte Blut aus meiner schwarzen Fingerkuppe. Aber es tat nicht weh. Als ob der Finger taub geworden wäre.

Ich verbrachte den Nachmittag damit, Großvater und Jacob und Kennedy aus dem Fenster zu beobachten und mit einer imaginären Pistole die Krähen abzuschießen. Von der Vogelscheuche, die mein Vater auf das Garagendach gestellt hatte, ließen die sich nicht wirklich dauerhaft abschrecken. Im Gegenteil, es sah sogar so aus, als würden es immer mehr werden.

Ich hockte mich an meinen Schreibtisch und versuchte, mir noch einmal einen Überblick über alle Geschehnisse zu verschaffen. Stundenlang grübelte ich, was Liv wohl hatte erledigen wollen, als sie noch einmal nach Wickwood zurückkehrte, bevor sie zu Bernardo Amador nach St. Louis gehen wollte. Ich spielte mit der Tasche, machte sie auf und zu, ließ das Schloss einschnappen, klappte es wieder auf, fuhr mit den Fingern über die Metallkette, rauf und runter, rauf und runter, streichelte den kühlen Satin, es war wie Meditation.

Dass ich eingesperrt worden war, empfand ich nicht als Strafe, denn so gab es wenigstens niemanden, der mich wütend machen konnte. Und wenn mich niemand wütend machte, würde ich auch niemandem etwas antun. Ich verbrachte den Nachmittag in einer seltsamen Starre, es war wie die berühmte Ruhe vor dem Sturm, ein letztes Verschnaufen vor den tragischen Ereignissen, die folgen sollten.

Es fing schon am nächsten Tag an, als mich meine Mutter nach Unterrichtsende wieder abholte und in mein Zimmer sperrte. Unruhe kam in mir auf. Der Sturm kündigte sich an mit einem leisen Kräuseln meiner Nerven, einem inneren Zittern. Die Schwärze auf meiner Hand wuchs unaufhaltsam. Nur ein kleiner Fleck auf meinem Daumen war noch weiß und plötzlich empfand ich die aufgezwungene Untätigkeit als unerträglich. Ich würde hier rumsitzen, bis es passieren würde. Bis jemand sterben würde.

Und dieser Jemand wäre vermutlich ich.

Bei dem Gedanken sprang ich auf und fing an, durch das Zimmer zu tigern, von links nach rechts, mit weit ausholenden Schritten. Ich stieß meinen Schreibtischstuhl um vor lauter Wut, in meinem Hirn fing es an zu rauschen. Ich musste hier raus!

Die Tür ist zwar abgeschlossen, aber doch nicht das Fenster, sirrte die Stimme. Ich starrte einen Moment auf das Fenster. Gut, es war im ersten Stock, aber vom Fensterbrett aus könnte ich auf das Dach des kleinen Geräteschuppens klettern. Ich konnte nur hoffen, dass meine Mutter mich nicht erwischte, denn ich war mir nicht sicher, was dann passieren würde.

Nicht vor ihrer Strafe fürchtete ich mich. Ich fürchtete mich vor mir. Davor, dass ich durchdrehte, wenn sie mich zur Rede stellen würde. Davor, was ich ihr antun könnte.

Ich packte meine Skarabäus-Tasche in die Tarntasche, warf sie durchs Fenster und schob mich über das Fensterbrett hinaus. Ich erreichte mit den Zehenspitzen das Wellblechdach des Schuppens und ließ mich runter. Von hier war es nur ein kleiner Sprung in den Garten. Auch das klappte reibungslos. Ich schlich nah an der Hauswand entlang, duckte mich unter den Wohnzimmerfenstern und erreichte ungesehen Großvaters Appartement. Die Tür stand auf. Großvater schaute mit Jacob Cartoons, sie tranken heiße Schokolade und lachten. Ich ging wieder raus, ohne dass sie mich bemerkt hatten.

Ich lief an der Kirche vorbei, machte einen Abstecher auf den Friedhof, aber auf Glorias Grab hatte sich nichts getan. Die Rose zerbröselte langsam, niemand hatte eine neue Blume abgelegt, nur das herabfallende Herbstlaub bedeckte den Marmorstein. Es war kühl und ich zog die Jacke dichter um mich, als ich Richtung Stadtzentrum ging. An der Kreuzung zur Kobler Street blieb ich stehen. Die Kübel mit den Pflanzen vor den Geschäften waren verschwunden, der Frost hatte über Nacht Einzug gehalten, die Menschen stellten sich auf den Winter ein. Der letzte war ziemlich kalt gewesen, es hatte auch ein paar Mal geschneit, aber auf der Hauptgeschäftsstraße wurde immer geräumt und gestreut. Die Menschen waren ordentlich in Wickwood. Das waren sie schon immer gewesen. Glatteis auf dem Bürgersteig der Kobler Street hatte ich noch nie erlebt. Und doch war Gloria hier ausgerutscht. Und wegen dieses Unfalls hatte sie angefangen Schmerztabletten zu nehmen.

Ich wusste nicht, wie diese Puzzleteile zusammenpassten, aber ich wusste, dass ich endlich die Wahrheit herausfinden wollte, das ganze Bild sehen. Nicht nur die kleinen Ausschnitte, die mir die verschiedenen Leute bisher gezeigt hatten. Und da ich auch nicht ahnen konnte, welches Detail besonders wichtig war, wollte ich versuchen, etwas über Glorias Unfall herausfinden. Aber es war über fünfunddreißig Jahre her. Mein Blick fiel auf den verrückten Ed, der in eine dicke Jacke eingemummelt auf seiner Veranda saß. Selbst der verrückte Ed hielt seinen Bürgersteig schneefrei. Und er saß hier, jahrein, jahraus. Vielleicht wusste er etwas? Ich klopfte an sein Gartentörchen, er rührte sich nicht. Nur der Hund fing an zu knurren.

»Mr Elvers«, rief ich. »Ich habe eine Frage.« Ich ging zu ihm rein, passte auf, dass ich nicht wieder über irgendwelche Konservendosen stolperte. Er quietschte auf seinem Stuhl hin und her. »Mr Elvers«, sagte ich noch mal.

»Bin nicht Mr Elvers«, sagte er. »Bin der verrückte Ed. Das weißt du doch.« Dann lachte er und legte die Zahnruinen in seinem Mund frei.

»Können Sie sich an den Winter 1961 erinnern?«

»1961?«, fragte er erstaunt zurück. »Was solln da gewesen sein? Wenn da nicht zufällig ein Ufo hier gelandet ist, dann war es wohl ein Wickwooder Winter wie eh und je.«

»Gloria Barnett«, sagte ich. »Sie ist im Januar 1961 hier auf der Kobler Street auf Glatteis ausgerutscht.«

Sein Gesicht hellte sich auf. »Oh ja«, rief er. »Daran erinnere ich mich allerdings! Die war ja auch fast wie eine Außerirdische!« Er lachte. »Zack, saß sie da auf ihrem Prachthintern.«

»Wissen Sie noch, wo genau ...«

Aber er unterbrach mich einfach. »Gloria Barnett«, sagte er und es klang fast, als würde er ihren Namen singen. »Mann, da bimmelten die Glocken, wenn sie über die Straße ging. Drehte jeden Tag ihre Runde. Ging immer um Punkt fünfzehn Uhr zu Stringers Convenience Store.« Er deutete auf Bell's Bar & Grill, in dem sich bis Mitte der 1980er das Lebensmittelgeschäft der Stringers befunden hatte. »Versteckte den Whiskey unter Zigaretten und Süßigkeiten.« Ed lachte heiser. »Wusste zwar jeder, was drin war, aber sie hat so getan, als könnte sie es verbergen. Dann redete sie meistens ein paar Worte mit Anderson. Der hatte immer was im Schaufenster zu tun, wenn unsere Gloria kam. So einen Anblick konnte sich kein Mann entgehen lassen. Immer wenn Gloria ihre Runde drehte, standen die Jungs Spalier.« Er lachte wieder. »An dem Tag war es lausig kalt. Einer der kältesten Tage, die Wickwood je erlebt hat. Wer nicht rausmusste, ging nicht raus. Aber unsere Gloria, die musste raus. Die hätte es nicht ausgehalten ohne Sprit. Und dann ...«, er deutete auf die andere Straßenseite, wo die Praxis meines Großvaters war, »ist von da oben ein Blumenkasten runtergefallen. Blumen waren keine drin, aber Wasser. Und das ist runtergeplatscht und sofort gefroren, eine eisige Lache. Auf jeden Fall, zehn Minuten später kommt Gloria den Weg lang – und tritt genau aufs Eis. Anderson war gleich da, dann ist er mit ihr zu Dr. Brandt, deinem Großvater.«

Mir schwirrte der Kopf vor lauter neuen Fakten. Wer hätte gedacht, dass Ed eine wandelnde Enzyklopädie war? »Fanden Sie irgendwas ungewöhnlich daran?«

»Nee«, dröhnte er. »Wieso? Sie war voll wie eine Haubitze und schließlich war nicht viel passiert, außer dass sie sich auf ihren Prachthintern gesetzt hatte.«

Ich betrachtete eine Zeit lang die Fassade des Hauses meiner Großeltern auf der anderen Straßenseite, überlegte, wo die Blumenkästen gehangen hatten. Versuchten, mir die Kälte vorzustellen, und dann kam mir etwas in den Sinn.

»Aber wenn es so eisig kalt war, wieso war das Wasser im Blumenkasten denn nicht auch gefroren?«, fragte ich.

Ed kratzte sich am Kopf, betrachtete eine Weile den Grind unter seinen Fingernägeln, dann wandte er sich mit seinen blassen Augen wieder an mich. »Tja, das ist in der Tat eine gute Frage. Hab ich noch nie drüber nachgedacht.«

»Hi Stella«, strahlte Tammy und legte die Patientenakte beiseite. »Sie können gleich zum Herrn Doktor, Mrs Klein!«, brüllte sie an mir vorbei ins Wartezimmer, wandte sich wieder an mich. »Wie geht es deinem Großvater?«

»Gut, so weit«, sagte ich. »Jedenfalls an den meisten Tagen.«

»Ach, er war immer so ein netter Chef. Und es tut mir leid, dass er … nicht mehr ganz da ist.«

»Aber er malt, und das tut ihm gut«, sagte ich.

»Brauchst du ein Rezept für ihn?«

»Nee, ich wollte nur ganz kurz Dr. Weiss was fragen. Dauert auch nicht lange.«

In dem Moment kam der junge Arzt auch schon aus seinem Behandlungszimmer. Mittlerweile trug er doch einen weißen Kittel, den er nach der Übernahme der Praxis noch abgelehnt hatte. Aber er hatte gemerkt, dass die Menschen von Wickwood mit einem Arzt in Jeans und Pullover nichts anfangen konnten. Sie brauchten den weißen Kittel.

Dr. Weiss verabschiedete den alten Mr Ryan, gab ihm noch ein paar Ratschläge mit auf den Weg, dann nahm er mich mit in sein Zimmer und bot mir den Stuhl vor seinem Schreibtisch an. Ich entschuldigte mich für die Störung, aber er grinste nur und sagte, das sei kein Problem, für die Enkelin von Arthur Brandt wäre er immer zu sprechen.

»Ich wollte Sie was fragen zur Wechselwirkung von Tabletten und Alkohol. Genauer gesagt, zu dem Mittel Dilaudid.«

Er schaute verwundert, erklärte aber dann bereitwillig, dass Dilaudid ein sehr starkes Schmerzmittel sei, das zu den Opioiden gehört. »Aber worum geht es denn genau?«

Ich erklärte ihm, dass ich den Selbstmord einer Frau aus den 1960er-Jahren untersuchte, die das Mittel lange Zeit genommen habe. Es sei für einen Bericht für die Wickwood Daily. Dr. Weiss erkundigte sich daraufhin nach dem toxikologischen Report der Autopsie, da es durchaus

Berichte von Depression nach Dilaudid-Missbrauch gebe. Besonders wenn das Mittel fatalerweise mit Alkohol kombiniert würde.

»Der Blutalkoholspiegel lag bei 2,2 Promille«, erklärte ich.

»Gab es Anzeichen für andere Drogen?«

»Das wurde im Autopsiebericht nicht erwähnt.«

»Komisch«, meinte er. »Normalerweise werden bei einer Autopsie auch noch andere gängige Drogen getestet, Barbiturate, Opiate und so weiter.«

»Na ja. Weil sie so betrunken war, hat man das vielleicht nicht für nötig gehalten. Ich meine, wenn einer so betrunken ist …«

»2,2 Promille ist für einen schweren Alkoholiker gar nicht so viel«, widersprach Weiss. »Viele brauchen so einen Pegel, um überhaupt zu funktionieren.«

»Aber die Frau hat an dem Tag Selbstmord begangen. Sie ist in den Pool gesprungen und ertrunken.«

»Wer sagt, dass sie gesprungen ist?«

Ich atmete tief durch. Dann sagte ich: »Sheriff Fisher.«

»Okay«, sagte Dr. Weiss gedehnt. »Dann muss es ja stimmen.«

Jacob und Grandpa spielten Backgammon, als ich zurückkehrte. Kennedy hatte seine Schnauze auf Großvaters Füße gelegt.

»Ich dachte, du hast Hausarrest?«, fragte Jacob erstaunt.

»Ich musste mal raus«, seufzte ich und setzte mich zu ihnen. Ich beobachtete die beiden eine Weile, wie sie einträchtig die Würfel klackern ließen. Dann holte ich tief

Luft und fragte Großvater nach Glorias Sturz auf dem Glatteis vor deren Haus.

»Deine Granny hatte mich einige Male gebeten, die Blumenkästen zu kontrollieren«, erinnerte er sich, »ich habe es immer wieder vergessen. Tja, und an dem Tag war es dann so weit. Da kam der eine runter.«

»Aber wieso war das Wasser nicht gefroren in dem Kasten? Wenn es so kalt gewesen war, dann hätte es doch Eis sein müssen.«

»Ich weiß nicht«, gestand Großvater. »Vielleicht weil sie vor dem Badezimmerfenster hingen und das zum Lüften offen gewesen war. Da hat es die warme Luft vielleicht aufgetaut?«

»Unwahrscheinlich, oder? Und dann ist der Blumenkasten ausgerechnet dann runtergefallen, als Gloria ihre Runde machte. Und Großmutter hatte Angst vor Glorias Geist. Das kann doch kein Zufall sein«, überlegte ich laut. Jacob schaute mich verwundert an, dann hinüber zu Arthur.

»Was willst du damit sagen?«, fragte der verwirrt.

Es kostete mich einige Überwindung, aber dann brachte ich es doch raus: »Ich will damit sagen, dass Grandma vielleicht nachgeholfen und für Glatteis gesorgt hatte.« Meine Stimme bebte ein wenig bei diesem Verdacht, der laut ausgesprochen so ungeheuerlich klang, dass ich meine Worte am liebsten zurückgenommen hätte.

»Aber warum hätte Linda das tun sollen?«, fragte Großvater entgeistert.

Ich zuckte matt mit den Schultern. Dieses Puzzlespiel war nervenraubend. Ließ mich an meinem Verstand zweifeln. »Sag du es mir.«

Er starrte mich mit offenem Mund an. »Ich meine, gut, sie mochte Gloria Barnett nicht besonders. Aber sie hätte doch niemals ...«

Jacob blieb stummer Beobachter. Und ich stellte endlich die Frage, die mir schon seit einiger Zeit auf der Seele klebte. »Großvater. Warst du in Gloria Barnett verliebt? Bist du derjenige, der ihr Blumen aufs Grab legt?«

»Was? Nein! Niemals!« Großvater schüttelte heftig den Kopf. »Für mich gab es nur Linda, mein ganzes Leben lang.«

Das kam so überzeugend, dass ich aufatmete. Ich zweifelte nicht daran, dass er mir die Wahrheit sagte. Dennoch hatte ich den Eindruck, dass er mir irgendwas verheimlichte. Warum war Gloria Barnett im Pool ertrunken? Was hatte Liv herausgefunden? Sheriff Fisher. Wilma Fisher. Meine Großmutter. Brenda Stark. William Stringer. Der Mann mit dem Ferrari. Patricia Barnett. Es waren so viele Puzzleteile, aber ich konnte sie nicht zusammensetzen. Denn ein Teil fehlte. Ein wichtiges Verbindungsstück. Irgendwo war die Wahrheit verborgen. Ich konnte sie nur nicht sehen. Noch nicht.

Großvater war plötzlich erschöpft und legte sich hin.

Ich ließ Jacob bei ihm und schlich mich zurück ins Haus, schaffte es, an meiner Mutter vorbei die Treppe hochzulaufen, ohne dass sie es merkte. Als sie mir später aufschließen wollte, wunderte sie sich zwar, dass die Tür unverschlossen war, aber ich beruhigte sie damit, dass sie es wohl vergessen hatte.

Sie musterte mich, überlegte, ob ich irgendwas im Schilde führte, mit ihrer Fratze des Gutmenschentums, dieser christlichen Aufdringlichkeit, die Leute verströmen, die niemals unter der seelischen Not der Selbstkritik leiden. Hass wallte in mir auf, unterlegt mit einem sirrenden, rauschenden Ton. Bald, bald wäre es zu Ende, beruhigte ich mich. Aber diesen Gedanken fand ich alles andere als tröstlich. Vielmehr flößte er mir Todesangst ein.

Am nächsten Tag nach der Schule verkündete meine Mutter, dass mein Hausarrest aufgehoben sei, aber bevor ich anfangen konnte über ihre überraschende Großzügigkeit zu staunen, schob sie sofort die Bedingungen nach: Ich sollte einige Erledigungen in Sachen Stadtfest für sie machen. Als Erstes schickte sie mich mit ein paar Fotos zu Carol, die sie für ihren Zeitungsartikel über das Stadtfest benutzen wollte. Es waren alte Stadtansichten von Wickwood, die im Nachlass eines Kirchenmitglieds gefunden worden waren. Darauf war die Kobler Street mit der Apotheke, dem Haus meiner Großeltern und Eds Schandfleck, der Anfang der 1950er-Jahre noch gar nicht so schändlich ausgesehen hatte.

»Was macht denn eigentlich deine Geistergeschichte?«, fragte Carol. »Du hast ja ganz schön rumgefragt, habe ich gehört.«

Ich nickte. »Ordentliche Recherche ist das Handwerkszeug Nummer eins«, sagte ich. »Ich hab schließlich von der Besten gelernt.«

Sie grinste. »Und hast du denn auch was rausgefunden?«

»Ja, einiges. Und ich kann dir sagen, die ganze Geschichte ist sehr seltsam.«

»Bist du etwa tatsächlich auf den Geist von Gloria Barnett gestoßen?« Sie rollte mit den Augen, als ob sie sich gruselte, dann lachte sie.

Mir war nicht zum Lachen zumute. »Nein«, sagte ich. »Habe ich nicht. Aber vielleicht habe ich ...« Ich schloss die Augen, um einen Moment zu überlegen, ob es wirklich eine gute Idee war, sie einzuweihen.

»Was hast du?«

Ich schaute sie an und sagte ernst: »Carol, das bleibt unter uns, okay?«

Sie nickte, überrascht über meine plötzliche Seriosität. »Natürlich. Klar. Schieß los.«

Ich seufzte. Dann sagte ich: »Ich habe Liv gesehen. Als sie so alt war wie ich.«

»Liv Barnett?« Carol lachte schallend, dann brach ihr Lachen abrupt ab. »Du willst mich doch veräppeln, oder?«

»Nein, wirklich. Ich habe sie vor der Schule kennengelernt und mich ein paar Mal mit ihr getroffen und ich war mit ihr in ihrer Villa, die ganz normal aussah, also nicht verfallen wie jetzt. Und sie hat mir diese Tasche gegeben.« Ich zog die Tasche aus dem Beutel.

Carol warf einen Blick darauf, dann musterte sie mich eindringlich. »Geht es dir wirklich gut?«, fragte sie. »Ich meine, man hört so einiges über dich ...«

Ich lachte schnaubend. »Jaja, ich weiß. Es gibt Leute hier, die behaupten, ich würde Drogen nehmen. Aber das ist absolut nicht der Fall.«

»So schätze ich dich auch nicht ein«, sagte Carol langsam.

»Aber ...« Ich sah mich um, als ob in Carols Büro jemand hinter mir stehen könnte. »Man muss aufpassen, was man sagt. Einige hier kriegen ja schnell was in den falschen Hals. Und dann gilt man nachher plötzlich als verrückter als der verrückte Ed.«

»Ja, das kann passieren«, meinte sie. Dann rollte sie mit ihrem Stuhl näher an mich heran und legte mir die Hand auf den Arm. »Aber was hat denn Liv ... ich meine, hat sie gesagt, was sie vorhatte. Was sie jetzt macht?«

»Nein, das nicht. Wir haben uns ganz normal unterhalten, über Mädchenkram hauptsächlich. Mode, Haare, Jungs und so. Dass sie nach Hollywood gehen wollte, hat sie mir auch erzählt. Es war ganz normal halt. Wie eine Freundin. Aber dann habe ich festgestellt, dass sie vor dreißig Jahren gelebt und niemand außer mir sie gesehen hat …« Ich zuckte mit den Schultern.

»Das klingt … na ja …«, sagte Carol. Sie schaute mich besorgt an und sagte: »Melanie fehlt dir sehr, nicht wahr?«

Melanie? An sie hatte ich seit Wochen kaum noch gedacht vor lauter dunklen Leichenkellern von Wickwood, zu denen ich unversehens die Türen aufgestoßen hatte. »Du glaubst mir nicht, oder?« Ich seufzte. »Na klar. Ich würde mir ja auch nicht glauben.«

»Ach«, sagte Carol aufmunternd. »Sich eine Freundin einzubilden, ist gar nicht so ungewöhnlich. Ich habe da mal eine Psychologin interviewt, die …«

»Ich habe mir das nicht eingebildet«, unterbrach ich barsch. »Und ich habe ziemlich viel nachgeforscht. Liv ist nie nach Hollywood gegangen.«

Jetzt zog Carol die Augenbrauen zusammen. »Wie meinst du das?«

»Ihr letzter Freund, mit dem sie hatte weggehen wollen, hat gesagt, sie hätte noch, kurz bevor sie aus Wickwood abhauen wollte, hier was erledigen wollen. Danach wollte sie zu ihm kommen. Aber sie wäre nie mehr bei ihm aufgetaucht.«

»Und wo ist sie dann?« Sie schaute mich besorgt an.

»Keine Ahnung«, sagte ich. »Aber …« Ich biss mir auf die Lippen. »Aber es gab eine Menge Leute, die sauer auf sie waren. Und vielleicht hat Liv ja Wickwood nie verlassen.«

Carol wurde blass. »Du meinst, jemand hat sie … *ermordet?«*

Ich zuckte mit den Schultern. »Ich weiß es nicht.«

»Aber wer? Und warum?« Carol hatte immer noch den Mund offen vor lauter Staunen.

»Brenda Stark zum Beispiel. Liv hat ihr den Freund ausgespannt. William Stringer. Der war eifersüchtig auf Livs neuen Freund. Und Liv hat ihn angefahren, weswegen er sein Bein verloren hat. Kristin Bell war deswegen auch total sauer auf sie.«

Carol kaute auf einem Stift herum. »Hast du mal mit Sheriff Fisher darüber gesprochen?«

»Nein«, sagte ich. Ich verkniff mir die Bemerkung, dass er die Vermisstenanzeige nicht erwähnt hatte und ich ihm deswegen nicht über den Weg traute.

»Und Beweise? Hast du irgendwelche Beweise?«

»Nein. Keinen einzigen.«

»Mmmh«, machte Carol. Dann schaute sie auf die Uhr. »Ich muss die Artikel für morgen fertig machen. Aber das ist wirklich der Hammer. Und ich weiß im Moment ehrlich nicht, was ich denken soll.« Sie lehnte sich auf ihrem Stuhl zurück und starrte an die Decke. Dann beugte sie sich energisch vor und sagte: »Aber wenn wirklich ein Mord dahintersteckt, der hier jahrelang vertuscht worden ist, dann ist das natürlich unglaublich. Pass auf, was hältst du davon, wenn wir uns am Montag zusammensetzen und überlegen, wie deine Story aussehen könnte, okay?« Sie machte eine Pause. »Aber bis dahin gebe ich dir einen Rat. Halt dich von Brenda Stark und Kristin Bell fern. Und erwähne niemandem gegenüber etwas von deinem Verdacht. Das könnte sonst ... gefährlich für dich werden.«

KAPITEL 32

SAMSTAG, 8. NOVEMBER 1997

Nach einem quälenden Albtraum erwachte ich von lautem Knallen. Schüsse! Schüsse im Garten!

Gerädert erhob ich mich aus dem Bett und tappte zum Fenster. Da standen meine Eltern, mein Vater zielte mit einem Gewehr auf die Krähen auf dem Garagendach, die jetzt davonstoben. Alle. Bis auf eine. Die war offensichtlich getroffen, ich konnte einen Flügel sehen, der seltsam abgespreizt an einer blutigen Federmasse hing.

Viel Spaß beim Aufräumen, dachte ich grimmig. Aber meine Eltern ließen sie einfach liegen, vielleicht hofften sie auf eine abschreckende Wirkung des Kadavers. Mein Vater ballerte noch zweimal in die Luft, dann gingen sie rein.

Ich betrachtete meine linke Hand. Ihr Anblick schockierte mich weniger, als ich angenommen hatte. Sie war – komplett schwarz. Die Pulsadern wuchsen noch auf weißer Haut, aber ihre Verästelungen mündeten im Schwarzen. Ich versuchte, die Hand zu bewegen, das funktionierte zwar, aber ich konnte meine Fingerspitzen nicht mehr spüren. Als wären sie betäubt. Sie starb ab. Meine Hand starb ab. *Böses muss sterben,* sirrte die Stimme, und in mir kochte die Wut hoch. »Ich bin nicht böse«, schrie ich und das Echo, das meine Zimmerwände zurückwarf, hallte mir in den Ohren. Die Tasche lag in der Ecke meines Schrankes. Ich holte sie hervor.

Der Skarabäus funkelte mich an. Fast sah es aus, als würde er grinsen. »Hör auf«, flehte ich verzweifelt und ließ mich erschöpft auf den Boden sinken. »Hör endlich auf damit.«

Es klopfte an der Tür. »Stella, alles in Ordnung?«, fragte mein Vater.

»Ja«, rief ich panisch. Hoffentlich kam er nicht rein. Ich hielt sicherheitshalber meine tintenschwarze Hand hinter dem Rücken versteckt.

»Okay«, sagte er zögerlich durch die Tür. »Frühstückst du denn mit uns?«

»Hab keinen Hunger.« Zu Tisch konnte ich schlecht mit Handschuhen kommen.

»Kannst du mir denn mal erklären, wer der Typ ist, der bei Großvater wohnt?«

Ich seufzte, stand auf und öffnete meine Zimmertür einen Spalt, sodass ich meine linke Hand gut verstecken konnte, ohne dass es auffiel. »Ach«, sagte ich. »Das ist Jacob. Er ist in Ordnung.«

»Jacob und wie weiter? Und was macht er hier?«

»Jacob Foster. Er ist auf der Durchreise«, sagte ich.

»Und wann genau reist er wieder ab?«

»Woher soll ich das wissen?«, fauchte ich, so genervt war ich wegen dieses plötzlichen Verhörs. »Frag ihn doch einfach. Er beißt nicht. Er hat auch keine ansteckenden Krankheiten. Auch wenn Mutter das anscheinend vermutet.«

»Schon gut«, sagte mein Vater beschwichtigend. »Dein Großvater scheint sich ja gut mit ihm zu verstehen.«

»Seit Wochen war er nicht mehr so gut drauf«, bestätigte ich.

»Gut«, sagte er, klopfte dreimal an den Türrahmen und schlug vor: »Vielleicht können wir uns ja nachher auf dem Stadtfest unterhalten?«

»Ja«, meinte ich, erleichtert, dass er mir meinen lauten Ton von eben nicht übel nahm. »Das wäre schön.«

Da meine Mutter zum Organisationskomitee gehörte, waren mein Vater und sie bereits vor Eröffnung ins Zentrum gegangen. Sobald sie weg waren, machte ich mir was zu essen, dann ging ich rüber zu Großvater. Er und Jacob hörten eine von den alten Schallplatten, das Ratpack in Las Vegas, und unterhielten sich über Musik. Jacob kramte in seinem Rucksack und holte eine Kassette hervor: »Ich spiele es dir gleich mal vor, hast du einen Kassettenrekorder?«

»Okay«, meinte Großvater lachend und steckte Kennedy ein Stück Wurst zu. Ich fragte die beiden, ob sie mit auf das Stadtfest gehen wollten.

»Ich weiß nicht«, sagte Jacob. »Ich glaube nicht, dass ich mich da amüsiere. Abgesehen davon will ich dem Sheriff lieber nicht begegnen.«

»Stimmt, echt schade.« Ich war irgendwie enttäuscht. Auf der anderen Seite war mir auch klar, dass es besser so war. Diesen Weg musste ich alleine gehen, konnte ich nur alleine gehen. Denn heute war es so weit. Ich hatte eine Verabredung mit dem Schicksal.

Ich umarmte Großvater, der sich ein wenig wunderte, umarmte auch Jacob, dann ging ich zurück in mein Zimmer, um mich umzuziehen. Es war, als wüsste die Tasche, dass etwas Großes bevorstand. Ich sah den Zipfel des Kleides heraushängen, es war goldener Satin. Darüber ein smaragdgrünes Chiffonüberkleid mit Hieroglyphen-Muster, wadenlang, schmal geschnitten, mit schräg verlaufender Taille und Fransen am Saum, ein typisches Charlestonkleid. Die Ärmel waren kurz, doch ich fand auch noch lange goldene Handschuhe und ein Haarband aus Samt mit grünen Schmucksteinen und einer zarten Feder. Alles passte wie angegossen, auch das Haarband stand mir hervorragend. Ich warf einen letzten Blick in den Spiegel, meine Haare waren aufgesteckt mit dem Feder-Haarband, die Tasche hing mir über der Schulter.

Meine Hand war schwarz, meine Seele war schwarz, dachte ich bitter, aber ich sah aus wie ein Engel.

Dann verließ ich das Haus.

»Stella, warte«, rief Jacob, der aus dem Appartement kam und verblüfft über mein Outfit die Augenbrauen hochzog. »Wenn du möchtest, dann komme ich mit.«

»Nein«, sagte ich bestimmt. »Wir sehen uns später.«

»Wie ... wie geht's deiner Hand?«

»Ist noch eine Menge weiß«, log ich, drehte mich um und ging.

Die Krähen hatten sich von den Schüssen am Morgen wieder erholt, sie waren zurückgekehrt, zu mehr denn je. Sie saßen auf der Telefonleitung, die parallel zum Bürgersteig verlief, wie eine Parade der dämonischen Luftstreitkräfte. Als ich aus dem Haus kam, fing die erste an zu krächzen, dann fielen die anderen ein, ein schauriges Orchester der Finsternis. Mit jedem Schritt, den ich mich dem Rathausplatz näherte, wurde das Sirren in meinem Kopf lauter.

Die ganze Stadt war an diesem Samstag auf den Beinen. Kleine Kinder, alte Leute mit Rollatoren, Ehepaare, die sich sonst nur zur Messe unter Leute wagten, Jugendliche, aufgeregt schwatzend vor dem großen Abend mit all seinen Möglichkeiten des Flirtens und Tanzens. Selbst der verrückte Ed ließ es sich nicht nehmen, mit Joe Streibig und ein paar anderen Alten dem Festtrubel zu frönen.

Es war ein Gesumme wie in einem Bienenstock, als ob es

hier um ein bedeutsames Ereignis ging, dabei war es nur das Stadtfest von Wickwood. Der Handwerkermarkt, die Hobbykunstausstellung und dergleichen, was nur in einem Kaff wie Wickwood als Kultur gefeiert werden konnte, waren seit Mittag geöffnet, die Menschen flanierten und heuchelten Anerkennung. Die Hauptveranstaltung begann um siebzehn Uhr, natürlich mit einer Ansprache unserer Bürgermeisterin. Da stand Brenda Stark mit ihrem weinroten Hosenanzug und dem strengen Halstuch, Ton in Ton mit ihrem Haar. Sie wirkte makellos, wie aus dem Ei gepellt – und nur ich wusste, dass es reine Fassade war. Sie war schuld an Livs Verschwinden, daran hatte ich keinen Zweifel mehr. Sie hatte das Motiv und sie hatte die Macht. Und mit ihrem Schwager, dem Sheriff, einen wichtigen Verbündeteten. Sie musste es einfach gewesen sein!

Brenda Stark strahlte über das ganze Gesicht, dankte den Frauen vom Frauenverein, überreichte Blumen, auch an meine Mutter, dann sprach sie davon, dass eine Institution von Wickwood schließen würde, die Apotheke der Andersons, ein Opfer unserer modernen Zeit. »Noch mehr wird sich verändern, aber wir hier in Wickwood brauchen keine Angst zu haben vor den Herausforderungen der Zukunft, denn eines wird im kommenden Jahr wie auch im neuen Jahrtausend bleiben: der Frieden, der seit Anbeginn in Wickwood wohnt!«

Die Stimme, sie sirrte in meinem Kopf, doch diesmal klang sie fast wie meine eigene: *Frieden?! Was du Frieden nennst. Lügnerin. Heuchlerin. Mörderin.*

Alle klatschten. Brenda verließ das Mikrofon, ihr Mann gab ihr einen Kuss, sie ließen sich zusammen von den Fotografen ablichten. Dann begleitete die Presse die Bürgermeisterin auf ihrem Rundgang über den Markt. Auch mit dabei Kristin Bell, die smarte Geschäftsfrau, in Bleistiftrock und eng anliegender cremefarbener Bluse. Mit weit ausholenden Gesten stellte sie sich den Fragen der Journalisten. Sie und Brenda lachten, charmant, selbstbewusst, machtbesessen.

Sie waren es! Sie hatten Liv ermordet, ich wusste es!

Carol, die mit ihrem Notizbuch in der ersten Reihe stand, zwinkerte mir zu. Ich nickte einmal mit dem Kopf. Sie imitierte mit ihren Fingern das Hochziehen der Mundwinkel und lächelte mir aufmunternd zu, dann ging sie im Pulk davon.

Shari und Monica näherten sich. »Schönes Kleid, Stella«, sagte Monica.

»Oder sollten wir besser sagen: Schöne Arbeitskleidung?«, fragte Shari und es klang wie ein Triumph.

»Was meinst du damit?«, fragte ich zurück. Aber Shari und Monica ließen mich einfach stehen und zogen kichernd von dannen.

Und dann bemerkte ich sie: all die Blicke. Erst dachte ich, es läge daran, dass ich so auffallend angezogen war, aber dann hörte ich, dass ich förmlich einen Schweif aus Getuschel hinter mir herzog, dass überall, wo ich war, über mich geredet und ich angeglotzt wurde, aber sobald ich versuchte, mit jemandem Blickkontakt herzustellen, die Leute sich abwandten. Was war denn hier nur los?

»Ha-ha-hallo Stella«, sprach mich jemand an. Es war Kevin Finch, der Sohn von Tankstellen-Finch, der mit hochrotem Kopf neben mir aufgetaucht war und mir zitternd einen Punsch reichte. »Hier, bi-bi-bitte«, sagte er.

Dieser Schwachkopf, sirrte es, aber ich wusste schon gar nicht mehr, ob es die Stimme war oder meine eigenen Gedanken. Alles vermischte sich in meinem Kopf.

»Danke, Kevin«, bemühte ich mich zu sagen. »Nett von dir.«

»Du sie-sie-siehst sehr schö-schön aus.«

Erzähl mir was, was ich nicht weiß. Ich nickte und nippte an dem Punch.

»Wie-wie-wie viel kostet es denn?«, fragte er leise.

»Wie viel kostet was?«

Er biss sich auf die Lippen. Wurde puterrot.

»Wie viel kostet was?«, wiederholte ich und starrte ihn böse funkelnd an.

Von der hinteren Bühne erklang eine Gitarre. »To-To-Tom spielt jetzt. Das muss ich mir an-an-ansehen.« Und damit eilte er davon, schob sich durch die Menge, weg von mir. Ich ging etwas näher zur Bühne, blieb aber am Rand, außerhalb der Menge.

Tom sah dermaßen gut aus, wie er auf dem Barhocker saß, nur mit einer Gitarre in der Hand, im Licht eines einzelnen Scheinwerfers, sich in der Musik verlierend. Dabei wusste ich, was für ein selbstverliebter Typ er war, eitel und schwach. Aber alle anderen schwenkten Feuerzeuge und klatschten. Schleimer. Ich spürte so einen Hass auf alle. Das Kurzkonzert endete, das Publikum forderte Zugaben, da packte mich jemand am Arm.

»Stella«, näselte Sheriff Fisher. »Ich muss mit dir sprechen.« Er wartete gar keine Antwort ab, sondern zog mich am Arm zur Seite, seine Fingern lagen genau da, wo zwischen Handschuhen und Kleid ein Stück nackte Haut herausschaute. Ich bekam Gänsehaut. Widerlicher Kerl.

»Ich habe das Auto deines Freundes gefunden und beschlagnahmt«, hauchte er. »Und wenn ich deinen Freund erwische, wird er auch verhaftet.« Er stand wieder viel zu nah bei mir, mit seinen kalten Echsenaugen, sein Blick leckte über mein Gesicht. »Es sei denn, du überzeugst mich davon, dass dein Freund unschuldig ist.« Er drückte noch einmal meinen Arm, sein Daumen streichelte mich dabei. Ich musste mich sehr zusammenreißen, um ihn nicht zu schlagen. »Das wird nicht nötig sein«, presste ich heraus und machte mich los.

Aber mir war keine Verschnaufpause vergönnt. Auf der Damentoilette stand ich am Waschbecken, betrachtete mein Gesicht, das mir plötzlich so fremd vorkam, da kamen die drei herein. Tess, Emily und Jasmin. Sie umringten mich. »Schickes Kleid«, säuselte Emily, aber es klang verächtlich.

»Von wem hat sie das wohl geschenkt bekommen?«, fragte Jasmin.

»Bestimmt von einem ihrer *Freunde«,* sagte Tess anzüglich.

Emily kicherte. »Was sie Freunde nennt.«

»Kein Wunder, dass Tom sie abserviert hat«, befand Tess. »Der Arme wäre beinahe auf sie reingefallen.«

»Wir hätten es wissen müssen. Die ganze Zeit auf biederes Kirchenmäuschen machen, aber in Wirklichkeit ...«

Die drei prusteten los, stießen sich in die Seite, als hätte jemand einen Superwitz gemacht. Dann wandte sich Tess an mich und spuckte mir folgende Worte ins Gesicht: »In Wirklichkeit bist du einfach nur eine Hure.«

»Wer sagt das?«, hörte ich mich wie von ferne fragen. »Wer behauptet, dass ich eine Hure bin?«

»Einer, der es wissen muss«, flötete Emily, dann rauschten sie ab.

In meinem Hirn herrschte statisches Rauschen, Sirren, alles versengende flimmernde Hitze, von Blitzen durchzogener weißer Rauch. Ich taumelte zurück in den Saal, suchte Tom, da stand er, lachend, triumphierend, inmitten von Leuten, trank Champagner, feierte. Feierte, dass er mein Leben ruiniert hatte, indem er Lügen über mich verbreitete. Er löste sich von den Leuten, schob sich durch die Menge nach hinten, ich folgte ihm, ließ mich leiten, ließ mich fallen in mein tiefstes inneres Ich. Mein böses Ich.

Er lief durch den Flur, der zu einem Nebeneingang führte, ein paar Mitarbeiter vom Catering und von der Anlagentechnik kamen ihm entgegen, dann bog er rechts ab, blieb vor einer Tür stehen, schaute sich kurz um, dann verschwand er darin. Ich wartete hinter der Ecke, bis er die Tür geschlossen hatte und der Flur leer war, dann stieß ich die Tür auf.

Da war er. Er beugte sich über einen Tisch, schob mit einer Karte weißes Pulver in eine Linie. »Stella.« Die Neonröhre über ihm flackerte.

»Tom«, sagte das Ich.

»Was machst du hier?«

»Ich will dir geben, was dir gehört.«

Er beugte sich über das Pulver, steckte sich einen zusammengerollten Geldschein in die Nase und sog die Linie damit auf. Schniefte ein paar Mal, fing an zu grinsen. »Das wurde aber auch Zeit«, sagte er.

Ich näherte mich ihm. Er blieb stehen, überheblich, begierig glotzend, und fummelte an seiner Hose rum, als würde ich mich ihm wirklich schenken, jetzt, wo er meinen Ruf vernichtet hatte. Ich tastete mit der Hand nach meiner Tasche und obwohl meine Fingerspitzen taub waren, wusste ich, dass dort ein Messer drin war, ich spürte die scharfe stählerne Klinge, fühlte den harten knöchernen Griff, noch bevor ich ihn in Händen hielt. Tom packte mich, wollte mich küssen, ich zog es heraus, der Stahl schimmerte im flackernden Neonlicht, Blitze jagten durch mein Hirn, ich drückte die Klinge an seinen Hals.

»Was ... aber ... nein«, keuchte er entsetzt.

»Na, wie gefällt dir das?«, fragte die hohle, sirrende

Stimme, die jetzt nicht mehr nur in meinem Kopf war. »Die Hure weiß sich zu wehren.«

»Stella, ich ... hab doch nur ... bei den Jungs und ...«

Ich drückte noch etwas fester zu, sah unter der scharfen Klinge seine Schlagader pulsieren, kräftig und hektisch, wie unter einer Lupe sah ich, wie sein feiges Herz das Blut durch ihn hindurchpumpte.

»Es tut mir leid«, winselte er. »Ich sage allen, dass ich gelogen habe.«

»Zu spät«, sagte die Stimme. Ich würde ihm jetzt das Messer in seine Kehle rammen und dann würde das Leben aus ihm weichen und der Druck in meinem Kopf nachlassen. Doch dann ... war da etwas, das mich innehalten ließ. Es war eine andere Stimme, sie war leise nur, ich konnte sie fast nicht hören durch das ohrenbetäubende Rauschen und Sirren, aber da war sie, ich lauschte ihr, sie sagte, ich sei stärker, stärker, STÄRKER ... Sie drang durch den Nebel, sie war ruhig und ernst und sie erreichte mich, gerade so, aber sie erreichte mich.

Und in dem Moment nahm ich das Messer von seinem Hals, steckte es zurück in meine Tasche. Tom stand die Panik immer noch in den Augen. *LASS IHN NICHT DAVONKOMMEN,* kreischte die Stimme, aber ich drehte mich wortlos um und rannte davon.

Ich rannte hinaus auf den Flur, hätte fast jemanden umgestoßen, wich gerade noch aus und lief weiter, hinaus durch die Tür, über den Parkplatz runter zum Pothook's Creek. Ich rannte am Ufer des Flusses entlang, weg von allen Leuten, weg von denen, denen ich wehtun würde, aber vor allem weg von mir.

Denn ich war das Problem, ich selbst, ich hasste mich und alles musste ein Ende haben. Damit ich Frieden finden konnte.

Und plötzlich wusste ich, wo ich hingehen musste. Ich musste zur Villa. Dort hatte alles angefangen, dort würde ich es beenden. Das Messer war in der Tasche, es wäre ein Leichtes. Mein Blut würde mich von all meinen Sünden reinwaschen. Ich lief weiter, den Pfad am Pothook's Creek entlang, der Nebel waberte über dem Fluss, ein Gespinst aus dünnen Schwaden. Ich lief weiter bis zur Brücke, hinüber zum Tennisplatz. Ich spürte keinerlei Erschöpfung. Es fühlte sich an, als könnte ich ewig so laufen. Ich eilte weiter, leichten Schrittes, den Berg hoch, einmal stolperte ich über eine Wurzel, aber es war mir egal. Ich hatte keine Schmerzen. Keine Angst. Hatte all das hinter mir gelassen, spürte nur Heiterkeit, die mir Frieden schenkte. Als ich bei der Villa ankam, blieb ich einen Moment stehen. Da stand sie, die Villa mit ihrer majestätischen Silhouette, ein dunkler Schemen, umschmeichelt vom Nebel, wie ein Felsen in einem Meer von Dunst, einem tiefen, undurchdringlichen weißen Ozean, auf dessen Grund ich sinken würde, um dort, herrlich weich gebettet, zu schlafen. Ich stapfte über den Kies, er knirschte wie die Knochen all der Toten, es war ihr Klagelied, mit dem sie mich zu sich riefen.

Ich stieg die Treppe hoch, wich der geborstenen Stufe aus, schritt den Flur entlang, langsam, genussvoll, wie eine Braut auf dem Weg zum Altar. In Livs Zimmer blieb ich stehen. Der Nebel schien fortzuwehen für einen Moment, denn auf einmal sandte der Mond seine Strahlen ins Fenster, die Sprossen warfen ein Gitter auf den Boden, erfassten auch den Sessel, in dem Liv gesessen hatte.

Ich tastete in meiner Tasche nach dem Messer. Doch es war nicht mehr da. Stattdessen hielt ich einen länglichen Stein in der Hand, etwa fünfzehn Zentimeter lang. Er war aus glatt poliertem Marmor, mit Blumenornamenten versehen. Seltsam. Ich kramte noch einmal durch meine Tasche, aber das Messer war verschwunden.

Plötzlich stellte ich fest, dass auch das Sirren aus meinem Kopf verschwunden war. Kein weißer Rauch mehr, keine Blitze. Ich war wieder bei klarem Verstand. Aber noch bevor ich darüber Erleichterung verspüren konnte, fragte ich mich, was ich hier eigentlich tat. In der Geistervilla, in der hereinbrechenden Nacht. Mein erster Impuls war, so schnell wie möglich abzuhauen, doch dann betrachtete ich noch einmal den verzierten Stein. Diese Verzierung hatte ich schon einmal gesehen, und zwar ... genau in diesem Zimmer! Der Stein war Teil des Kaminsimses, der von den beiden Statuen gehalten wurde!

»Die Geheimnisbewahrerinnen!«, hauchte ich. Ich untersuchte den Sims, tastete ihn ab, fand die Stelle rechts hinter der Hand der Statue, dort fehlte ein Stein. Und dahinter befand sich eine Art Fach, ein Geheimfach im Kaminsims. Der Stein, den ich in der Tasche gefunden hatte, passte genau hinein, er war also der Verschluss des Fachs. Aber was war darin? Mit den Fingern der rechten Hand tastete ich in die Lücke im Sims, bis ein metallenes Knirschen ertönte. Da war eine kleine Blechdose drin!

Meine Hand war aber zu groß, um sie ganz hineinzustecken. Aber auf dem Boden fand ich einen Draht. Damit zog ich die Dose heraus. Sie war etwas verbeult und leicht angerostet, aber die Schrift auf dem Deckel konnte man noch lesen. Sie hatte mal Hustenbonbons enthalten. Etwas klapperte darin. Voller Neugier öffnete ich sie und enttäuscht musste ich feststellen, dass sie keine wertvollen Juwelen oder Goldmünzen enthielt. Darin lagen nur ein Tablettenröhrchen und ein Zettel, klein zusammengefaltet. Im schwachen Licht des Mondes entzifferte ich die verblassende Aufschrift auf den Tabletten. Dilaudid. Apotheke Wickwood. Für Gloria Barnett. Datum: 7.10.1962. Ihr Todestag!

Eine große Aufregung überkam mich, was hatte das zu bedeuten? Mit zitternden Händen faltete ich den Bogen Papier auseinander. Er war dicht beschrieben, mit Tinte und einer säuberlichen Schreibschrift. Es war ein Brief. Oder besser gesagt, eine Art Protokoll.

Ich hatte immer den Verdacht, dass der Unfall meiner Mutter kein Unfall war. Ich weiß noch, wie seltsam mir ihr Verhalten vorkam an dem Tag, an dem sie starb. Ich wusste, dass sie trank und Tabletten nahm. Aber normalerweise war ihr Verhalten dennoch vorhersehbar: gedämpfte Stimmung, leises Sprechen, manchmal eine kurze Phase der Heiterkeit, in der sie plapperte wie ein junges Mädchen, gefolgt von einem sanften Versinken in Teilnahmslosigkeit. Doch an dem Tag, an dem sie starb, war sie von einem Moment auf den anderen ganz anders. Sie hat seltsame Sachen geredet, sehr laut gesprochen, sich mit imaginären Personen unterhalten, hatte furchtbare Angst. Irgendwann fing sie an, zu schreien und sich die Haare zu raufen, und dann rannte sie raus in den Garten. Ich hatte Angst – um sie oder vor ihr, ich weiß es nicht genau – und habe mich versteckt und geweint. Nachdem ich sie im Pool gefunden hatte, habe ich aus irgendeinem Grund das Tablettenröhrchen an mich genommen, das auf dem Wohnzimmertisch stand. Ich habe es in meinem Zimmer versteckt, es aber mit der Zeit vergessen. Bis ich vor zwei Tagen einen Artikel las, in dem es um den Verbot eines Medikaments namens Delysid ging, das nichts anderes ist als LSD. Als ich darüber las, welche Wirkung dieses Medikament haben kann, wusste ich, dass meine Mutter es genommen haben mu...

Ein Geräusch schreckte mich auf. Ein Knarren. Es ist nur der Wind, redete ich mir ein. Doch die Geräusche kamen näher. Es waren Schritte.

Ein Schemen erschien in der Tür. Mein Herz bummerte.

»Stella?«

»Carol, Gott sei Dank. Du hast mich vielleicht erschreckt.« Ich atmete einmal tief durch. »Was machst du hier?«

»Ich dachte, du brauchst vielleicht Hilfe«, sagte sie. Die hellblonden Haare leuchteten richtiggehend, ihr Gesicht war dunkel. »Hier in Wickwood kann es leicht passieren, dass man sich Feinde macht. Besonders bei Brenda und Kristin ... sollte man vorsichtig sein.« Sie kam einen Schritt näher. »Und dann habe ich dich wegrennen sehen, am Fluss entlang, und nach der ganzen Geschichte, die du mir gestern erzählt hast, dachte ich mir, dass du hier oben wärst.«

»Ja«, sagte ich und atmete erleichtert auf. »Und stell dir vor, was ich gefunden habe!« Ich hielt den Brief und die Tabletten hoch.

»Was ist das?«

»Ich glaube, das ist der Beweis, dass Gloria ermordet worden ist«, rief ich aufgeregt. »Ich bin noch nicht ganz fertig mit Lesen. Aber es geht um die Tabletten, die Gloria genommen hat.«

Carol stellte sich neben mich und gemeinsam lasen wir den Brief zu Ende.

... dass meine Mutter es genommen haben musste. Und als ich in St. Louis einen Apotheker bat, sich die Tabletten meiner Mutter anzuschauen, sagte er, dass es kein Dilaudid war, das Schmerzmittel, das sie immer von Dr. Brandt verschrieben bekommen hat. Es war Delysid in der Verpackung von Dilaudid, das Peter Anderson meiner Mutter gegeben hat.

Liv Barnett, 2.10.1967

»Sie ist vergiftet worden«, flüsterte ich erstaunt. Erst in diesem Moment wurde mir klar, dass es Carols Vater war, der damit überführt worden war. Ich schaute Carol an, suchte in ihrem Gesicht nach Erstaunen oder Entsetzen, aber ich fand es nicht. Sie war ganz ruhig. Und dann schüttelte sie verächtlich den Kopf. »Als Journalist muss man immer wissen, wann man Schluss machen muss mit einer Recherche, weil sie zu gefährlich wird.« Sie schnalzte mit der Zunge.

»Was ... was meinst du damit?« Mir wurde eiskalt.

Carol lachte hohl. »Wo war der Beweis?«

»In einem geheimen Fach im Kaminsims«, sagte ich.

»Das gibt es doch gar nicht! Was habe ich lange danach gesucht, nachdem mir Liv erzählt hat, dass sie einen Beweis gefunden hat. Aber dass sie ihn hier versteckt hat, das hätte ich nun wirklich nicht gedacht.«

Ich weiß noch, wie ich dastand, unfähig, mich zu bewegen, total erstarrt über die Erkenntnis, dass es Carol gewesen sein sollte. Carol Anderson. Die Einzige, von der ich gedacht hatte, dass sie auf meiner Seite stand.

»Aber ... aber was hast du mit ihr gemacht?«, hauchte ich.

»Das, was Mädchen in Wickwood verdienen, die ihre Nase zu tief in anderer Leute Angelegenheiten stecken«, sagte sie im Plauderton. »Und bei denen alle froh sind, dass sie spurlos verschwinden und mit ihnen ihre haltlosen Anschuldigungen. Mädchen mit schlechtem Ruf weint man in Wickwood nämlich keine Träne nach. Das solltest du doch mittlerweile begriffen haben, oder?« Sie grinste. Es sah gruselig aus im Mondschein.

Obwohl ich fast umkam vor Angst, musste ich das Geheimnis jetzt vollständig lüften. Deswegen fragte ich: »Hast du sie umgebracht?«

Carol lachte. »Nicht doch«, sagte sie vergnügt. »So was würde ich doch nie tun.«

»Aber wo ist sie dann?«

»Tja. Wo ist Liv? Ich würde sagen, sie ist in Hollywood. Lassen wir sie doch in Hollywood! Denn hier in Wickwood wirst du sie jedenfalls nicht finden, Stella.«

»Und was war mit dem Sturz von Gloria, als sie auf dem Eis ausgerutscht ist? Das war doch auch kein Unfall!«

»Woher soll ich das wissen?«, sagte Carol. »Frag deine Großmutter. Ach nein. Sie ist ja tot.«

Und dann begriff ich, dass ich einen schweren Fehler gemacht hatte. Ich hielt nämlich immer noch den Brief in den Händen, den Carol mir mit einem Ruck entreißen könnte ... Dann: ein metallisches Schnappen, es züngelte eine Flamme auf, sie hielt sie an den Brief, das vergilbte Papier brannte im Nu lichterloh. Die brennenden Fetzen waren erloschen, bevor sie zu Boden getrudelt waren. »Und jetzt gib mir die Tabletten«, forderte Carol schmeichelnd, aber bestimmt. »Dann vergessen wir, was passiert ist.«

Da aber wenigstens setzte bei mir der gesunde Menschenverstand ein. Denn ich ließ mich von ihrer honigsüßen Stimme nicht verführen. Sie würde auch mich verschwinden lassen, wie sie Liv hatte verschwinden lassen. Ich musste schnell handeln. Da Carol mir den Weg zur Tür versperrte, entschied ich mich dafür, den Beweis zu opfern.

»Das möchtest du haben?«, fragte ich und hielt das Tablettenröhrchen hoch. Dann schmiss ich es in die Ecke und nutzte den Moment der Verwirrung, um loszurennen. Ich rempelte Carol zur Seite, sie stolperte, ich rannte raus aus Livs Zimmer, die Treppe runter.

»Du wirst nicht weit kommen«, schrie Carol.

Schon hörte ich die Schritte hinter mir. Zum Glück wusste ich, welche Stufe kaputt war, ich sprang über sie drüber.

Ein Poltern und Carols Fluchen zeigten mir an, dass sie stecken geblieben war. Das brachte mir ein paar Meter Vorsprung.

Als ich aus der Villa in die dunkle Nacht stolperte, lief ich aber aus einem Impuls heraus nicht den Weg in Richtung Wickwood. Ich lief in den Wald hinein. Den Berg hoch, Richtung Schlucht. Hinter mir erklang Carols Stimme: »Es wird dir nichts nützen!«

Ich lief, bis ich nicht mehr konnte, dann stapfte ich weiter, langsamer. Es war stockfinster, ich stolperte, Zweige schrammten mir ins Gesicht. Dann endlich entdeckte ich etwas, wo ich mich verstecken konnte: ein Hochsitz. Ich war so erschöpft, dass es mir fast schon egal war, wenn sie mich erwischte. Viel weiter konnte ich sowieso nicht laufen, hier musste irgendwo die Schlucht anfangen. Also stieg ich die Holzleiter hinauf und kauerte mich in die windgeschützte Ecke. Sobald ich mich nicht mehr bewegte, merkte ich, wie kalt es war. Ich hatte nur ein dünnes Kleid an. Vermutlich würde ich erfrieren, wenn Carol mich nicht vorher fand.

Ich bibberte vor mich hin, vor Angst und Kälte, dann hörte ich knackende Zweige, Schritte, ein unheimliches Schnaufen. Ich wurde stocksteif. Das war sie. Carol. Und dass sie eine Waffe besaß, das wusste ich. Sie war nicht umsonst Mitglied in der National Rifle Association.

Da hörte ich ein leises Bellen. Das war doch … Kennedy! Vorsichtig schob ich mich an den Rand des Hochsitzes. Tatsächlich. Da unten standen Jacob und Kennedy.

»Hi Stella«, sagte Jacob.

»Wie hast du mich …?«, fing ich an, aber da streichelte

Jacob schon seinen Hund und lobte ihn ausgiebig. »Guter Junge, das hast du ganz toll gemacht. Siehst du, da oben ist Stella!« Kennedy wedelte noch mehr mit dem Schwanz als sonst. Dann befahl Jacob ihm, sich brav hinzulegen, und kletterte die Leiter hoch. Ich muss zugeben, ich habe mich noch nie in meinem Leben so gefreut, jemanden zu sehen wie in diesem Moment. Und da brach ich zusammen und umarmte ihn und fing an zu weinen. Vor Erleichterung und Angst. »Warum bist du gekommen?«, schniefte ich, als ich wieder reden konnte.

»Irgendwie hatte ich im Gefühl, dass du vielleicht Hilfe brauchen könntest.«

Ich erzählte ihm kurz, was passiert war. Erzählte von den schlimmen Gerüchten, die Tom in die Welt gesetzt hatte, von meiner Wut und dem Moment, als ich Tom das Messer an den Hals gehalten, es dann aber doch nicht fertigbracht hatte, ihm etwas anzutun, und abgehauen war.

»Du warst stärker«, stellte Jacob anerkennend fest.

»Ja«, sagte ich erleichtert. »So war es.«

Dann berichtete ich, was in der Villa vorgefallen war, von dem Stein aus dem Kaminsims, dem Brief und den Tabletten, von Carol. Jacob hörte sich alles an. Dann fragte er: »Aber warum hat Peter Anderson Gloria das falsche Medikament gegeben? Vielleicht war es ein Versehen?«

»Es kann kein Versehen sein, wenn es in der falschen Verpackung war.«

»Stimmt auch wieder«, musste Jacob zugeben. »Dann können wir nur hoffen, dass die Polizei die Wahrheit herausfindet.«

Ich lachte schnaubend. »Nicht hier in Wickwood.«

Weil ich so zitterte, gab Jacob mir seine Lederjacke, es nützte nicht viel, aber wir beschlossen, dass es sicherer wäre, hier oben zu bleiben, bis es hell wäre. Und so blieb uns nichts anderes übrig, als uns aneinanderzukuscheln, um uns zu wärmen. Es fühlte sich gar nicht unangenehm an. Im Gegenteil. Da es zu kalt zum Schlafen war, unterhielten wir uns die ganze Nacht. Ich berichtete ihm von Sheriff Fisher, der sein Auto gefunden und abgeschleppt hatte.

Jacob seufzte. »Na ja«, sagte er. »Das musste ja irgendwann sein.« Und dann vertraute er mir an, dass er, nachdem ich ihm von der Erscheinung von Liv erzählt hatte, auch gehofft hatte, seiner Mutter noch einmal zu begegnen. »Ich hätte gerne noch mal mit ihr geredet. Ihr gesagt, dass ich weiß, dass sie versucht hat, mir ein besseres Leben zu bieten, es aber eben nicht konnte. Weil sie krank war.« Und dann fragte er plötzlich: »Wo ist eigentlich die Tasche?«

Erst jetzt fiel mir auf, dass ich sie nicht mehr hatte. »Ich muss sie unterwegs verloren haben«, sagte ich. »Sie wird sicher zu Hause sein.«

KAPITEL 33

SONNTAG, 9. NOVEMBER 1997

Das Morgengrauen im Wald von Wickwood sickerte behäbig durch den Nebel. Es dauerte eine gefühlte Ewigkeit, bis wir wieder die Umgebung erkennen konnten, und beschlossen, dass es an der Zeit war, den Weg nach Wickwood zu wagen. Steif gefroren kletterten wir vom Hochsitz. Kennedy war schon putzmunter, stromerte durch das Gestrüpp, die Nase aufgeregt auf dem Boden. Jacob stieg als Erster die Leiter runter, ich folgte ihm. Dann ging es sehr schnell. So schnell, dass wir es kaum richtig mitbekamen. Kaum waren wir unten angekommen, peitschte ein Schuss durch die Stille.

Kennedy jaulte auf, er war getroffen. Panisch rannte er davon.

»Kennedy!!«, rief Jacob entsetzt, dann schmissen wir uns zu Boden, duckten uns, ein zweiter Schuss gellte durch den Nebel. Sie hatte uns also gefunden. Jacob wies mit der Hand in die Richtung eines dicken Baumes und wir krochen über den kalten Boden, um uns dort zu verstecken. Von hier aus konnte man das Ende der Baumreihen erkennen, dort, wo die Schlucht lag. Der Eagle Rock Canyon. Ich fasste Jacob an der Hand. Sie kam auf leisen Sohlen, schleichend. Wir hörten sie erst, als sie schon fast da war. Ich schloss die Augen.

»Na, was hab'n wir denn hier für zwei Rebhühner?«, fragte Joe Streibig. Der alte Jäger stand vor uns, sein Gewehr auf den Oberschenkel gestützt, und grinste. »Is' gefährlich hier ob'n, Stella, das weißt du doch.«

»A-aber …«, stammelte ich verblüfft. Dann rappelten wir uns auf, Jacob half mir.

»Ich glaub, ich hab den Kojoten erwischt«, sagte Joe.

»Das war kein Kojote, das war mein Hund, Sie Idiot!«, knurrte Jacob und fing an, nach Kennedy zu rufen.

»Dein Hund?« Joe kratzte sich am Kopf. »Oh, tja. Tut mir leid.«

Jacob lief los, Joe Streibig und ich folgten strauchelnd. Wir riefen immer wieder seinen Namen, aber Kennedy war verschwunden.

»Das ist ein gutes Zeichen«, sagte ich hoffnungsvoll. »Dann ist er nicht so schwer verletzt.«

»Aber er würde kommen, wenn er könnte. Wenn er mich hört, kommt er immer«, keuchte Jacob verzweifelt. Joe nahm Kennedys Fährte auf, aber es dauerte eine ganze Weile, bis wir ihn gefunden hatten. Erst tief im Wald, da wo Fichten dicht gedrängt standen und selbst am Tag kaum ein Lichtstrahl auf die Erde fiel, entdeckten wir ihn.

»Kennedy!«, rief Jacob und lachte erleichtert auf. Kennedy war ganz offensichtlich nicht schwerverletzt, denn er buddelte aus Leibeskräften zwischen den Bäumen. Am Hinterlauf hatte er eine kleine blutige Wunde.

»Nur ein Streifschuss«, sagte Joe erleichtert.

»Komm, Kennedy, wir gehen!« Jacob pfiff, aber Kennedy bellte aufgeregt und sprang auf und ab, dann scharrte er weiter mit den Pfoten in der aufgeweichten Erde.

»Was suchst du denn da?«

Wir bückten uns unter die Zweige und dann sahen wir es. In der Erde, halb freigelegt. Eine knöcherne Hand. Kennedy hatte ein Skelett gefunden.

Mithilfe von Joe Streibigs neuem Handy, das wegen des Mobilfunkmastes des Nachbarortes hier oben auf dem Berg tatsächlich funktionierte, rief Joe die Polizei. Obwohl ich hungrig und durchgefroren war, hielten wir es, gestärkt durch Joes heißen Tee und Butterbrote, aus, bis der Sheriff und sein Team endlich eintrafen.

Doch sie waren nicht an unserer Mithilfe interessiert. Im Gegenteil. Sie schickten uns einfach weg. »Du musst nach Hause, Stella«, sagte Sheriff Fisher, den der Fund einer Leiche offensichtlich so in Beschlag nahm, dass er gar nicht mehr daran dachte, Jacob zu verhaften. »Deine Eltern sind außer sich vor Sorge.« Über Funk gab er Bescheid, dass man sie informieren sollte, dass ich wohlbehalten gefunden worden war.

»Aber ich will wissen, wer das ist«, sagte ich und deutete auf das Skelett.

»Das wollen wir alle.« Mit einem Handzeichen wies er einen seiner Deputys an, ein Absperrband rund um die Fundstelle zu ziehen. Bevor ich ging, konnte ich gerade noch sehen, wie einer der Mitarbeiter eine zerfetzte Tasche aus der Erde holte und in einen Plastikbeutel steckte. Sie war zu schmutzig, um ihre Farbe erkennen zu lassen. Aber zwischen den Erdbrocken sah ich ein Funkeln. Das vertraute Funkeln des Skarabäus.

»Liv«, flüsterte ich. »Es ist Liv.«

Wir stolperten Joe Streibig hinterher den Berg hinunter. Er brachte uns noch zu mir nach Hause, dann verabschiedete er sich schnell, als meine Eltern aus dem Haus gestürmt kamen. Aber nicht, um mich einfach glücklich in die Arme zu schließen. Natürlich nicht.

»Wo, in Gottes Namen, warst du?«, rief meine Mutter und betrachtete meine völlig verdreckte Kleidung.

»Und wie siehst du aus?«, fragte mein Vater erschrocken.

»Ich habe es ja gewusst, dass dieser Junge nur Ärger bringt«, sagte sie an mich gewandt, ohne Jacob eines Blickes zu würdigen.

Ich ignorierte das und gab Jacob seine Jacke zurück. »Danke«, sagte ich. »Bis später.«

Jetzt kam auch Großvater aus seinem Appartement. Kennedy stürmte schwanzwedelnd auf ihn zu. Großvater begutachtete die Wunde und bat Jacob und den Hund dann schnell zu sich herein. Währenddessen ließ ich mich von meinen Eltern ins Haus manövrieren. Auch jetzt ließen sie mir keine Zeit, irgendetwas zu erklären. »Wir schämen uns wegen dir«, sagte meine Mutter.

Die Vorwürfe prasselten mir um die Ohren wie Gewehrfeuer. »Ich habe dir doch gesagt, dass du aufpassen musst auf deinen guten Ruf, aber du wolltest ja nicht auf mich hören. NIE hörst du auf mich.«

»Das ist wirklich schlimm, Stella. Auch für uns. Was hast du dir nur dabei gedacht?«, ergänzte mein Vater.

Jetzt endlich schienen sie zu bemerken, dass ich noch kein einziges Wort gesagt hatte, und starrten mich erwartungsvoll an. Ich wusste gar nicht, wo ich anfangen sollte. Es war so furchtbar ungerecht. »Lügen«, stieß ich hervor. »Alles Lügen, die ihr über mich gehört ...«

»Das sagt sich so leicht«, unterbrach Mutter und warf empört die Hände in die Luft.

Und auf einmal war ich nur noch müde. Müde und erschöpft und verdreckt und durchgefroren. Ich hätte eine Umarmung brauchen können und eine Tasse Tee. Aber es sah nicht danach aus. »Später«, murmelte ich matt. »Ich erkläre alles später.« Damit ließ ich sie stehen und schleppte mich hinauf in mein Zimmer.

Ich ging ins Badezimmer, erschrak über mein Spiegelbild, zerzaust und hohlwangig schaute es mir entgegen mit tiefen Schatten unter den Augen. Schnell wandte ich mich ab und drehte den Wasserhahn auf und ließ mir ein heißes Bad ein. Gluckernd und dampfend lief das Wasser in die Wanne. Ich hielt einen Moment meine rechte Hand unter den warmen Strahl, das tat gut. Dann beschaute ich mir automatisch meine Linke. Sie war immer noch schwarz. Oder waren da am Handballen ein paar weiße Sprenkler? Ich hielt sie mir nah vor die Nase. Ich konnte es nicht mit Gewissheit sagen, aber ich hatte den Eindruck, dass das Schwarz an einigen Stellen heller wurde. Dabei fiel mir die Tasche ein. Und noch bevor ich in die Wanne stieg, suchte ich sie. Schaute auf dem Bett, auf dem Stuhl, in der Ecke, wo ich sie auch manchmal hingestellt hatte, und im Schrank. Aber sie war nicht mehr da. Die Tasche war verschwunden. Und sie tauchte nie wieder auf.

Grausiger Fund im Wald von Wickwood

Spaziergänger entdecken Leiche

von Carol Anderson

Wickwood, 9.11.1997. Bei der Leiche handelt es sich um die 1967 verschwundene Liv Barnett. Das Skelett der 17-Jährigen weist eine Schädelfraktur am Hinterkopf auf. Todesursache war laut dem Chef der örtlichen Polizei ein Unfall. »Sie ist vermutlich beim Spazierengehen ausgerutscht und mit dem Kopf auf einen Stein gefallen«, sagte Sheriff Todd Fisher, der den Fall untersucht. Beweis dafür ist, dass sie eine kostbare Handtasche bei sich trug. »Ein Mörder hätte sie sicher mitgenommen«, so Fisher. »Wir haben damals nach der Vermisstenanzeige jeden Stein umgedreht, jede Spur verfolgt, aber sie nicht gefunden.« Jetzt wurde sie durch Zufall entdeckt. Ob sie direkt tot war oder von Wildtieren getötet worden ist, lässt sich nach dreißig Jahren nicht mehr zweifelsfrei feststellen. Die Stiefmutter der Toten, Patricia Barnett, zeigte sich dennoch erleichtert. »Endlich weiß ich, wo sie ist. Endlich können wir sie beerdigen.« Mit ihr trauern viele Weggefährten der Toten, die damals eng mit ihr befreundet waren. »Liv war eine besondere Persönlichkeit«, sagte Kristin Bell. »Ich habe sie immer bewundert.« Und die Bürgermeisterin Brenda Stark zeigte sich ebenfalls betroffen. »So ist das in Wickwood«, sagte sie. »Hier halten alle eng zusammen.«

KAPITEL 34
MONTAG, 10. NOVEMBER,
BIS SONNTAG, 20. NOVEMBER 1997

Ich habe etwas erlebt, das weit jenseits jeder Vorstellungskraft liegt.

Ich habe ein furchtbares Geheimnis entdeckt, aber niemand glaubt mir.

Ich habe etwas getan, aber ich darf es keinem verraten.

Ich hatte gedacht, wenn die Tasche weg wäre, wenn ich es tatsächlich schaffen sollte, den Fluch zu brechen, dann würde alles wieder gut werden. Dann würde alles so sein wie immer. Ich würde mich zwar manchmal über meine Zaghaftigkeit ärgern, meine Durchschnittlichkeit, wäre aber dennoch ein normales Mädchen, das einfach versucht, sich in der Welt zurechtzufinden, mit guten und mit schlechten Tagen. Doch es ist nichts mehr normal. Nichts ist gut. Ich sitze an meinem Schreibtisch und schaue aus dem Fenster. Da ist immer noch dieselbe Straße, derselbe Ausblick auf dieselben Häuser, da ist immer noch dasselbe Wickwood. Und doch hat sich alles geändert.

Ich könnte von hier weggehen, aber vor wem soll ich fliehen? Vor mir selbst kann ich nicht weglaufen.

Meine linke Hand ist wieder weiß. Bis auf einen kleinen schwarzen Fleck auf der linken Fingerkuppe. Anderen fällt er nicht auf. Oder wenn, dann denken sie, es sei ein kleiner Bluterguss, das Mal eines kleinen Missgeschicks. Nur ich weiß, was er wirklich bedeutet. Er erinnert mich daran, dass Böses in mir wohnt. Dass ich mir selbst nicht trauen kann. Und wenn man sich selbst nicht mehr trauen kann, dann kann es nicht mehr schlimmer werden.

Für die anderen bin ich sowieso eine Aussätzige. Auch für meine Eltern. Für die steht fest, dass ich versagt habe, eine Schande bin, die die Gemeinschaft verraten hat. Mit jeder Faser ihres Körpers lässt meine Mutter mich spüren, wie unzumutbar mein Verhalten ist. Sie verlässt kaum noch das Haus, doch ich weiß nicht, ob sie mich bewacht oder ob sie sich vor den Blicken der Leute fürchtet.

Dabei hätte ich es wissen müssen. Dass niemand in Wickwood an der Aufklärung des Falls interessiert ist. Sheriff Fisher machte sich bei meiner Vernehmung am Montag nach dem Leichenfund zwar Notizen auf einem Blatt, während ich erzählte, was ich wusste. Aber statt eine Untersuchung der Morde an Liv und Gloria Barnett einzuleiten, drohte er, eine ganz andere Art von Untersuchung einzuleiten, wenn ich auch nur einer Menschenseele gegenüber meine haltlosen Verdächtigungen erwähnen würde. Nämlich eine Untersuchung über mich. Und meine geistige Verfassung. Er ließ keinen Zweifel daran, dass er dabei genau das finden würde, was er brauchte, um mich hinter Gitter zu bringen. Im Zweifelsfall auch hinter die Gitter einer psychiatrischen Anstalt.

Und jetzt sitze ich in meinem Zimmer und schaue auf die Straße und meine Gedanken kreisen immer weiter, Liv, Carol, die Tasche ... habe ich das wirklich alles erlebt? Oder habe ich mir manche Sachen tatsächlich nur eingebildet? Ich meine, ich habe Stimmen gehört und Menschen gesehen, die es gar nicht gibt. Ist die einfachste Erklärung dafür nicht die, dass ich schlicht verrückt bin? Schizophren? Wahrheit ist nichts wert, wenn sie niemand glaubt. Im Gegenteil. Sie ist belastender als jede Lüge.

Der Gedanke macht mich wahnsinnig, ich wünsche mir nur, dass es aufhört. Dass ich schlafen kann. Wieder ein normales Leben führen. Das Leben ist so einfach, wenn man sich anpasst, sagt meine Mutter. Und hier im schönen Wickwood lebt man doch wie im Paradies. Und wenn ich mir erst die Flausen aus dem Kopf geschlagen habe, werde ich das auch erkennen. So redet sie auf mich ein. Und ich, ich bin so müde! Bleischwer sind meine Glieder, bleischwer ist mein Herz. Aber schlafen kann ich nicht, weil die Gedanken in mir kreisen, in einem fort, wie ein Schwarm Krähen, der von jedem Platz, an dem er sich niederlassen will, verscheucht wird.

Meine Mutter hat mir eine Schlaftablette gegeben, damit ich zur Ruhe komme. Es ist eine harmlose kleine weiße Tablette, sie liegt auf meinem Nachttisch neben einem Glas Wasser. Ich sollte sie einfach nehmen, denke ich, da schälen sich aus dem Nebel auf der Walnut Street die Umrisse eines Mannes heraus. Der etwas altmodische Anzug, das weiße Haar, der Schnäuzer, die goldene Brille. Es ist Peter Anderson, der auf die Einfahrt zusteuert. Er geht zu Großvater. Als wäre nichts passiert. Als hätte er damals nicht Gloria Barnett umgebracht. Ich muss aufhören damit. Nicht mehr dran denken. Schlafen. Schlafen wäre gut. Ich stehe auf und gehe zu meinem Nachttisch. Nehme die Tablette, rolle sie zwischen meinen Fingern hin und her. Lass los, Stella. Vergiss die Wahrheit. Nimm einfach die Tablette und schlaf. Doch in dem Moment wird der Schlüssel im Schloss rumgedreht. »Stella, du musst kommen«, sagt Jacob aufgeregt.

»Also bitte, junger Mann«, schreit meine Mutter von unten. »Sie wissen, dass Sie hier nichts zu suchen haben. Gehen Sie, sonst rufe ich die Polizei!«

»Komm«, wiederholt Jacob eindringlich.

»Wozu?«, frage ich und starre ihn an.

Meine Mutter erscheint hinter ihm. »Stella, du bleibst, wo du bist«, befiehlt sie. Aber Jacob schaut mich an, flehentlich, mit unglaublich leuchtenden Augen, und endlich schüttele ich meine finsteren Gedanken ab. Jacob, mein Verbündeter. Der Einzige, der auch die Wahrheit kennt. Der weiß, dass ich nicht verrückt bin. Meine Müdigkeit ist auf einmal verschwunden und ich laufe mit ihm runter, an meiner schnaubenden Mutter vorbei. Als wir draußen sind, berichtet Jacob atemlos, dass er Peter Anderson nach dem Medikament Delysid gefragt hat.

»Einfach so?«, wundere ich mich.

»Ja, einfach so. Habe Gloria Barnett aber gar nicht erwähnt. Und stell dir vor«, sagt Jacob. »Er hatte schon früh den Verdacht, dass der Wirkstoff LSD gefährlich sein könnte, weil die halluzinogene Wirkung bei manchen Menschen Psychosen auslösen kann, Verfolgungswahn, Horrortrips und so was. Deswegen hatte er es aus seinem Sortiment genommen, lange bevor es offiziell verboten wurde. Er meint, schon 1961.«

Mein Herz klopft mir jetzt plötzlich bis zum Hals. Ich spüre, wie meine Finger feucht werden. »Aber ... was bedeutet das?«, frage ich verwirrt.

Jacob zuckt mit den Schultern. »Das werden wir jetzt herausfinden. Komm, die beiden warten auf uns.«

Also gehen wir in Großvaters Appartement. Er sitzt kerzengerade in seinem Sessel, hellwach und konzentriert. Peter Anderson daneben, sein freundliches Gesicht von Kummer zerknittert.

»Jacob hat gesagt, du wüsstest was über Gloria Barnetts Tod«, sagt Großvater. »Also, was ist es?«

Ich beiße mir auf die Lippen. »Nun«, fange ich an und hole tief Luft. »In dem Tablettenröhrchen von Gloria Barnett, das sie am 7.10.1962 in Ihrer Apotheke gekauft hat, Mr Anderson, waren die falschen Tabletten. Auf der Verpackung stand Dilaudid drauf, aber in Wirklichkeit hat sie Delysid bekommen.«

»Aber das kann nicht sein«, sagt Peter Anderson und wird kalkweiß, fasst sich ans Herz, sieht aus, als würde er umkippen.

»Hol ein Glas Wasser, Jacob, schnell«, sagt Großvater und beugt sich über seinen Freund, um den Puls zu fühlen.

»Geht schon, geht schon«, sagt Mr Anderson nach einer Weile. »Delysid. Aber ... bist du sicher?«

Ich nicke. »Ich habe das Röhrchen gesehen. Es war in dem Haus der Barnetts versteckt.«

»Aber ... wie bist du darangekommen?«, fragt Großvater verwirrt. »Wieso wusstest du, wo das Versteck ist?«

»Nennen wir es Intuition«, sage ich und beobachte Mr Anderson. Sein Gesicht nimmt langsam wieder eine normale Farbe an, dennoch wirkt er immer noch wie unter Schock.

»Wo sind die Tabletten jetzt?«, fragt er mit flackerndem Blick.

»Die sind wieder verloren gegangen«, muss ich zugeben. »Wenn ihr mir das deswegen nicht glaubt, dann ...« Ich zucke mit den Schultern und schaue hilflos von Mr Anderson zu Großvater.

»Ich muss jetzt nach Hause«, sagt Mr Anderson matt.

»Du kannst so nicht gehen«, sagt Großvater. »Jacob, begleite ihn wenigstens.«

Aber Mr Anderson lehnt ab. Er richtet seine Fliege und seine Anzugjacke, dann stakst er aus dem Zimmer. Als er weg ist, sagt Großvater: »Eines steht fest, Stella. Peter hätte niemals zugelassen, dass Gloria was passiert.«

»Warum bist du dir da so sicher?«

Seine Augen werden traurig. »Ich habe ihm geschworen, niemals darüber zu sprechen.«

Ich überlege. Dafür kann es nur eine Erklärung geben. Dann frage ich: »Legt er ihr Blumen aufs Grab?«

Großvater nickt. »Das tut er, seit fünfunddreißig Jahren.«

Und da begreife ich, wer ein Motiv für den Mord an Gloria gehabt hat. Wer wirklich hinter dem Mord an Gloria Barnett stecken muss.

Am Montag, den 17.11.1997, mehr als dreißig Jahre nach ihrem gewaltsamen Tod, wird Liv Barnett beerdigt. In Wickwood. In der Stadt, die sie gehasst hat. In der Stadt, die sie umgebracht hat.

Alle sind sie da. Brenda Stark, Kristin Bell, Sheriff Fisher. Mr und Mrs Anderson. Und Carol. Ich muss gegen den aufsteigenden Würgereiz kämpfen. Ich sitze auf einem Baum, bin aus meinem Fenster geklettert und den Hang hinter unserem Haus hochgestiegen. Von hier aus kann ich mit Großvaters Fernglas den Friedhof beobachten, der unter mir liegt. »Ich sehe Amanda Clark und Bernardo Amador. Und Patricia Barnett«, berichte ich Jacob, der mit Kennedy am Fuß des Baumes wartet.

»Die Armen«, sagt Jacob. »Sie kennen die Wahrheit nicht.«

»Und sie dürfen sie auch gar nicht wissen. So ist das eben hier in Wickwood.« Und als ich das sage, merke ich, dass ich auch nicht besser bin. Dass ich auch die Wahrheit für mich behalten habe, um mich nicht in Gefahr zu bringen. Ich fasse einen Entschluss.

Ich lasse mich den Stamm hinunter, gebe Jacob das Fernglas und sage ihm, dass er schon zu Großvater gehen soll.

Zwar passieren den Menschen, die die Wahrheit sagen, hier in Wickwood schreckliche Dinge. Aber dennoch: Ich will nicht so sein wie sie. Ich kann nicht so sein wie sie. *Mein* Leben werde ich nicht auf einer Lüge aufbauen. Also laufe ich zur Kirche. Die Beerdigung ist vorbei, die Leute machen sich auf den Weg nach Hause. Sheriff Fisher ist natürlich mit dem Wagen da. Ich warte auf dem Parkplatz auf ihn.

»Stella«, begrüßt er mich. »Was gibt es?«

»Ich muss etwas gestehen.«

Er beäugt mich skeptisch, seine Augenbraue wandert hoch, er streicht sich mit den Fingern über die Falten, die von den Nasenflügeln zu den Mundwinkeln führen. Bevor er antworten kann, beginne ich: »Ich war es, die Rosannas Unfall verursacht hat. Ich war an ihrem Schließfach in der Schule und habe die Schrauben an ihren Skates gelöst. Deswegen hatte sie den Unfall.«

Seine Echsenaugen werden schmal. »Das ist ein ernstes Vergehen, Stella«, sagt er und er sieht fast so aus, als würden ihm meine Worte runtergehen wie Öl. »Das muss ich der Familie melden. Die wird sicher Anzeige erstatten.«

Ich schlucke. Und nicke. »Ja. Das wird sie sicher.«

Schon am nächsten Tag bekomme ich Besuch. Das Gesicht meiner Mutter, als sie an meine Zimmertür klopft, changiert zwischen Entsetzen und Genugtuung. »Die Staatsanwaltschaft Crowsville möchte mit dir sprechen«, sagt sie.

Die Staatsanwältin ist eine zierliche Dame mit randloser Brille und dunkelblauem Jackett. Ich wundere mich, dass sie jemanden von der Staatsanwaltschaft Crowsville schicken, um mich wegen Rosannas Unfall in die Mangel zu nehmen. Die Familie Stevens hat offensichtlich besonderen Einfluss. Umso erstaunter bin ich, als ich erfahre, weswegen sie wirklich gekommen ist. Nämlich wegen Liv. Sie stellt sich als Cynthia Hamlin vor. Sie hätte gehört, dass ich nach dem Fund der Leiche von Liv Barnett Anschuldigungen erhoben hätte gegen eine Frau namens Carol Anderson.

»Ja«, sage ich schnell. »Aber leider kann ich es nicht beweisen, deswegen ziehe ich die Anschuldigungen zurück.«

»Sie hatten recht«, versetzt sie unvermittelt.

»Wie bitte?« Ich starre sie fassungslos an. »Sie ... glauben mir?«

Sie nickt. »Ich glaube es nicht nur, ich habe sogar den Beweis dafür.«

Cynthia Hamlin zieht aus ihrer schwarzen Aktentasche einen kleinen Kassettenrekorder heraus. »In der Tasche, die wir bei der Leiche gefunden haben, fanden wir ein Aufnahmegerät«, erklärt sie. »Ein Fi-Cord 101. Es war in den 1960er-Jahren das kleinste Diktiergerät der Welt und wurde damals sogar von Geheimdiensten für Abhörmaßnahmen eingesetzt. Offensichtlich trug Liv Barnett es am Tag ihrer Ermordung bei sich.«

Ihre Stimme klingt wie von weit her, so unglaublich finde ich das, was sie sagt.

»Erstaunlicherweise war das Band noch zu retten«, berichtet Miss Hamlin weiter. »Nach einer Restaurierung durch Fachleute konnten wir es abhören. Dies ist eine exakte Kopie der damaligen Aufnahme.« Sie schaltet den Kassettenrekorder an, lässt das Band laufen. Rauschen. Knistern. Poltern, wie von Schritten. Dann plötzlich Livs Stimme: »Was wollt ihr von mir?«

»Du sollst abhauen aus Wickwood, wie oft sollen wir das noch sagen?« Erstaunt schaue ich die Staatsanwältin an. Es ist die Stimme von Brenda Stark. Und dann ist da noch eine alte Bekannte: »Kapier das endlich. Hier will dich keiner«, ruft Kristin Bell aufgebracht.

»Ich werde auch aus Wickwood weggehen. Aber erst muss ich den Mörder meiner Mutter hinter Gitter bringen«, schreit Liv.

»Was redest du da?«, fragt eine dritte Stimme. Kühl. Gefasst. Es ist Carol.

»Ja«, ruft Liv. »Du hast richtig gehört. Meine Mutter wurde ermordet! Und zwar von deinem Vater. Er hat ihr die falschen Tabletten gegeben. Mit Absicht. Und daran ist sie gestorben.«

»Blödsinn«, sagt Carol.

»Kein Blödsinn. Ich kann es nämlich beweisen. Ich habe die Tabletten, die dein Vater meiner Mutter am Tag ihres Todes untergeschoben hat!«

Dann heftiges Geknister. Geraschel. Schritte.

»Nein«, ruft Brenda. »Carol, was machst du denn da?«

Schreie. Handgemenge. Ich versuche zu erahnen, was da los ist, aber es gelingt mir nicht.

»Tu das nicht«, fleht Kristin. »Lass sie doch ...«

Dumpfe Schläge.

»Oh, verdammt«, haucht Brenda. »Carol, was hast du getan?«

»Du hast sie umgebracht«, heult Kristin. »Du hast sie umgebracht!« Sie fängt an zu kreischen. Dann ein Klatschen wie von einer Ohrfeige. »Jetzt dreh nicht durch«, sagt Carol kühl.

Damit bricht die Aufnahme ab. Cynthia Hamlin stellt das Band ab. Ich bin so perplex, dass ich gar nichts sagen kann.

»Sie haben angegeben, dass Sie die Tabletten in der Villa der Barnetts gefunden haben?«, erkundigt sie sich.

»Ja«, erwidere ich, aufs Neue erschüttert über so viel Gefühlskälte, für alle Zeiten auf eine Kassette gebannt. Carol, der ich vertraut hatte. Brenda und Kristin, die so hoch angesehen sind in Wickwood. Ich finde meine Stimme wieder und sage: »In einem Geheimversteck im Kamin. Aber Carol Anderson hat mich verfolgt und sie mir abgenommen. Sie sind weg.«

Staatsanwältin Hamlin nickt. »Dann müssen wir die Leiche von Gloria Barnett exhumieren.«

Doch so weit kommt es zum Glück nicht.

Carol Anderson wird noch am selben Nachmittag wegen Mordes an Liv Barnett verhaftet. Auch Kristin und Brenda werden von der Polizei festgenommen. Ihnen wird die Beihilfe und Vertuschung einer Straftat zur Last gelegt, aber es dauert nicht lange, bis die beiden alle Schuld auf Carol schieben, die sie erpresst hat.

Und auch der Mörder Gloria Barnetts wird überführt. Denn als Peter Anderson hört, dass ihre sterblichen Überreste exhumiert werden sollen, bricht er zusammen und stellt sich der Polizei. Er gibt zu Protokoll, dass Gloria die falschen Tabletten bekommen haben muss. Und mutmaßt, dass seine Frau hinter der Vertauschung steckt. »Denn sie wusste als Einzige, wo ich das Delysid aufbewahrte. Sie hatte die Gelegenheit. Und sie hatte ein Motiv. Denn ich habe Gloria geliebt. Ich wollte mit ihr fortgehen. Aber ich habe zu lange gezögert. Und dann war es zu spät.«

Bei der Festnahme von Ingrid Anderson wegen Mord an Gloria Barnett gibt es einen Riesentumult. Die Frau, die ich mein ganzes Leben als freundlich und zuverlässig kannte, zeigt ihr wahres Gesicht. »Ich habe sie nicht umgebracht«, brüllt Mrs Anderson, die weißen Haare haben sich aus dem Dutt gelöst und stehen wirr nach allen Seiten ab. »Sie hat es selbst getan, weil sie einfach verrückt war. Ich habe nur ein bisschen nachgeholfen! Dieses Flittchen war dabei, alles kaputt zu machen!« Sie lacht irre. »Ich habe den Frieden in Wickwood bewahrt! Mir sollte man ein Denkmal setzen. Denn alle haben sich gefreut, als sie endlich tot war! Alle!«

Peter Anderson sagt später, er habe geahnt, dass seine Frau etwas mit dem Tod zu tun gehabt hatte, es aber nicht wahrhaben wollen. Er hatte so ein schlechtes Gewissen gehabt, weil er sich in eine andere verliebt und das Eheversprechen zu seiner Frau gebrochen hatte. Und nur deswegen sei er nach Glorias Tod bei Ingrid geblieben. Aus Reue. Im Nachhinein weiß er nun, dass jahrzehntelang unter seinem Dach die Lüge gewohnt hat und dass sogar seine Tochter in die Untaten von Wickwood verwickelt gewesen sei. Er ist seitdem ganz grau im Gesicht.

Und nach alldem passiert noch etwas, womit ich nie im Leben gerechnet habe: Rosanna wacht auf. Als Erstes verlangt sie eine Cola. Die Ärzte sprechen von den wundersamen Selbstheilungskräften des Körpers. Schon am Abend kann sie vernommen werden. Und Rosanna sagt, dass sie die Rollerskates an dem Tag überhaupt nicht mit in der Schule dabeihatte, sondern zu Hause gelassen hatte, um sie ein letztes Mal zu reinigen und zu ölen. Verblüfft höre ich zu, wie Brian Lee mir am Telefon sagt, dass ich da vielleicht was durcheinandergebracht hätte. Ich konnte ihre Rollschuhe gar nicht sabotiert haben!

Beflügelt von dieser Erkenntnis prüfe ich auch noch einmal die Leiter, von der meine Mutter gestürzt war. Sie steht an der Garagenwand, bereit, zersägt und verbrannt zu werden. Ich hole mir Großvaters Lupe und untersuche die abgebrochene Sprosse. Und da entdecke ich, dass sich der Nagel gar nicht gelockert hatte, sondern offensichtlich abgebrochen war. In dem Holz steckt noch ein Stück Nagel drin. Der Nagel ist total verrostet gewesen und deshalb in der Mitte durchgebrochen. Auch an diesem Unfall hatte ich also keine Schuld. Ich hatte niemandem wehgetan! Ich bin unglaublich erleichtert. Aber dennoch gebe ich mich keiner Illusion hin: Ich weiß, dass ich dazu fähig gewesen wäre.

Meine Mutter weiß nach all den Überraschungen und Wendungen gar nicht mehr, was sie denken soll. All ihre hehren moralischen Ansprüche sind in sich zusammengefallen. Aber es ist auch nicht so, dass sie sich bei mir entschuldigen würde. Im Gegenteil. Sie scheint immer noch sauer auf mich zu sein.

»Sieh dir doch an, was du angerichtet hast«, zischt meine Mutter, als ich sie frage, ob sie denn nicht froh sei, dass die Gerechtigkeit gesiegt hätte. »Wickwood ist landesweit in Verruf geraten. Wie sollen wir denn da Touristen anlocken? Wie sollen wir Wickwood vermarkten, wie unseren Wohlstand halten?«

Und wenn ich geglaubt habe, das wäre der Gipfel an gewissenloser Argumentation, dann hatte ich mich gründlich getäuscht. Denn meine Mutter fährt sogleich fort: »Wir alle haben mit Ingrid eine gute Freundin verloren. Und du hast auch eine Freundin verloren! Carol wollte dir ein Praktikum verschaffen, sie hat dich aktiv gefördert und unterstützt. Sie hätte dir zu einer tollen Karriere verhelfen können. Und das hast du alles weggeworfen. Für eine Geschichte, die schon längst vergessen war!«

Ich schaue sie an, meine pragmatische Mutter, so pragmatisch, dass sie sogar bereit ist, für einen kleinen persönlichen Vorteil einen Mord zu verzeihen.

»Weißt du, Mutter«, erwidere ich und meine Stimme gefriert dabei. »Wir sind einfach zu verschieden. Es wird niemals mit uns klappen. Und deswegen ...« Ich entschließe mich dazu, in dem Moment, in dem ich es ausspreche: »... deswegen werde ich euch und Wickwood verlassen. Und ich werde nicht wiederkommen. Aber ich werde nicht dahin gehen, wo ihr mich hinschickt, sondern meinen eigenen Weg gehen. Auf eigenen Füßen stehen.«

»Aber ...« Ihr Mund klappt auf. »Du bist erst sechzehn.«

»Ja«, sage ich. »Aber ich weiß sehr genau, was ich will und was nicht. Und ich will auf keinen Fall so werden wie du, eingequetscht und erpresst in einer Stadt, die einem keine Luft zu atmen lässt.«

Ihre Miene wird bitter und hochnäsig. »Dann geh«, sagt sie kalt. »Aber denk nicht daran, dass wir dir deine Flausen bezahlen.«

»Brauchst du nicht, Mutter. Keine Sorge. Ich werde es auch alleine schaffen.«

Am Abend kommt mein Vater, extra aus Chicago. Ich erkläre es ihm, sage, dass ich es hier nicht mehr aushalte. Und er hat wenige Argumente dagegen. Ich sage, dass es so am besten ist. Und ich verspreche ihm, dass ich die Schule zu Ende machen würde, aber ich wüsste noch nicht, wo, und ich wüsste nicht, wann.

Er sieht mich an, erstaunt. »Du bist erwachsen geworden in den letzten Wochen. Du bist nicht mehr mein kleines Mädchen.« Er seufzt. »Aber ich hoffe, du weißt, wann immer du mich brauchst, ich bin für dich da.«

»Ich weiß«, sage ich und umarme ihn.

Ich bin in meinem Zimmer und packe. Viel werde ich nicht mitnehmen. Ich entscheide mich gerade zwischen zwei Paar Schuhen, da klopft es. Zu meiner großen Überraschung ist es Livs Stiefmutter, Patricia.

»Danke, dass du diese quälende Ungewissheit beendet

hast«, sagt sie. »Danke, dass wegen dir Livs und Glorias Mörderinnen bestraft werden.«

»Es tut wirklich gut, das zu hören«, sage ich. »Denn das sehen hier wirklich nicht alle so.«

»Ich weiß«, murmelt sie traurig. »Und nur deswegen konnte es ja auch so lange vertuscht werden.« Sie fängt an zu weinen und da, endlich und zum ersten Mal seit Langem, kommen auch mir die Tränen.

Nachdem sie sich etwas beruhigt hat, greift sie in ihre Tasche und holt etwas heraus. »Ich möchte dir etwas geben«, verkündet sie. »Ich habe es immer aufbewahrt, weil ich gehofft hatte, dass Liv eines Tages zurückkehrt. Es ist das Geld, das Robert seiner Tochter vererbt hat. Ich habe es nie angerührt und ich möchte, dass du es bekommst.«

Sie reicht mir ein Sparbuch und eine Vollmacht, damit ich über das Geld verfügen kann. Ich bin sprachlos. »Das ist sehr nett«, stammele ich. »Aber das kann ich nicht annehmen. Wirklich nicht.«

Doch Patricia lässt sich nicht davon abbringen. »Du hast mir mehr gegeben, als du ahnst. Du hast mir Frieden geschenkt.« Mit diesen Worten lässt sie das Sparbuch auf dem Tisch liegen und geht.

EPILOG

Und so fahren wir los. Jacob, Kennedy. Großvater, Mr Anderson und ich. In Peter Andersons Wohnmobil, das er sich gekauft hatte, um seinen Ruhestand zu genießen. Zwar wolle und könne er der Wahrheit nicht entfliehen, aber er wolle sein altes Leben zurücklassen und endlich den Traum wahrmachen, etwas von der Welt zu sehen, zusammen mit seinem alten Freund Arthur.

Als wir von der Kobler Street abbiegen auf die 423 Richtung Chicago, sagt Großvater plötzlich: »Fällt euch was auf?«

»Ja«, sage ich von hinten. »Kein Nebel.«

»Das ist der erste Tag ohne Nebel, an den ich mich erinnern kann«, bemerkt Peter Anderson.

»Aber das ist nur eine Ausnahme«, seufzt Großvater. »Morgen wird es wieder diesig sein.«

»Aber bei uns nicht«, ruft Jacob. »In Südkalifornien gibt es nämlich keinen Nebel.«

Die beiden Alten sitzen vorne, Jacob, Kennedy und ich hinten. Kaum zu glauben, dass Großvater noch vor einer Woche kaum ansprechbar war. Dr. Weiss hatte recht gehabt. Er ist nicht dement, er war nur depressiv. Der Verlust meiner Großmutter und die Einsamkeit lasteten schwer auf ihm. Auch Peter Anderson wirkt befreit. Die beiden Kumpel haben beschlossen, auf ihre alten Tage noch mal auszubrechen.

Und so kommen auch Jacob und ich zu einer guten Mitfahrgelegenheit. Aber wenn sich unsere Wege trennen, dann kaufe ich Jacob ein Auto. Vielleicht finden wir ja so einen Toyota, wie er seiner Mutter gehört hatte.

Die Bäume gleiten an uns vorbei, viele sind schon kahl

geworden, der Winter steht vor der Tür. Aber wir werden ihn nicht in Wickwood verbringen. Wir fahren ans Meer. In die Wärme Kaliforniens. Viel weiter reicht unser Plan erst mal nicht. Großvater möchte das echte Meer sehen, die Wellen, die Gischt.

Peter Anderson will nach San Francisco, weil er da seit seiner Jugend einmal hinfahren wollte. Wohin es mich verschlägt und ob Jacob mit mir mitkommt, das weiß ich noch nicht. Ich schaue zu ihm rüber, in sein offenes Gesicht, das von verstrubbelten Haaren umrahmt wird. Er bemerkt es und zieht eine Grimasse und mich überkommt ein seltsam warmes Gefühl bei der Vorstellung, dass wir zusammenbleiben könnten.

»Ich verstehe es nicht«, sage ich zu Jacob. »Warum hat die Tasche mir am Schluss geholfen? Das ergibt doch keinen Sinn! Wo sie doch die ganze Zeit meine böse Seite befeuert hat. Mich angestachelt hat, schlimme Sachen zu tun.«

»Es ergibt perfekten Sinn«, widerspricht Jacob. »Denn du selbst hast den Bann gebrochen. Weil du das Böse besiegt hast. Alleine, aus dir heraus. Das Gute in dir war stärker.«

Ich lache. »Das klingt ja so edel.«

Er zuckt mit den Schultern. »Jeder Mensch hat böse Gedanken«, wiederholt er seine Worte.

»... es kommt nur darauf an, ob man sie in die Tat umsetzt«, vollende ich den Satz.

Wir lassen die Wälder von Wickwood hinter uns, die Landschaft öffnet sich, wird weit. Wir fahren durch Wiesen und Felder, geradewegs auf den Horizont zu. Den konnte man in Wickwood nie sehen.

Alles hatte damit angefangen, dass ich versucht hatte, jemand anders zu sein, denke ich. Das ist gründlich schiefgegangen. Ich bin, wie ich bin. Schüchtern und unscheinbar. Eben nicht schlagfertig und bei allen beliebt. Was soll's. Dafür habe ich andere gute Eigenschaften. Aber alle gehören zu mir, die guten wie die schlechten. Das muss ich akzeptieren.

»Man kann sich selbst nicht ändern«, sage ich laut. »Aber man kann sein Leben ändern.«

»Du wirst ja auf deine alten Tage noch eine richtige Philosophin«, neckt Jacob.

Ich strubbele Kennedy durch sein kurzes Fell. »Spinner«, lache ich und betrachte meine Hand mit dem kleinen schwarzen Punkt, der mir als eine Erinnerung an die letzten Wochen geblieben ist. Auch der gehört zu mir. Alles, was ich tun will, ist, dafür zu sorgen, dass er nie wieder größer wird.

Hinter St. Louis halten wir an einer Tankstelle, kaufen Kaffee und Donuts. Kennedy bekommt Wasser zu schlabbern und darf sich auf einer Wiese erleichtern. Großvater wirft ein paar Mal ein Stöckchen, sein weißes Haar leuchtet in der Sonne. Ich schmeiße meinen leeren Kaffeebecher in den Mülleimer, da stutze ich. »Jacob«, sage ich langsam und stoße ihn mit dem Ellenbogen an. »Sieh mal.«

Ich zeige auf den Zeitschriftenständer. Auf dem Titelblatt ist eine junge Frau namens Maggie Hill zu sehen.

Aus dem Kuhstall nach Hollywood – der grandiose Aufstieg des Shootingstars, heißt die Überschrift. Maggie Hill ist eine Schönheit, ihr Haar leuchtet weizenblond, ihre Augen strahlen in sattem Blau. Sie trägt ein Kleid von Chanel.

Und in ihrer Hand die Tasche.

Sie umklammert die Tasche mit dem Skarabäus so fest, dass ihre Fingerknöchel weiß hervortreten. Weiß und knöchern, wie die Hand eines Skeletts.

Andreas Eschbach

Aquamarin

Hüte dich vor dem Meer! Das hat man Saha beigebracht. Eine seltsame Verletzung verbietet der Sechzehnjährigen jede Wasserberührung. In Seahaven ist Saha deshalb eine Außenseiterin. Die Stadt an der Küste Australiens vergöttert das Meer. Wer hier nicht taucht oder schwimmt, gehört nicht dazu. So wie Saha. Doch ein schrecklicher Vorfall stellt alles in Frage. Zum ersten Mal wagt sich Saha in den Ozean. Dort entdeckt sie Unglaubliches. Sie besitzt eine Gabe, die nicht sein darf – nicht sein kann. Nicht in Seahaven, nicht im Rest der Welt. Wer oder was ist sie? Die Suche nach Antworten führt Saha in die dunkelsten Abgründe einer blauschimmernden Welt ...

Arena

Auch als E-Book und als Hörbuch
bei Arena audio erhältlich

408 Seiten • Gebunden
ISBN 978-3-401-60022-2
www.arena-verlag.de

Angela Mohr

Ada. Im Anfang war die Finsternis

Ohne das Dorf gibt es kein Überleben. Draußen lauert das Verderben, und nur im Dorf bist du sicher. Das ist es, woran Ada glaubt – bis Luca auftaucht und alles in Frage stellt. Von ihm erfährt Ada: Ihr totgeglaubter Bruder Kassian lebt! Zusammen mit Luca bricht sie jede Regel, die das Dorf jemals aufgestellt hat. Schließlich geht Ada bis zum Äußersten: Sie flieht aus der Gemeinschaft. Sie will ihren Bruder finden. Doch erträgt sie die Wahrheit, die sie jenseits des Dorfes erwartet?